Dieter Wedel & Sven Böttcher

Held

Roman
nach dem Fernsehfilm
«Der Schattenmann»
von Dieter Wedel

Wunderlich

Für ihre Hilfe und Mitarbeit
danken wir Frau Nina Schwarz

1. Auflage Januar 1996

Lektorat Siv Bublitz
Umschlaggestaltung Susanne Heeder
(Foto: ZDF/Wolfgang Lehmann)

Satz Garamond (Linotronic 500)
Gesamtherstellung Clausen & Bosse, Leck
Printed in Germany
ISBN 3 8052 0572 4

Erster Teil

Mitten unter uns

In Frankfurt schneite es. Bei der ungewöhnlichen Glätte krochen die Autos im Schrittempo dahin. Schmutzige Schneehügel häuften sich am Straßenrand. Eine hagere Person mit schwarzer Perücke, in Stöckelschuhen und engem Minirock zwängte sich in eine Telefonzelle und wählte rasch eine Nummer. Am anderen Ende meldete sich eine Männerstimme. «Hallo?»

«Hör zu», flüsterte Mimi, genannt «das Schmuckstück», in den Hörer. «In Leipzig ist demnächst eine Konferenz geplant. Zwischen Vertretern der italienischen Mafia und dem Paten von Frankfurt.» Den Namen des mächtigen Mannes traute sich der Transvestit auch jetzt nicht auszusprechen. Ängstlich blickte er sich nach allen Seiten um. Was er tat, war überaus riskant, aber er wußte, daß er für dieses Risiko belohnt würde.

Es kostete die Mitarbeiter der Abteilung Organisierte Kriminalität bei der Frankfurter Kripo – kurz OK genannt – nur wenige Minuten, herauszufinden, daß die Konferenz im alten Leipziger Interhotel stattfinden sollte. Sie brauchten lediglich die Anmeldungen zu überprüfen. Die Frankfurter Immobilienfirma Herzog-Investments hatte dort mehrere Suiten, Zimmer und einen Besprechungsraum angemietet.

Auf Antrag des Leiters OK, Dr. Kilian, genehmigte die Staatsanwaltschaft den Einsatz verdeckter Ermittler.

Es traf sich gut, daß Hauptkommissar Otto Tötter eine Hotelfachschule besucht hatte, bevor er Polizist geworden war. Am 7. Februar trat er seine Stelle als Concierge im Interhotel an – zunächst nur auf Probe, für zwei Monate. Hauptkommissarin Renate Sames ließ sich gleichzeitig als Zimmermädchen anstellen. Die neue Hoteldirektion war hoch erfreut, daß die hübsche, adrette Person das niedrige Probegehalt ohne weiteres akzeptierte. Die Leitung der Operation hatte Hauptkommissar Karl Held. Die drei waren ausgezeichnet aufeinander eingespielt, hatten in der Vergangenheit bei solchen Einsätzen schon oft zusammengearbeitet. Zwar mußte Renate, die zur Tarnung häufig Tötters Ehefrau mimte, sich immer wieder dessen unermüdlichen und stürmischen Annäherungsversuchen widersetzen, doch das hatte der gegenseitigen Sympathie nicht den geringsten Abbruch getan. Held und Tötter waren eng befreundet; sie trafen sich regelmäßig auch außerhalb des Dienstes mit ihren Familien.

Worum es bei der Konferenz gehen sollte, wußten die Polizisten nicht. Es lag keine richterliche Genehmigung vor, den Sitzungssaal zu verwanzen, also mußten sie versuchen, auf andere Weise an Informationen heranzukommen. Es galt, in der straffen Organisation des Frankfurter Großunternehmers ein Leck zu finden. Seit Wochen beobachteten die Kollegen Mitarbeiter und Geschäftspartner. Gab es einen, der – aus welchen Gründen auch immer – bereit war, sein Leben zu riskieren und auszupacken?

Am Spätnachmittag des 14. Februar jagten zwei schwere Limousinen – ein Rolls-Royce und ein Range Rover – über die holprige Landstraße bei Bitterfeld, vorbei an grauen verfallenen Häuserreihen, Richtung Leipzig. Inmitten der ärmlichen Umgebung wirkten sie wie Erscheinungen aus einer anderen Welt. Man hatte einen kurzen Umweg über Bitterfeld gewählt. Wenigstens einen Blick sollte der mächtige Mann auf die alte Chemiefabrik dort werfen, vor allem auf die riesige Deponie dahinter, von der schmutzige Rauchschwaden zum bleiernen Himmel aufstiegen. Es war lausig kalt, und niemand hatte Lust, auszusteigen. Wen interessierten schon die baufälligen, veralteten Verwaltungsgebäude und Werkstätten, die rostigen Rohre, aus denen Flüssigkeit in schleimige Pfützen tropfte? Niemand wollte hier etwas renovieren oder reparieren. Tot war das Ganze mehr wert als lebendig.

Ein leichtes Schneegestöber hatte eingesetzt. Es war schon dunkel, als die Limousinen vor dem Hoteleingang des Leipziger Interhotels anlegten. Immer wieder hatte Otto Tötter – in korrekter Portiersuniform – nervös zur Uhr geschaut. Aus dem Konferenzraum im ersten Stock drang gedämpftes Stimmengemurmel: Die Italiener waren bereits eingetroffen. Die Tür schwang auf, und die Neuankömmlinge strömten in die muffige, spärlich beleuchtete Hotelhalle, allen voran der schmale, gutaussehende Gehlen, die rechte Hand des mächtigen Mannes. Dahinter Rechtsanwalt Dr. Maier, elegant und graumeliert, und der bullige Gonzo Ritzeck mit seinen Leuten, alle im einreihigen Blazer, um bequem die Waffen im Schulterhalfter greifen zu können. Der untersetzte Herr in ihrer Mitte hatte den Kragen des dunklen Kaschmirmantels hochgeschlagen, so daß Tötter ihn gar nicht richtig sehen konnte. Doch das war auch nicht nötig. Tötter wußte genau, wer er war. Der Mann, den sie seit Monaten verfolgten. Der große Drahtzieher. Der Immobilienhai, Bauunternehmer, Rotlicht-König. Der Mann, der sich vom Türsteher eines Bordells hochgearbeitet hatte zum Multimillionär: Jan Herzog.

Während Tötter Anmeldeformulare, Schlüssel und etliche Telefaxe an Gehlen aushändigte, bewegte sich die Gesellschaft schon auf die Treppe zu. Gehlen blickte sich mißmutig um. «Kein Aufzug», seufzte er.

Das narbige Gesicht des Sicherheitschefs Ritzeck verzog sich zu einem hämischen Grinsen: «Brauchst du 'ne Sauerstoffflasche?» Feixend drehte er sich zu seinen Leuten um. Gehlen beachtete ihn nicht und wollte Herzog nach oben folgen, als ein dicklicher, vor Aufregung schwitzender Mann in devoter Haltung auf ihn zutrat.

«Was wollen Sie, Lasky?» knurrte Gehlen. «Auf eine weitere Mitarbeit von Ihnen legen wir keinen Wert, das wissen Sie doch.»

Lasky wand sich: «Bitte, Herr Gehlen...»

«Ihr letztes Gehalt ist wieder gepfändet worden», fiel Gehlen ihm unwirsch ins Wort.

«Ich habe Pech gehabt.» Laskys Lippen zitterten. «Kann ich vielleicht noch mal mit Herrn Herzog –»

Gehlen ließ ihn einfach stehen. Der Körpergeruch des Mannes

war kaum zu ertragen. Lasky galt zwar als befähigter Spezialist für Müllrecycling, aber durch seine finanziellen Unregelmäßigkeiten lief er Gefahr, Aufmerksamkeit zu erregen. Und Aufmerksamkeit konnten sie bei ihren Unternehmungen auf gar keinen Fall gebrauchen. Während Lasky deprimiert zum Ausgang schlurfte, wechselte er einen langen Blick mit dem Portier Tötter.

Im Sitzungsraum im ersten Stock standen mehrere Herren plaudernd beieinander. Leo Vincente trug wie immer das stählerne Stützkorsett, zu dem eine alte Schußverletzung ihn zwang. Herzog hatte unterdessen seinen Mantel abgelegt und begrüßte den eleganten grauhaarigen Italiener. Gehlen wollte sich dazugesellen, als er in einem Raum auf der anderen Seite des Flures, in dem Tische und Stühle übereinandergestapelt waren, einen vierschrötigen Mann entdeckte, der unruhig auf und ab ging: Trampe, der Leiter des Umweltreferats Bitterfeld. In letzter Zeit hatte er öfter versucht, mit ihm in Kontakt zu treten. Wieso erschien er auf einmal heute abend hier?

Gemeinsam mit Rechtsanwalt Dr. Maier überquerte Gehlen rasch den Flur.

Trampe blickte ihnen kühl entgegen: «Ich hatte gehofft, daß wir unter vier Augen sprechen können, Herr Gehlen.»

Er sah Maier an.

«Dr. Maier ist Rechtsanwalt unserer Firma», stellte Gehlen knapp vor. «Ich habe keine Geheimnisse vor ihm.»

«Na schön.» Trampe holte tief Luft. «Sie müssen nur darauf gefaßt sein, daß ich ein Freund offener Worte bin. Und ich habe vor, sehr offen zu sprechen.»

Die Kellnerin Renate, die gerade aus dem Sitzungssaal trat, wo sie Getränke serviert hatte, versuchte, von dem lautstarken, erregten Gespräch einige Brocken aufzuschnappen.

«Ich weiß nicht, was diese ominöse Firma Turopax hier bei uns vorhat», hörte sie Trampe sagen. «Aber halten Sie uns nicht für gar zu blauäugig. Auch hier hat es sich inzwischen herumgesprochen, daß mit Giftmüll ein Schweinegeld zu verdienen ist.» Durch die halb angelehnte Tür konnte Renate beobachten, wie Gehlen sein Gegenüber reglos musterte.

Trampe wurde lauter. «Ich werde die Augen offenhalten, verlassen Sie sich drauf. Jedes Gutachten, jede Entsorgungsgenehmigung werde ich persönlich überprüfen. Solange ich dem Umweltreferat hier vorstehe, wird es keine dubiosen Geschäfte geben. Und noch eines: Ich lasse mich nicht kaufen, weder mit Ferienreisen nach Mallorca noch mit irgendwelchen anderen Angeboten – also, geben Sie's auf. Versuchen Sie's erst gar nicht. Und richten Sie das auch Ihrem Herrn und Meister da drüben aus.» Er deutete zum Sitzungsraum hinüber, dessen Türen längst geschlossen waren. Renate erschrak, als Maier sich umdrehte. Um ein Haar wären ihr sämtliche Gläser vom Tablett gerutscht, doch sie fing sich rechtzeitig und ging rasch den Flur hinunter.

Jerry Goldsteen war nicht erfreut. Sein Boß war nicht erfreut. Die Deutschen und die Italiener machten, was sie wollten. Sie dachten nicht an die Interessen ihrer Freunde. Goldsteen sah auf die Uhr, nahm die Sonnenbrille ab und blickte aus zusammengekniffenen Augen über die Reling seiner Jacht, über das spiegelglatte Meer, in den strahlend blauen Himmel über dem Atlantik. Möwen flatterten kreischend über dem Hafen von Miami. Goldsteen drehte sich um und bedeutete einem der schweigenden Riesen, ihm das Handy zu bringen. Er tippte auf eine schwarze Kurzwahltaste, klemmte sich den Apparat zwischen Schulter und Ohr und wartete.

«Kaltenbach», sagte die Stimme im Goldsteens Ohr.

«Fangen wir an», sagte Goldsteen. «Wir haben höflich bei Herzog angeklopft. Wenn niemand aufmacht, sind wir gezwungen, die Tür mit Gewalt zu öffnen.»

Auf der anderen Atlantikseite, weit entfernt von Häfen und Möwen, überquerte ein später Spaziergänger rasch einen dunklen Hof. Das Pflaster war glitschig. Vor einer Tür häuften sich Abfallberge. Otto Tötter hatte einen Mantel über seine Portiersuniform gezogen. Den ganzen Tag hatte er sich gelangweilt, sich das Grau des alten Interhotels aufs Gemüt schlagen lassen und den Abend herbeigesehnt. Endlich würde er den Mann treffen, der ihm vielleicht die richtigen Informationen verschaffen konnte. Der Mann, der in

Schwierigkeiten steckte und mit dessen Hilfe es ihnen womöglich gelang, Herzog endlich festzunageln.

Nach einigem Suchen fand er die Tür. Ein Plastikklingelknopf, daneben ein kleines weißes Schild mit der Aufschrift «Libyscher Kulturverein e. V.» Relikte aus alten DDR-Zeiten. Tötter klingelte. Zweimal kurz, einmal lang, einmal kurz. Ein Summer ertönte, Tötter drückte die Tür auf und trat in den Flur. Wie erwartet, roch es nach Schimmel. Er drückte den roten Knopf für die Flurbeleuchtung. Der Knopf blieb rot, das Licht blieb aus.

Seufzend ertastete er das Treppengeländer und ging hinauf in den zweiten Stock. Die Tür des ehemaligen Libyschen Kulturvereins stand offen. Tötter durchquerte staubige Büroräume, in denen schon lange niemand mehr Büroklammern verbogen hatte, und erreichte schließlich das geräumige Spielzimmer. In der hinteren Ecke stand ein fleckiges Sofa, in der Mitte der gegenüberliegenden Wand ein Tresen mit einigen Barhockern. Die Gäste verfolgten angespannt das Geschehen an den Spieltischen. Es herrschte konzentriertes Schweigen. Auf dem dunkelgrünen Filz stapelten sich die Tausender, die in dieser Gegend angeblich niemand hatte, und alles konzentrierte sich auf den aufgeschwemmten, verschwitzten Mann, der die Würfel in der Hand hielt. Jetzt drehte er sich um. Tötter trat neben ihn.

«Haben Sie das Moos?» Lasky sprach sehr leise.

«Haben Sie die Papiere?»

«Ich liefere, wenn Sie zahlen.» Lasky warf die Würfel auf den Tisch. Tötter zog ihn etwas beiseite.

«Was genau liefern Sie?»

«Mann, hieb- und stichfeste Beweise für einen Riesenschwindel hier.» Laskys Unterlippe zitterte leicht. Tötter sah ihn interessiert an.

«Schon mal den Namen ‹Turopax› gehört?»

Tötter schüttelte den Kopf.

«Schweizer Firma. Hat hier die alte Bitterfelder Chemiefabrik gekauft. Klingelt's bei Ihnen, wenn ich sage, die ‹Turopax› ist 'ne Strohfirma?»

«Aber wie verrückt.» Tötter senkte seine Stimme zu einem Flüstern. «Und Herzog ist daran beteiligt?»

Lasky nickte: «Der ist immer an allem beteiligt. Der ist nie an nichts beteiligt.»

Tötter verkniff sich ein Pfeifen. Das war genau das, was sie brauchten. Davon hatten sie geträumt, als sie ihn auf Lasky angesetzt hatten. Spielschulden machten verletzlich. Tötter hatte Lasky gegenüber angedeutet, er könne dessen Probleme aus der Welt schaffen.

Lasky wartete, bis der Barmann Tötters Bier abgestellt hatte. Dann beugte er sich vor und sprach leise weiter. Tötter roch seine Fahne.

«Ist schwer für die Treuhand, über 'ne Schweizer Firma Informationen zu kriegen. Angeblich sollen die Arbeitsplätze gesichert, sogar aufgestockt werden. In Wahrheit ist die Beerdigung schon angesetzt, obwohl die Leiche noch atmet.» Lasky kicherte. «Ich habe Unterlagen... Sitzungsprotokolle und...» Er ließ sein Glas sinken und musterte seinen Gesprächspartner.

«Was ist?» fragte Tötter.

«Für wen arbeiten Sie?»

«Wer will das wissen?»

«Ich.»

«Sagen wir mal...» Tötter trank einen Schluck Bier. Es war warm. «Für eine weitverzweigte Organisation.»

«Italienische? Polnische?... Russische?»

Tötter musterte ihn kühl. «Spielt das 'ne Rolle?»

Lasky zuckte mit den Schultern. «Nein, Sie haben recht. Hauptsache, die Kohle stimmt.»

Tötter trat aus dem Hinterhof auf die feucht glänzende Straße. Von rechts näherte sich ein Taxi. Tötter winkte, ging ein paar Schritte über die Straße und stieg ein. Er ließ die Tür zufallen.

Das Taxi setzte sich in Bewegung.

«Und?» sagte der Fahrer.

«Sieht gut aus.» Tötter rieb sich die Hände und sah seinen Partner an. Mit dem ungewohnten Vollbart und der Schiebermütze sah Held wirklich aus wie ein Taxifahrer aus dem Klischeebilderbuch. Er reichte ihm ein Kuvert nach hinten. «Wir haben noch mehr Erkundigungen über diesen Lasky eingeholt: Homosexueller, leidenschaftlicher Spieler. Hat sich offenbar viel Geld bei den falschen Leuten geliehen. Jetzt steht ihm das Wasser bis zum Hals.» Tötter betrachtete die Fotos und den Bericht aus dem Kuvert: «Nächste Woche liefert er Belege, daß Herzog in der Turopax drinhängt und offenbar ein paar Wildhüter von der Treuhand zu Wilderern geworden sind.»

Held nickte anerkennend: «Hast du rausbekommen, worum es bei der Konferenz ging?»

Tötter sah nach draußen in das vorbeigleitende Grau. Flackernde Fenster, hier und da bunte Reklame von Westfirmen.

«Herzog muß was Großes planen. Warum sonst ist Vincente angereist?» Er reckte sich müde. «Nächste Woche wissen wir hoffentlich mehr.»

Er sehnte sich danach, von hier fortzukommen. Gleich nach Herzogs Abreise würde er kündigen. In Frankfurt erwartete ihn die hübsche Blondine, die er ein paar Wochen zuvor kennengelernt hatte. Eine Haut wie Seide. Hochgradig triebhaft. Einfach umwerfend. Aber davon erzählte er dem Kollegen lieber nichts. Held war zweifellos ein lustiger Vogel, aber manchmal ein bißchen spießig: treuer Ehemann. Tötter liebte seine Frau auch, selbstverständlich, aber warum nicht die kleine Blondine mit den unglaublich großen Möpsen so nebenbei noch mitnehmen? Otto Tötter grinste. Nein, er war kein Kind von Traurigkeit.

Am nächsten Tag suchte Lasky sein Büro in der Frankfurter Innenstadt auf. «Turopax-Müllrecycling, Frankfurt, Zürich, Bitterfeld» stand auf dem goldglänzenden Firmenschild. Gerade als er seinem Wandsafe einige Unterlagen entnehmen wollte, tauchte der Pförtner auf und wies ihn aus dem Büro. Anordnung von oben. Er dürfe Herrn Lasky nicht mehr reinlassen: «Tut mir leid, aber ich muß meine Anweisung befolgen.»

Hilflos und kochend vor Wut folgte Lasky dem Pförtner auf den Flur hinaus. Die Unterlagen hatte er nicht mitnehmen können. Was nun? Die einzige Chance, seine Schulden loszuwerden, war dahin.

Wie betäubt kehrte Lasky in seine Wohnung zurück, wo sein

Lebensgefährte, der lang aufgeschossene Transvestit mit der schwarzen Perücke, auf ihn wartete. Wie immer hatte er Räucherstäbchen angezündet und die Lampen mit bunten Tüchern verhängt. Von Laskys Schwierigkeiten ahnte er nichts. Lasky wußte, daß Mimi, das Schmuckstück, heroinsüchtig war, und er wußte auch, daß er ihm darum nie voll vertrauen durfte. Nervös wies er ihn aus dem Zimmer und rief seinen Vertrauten Ronnie an.

«Die lassen mich nicht mehr in mein Büro», stöhnte er verzweifelt ins Telefon. «Was soll ich jetzt tun? Herrgott, ich brauch das Geld. Wenn ich meine Schulden nicht zahlen kann, bin ich dran.»

Ronnie überlegte fieberhaft. Warum sollte man sich nicht trotzdem mit den Käufern treffen? Auch ohne Ware... Er hatte eine Idee, eine kühne, großartige, furchtbare Idee. Gemeinsam mit Lasky würde er sie durchführen, auch wenn das überhaupt nicht seinen Anweisungen entsprach – im Gegenteil.

Die schmuddelige Würstchenbude in der Frankfurter Moselstraße war Helds Treffpunkt mit Informanten aus der Szene. Wie stets hatte er sich in Kleidung und Haltung seiner Umgebung völlig angepaßt. Der Mann, der da lässig an der Theke lehnte und gleichgültig seine Currywurst in das übelriechende Fett stippte, wirkte heruntergekommen und ungepflegt. Ein auffällig gekleideter Transvestit stakste hüftschwingend auf ihn zu und schob ihm einen Zettel zu: die Adresse, wo er Lasky treffen sollte. Es war eine Pension ganz in der Nähe; ein Zimmer war auf den Namen Schmidt bestellt. Das sollten die Kollegen vorher gründlich unter die Lupe nehmen. Held steckte den Zettel ein.

Mimi, das Schmuckstück, lief enttäuscht hinter ihm her. «Hey, Charly, hast du was für mich? Mir geht's dreckig, verdammt drekkig. Hör doch mal, Charly. Du mußt mir was verschaffen.»

Held blickte sich nervös um. Er durfte kein Aufsehen erregen. Mimi wirkte, als würde er im nächsten Moment durchdrehen. Held zögerte. Er wußte, es war verboten. Aber was sollte er machen? Mimi lieferte gute Informationen; hatte sich immer als zuverlässig erwiesen und brauchte den Stoff schließlich. Held ging zu einem der Türsteher, der im Eingang eines Lokals lehnte, und flüsterte ihm etwas zu. Der Türsteher nickte – jetzt war Charly ihm was schuldig. Held ging zu Mimi zurück und steckte dem Transvestiten rasch zwei kleine weiße Briefchen zu. Erleichtert hüpfte Mimi davon. «Du bist der Größte, Charly. Echt! Vergeß ich dir nie!»

Otto Tötter warf einen Blick auf das Armaturenbrett des Porsche, auf die Digitaluhr, die gerade auf zweiundzwanzig Uhr umgesprungen war, dann sah er hinaus in den stetigen Nieselregen. Fast so schlimm wie in Bitterfeld. Die Autos waren etwas größer, aber das Wetter war genauso beschissen. Im Rückspiegel tauchten Lichter auf und krochen über das verlassene Kopfsteinpflaster, vorbei an den rostigen Waggons auf den Gleisen. Nach Einbruch der Dunkelheit waren die Straßen im Oberhafen das geeignete Pflaster für unbeobachtete Umsteigemanöver; kaum jemand kam auf die Idee, hier einen späten Bummel zu unternehmen. Tötter sah Held aussteigen, den Wagen abschließen und durch den streifigen Lichtkegel einer einsamen Laterne auf sich zukommen. Er trug eine Aktentasche in der Hand. Die Kette zum Handgelenk war kaum zu sehen.

Tötter ließ den Porsche an. Sein Partner stieg ein, und Tötter musterte ihn von der Seite. «Alles in Ordnung zu Hause?»

Held nickte. «Anneliese läßt dich grüßen. Und Bienchen natürlich auch.» Er lehnte sich in die Polster zurück. Seine Frau war gar nicht begeistert gewesen, daß er so spät noch weg mußte. Heute abend hatte er eigentlich mit Bienchen, seiner neunjährigen Tochter, Halma spielen wollen. Natürlich hatten beide keine Ahnung, wohin er jetzt fuhr. Und sie ahnten schon gar nicht, daß sich in seiner Aktentasche hunderttausend Mark befanden.

Das Observierungsteam hatte sich in einer Wohnung gegenüber dem zweiten Stock eingerichtet. Die Wohnung gehörte einer alten Dame, die offenbar schon seit längerer Zeit keinen lieben Besuch mehr gehabt hatte. Freundlich wollte sie Kaffee und belegte Brote in das abgedunkelte Zimmer tragen. Droegel, der den Einsatz leitete, schob sie mit barschem Charme aus dem Zimmer und eilte zur Videokamera zurück.

In dem Fenster gegenüber flammte Licht auf. Lasky betrat als erster das Hotelzimmer. Ronnie folgte ihm und blieb neben der Tür stehen, die Hände in den Taschen der schwarzen Lederjacke vergraben. Er musterte zuerst Held, dann Tötter.

«Wo sind die Papiere?» fragte Tötter.

«Unten im Auto», entgegnete Lasky.

«Moment mal –» Tötter fuhr auf.

«Hey, ganz ruhig», unterbrach Lasky ihn, «soll ich so 'ne dicke Akte mit mir rumschleppen? Sie zeigen uns die Kohle» – er machte eine Kopfbewegung in Ronnies Richtung und nickte dann Held zu –, «dann gehen die beiden runter. Ihr Kumpel überprüft das Material, klingelt hoch, und Sie zahlen.»

Tötter sah Held an und nickte. Held zögerte. Er schaute Lasky an und bemerkte die Schweißperlen auf seiner Stirn. Er betrachtete den anderen Mann. Ein Milchgesicht mit reichlich Narben. Ein cooler Junge; ungefährlich. Held schloß die Kette auf und stellte die Aktentasche auf den Tisch. «Ich darf mal kurz, ja?» Er trat auf Lasky zu und begann, ihn abzuklopfen.

«Bei den Bullen gelernt?» sagte das Milchgesicht. Held erschrak. Tötter starrte die beiden ausdruckslos an. Einen Augenblick lang herrschte Schweigen. Dann lachte Lasky laut und fröhlich über den Scherz. Die anderen lachten mit, und Held tastete Lasky weiter ab. Er konnte förmlich riechen, wieviel Angst der Mann hatte. Schließlich klopfte er auch das Milchgesicht ab. Keine Waffen. Beruhigt nickte er Tötter zu.

«Sauber.»

«Dann geh mit ihm runter!» Tötter deutete auf Ronnie. Held zögerte wieder. Das war gegen die Vorschrift. Eine eiserne Regel lautete, daß man sich während solcher Einsätze unter keinen Umständen trennen durfte. Aber Tötter schien nichts zu befürchten. Was sollte auch passieren? Ringsum lauerte Verstärkung. Eine Videokamera gegenüber zeichnete alles auf, was in dem Hotelzimmer passierte. Held wandte sich zur Tür. Für einen Augenblick überlegte er, ob er sich nicht doch noch mal umsehen sollte, aber die Kollegen hatten den Raum garantiert gründlich durchsucht, und Tötter wirkte ungeduldig. Held folgte dem Milchgesicht nach draußen.

Die beiden überquerten rasch die menschenleere Straße. Aus einer Eckkneipe drang lautes Männerlachen. Der Regen trommelte auf die Autodächer. Das Milchgesicht zog einen Schlüssel aus der Tasche, öffnete den Kofferraumdeckel und trat einen Schritt zurück. Held sah die Aktentasche im schwachen Schein der Kofferraumbeleuchtung, beugte sich vor, griff zu und wußte im gleichen Augenblick, daß er einen Fehler gemacht hatte. Er spürte die Explosion hinter sich, über sich, und dann detonierten Dutzende von Sternen in seinem Kopf. Er knallte auf die Kofferraumkante und rutschte ins Halbdunkel, spürte, wie seine bleischweren Arme auf den nassen Asphalt fielen. Dann hörte er eine Autotür zuschlagen und atmete plötzlich Abgase. Benommen drehte er sich weg. Schotter prasselte gegen seine Schultern, als der Wagen davonschoß. Nach endlosen Sekunden schaffte Held es, sich auf den Ellenbogen hochzustemmen. Er war reingelegt worden. Otto und er sollten getrennt werden. Aber nicht er war in Gefahr. Die Aktentasche mit dem Geld hatte er bei Otto zurückgelassen. Taumelnd rannte er über die Straße. Er schrie laut Ottos Namen. Immer wieder, obwohl er wußte, daß Tötter ihn unmöglich hören konnte. Er rannte weiter. Sein Kopf dröhnte; das Pflaster unter seinen Füßen schwankte, das Hotel vor ihm schwankte, aber er rannte.

Die Beobachter gegenüber sahen Lasky aus dem Badezimmer treten. Er hielt etwas in der Hand. Tötter kehrte ihm den Rücken zu.

«Verdammt», brüllte Droegel plötzlich, stieß die Videokamera und einen verdutzten Kollegen beiseite und rüttelte verzweifelt an der Fensterverriegelung. «Der hat 'ne Kanone!»

Tötter drehte sich plötzlich um, sah das schweißnasse Gesicht Laskys, sah die Waffe, die auf ihn gerichtet war, sah, daß Lasky sich nicht traute abzudrücken, und packte seinen Arm.

Held riß die Eingangstür des Hotels auf. Er keuchte weiter, vorbei an der Rezeption, vorbei an einem verschlafenen Portier. Er rannte, stolperte, sah verschlafene Gesichter aus Türspalten lugen, stark geschminkte Mädchen und dicke Männer, die empört die Stirn runzelten, er rannte, so schnell er konnte, und wußte zugleich, daß er zu spät kam. Er sah Kollegen, die durch die Hintertür hereingestürmt kamen, und dann sah er Lasky, der völlig verstört auf den Flur taumelte. Pistolen richteten sich auf ihn. Lasky wimmerte. Die Aktentasche mit dem Geld polterte auf den Boden. Held rannte an Lasky vorbei in das Hotelzimmer: Blut auf dem Teppich. Tötters Körper leblos vornübergekippt auf dem Couchtisch. Held schrie auf, wollte sich auf Lasky stürzen, aber plötzlich waren die Kollegen um ihn, über ihm, umklammerten ihn, hielten ihn zurück; Droegel; Kilian. Auch ihnen liefen Tränen über das Gesicht.

Uniformierte Polizisten umringten Lasky, zwei hielten ihn am Arm fest, während sie durch den schlecht beleuchteten Korridor des Polizeipräsidiums marschierten. Der hallende Gleichklang der Schritte hatte etwas Bedrohliches. Einmal wankte Lasky, und die Polizisten stützten ihn. Auf der Schwelle zum Verhörzimmer, einem nur schwach beleuchteten Raum mit vergilbten, verschmutzten Wänden, blieb die kleine Gruppe stehen.

Droegel und Kilian warteten neben einem klobigen Tisch, auf dem ein Mikrofon befestigt war. Droegel richtete den blendenden Lichtkegel der Tischlampe auf Lasky. Für eine Weile sagte niemand etwas. Die Tür öffnete sich, und eine hübsche Frau, in ein sachlich-korrektes Jackenkleid gezwängt, kam eilig herein. Droegel stellte sie als Frau Dr. Brant, die zuständige Staatsanwältin, vor.

Auf dem Korridor vor dem Verhörzimmer sprang der Uhrzeiger mit einem leisen *Tack* auf drei. Held wartete reglos und bleich auf einer Holzbank. Er fror. Er hatte Kopfschmerzen. Die Wunde an seinem Hinterkopf war genäht worden. Viele Leute hatten viel Tröstliches gesagt. An Held war das alles vorbeigeglitten wie ein böser Traum. Er dachte an Otto, an sein fröhliches Lachen, seinen verschmitzten Blick. Er sah wieder das Blut auf dem Teppich. Das Blut, das die Haare auf Ottos Hinterkopf verklebte.

Sie hätten sich nicht trennen dürfen. Niemals. Das war gegen die Vorschrift. Es würde eine Untersuchung geben. Man würde ihn fragen, warum er die Vorschrift nicht befolgt hatte. Man würde ihm die Schuld an Ottos Tod geben. Er selbst würde sich die Schuld geben.

Held hob den Kopf, als Kilian und Droegel erschöpft aus dem Verhörzimmer traten. Droegel rieb sich müde die Augen.

«Charly, was machst du denn noch hier?»

«Hat er ausgepackt?»

Droegel schüttelte den Kopf. Hinter ihm verließ die Staatsanwältin das Verhörzimmer. Held fuhr sich mit der Hand über die Stirn. «Woher hatte der auf einmal eine Waffe? Ich habe ihn gefilzt.»

Droegel legte ihm beschwichtigend die Hand auf die Schulter. «Geh jetzt nach Hause, Charly. Du bist so weiß wie die Wand.»

Kilian ging rasch an ihm vorbei zur Staatsanwältin. Polizeibeamte führten Lasky aus dem Verhörzimmer. Er schwankte und blickte zu Boden. Held schüttelte den Kopf.

«Hinter allem steckt dieser Scheißkerl Herzog.»

«Wieso Herzog?» Die Staatsanwältin zog sich den Mantel über. Kilian war ihr behilflich. «Diese ominösen Belege, die man Ihnen verkaufen wollte, hat es wahrscheinlich nie gegeben. Lasky wollte nur abkassieren.»

Held runzelte die Stirn. «Herzog ist der Drahtzieher.»

Frau Dr. Brant sah ihn an. «Möglich. Aber wir können es nicht beweisen, also vergessen Sie's ganz schnell wieder.»

«Vergessen?» Held sprang auf. Ihm war jetzt alles egal. Er drang auf die Staatsanwältin ein. «Die Typen haben meinen Partner kaltgemacht. Einfach so. Weil er ihnen im Weg war. Einfach so. Und ich soll vergessen, wer da seine Drecksfinger mit drin hat?»

Seine Stimme überschlug sich. Kilian und Droegel packten ihn, hielten ihn fest. Held atmete schwer. Die Staatsanwältin musterte ihn kühl. Schweigend drehte sie sich um und trat auf den nachtdunklen Hof hinaus. Kilian folgte ihr. Droegel legte freundschaftlich den Arm um Helds Schultern. Seine Stimme hatte einen warnenden Unterton. «Herzog hat überall Freunde, Charly. So einen kleinen Wald-und-Wiesen-Kriminalisten dreht der durch den Wolf.»

Held nickte. Es hatte keinen Zweck, etwas zu erwidern. Vor Herzog hatten alle Angst. Der große Unternehmer. Der steinreiche Förderer der Partei. Der gefeierte Mäzen. Trotzdem würde er sich ihn vorknöpfen. Vielleicht würde Otto dann friedlicher ruhen, vielleicht auch nicht. Wer wußte schon, wie es lief. Vielleicht waren die

Toten weg und wußten nichts mehr, kümmerten sich auch nicht darum, was sie hinter sich gelassen hatten. Vielleicht lebten sie nur weiter im Gedächtnis derjenigen, die sich an sie erinnerten. Und um dieser Erinnerung willen würde er Herzog erledigen. Vielleicht würde Otto dann nicht friedlicher ruhen. Aber dafür er, Held. Nein: Es gab kein Pardon für Herzog.

Das dritte Programm kam seinem öffentlich-rechtlichen Auftrag nach und befaßte sich mit dem Problem der Organisierten Kriminalität. In der Talk-Runde saßen auf schwarzen Ledersesseln Walter Kilian, Leiter des Dezernats Organisierte Kriminalität im Frankfurter Polizeipräsidium, Dr. Hans Möllbach, Staatssekretär im Wiesbadener Innenministerium, und der bekanntermaßen ebenso kritische wie schlagfertige Journalist Sell.

In seinem bescheidenen, aber gemütlichen Darmstädter Reihenhaus hatte Charly Held nervös den Fernseher eingeschaltet. Als seine Frau ihm einen Teller mit Schnittchen auf den Couchtisch stellte, sah er nur kurz auf, lächelte sie an und sagte «Danke». Anneliese setzte sich neben ihn und ergriff seine Hand, während Kilian im Studio verbal Prügel bezog. Der dicke Möllbach fegte einen Einwand mit großer Geste vom Tisch.

«Also deswegen – ich meine, wegen eines solchen Vorfalls – gleich von Organisierter Kriminalität zu reden, ich bitte Sie...»

Kilian schaffte es, «Wollen Sie bestreiten...» zu sagen, dann fiel ihm Möllbach ins Wort.

«Dieser gewaltsame Tod Ihres Beamten – natürlich ist das entsetzlich. Ringsherum liegt Polizei auf der Lauer, und trotzdem...» Möllbach genoß es, den Leiter des OK vorzuführen. Er mochte diesen eifernden Kilian nicht. Mit so einem war schwer auszukommen. Der war so unflexibel, hatte so gar nichts Geschmeidiges, steuerte immer ohne Rücksicht auf Verluste auf sein Ziel zu. In der Politik kam es auf das Machbare an. Man mußte sich arrangieren. Kompromisse schließen. Mit Kilian war das unmöglich. Schon lange dachte Möllbach darüber nach, wie er ihn als Leiter des OK loswerden könnte. Bisher hatte sich noch keine Gelegenheit geboten. Er mußte abwarten.

«Organisiertes Verbrechen, das man erkennt, ist schlecht organisiertes Verbrechen», hörte er Kilian sagen. «Man schmeckt es nicht, man riecht es nicht, man fühlt es nicht. Das ist wie bei einer strahlenden Substanz!»

Lächelnd, in breitem, gemütlichem Hessisch, das er pflegte, weil er seine Volkstümlichkeit betonen wollte, fiel ihm Möllbach wieder ins Wort: «Bei der ganzen Aktion sind Fehler unterlaufen. Geben Sie ja selbst zu, Herr Kilian. Der zweite Beamte hätte sich keinesfalls entfernen dürfen, gell. Aber darum nun gleich von Bedrohung unserer rechtsstaatlichen Ordnung zu sprechen...»

Zu Hause vor dem Fernsehapparat zuckte Held zusammen. Möllbach hatte recht. Er hatte einen Fehler gemacht. Niemals hätte er sich von seinem Kollegen trennen dürfen. Das war eine eiserne Regel. Aber Otto Tötter hatte ihn aufgefordert, dem Komplizen von Lasky nach unten auf die Straße zu folgen. Er hatte Lasky gefilzt, bevor er ging. Das Hotelzimmer war vorher von Polizei-Kollegen durchsucht worden. Woher hatte Lasky auf einmal die Waffe gehabt? Die Frage verfolgte ihn in seine Alpträume.

Er durfte sich vor seiner Frau nicht gehenlassen. Sie war zutiefst erschrocken gewesen, als sie von Ottos Tod erfahren hatte. Noch zwei Tage zuvor hatte sie mit ihm telefoniert und für das darauffolgende Wochenende einen gemeinsamen Familienausflug verabredet. Jetzt begann sie leise zu weinen. Held zog sie an sich.

«Das hätte dir auch passieren können», flüsterte Anneliese. Held schlang die Arme fester um sie.

«Aber ich war doch gar nicht dabei», murmelte er leise. Er wußte, die Wahrheit hätte sie nicht ertragen. Es gehörte zu den Erfordernissen seines Berufs, daß er seine Frau manchmal belügen mußte.

Auf dem Bildschirm wehrte sich Kilian gegen die Angriffe des kritischen Journalisten Sell. Er fühlte sich befangen und war sichtlich nervös. Die Kameras, die Scheinwerfer, die im Dunkel des Studios vorbeihuschenden Schatten irritierten ihn. Er war nicht oft zu Gast in Talk-Shows.

Sell beugte sich vor. «Polizisten», sagte er – seinem Tonfall nach hätte er auch ‹Folterer› sagen können –, «geben sich als Kriminelle aus, gründen Scheinfirmen, belauschen Privatgespräche, betrügen womöglich, stehlen... Ich meine, will die Polizei wirklich mit derart konspirativen Methoden zu einer Art Geheimdienst werden – der Kontrolle der Gesellschaft entzogen?»

Auch in der palastartigen Villa Herzog wurde an diesem Abend ferngesehen. Herzog hatte darauf bestanden, die Talk-Show einzuschalten. Amüsiert beobachtete Gehlen den Journalisten Sell, der sich immer noch über fragwürdige Polizeimethoden echauffierte. Der Mann war sein Geld wert.

Er drehte sich zu Herzog um. Der kaute nachdenklich an seiner Zigarre. Gehlen wußte, daß der Mord an diesem verdeckten Ermittler Herzog beunruhigte.

Es klopfte leise an der Tür. Rechtsanwalt Maier steckte den Kopf ins Zimmer. «Ich bin lieber gleich selbst vorbeigekommen», murmelte er entschuldigend, «man weiß ja nie, wieviel Wind in der Leitung ist.» Während Herzog weiter schweigend die Fernsehdiskussion verfolgte, reichte Maier Gehlen eine Akte. «Lasky hat bei der Turopax monatelang Geld unterschlagen.»

Gehlen nickte. Also hatte er richtig vermutet. Lasky hatte schnell zu Geld kommen wollen, war dabei versehentlich an einen verdeckten Ermittler geraten und durchgedreht. Mehr steckte nicht hinter der ganzen Geschichte.

«Jetzt haben wir das Finanzamt am Hals», seufzte Maier. «Turopax und Herzog-Investments werden überprüft, ob es da irgendeine Verbindung gibt.»

«Da gibt's keine Verbindung», fiel ihm Herzog scharf ins Wort. Er richtete die Fernbedienung wie einen Revolver auf den Rechtsanwalt. «Ich zahle Ihnen ein Vermögen dafür, Doktor, daß so was nicht nachzuweisen ist.» Seine Stimme hatte einen drohenden Unterton. Hinter ihm tauchte aus dem Dunkel die massige Figur des Bodyguards auf.

Maier nickte eingeschüchtert. Herzog war sein einziger Mandant; er durfte ihn nicht verärgern.

Die Freundschaft von Jan Herzog war gleichbedeutend mit einer Lebensversicherung, doch wer einmal seinen Unmut erregt hatte, lebte fortan gefährlich.

Herzog hatte sich wieder dem Fernsehapparat zugewandt. Was mochte hinter diesem Polizistenmord stecken? «Lasky hat nichts im Kopf», murmelte er nachdenklich. «Ein kleines Licht. Niemals hätte der so was allein durchgezogen.»

«Sollen wir ihn uns mal im Knast vorknöpfen?» Gehlen hatte sich fragend umgewandt, aber Herzog antwortete nicht. Das beunruhigte Gehlen. Er hatte gelernt, dem Instinkt des Älteren zu vertrauen. Gefahren konnte Herzog wittern wie ein Raubtier im Dschungel, sonst hätte er nicht so lange überlebt und nicht so viel erreicht.

«In den letzten Jahren sind Verbrecher-Imperien entstanden, hochkriminelle Gruppen, die ihre enormen Gewinne zunehmend in legale Firmen investieren, die legale Wirtschaft unterwandern und immer mehr Einfluß auf unsere Gesellschaft nehmen.» Die Stimme Kilians ertönte aus dem Fernsehapparat. «Mit herkömmlichen Ermittlungsmethoden ist an die gar nicht mehr ranzukommen.»

Herzog hörte dem Polizeibeamten aufmerksam zu. Gehlen versuchte, in seinem Gesicht zu lesen, was er dachte, doch Herzogs Miene war undurchdringlich.

Am nächsten Morgen fuhr Anneliese früh in die Schule. Held blieb allein zurück, mit seinen Gedanken und quälenden Selbstvorwürfen. Kilian hatte ihn zwar aufgefordert, zu Hause zu bleiben und auszuspannen, doch rastlos, wie er war, hielt er es in seinen vier Wänden nicht mehr aus. Kurz entschlossen stieg er in sein Auto und fuhr von Darmstadt nach Frankfurt, ins Polizeipräsidium.

Die Abteilung Organisierte Kriminalität war hermetisch von den übrigen Dienststellen abgeriegelt. Nachdem in Hamburg ein Staatsanwalt des OK während eines Verhörs erschossen worden war, hatte man bundesweit die Sicherheitsvorkehrungen verschärft. Eine Schleuse mit schweren, milchigen Panzerglastüren und Überwachungskameras sollte die Beamten schützen.

Held klingelte. Ein Summer ertönte. Er betrat die Schleuse. Hinter ihm fiel eine Gittertür mit metallischem Klicken ins Schloß. Eine zweite sprang auf. Vor ihm lag eine endlose Büroflucht. Durch die offenen Zimmertüren blickte man in hohe, unbehagliche Altbauräume mit verstaubtem Mobiliar, das hin und wieder nach Bedarf durch moderne Stücke ergänzt worden war. In jedem Büro standen aus Platzmangel mehrere Schreibtische einander gegenüber. An den Wänden türmten sich Aktenregale. Durch die Fenster blickte man hinaus auf einen von hohen Mauern umschlossenen düsteren Hof. Im Vergleich zu den gläsernen Bürotürmen, die nebenan entlang der Mainzer Landstraße in den Himmel ragten, mit ihren edlen, von Designerhand ausgestatteten Büros, machten die engen, schmutziggrauen Räume hier einen trostlosen Eindruck.

Für Held war alles anders. Aber verändert hatte sich nichts. Die Telefone schrillten wie eh und je, das hektische Treiben legte keine Schweigeminute ein. Niemand hatte Zeit. Niemand wollte ihn bemerken, alle wichen seinem Blick aus. Man wußte nicht, was man ihm sagen sollte. Es war jene Sprachlosigkeit, mit der man oft Menschen begegnet, die einen nahen Angehörigen verloren haben: Jedes tröstende Wort erschien sinnlos.

Die Tür zur «kleinen Befehlsstelle», einem engen Raum, in dem sich fünf Männer vor Funkgeräten und an Telefonen drängten, stand offen. Einer der Beamten, Hauptkommissar Rüdiger, brüllte gerade erbost ins Telefon: «Nein, Herrgott – wenn der LKW morgen über die Grenze kommt, müssen alle Abhörtelefone besetzt sein. Rund um die Uhr. Egal, was es kostet!» Ärgerlich knallte er den Hörer auf die Gabel und nickte Held zu. «Wie geht's dir, alter Junge?»

Held zuckte die Schultern. «Na ja, ein Hundertjähriger wird gefragt, wie er sich fühlt, und er sagt, besser als die Alternative.»

Rüdiger musterte ihn von der Seite, sah das bleiche Gesicht, die rotgeränderten Augen. Schweigend gingen die beiden über den langen Flur.

Rüdiger seufzte: «Otto war ein feiner Kerl.»

«Und ein erstklassiger Polizist.»

«Gibt's 'ne Untersuchung?» fragte Rüdiger leise.

«Klar, wie üblich.»

Rüdiger schüttelte den Kopf. «So ein Blödsinn.»

Held nickte stumm.

«Papiertiger, die nachträglich Versäumnisse aufdecken wollen.» Rüdiger stieß Held mit dem Ellenbogen in die Seite. «Nicht unterkriegen lassen, Charly.»

Held lächelte angestrengt. Rüdiger klopfte ihm auf die Schulter und eilte zurück in sein Büro. Krümel, ein schmächtiger Jüngling mit pickligem Ohrfeigengesicht, war verlegen mit einer Meldung der Schutzpolizei an Held vorbeigestürmt und stand jetzt vor dem Büro von Horst «Hotte» Jehner. Held hörte, wie Krümel den Sachverhalt schilderte: Ein paar Maskierte hatten offenbar einen Italiener vor dessen Haus zusammengeschlagen und schlafende Nachbarn geweckt. Jehner knurrte, er habe keine Zeit für weitere Fälle, außerdem sei er für nächtliche Ruhestörungen nicht zuständig.

Held blieb neben Krümel stehen und warf einen kurzen Blick ins Zimmer. Hotte las Zeitung. Sein Kollege Wessel legte eine Patience. Offenbar strengten diese Tätigkeiten die beiden dermaßen an, daß sie nicht einmal die Köpfe heben konnten.

«Zeig mal her, Krümel!» Held winkte den Jüngeren zu sich heran.

Thomas Hubrich hatte sich inzwischen mit seinem Spitznamen abgefunden. Krümel war in Ordnung. Krümel war nur eine Anspielung auf sein Alter. Keine auf sein klassisches Ohrfeigengesicht. Er deutete auf die Meldung. «Die Nachbarn haben genau gesehen, wie die Kerle den festgehalten und verdroschen haben, aber als dann die Streife hinkam, wußte die Frau von nichts. Ihr Mann wäre hingefallen.»

Held sah sich die Unterlagen an. Italienische Restaurantbesitzer fielen ziemlich häufig hin und verletzten sich. Außerdem waren sie oft sehr unvorsichtig mit ihrem Mobiliar. Offenbar konnten sie weder richtig gehen noch brennende Streichhölzer festhalten. Gewisse Experten hätten vermutlich behauptet, dabei handele es sich um typische Akklimatisierungsschwierigkeiten. Wer im warmen Sizilien aufgewachsen war, geriet beim schlechten deutschen Wetter natürlich ins Zittern und Schleudern.

«Sieht nach Schutzgelderpressung aus», sagte Held. Hotte schaffte es endlich den Kopf zu heben. Er schaffte es sogar zu lachen.

«Unser Vorzeigekriminalist.» Er grinste böse. «Und sein Kollege betrachtet die Radieschen von unten.»

Held versuchte, sich zu beherrschen. «Wer war denn vorher in dem Hotelzimmer, Hotte? Wer sollte das durchsuchen? Wieso war da auf einmal 'ne Pistole?»

Hotte nahm seine Zeitung und wollte auf den Flur hinausgehen.

«An deiner Stelle würde ich es mir nicht leisten, hier groß das Maul aufzureißen.»

Held packte ihn am Arm. «Ich will dir mal sagen, was ich mir leisten kann. Ich kann dich aus dem Fenster werfen, du Miststück.» Er stieß Hotte in das Büro zurück. Ein Stuhl kippte polternd um. Hotte stolperte und fiel zu Boden. Held riß ihn hoch. Wessel und Krümel versuchten, die beiden zu trennen.

«Wir sind hier im fünften Stock», schrie Held. «Ich schmeiß dich so raus, daß du verdammter Mistkerl auf deiner polierten Glatze landest.» Klirrend ging eine Schreibtischlampe zu Bruch. Mehrere Kollegen stürzten herein.

Plötzlich hörte Held Kilians Stimme. «Charly!» Er ließ von Jehner ab.

Droegel klopfte ihm beruhigend auf die Schulter. Held atmete tief durch. Ausgerechnet ein Typ wie Jehner mußte ihn auf Ottos Tod ansprechen. Hotte gehörte doch zu denen, die schon längst die innere Kündigung ausgesprochen hatten, die nur noch Dienst nach Vorschrift taten. Wäre die Polizei ein Privatunternehmen, hätte sie schon längst Konkurs anmelden müssen – und Mitschuld daran trugen Typen wie Jehner.

Im Büro des Dienststellenleiters erhoben sich Staatsanwältin Brant und Oberle, der Leiter der Kripo, gerade vom Sitzungstisch. Kilian begleitete sie zur Tür.

«Habt ihr was über den Komplizen von Lasky rausgefunden?» fragte Held leise. Droegel schüttelte den Kopf.

«Nicht zu erkennen auf dem Video. Dauernd ist sein Gesicht vom Fensterbalken verdeckt.»

Oberle und Kilian gingen rasch an den beiden vorüber. Kilian nickte Held freundlich zu, aber Oberle schien ihn geflissentlich zu übersehen.

Held sah ihm verwundert nach. «Für den existiere ich schon gar nicht mehr.»

Auch die Staatsanwältin ging rasch mit gesenktem Kopf an ihnen vorbei zu ihrem Büro. Held musterte Droegel beunruhigt. «Was ist los? Irgendwas ist doch im Busch?»

Droegel zögerte, dann zog er Held in einen gegenüberliegenden kleinen, fensterlosen Raum, der als Aktenablage diente. Die beiden verloren sich fast zwischen den meterhohen Regalen.

«Der Schwule, über den ihr an Lasky rangekommen seid ...» Droegel zögerte.

«Mimi, das Schmuckstück?»

«Stimmt es, daß Otto ihn mit Drogen versorgt hat?»

Held starrte Droegel erschrocken an. «Wer behauptet das?»

Droegel antwortete nicht.

Held zuckte mit den Schultern. «Du weißt doch, wie es läuft: Du mußt einen kennenlernen, der einen kennt, der einen kennt, der einen kennt. Nur so kommst du an Informationen ran. Dabei kannst du dir nicht aussuchen, ob einer süchtig ist oder nicht.»

Er wußte, daß seine Erklärungen fadenscheinig klangen. Ein Polizist durfte keinen Stoff verteilen. Niemals, unter keinen Umständen durfte er das. Es geschah trotzdem. Aber niemand bei der Polizei würde es zugeben. Die Polizei brauchte Informationen, und ihre Informanten waren in der Regel keine braven Bürger, die aus purer Freundlichkeit mit der Polizei kooperierten. Ihre Informanten waren arme Schweine, und hin und wieder wusch eine Hand die andere. Das Risiko, Informationen weiterzugeben, gingen in der Regel nur Süchtige ein. Man mußte ein Vertrauensverhältnis zu ihnen aufbauen, mußte ihnen helfen. Was machte es schon für einen Unterschied, ob man einem Süchtigen Geld gab, damit er sich an der nächsten Ecke mit Stoff versorgen konnte, oder ob man ihm den Stoff direkt gab? Aber offiziell war das verboten. Offiziell durfte ein Polizeibeamter so etwas nicht zugeben.

«Wäre natürlich besser, wenn die Staatsanwaltschaft davon nichts erfährt», murmelte Held.

Droegel blickte sich um. «Hat sie schon. In Ottos Jackentasche wurden Reste von H entdeckt.»

Held atmete tief durch. «Ach du Scheiße.»

Droegel sah ihn forschend an. «Du hast doch so einen Mist nicht gemacht?»

Held zögerte. «Nein.»

«Sicher?»

«Ganz sicher.» Er sah Droegel an. «Bin ich suspendiert?»

Droegel zuckte mit den Schultern. «Solange die Untersuchung läuft.» Droegel legte ihm beschwichtigend die Hand auf die Schulter. «Es gibt noch andere Fälle.»

Held schüttelte den Kopf. «Nein. Es gibt nur diesen Fall. Diesen einen Fall.»

Droegel sah ihn lange an. «Auf deine Art bist du auch süchtig.»

Held durfte nicht zu Ottos Beerdigung. Es wäre zu gefährlich gewesen. Also blieb er zu Hause, arbeitete ein bißchen im Garten, grübelte und zermarterte sich das Gehirn. Er trauerte um Otto, und er machte sich Sorgen um seine Zukunft. Was würde die Staatsanwaltschaft herausfinden? Was wäre, wenn er die Polizei verlassen mußte? Wenn sie ihm nachweisen konnten, daß er Informanten mit Stoff versorgt hatte, würden sie ihn entlassen. In Unehren. Das wußte er. Was sollte er dann tun? Er war gern Polizist. Als er zum erstenmal die Uniform angezogen hatte, war das der stolzeste Tag in seinem Leben gewesen. Held blickte zum Himmel auf. Bleiern zogen Wolken über ihn weg. Jetzt ließen sie wahrscheinlich gerade Ottos Sarg in das tiefe Erdloch gleiten. Die Erde polterte auf das Holz. Brocken für Brocken. Die Polizeikapelle stimmte einen Trauermarsch an. Versteinert standen sie am Grab, die Kollegen; Kilian, Oberle, Droegel. Held trat ins Wohnzimmer und schloß die Terrassentür. Es gab nur eine Möglichkeit, zurückzuschlagen. Er hatte nur eine Chance, es Herzog heimzuzahlen. *Er selbst* mußte als Verdeckter Ermittler in seine Nähe gelangen.

Die nächsten Tage verbrachte Held in Büchereien und Archiven. Bis spät in die Nacht las er. Der Teppich im Wohnzimmer war mit Akten, Karten und Sachbüchern übersät. Held arbeitete die ganze Nacht. Morgens sammelte Anneliese Bücher auf, die noch immer überall im Wohnzimmer herumlagen. «Staatssicherheit», «Die Geheimpolizei der SED», «Handelsabkommen mit der DDR», «Das Ko-Ko-Imperium». Sie verstand nicht, was ihr Mann da trieb, aber es sah aus, als fasse er wieder Lebensmut. In den letzten Tagen hatte sie sich große Sorgen um ihn gemacht. Er sah immer blasser aus, er war so still, so gedankenverloren. Weit weg von der Welt, von ihr. Jetzt schien er wieder Pläne zu schmieden, sich Ziele zu setzen.

Hin und wieder besuchte Held seine Stammkneipe, in der sich die Kollegen regelmäßig trafen. Er spielte dort manchmal Trompete in einer Jazzband. Eines Abends, als ihn die Erinnerung an Otto wieder überwältigte, spielte er «Singing In The Rain», Ottos Lieblingslied. Als er an den Tisch zurückkehrte, hatte er Tränen in den Augen.

Krümel versuchte ihn abzulenken. «Haben Sie ihm schon von dem Krach heute im Amt erzählt?» Er zwinkerte Droegel aufmunternd zu.

«Kilian hat sich den Oberstaatsanwalt vorgeknöpft», erklärte Droegel. «Sesselfurzer gäbe es genug bei uns im Amt.» Er schaute zu Hotte hinüber, der an der Theke lehnte. «Aber engagierte Polizisten wie dich –» Droegel nahm einen kräftigen Schluck aus dem Bierglas. «Bei der Weltmeistertruppe, die er da rumsitzen hätte, könnte er nicht länger auf dich verzichten.»

Held sah ihn erwartungsvoll an: «Und?»

Droegel lächelte. «Das Verfahren der Staatsanwaltschaft läuft natürlich weiter, aber trotzdem: Du gehörst wieder zur Truppe.»

Held sah Droegel ungläubig an. Dann breitete sich ein Strahlen über sein Gesicht. Endlich. Jetzt konnte er seinen Plan in die Tat umsetzen.

Gleich am nächsten Tag suchte er Kilian in seinem Büro auf, um ihm eine Mappe mit engbeschriebenen Schreibmaschinenseiten zu übergeben. Das Ergebnis seiner intensiven Überlegungen und Recherchen. Der Leiter des OK blätterte und las. Angespannt verfolgte Held jede Regung in seinem Gesicht. Was er da plante, war ein

Himmelfahrtskommando. Noch nie war es der Polizei gelungen, einen Verdeckten Ermittler so dicht an einen der Drahtzieher des Organisierten Verbrechens heranzubringen.

Kilian schüttelte den Kopf. «Viel zu riskant», murmelte er und blätterte weiter.

«Wenn ich denken würde, das Risiko wäre zu groß, würde ich es nicht machen. Ich fordere das Schicksal doch nicht heraus.»

Kilian blickte ihn zweifelnd an. Held wartete ungeduldig. Es schien ewig zu dauern, bis Kilian endlich die Mappe schloß und langsam auf den Tisch legte. Er musterte Held.

«Die Legende muß hundertprozentig überprüfbar sein.»

Held atmete tief durch und nickte dankbar. Kilian hatte angebissen. Die beiden begannen Schlachtpläne zu entwerfen, Zeitabläufe zu besprechen. Um zehn Uhr abends riefen sie Droegel zu Hause an. Er solle ins Präsidium kommen. Droegels Familie protestierte lautstark, doch er machte sich auf den Weg.

In einer Schweizer Zeitung hatte Held eine Meldung gefunden: Die Firma Turopax war in Konkurs gegangen. Jetzt durchschaute Held, was Herzog seinerzeit in Bitterfeld geplant hatte: Alle waren glücklich gewesen, als die Turopax die alte Bitterfelder Chemiefabrik für eine Mark gekauft und versprochen hatte, bis 1998 weiter zu investieren und die Arbeitsplätze sogar aufzustocken. Dabei war in Wahrheit die Beerdigung schon angesetzt, obwohl die Leiche noch atmete. Die Turopax, zuvor von Herzog über Strohleute in der Schweiz gegründet, hatte sofort – angeblich, um noch liquider zu sein – die Fabrikgrundstücke an Herzog-Investments verkauft. Danach war sie pleite gegangen. Die Fabrik wurde geschlossen, die Arbeitsplätze waren futsch, und Herzog hatte die wertvollen Grundstücke für einen lächerlichen Betrag eingesackt.

Droegel blickte alarmiert auf: «Die Deponie.»

Held nickte. «In Unrat kennt unser Freund sich aus.»

Der Morgen dämmerte bereits, als die drei Männer das Polizeipräsidium verließen. Sie wußten, daß noch viel Arbeit auf sie wartete. So wie sie Herzog von nun an beobachten und erfassen würden, so würde die gegnerische Seite jedes Detail, jede Einzelheit der Biographie, die Held sich ausgedacht hatte, durchleuchten. Jeder

Fehler, jede Ungereimtheit in seiner Geschichte konnte tödlich sein. Auf dem Rückweg nach Darmstadt war Held glücklich. Er wußte, Kilian hatte Feuer gefangen, und Droegel würde mitmachen. Er brauchte einen zuverlässigen VE-Führer. Renate Sames, die schon bei der Aktion in Bitterfeld zu ihrem Team gehört hatte, sollte Droegels Stellvertreterin werden. Dann könnten sich die beiden bei Nachtschichten abwechseln, und Droegel hätte ein bißchen Zeit für seine Frau, die ihm schon die Hölle heiß machte, weil er sich zuwenig um die Familie kümmerte.

Held ließ sich anschließend die Haare schneiden und die Fingernägel maniküren. Bei seinem alten Friseur waren ihm nie Kaffee und Fruchtsäfte angeboten worden, schon gar nicht von so einem hübschen Mädchen. Held gab ihr ein hohes Trinkgeld. Seine Rolle fing an, ihm Spaß zu machen.

Doch sein neues Leben bedeutete zugleich unausgesetzte Lebensgefahr. Das wußte Held. Darum brauchte er einen zuverlässigen Begleiter. Droegel hatte eine Idee gehabt.

Zwei Tage später brachte er ihm einen Schnellhefter. Held betrachtete kurz das Foto, das einen mürrischen kantigen Riesen zeigte, dem man nicht unbedingt nachts im Park hätte begegnen wollen, und blätterte in den Unterlagen: Erich Grobecker, Jahrgang '52, normaler Dienstweg. Frühpensioniert wegen Dienstuntauglichkeit.

Held blickte auf. Droegel lächelte. «Die wollten ihn bei der Polizei loswerden.»

«Warum?»

Droegel fischte einen Bericht aus den Unterlagen. «Hier, lies mal. Vorige Woche hat er einen Schläger festgenommen. Aber statt den Burschen in den Streifenwagen zu setzen, hat er ihn mit Handschellen an den Rückspiegel seines Polizeiwagens gefesselt und schwitzend nebenher trotten lassen. Angeblich um zu verhindern, daß der besoffene Kerl ihm das Auto vollkotzt.» Droegel grinste. «So was macht Polizisten nicht gerade beliebt.»

Held sah ihn zweifelnd an.

«Wenn du mal in Kalamitäten steckst», beruhigte ihn Droegel, «kannst du dich absolut auf ihn verlassen.»

«Mag sein», sagte Held. «Aber die Frage ist, ob ich überhaupt in Kalamitäten stecken würde, wenn er nicht dabei wäre.»

Am nächsten Abend traf Held zum erstenmal mit Grobecker zusammen. Sie hatten sich in einem abgelegenen Bahnhofslokal verabredet. Held erkannte den Polizisten sofort, der in einer Ecke hockte und trübselig in sein Bier starrte. Er nahm ihm gegenüber am Tisch Platz.

«Von wegen nicht mehr diensttauglich», grollte Grobecker. «Astrein ist der Bruch verheilt. Ich hatte einen Motorradunfall, wissen Sie. Normalerweise mache ich auf so einem Ding alles, wie ein Indianer auf seinem Pony, aber –»

Er holte zwei neue Bierflaschen vom Tresen. Held beobachtete ihn. «Sie humpeln.»

Grobecker fuhr herum. «Na schön, ich humple», knurrte er. «Na und? Ich will ja auch nicht Bademoden auf dem Laufsteg vorführen!»

Held musterte ihn prüfend. «Warum, glauben Sie, wollen die Kollegen Sie loswerden?»

Grobecker beugte sich vor. «Weil ich sage, was ich denke. Kommt heutzutage bei Vorgesetzten nicht unbedingt an. Das Normalvolk stellt sich gerne vor, daß Bullen Tag und Nacht wie die Jäger durchs Unterholz streifen. Ist nur leider nicht so. Die meisten unserer lieben Kollegen hocken doch von acht bis vier auf ihrem fetten Beamtenarsch, dann knallen sie ihre Schreibmaschine zu, Kugelschreiber auf den Tisch, und wenn das große Verbrechen anfängt, haben sie Feierabend.»

Held lächelte. Ganz so unrecht hatte Grobecker nicht. Der nahm einen kräftigen Schluck aus seinem Bierglas. «Bei 'ner Katastrophenübung neulich im Präsidium haben sie zwei Minuten gebraucht, um das Gebäude zu räumen. Wenn Feierabend ist – können Sie Gift drauf nehmen –, keine zehn Sekunden, dann ist alles leer.»

Obwohl Held ihm in der Sache recht geben mußte, hatte er doch seine Zweifel, was diesen Mann anging. Er wirkte ziemlich großmäulig. Held beugte sich vor und senkte die Stimme: «Möglich, daß ich jemanden brauche, auf den ich mich unbedingt verlassen kann.»

Grobecker schwieg, dann grinste er Held an. «Die Welt ist verdammt hart, aber manchmal scheint man einfach Glück zu haben.»

Die Stimmung in Gonzo Ritzecks Boxclub kochte. Die Tribünenreihen waren dicht besetzt. Grell geschminkte Mädchen drängten sich neben goldbehangenen, fitneßgestählten Jünglingen und seriös wirkenden Herren, die sich irgendwie hierher verirrt zu haben schienen. Herzog hatte zum Boxkampf geladen.

Unbarmherzig droschen die Boxer aufeinander ein. Die Zuschauer jubelten. Herzog klatschte beifällig. Sein sechzehnjähriger Sohn Louis wandte sich angewidert ab. Michelle Berger, die bekannte Schlagersängerin, die neben Herzog saß, verfolgte begeistert den Kampf, während sie gleichzeitig zwei Jungen Autogramme gab und für einen Hobbyfotografen in die Kamera lächelte.

Ohne das Geschehen im Ring weiter zu beachten, zwängte sich Gehlen durch die Sitzreihen zu Herzog und flüsterte ihm etwas ins Ohr. Herzog lächelte, klopfte ihm stolz auf die Schulter und rückte ein Stück von Louis ab, um Gehlen neben sich Platz zu machen. Er war zufrieden. Obwohl sie der gesamten Belegschaft der Turopax gekündigt hatten, die versprochenen Investitionen nicht geflossen waren, hatte die Treuhand nichts gegen sie in der Hand. Von Strafe bei Nichterfüllung stand kein Wort in den Verträgen.

Stürmischer Beifall brandete auf, der unterlegene Boxer strauchelte und ging langsam unter einem Hagel von Schlägen zu Boden. Louis würgte. Die Hand vor den Mund gepreßt, stolperte er die Tribünentreppe hinunter. Beinahe wäre er gefallen. Herzog erschrak. Der Junge durfte nicht hinfallen. Jeder Stoß, jede Verletzung war für ihn lebensgefährlich.

Gehlen hatte Louis aufgefangen. Herzog strich dem Jungen ärgerlich übers Haar und gab Gonzo einen Wink, seinen Sohn hinauszubegleiten. Dann nahm er neben Gehlen wieder Platz.

«Sensibel, der Junge», murmelte Gehlen.

Herzog antwortete nicht. Finster starrte er zum Ring hinunter. Er wußte, daß sein Sohn nichts von seiner Kraft geerbt hatte. Ein Schwächling, von Krankheit gezeichnet. Nicht dumm. Er liebte Musik. Er liebte Bücher. Aber er würde nie die Statur haben, an der

Spitze eines Unternehmens wie Herzog-Investments zu stehen. Immer würde er Schutz brauchen, auf verläßlichen Beistand angewiesen sein.

Held war kaum zu Wort gekommen. Den ganzen Abend hatte ihm sein Begleiter in den Ohren gelegen, sich über die ungerechtfertigte Pensionierung beklagt und seinen untrüglichen Polizisteninstinkt gerühmt. Mehr und mehr war der Kerl Held auf den Wecker gefallen.

Kurz bevor sie zahlten, konnte Held endlich loswerden, was er vorhatte. Die beiden gingen gemeinsam zum Auto.

«Den großen Bossen den Arsch aufreißen.» Grobecker strahlte. «Das wär's. Au Mann. Genau meine Kragenweite.» Er schien bester Laune.

Held blieb sachlich: «Wir brauchen Legenden, die überprüfbar sind.»

Grobecker fiel ihm ins Wort: «Klar, man kann nicht einfach auftauchen und sagen: Hier bin ich, und nun verkauft mir mal 'n Sack Drogen. Logo.» Respektvoll musterte er sein Gegenüber. «Sie sind 'n Profi.»

«Sind Sie verheiratet?» fragte Held.

Grobecker nickte. «Seit vierzehn Jahren.»

«Intaktes Zuhause ist Voraussetzung. Sie werden anderen Frauen begegnen.»

Grobecker grinste. «Nichts dagegen.» Er gab Held einen vergnügten Rippenstoß mit dem Ellenbogen.

Helds Ton wurde schärfer: «Wir suchen keine Abenteuer.»

«Mit der Ehe ist das wie mit dem Militär: Alle schimpfen darüber, trotzdem gibt es 'ne Menge Freiwillige. Ich gehöre dazu.» Grobecker lachte fröhlich.

Held unterdrückte ein Lächeln. «Kaufen Sie sich einen Anzug. Was Sie als mein Chauffeur halt tragen würden.»

Grobecker nickte. «Ich bin der Chauffeur, verstehe. Der leicht bescheuerte Bodyguard.» Vergnügt schnippte er mit den Fingern. «Also, 'n Anzug für Hochzeiten und Beerdigungen habe ich.»

Held blieb stehen. «Keine Privatklamotten. Um Gottes willen, darin erkennt man einen Bullen normalerweise auf hundert Meter Entfernung.»

Grobecker drehte sich beeindruckt um. «Sie sind ’n Profi.»

«Die Grundausbildung dauert normalerweise ein Jahr», fuhr Held fort. «Bei Ihnen müssen vier Wochen genügen.»

«Schaff ich schon. Keine Sorge. Sie werden mit mir zufrieden sein.»

«Gackern Sie nicht, ehe die Eier gelegt sind.»

Grobecker schien unbeeindruckt. «Ach du Scheiße!»

«Was ist denn?» fragte Held ärgerlich. Grobecker deutete zur gegenüberliegenden Straßenseite. «Die schleppen gerade Ihr Auto ab.»

Held drehte sich um. Sein Auto baumelte am Kran des Abschleppfahrzeugs. Wütend rannte er zum Fahrer und wollte sich gerade als Polizeibeamter im Dienst ausweisen, besann sich dann aber rechtzeitig und akzeptierte murrend, wie es sich für einen Normalbürger gehörte, Strafe für falsches Parken und Abschleppkosten.

Grobecker beobachtete ihn amüsiert. Der Vorfall schien seine glänzende Laune noch verbessert zu haben.

Am späten Nachmittag des 30. März landete der Lear-Jet mit dem Herzog-Emblem auf dem Flughafen Leipzig. Zwei elegant gekleidete Herren verließen die Maschine und ließen sich von einem Taxi direkt nach Bitterfeld chauffieren. Den Rest des Abends verbrachten Gehlen und Dr. Maier in dem kleinen Büro eines heruntergekommenen Bordells am Rande der Stadt, bis schließlich die erwartete Unruhe eintrat, die Freier und Mädchen auf den rotbeleuchteten Flur lockte.

«Nicht diese miesen Tricks, nicht mit mir!» Trampe war außer sich. Der Leiter des Umweltreferats Bitterfeld hatte sich nur einen netten Abend machen wollen. Von seiner Leidenschaft für sehr junge Burschen wußte bislang niemand. Er hatte sie erfolgreich geheimhalten können. Um so erschrockener war er jetzt, als die Wand in seinem für eine Stunde angemieteten Zimmer sich plötzlich als Tapetentür entpuppte und er in dem kleinen Kabuff dahinter einen bulligen, breit grinsenden Mann und ein Stativ mit Videokamera entdeckte. Er brauchte einige Sekunden, um seine Blöße zu bedecken. Ein schmächtiger Junge mit großen braunen Augen verdrückte sich in die hinterste Ecke des breiten Bettes und beobachtete ängstlich Trampe, der erbost schrie: «Ich lasse mich nicht erpressen! Na los, veröffentlichen Sie den Film doch!»

Der Mann in der Tapetentür grinste frech. «Dann sind Sie aber die längste Zeit Beamter gewesen.»

Trampe war bekannt als engagierter, couragierter Politiker ohne IM-Akte im Stasi-Keller, der kein Blatt vor den Mund nahm. Als scharfer Hund, wenn es um die Vergabe von Entsorgungs- und Baugenehmigungen ging. Doch jetzt saß er hilflos zitternd auf seinem Bett.

«Können wir Ihnen irgendwie behilflich sein, Herr Trampe?»

Verblüfft gaffte Trampe den Mann an, der gerade ins Zimmer getreten war. Wie kam ausgerechnet Gehlen hierher? Herzogs engster Berater paßte nicht in dieses Hotel. Nicht mit diesem Anzug, der vermutlich teurer war als sämliche Betten des Hauses zusammen.

«Ich...», stammelte Trampe, «ich saß in der Bar mit dem Jungen und hab was getrunken. Dann erinnere ich mich an nichts mehr, bis...»

«Keine Sorge», unterbrach Gehlen ihn, ohne den Blick von dem Mann im Kabuff zu wenden. Mit einer eindeutigen Geste forderte er die Herausgabe des Films.

«Hast du sie nicht mehr alle?» protestierte der Fotograf.

Gehlen ging zwei Schritte auf ihn zu. Trampe konnte nicht hören, was er sagte, aber der Mann hob abwehrend die Hände.

«Okay, okay, kein Streit.» Er riß die Kassette aus der Kamera und warf sie Gehlen zu, der sie in seiner Manteltasche verschwinden ließ.

«Raus», sagte Gehlen streng. Der Fotograf schnappte sein Stativ und drängte sich an Maier vorbei aus dem Zimmer. Währenddessen saß Trampe mit offenem Mund auf der Bettkante und rührte sich nicht.

Gehlen lächelte verbindlich. «Gut, daß wir zufällig hier waren.

Wir hatten etwas mit dem Geschäftsführer zu besprechen. Unstimmigkeiten wegen des Mietvertrages.»

«Das hier gehört Herzog?» fragte Trampe hohl.

«Das Haus», sagte Gehlen und ließ einen abfälligen Blick durch den Raum schweifen. «Herr Herzog betreibt keine Bordelle.» Er rümpfte angewidert die Nase.

«Scheußliche Situation, ich weiß gar nicht...?» Trampe stockte.

«Eine selbstverständliche Gefälligkeit», warf Gehlen ein.

Trampe schaute unsicher auf den Jüngling, der sich immer noch unter der Bettdecke verkroch. Gehlen lächelte. «Der hält den Mund. Darauf können Sie sich verlassen.» Er trat auf Trampe zu. «Nichts ist vorgefallen, nichts bleibt, nur unsere Freundschaft.»

Trampe starrte ihn an. Dann nickte er langsam. Er hatte verstanden. Künftig würde er tun, was Herzog oder einer von dessen Mitarbeitern von ihm verlangte, oder er würde mit Schimpf und Schande aus dem Amt gejagt werden. Resigniert begann der Leiter des Umweltreferates Bitterfeld sich anzuziehen.

In der eleganten, weitläufigen Halle des Hotels «Frankfurter Hof» wartete Held an der Bar und nippte an seinem Drink. Er warf einen Blick auf die verspiegelte Wand hinter dem Tresen. Der Bart war abrasiert, und mit seiner gepflegten Frisur und dem teuren, lässig geschnittenen Anzug paßte er sich nahtlos seiner eleganten Umgebung an. Im Spiegelbild entdeckte er plötzlich Grobecker, der in Stiefeln, Lederhose und grellbuntem Hawaiihemd unter einer Felljacke die Hotelhalle durchquerte, auf dem Kopf einen breitkrempigen Hut.

Erstaunt drehten sich die Hotelgäste nach ihm um. «Wo hat der sein Pferd angebunden?» fragte ein eleganter Herr amüsiert seine Begleiterin.

Grobecker ließ sich nicht beirren. Strahlend begrüßte er Held, der ihn fassungslos anstarrte.

«Bin zu spät, wie? Sorry, um die Zeit...»

«Im Milieu ist es üblich, sich zu verspäten», unterbrach ihn Held. «Nie pünktlich sein wie ein preußischer Beamter.» Kopfschüttelnd betrachtete er Grobecker. «Diese Fransen!»

«Das sind keine Fransen», stellte Grobecker sachlich fest. «Das ist Lammfell.»

Held winkte den Ober und zahlte. «Wenn wir um fünf verabredet sind, und Sie erscheinen um fünf vor fünf, weiß die Gegenseite sofort, das ist die Schmiere.»

«Na prima.» Grobecker schien der oberlehrerhafte Ton seines Vorgesetzten zu nerven. «Und ich dachte schon, ich komme zu spät.»

«Zu spät?» zischte Held. «Es ist genau zwei Minuten nach fünf.»

«Nennen Sie das zu früh?»

Anerkennend drehte er sich nach einer jungen Frau um, die an den beiden vorbeiging. «Is das 'ne Nutte?»

Held rang mühsam um Fassung. «Wie Sie sich ausstaffiert haben!» Er stand auf und verließ die Bar.

Grobecker lief hinter ihm her. «Hey, Sie sagen, ich soll mir was zum Anziehen kaufen, und dann geraten Sie total aus dem Häuschen.»

Held deutete auf die Jacke. «Diese Fransen.»

«Das sind keine Fransen! Das ist Lammfell.»

Held spürte die amüsierten Blicke der anderen Gäste.

Grobecker lächelte versöhnlich. «Okay, mein Geschmack ist nicht Ihr Geschmack. Kaufen wir halt was anderes.»

«Schon mal das Zitat gehört: Herr, vergib ihm, denn er weiß nicht, was er sagt?» Held zog sich den Mantel über. «Die Kosten muß ich nachher im Amt vertreten. Was denken Sie, was die mir erzählen?»

Grobecker seufzte: «Junge, Junge, Sie machen einem so richtig Mut. Ich habe mich schon so gefreut, weil ich dachte, heute legen wir endlich los, und schon ist die Stimmung im Eimer.» Im Hinausgehen drehte er sich neugierig nach Hotelgästen um, die auf einer Empore Schach spielten.

«Werden Sie nicht kennen. Reines Intelligenzspiel», bemerkte Held giftig. Vor dem Hoteleingang reichte er Grobecker einen Autoschlüssel und zeigte auf einen silberglänzenden, nagelneuen Mercedes 600. Grobecker pfiff anerkennend durch die Zähne – ein Auto nach seinem Geschmack. Schwungvoll öffnete er die Tür, machte es sich auf dem breiten Sitz bequem und steckte den Schlüssel ins Schloß. Der Motor setzte sich surrend in Bewegung.

Held nahm auf dem Beifahrersitz Platz und dirigierte Grobecker durch die Innenstadt. Er hätte sich ohrfeigen können. Warum hatte er nicht seinem ersten Eindruck vertraut? Dieser Klotz da neben ihm, der sich wie ein Elefant im Porzellanladen aufführte, war mit Sicherheit nicht der richtige Partner für das, was er vorhatte.

Grobecker musterte ihn. «Soll ich mich jetzt vom nächsten Balkon stürzen?» fragte er kleinlaut.

Held blickte auf. «Warum?»

«Bei zwei gebrochenen Beinen siegt vielleicht Ihr Mitleid.» Grobecker grinste schief.

Held deutete auf die Fahrbahn. «Passen Sie auf, wohin Sie fahren. Und halten Sie die Hände am Steuer!»

Grobecker reichte ihm einen Kaugummi.

«Hören Sie mir überhaupt zu?»

«Wem soll ich sonst zuhören?» Grobecker blickte sich suchend um. «Ist noch jemand hier im Auto?»

«Sie sollen auf die Straße gucken!» Helds Tonfall wurde aggressiver.

«Wer von uns sitzt am Steuer?»

«Sie! Fahren Sie trotzdem vorsichtig!»

Grobecker wurde ärgerlich. «Steigen Sie mir bloß nicht aufs Rohr.»

«Jetzt hätten Sie überholen können», unterbrach Held ihn. «Wär noch gegangen.»

«Wenn ich was kann, dann ist es Auto fahren. Da macht mir keiner was vor.»

«Außer beim Überholen.»

Grobecker bremste so scharf, daß Held mit einem Ruck nach vorn prallte. Er öffnete die Fahrertür und stieg mitten auf der belebten Fahrbahn aus. Autos hupten. Bremsen kreischten.

«Spielen Sie nicht verrückt», schrie Held, «gleich gibt's einen Unfall.»

Grobecker drehte sich zu ihm um. «Ein bißchen Respekt verlange ich, nur ein kleines bißchen Respekt.»

«Schön», lenkte Held ein, «ich bin auch nur ein Mensch.»

«Das muß sich erst noch erweisen!» Zwischen hupenden und bremsenden Autos stapfte Grobecker wütend davon.

Held rannte ihm nach. «Lassen Sie den Schlüssel hier... Jetzt nehmen Sie sich zusammen... Gott, sind Sie ein Witzbold. Blödes Arschloch, aber ein fröhlicher Mensch.»

Plötzlich blieb er stehen. Das genügte. Er würde sich von dieser Witzfigur nicht zum Affen machen lassen. «Okay, Schluß, aus. Ich bin nicht an Ihnen interessiert. Haben Sie gehört?»

Grobecker drehte sich irritiert um. «Sind Sie sicher?»

«Absolut. Ich bin nicht an Ihnen interessiert.» Held marschierte zum Auto zurück. Um sie herum war das Hupen zum wütenden Konzert angeschwollen.

«Schon gut.» Grobecker folgte ihm. «Ich mach nicht mehr mit. Sagen Sie Ihrem Vorgesetzten, ich bin nicht interessiert. Basta. Aus. Haben Sie verstanden?»

Ein Verkehrspolizist eilte auf die beiden zu und erkannte Grobecker. «King, was machst du denn hier?» rief er.

Grobecker winkte ab und wollte zum Auto zurücklaufen, aber Held war schon eingestiegen und brauste davon. Den fassungslosen Grobecker ließ er mitten im Verkehrsgewühl stehen.

Seit Kilian der «Operation Bernstein», wie die interne Tarnbezeichnung für den Einsatz gegen Jan Herzog lautete, grünes Licht gegeben hatte, nachdem die Aktion in den oberen Etagen des Polizeipräsidiums genehmigt worden war – vorläufig, wie Oberle betonte, weil er fürchtete, das ganze Unternehmen könnte zu teuer werden und die Kapazitäten der Polizei sprengen –, seit die Kostenstelle informiert war und es für den Einsatz eine Abrechnungsnummer gab, was es möglich machte, Renate für die Operation einzusetzen – seitdem waren Droegel und Renate unterwegs, um die Gewohnheiten der Familie Herzog auszuforschen, jeden, der mit ihnen Kontakt hatte, zu beobachten, zu fotografieren und ein, wie es im Polizeijargon hieß, «genaues Bewegungsbild der Zielperson» zu erstellen. Allabendlich studierten Held und Droegel dann den immer dicker werdenden Stapel von Berichten und Protokollen. Bis ins kleinste Detail mußte der verdeckte Ermittler über die Zielperson Bescheid wissen, über deren Vergangenheit, Pläne, Vorlieben und Abneigungen, über Familie, Freunde, Geschäftspartner, Gewohnheiten, Schwächen. Welche Zigarrenmarke bevorzugte die Zielperson? Welchen Wein? Welche Automarke? Nahm er gern Salz zum Frühstücksei; aß er lieber Fisch oder Fleisch, den Fisch gegrillt oder gekocht, das Fleisch medium oder gut durchgebraten?

Held mußte Herzog kennen, wie man einen alten, vertrauten Freund kennt.

Jetzt saß er mit Droegel auf der kleinen Terrasse des Reihenhauses. Anneliese hatte ein paar Platten mit Schnittchen vorbereitet, die sie zwischen die Fotos stellte. Eines flatterte zu Boden.

Held hob es auf. «Hübsches Mädchen.»

Droegel zuckte die Achseln. «Wenn man so einen Typ mag.»

«Was für ein Typ ist sie denn?»

«Typische Millionärsbiene. Freundin von Gehlen.»

Held überlegte. Gehlen war Herzogs rechte Hand. Der Kronprinz. Geschäftsführer von Herzog-Investments. Inhaber einer eigenen Detektei. An ihm führte kein Weg vorbei.

«Ein ganz ausgekochter Bursche», murmelte Droegel. Er deutete auf das Foto der hübschen Blondine. «Über die Tussi wär vielleicht an ihn ranzukommen. Und über ihn vielleicht...» Er zögerte.

Held hatte dasselbe gedacht. Trotzdem musterte er Droegel nachdenklich. «Über 'ne unschuldige Dritte? Ist verboten.»

Droegel nickte. «Klar, und was nicht erlaubt ist, machen wir auch nicht.»

«Auf gar keinen Fall.» Die beiden sahen sich an, dann lachten sie.

Held drehte das Foto von der Freundin Gehlens um. *Barbara Sattler, Friseuse*, stand auf der Rückseite.

Grobecker brütete zu Hause vor sich hin. Immer wieder griff er zum Telefon, wählte und drückte dann doch die Gabel herunter, bevor er die letzte Ziffer eingegeben hatte. Schließlich faßte er sich ein Herz.

«Held», meldete sich am anderen Ende eine Stimme.

Grobecker schluckte. «Hören Sie... Also, ich, äh... äh... Jetzt passen Sie mal auf, ich brauch den Job. Wenn ich nichts zu tun habe...» Er schüttelte deprimiert den Kopf. «Geben Sie mir noch 'ne Chance.» Es fiel ihm schwer, die Bitte vorzubringen.

Held gab schließlich nach, aber er machte Grobecker klar, daß eine Menge Arbeit auf ihn wartete und daß er sich verdammt würde anstrengen müssen, um den Anforderungen zu genügen. Er mußte lernen, sich zu verspäten, er mußte lernen, woher er kam, wer seine Eltern gewesen waren, wer seine Arbeitgeber, wer seine Freunde, und was er in seinem bisherigen Leben getan hatte. Er mußte lernen, seinen neuen Namen zu schreiben. Dabei galt es nicht nur, den neuen Namen zu lernen, sondern auch nach dem Anfangsbuchstaben innezuhalten und zu überlegen, wer man gerade war. Die Initialen des Decknamens stimmten immer mit denen des wirklichen Namens überein. Wer sich Zeit ließ, hatte mehr vom Leben. Und schließlich mußte er lernen, seriös zu wirken, nicht wie ein Kleinganove, weil kleine Gauner häufiger aufgefordert werden, mal eben bei einer Straftat mitzumachen, wodurch die ganze Operation gefährdet werden konnte. Seriös wirkenden Gangstern passierte so etwas nicht; man nahm automatisch an, daß sie Verbrechen nur in großem Stil betrieben.

Nach zwei Wochen lud Held seinen Kollegen zu einem Drink ein, in eine düstere Kneipe am Bahnhof, in der Chauffeure zuweilen verkehrten. Darum sollte Grobecker sie kennenlernen. Sie sprachen ausnahmsweise nicht über den Job. Sie sprachen über alles andere. Sie entdeckten eine gemeinsame Haßliebe für die Eintracht, sie erzählten von ihren Frauen und gerieten ein bißchen ins Schwärmen. Beim dritten Bier lehnte sich Grobecker vor. «Übrigens, ich habe gehört, was mit Ihrem Partner passiert ist. Tut mir leid.»

Held nickte.

«Warum kaufen wir uns nicht die Typen, die das getan haben?»

Held machte eine ausweichende Handbewegung. Ihm war das Thema unangenehm. «Die schießen mit echten Kugeln. Nicht ganz ungefährlich.»

«Gefahr ist mein zweiter Vorname.» Grobecker grinste.

Held grinste auch. «Meiner Cäsar.»

«Karl Cäsar Held?»

«Wenn Sie's weitersagen, mach ich Sie alle.»

Grobecker wollte lachen, aber dann verkniff er es sich lieber und forderte statt dessen Held zu einem kleinen Duell heraus.

«Na los, mal sehen, wer von uns schneller ist. Nun ziehen Sie schon, Herr Hauptkommissar.»

Held zögerte, dann griff er zum Schulterhalfter. Aber Grobecker hielt ihm bereits den Revolver unter die Nase.

«Das Jackett hat Sie behindert. Darum nähe ich mir hier Bleigewichte rein.» Er deutete auf den Saum seiner Jacke. Held nickte beeindruckt. Grobecker grinste. «Schön, daß Sie Überlegenheit so gelassen hinnehmen.»

An diesem Abend lud er Grobecker zum erstenmal zu sich nach Hause ein. Anneliese öffnete mit enttäuschtem Gesicht die Haustür. Sie hatte ihren Mann schon viel früher erwartet. «Wenigstens heute hättest du mal pünktlich sein können», tadelte sie und gab ihm einen Begrüßungskuß. Sie führte die beiden ins Wohnzimmer. Kerzen brannten. Der Eßtisch war liebevoll gedeckt, zur Feier des Tages hatte sie das gute Geschirr und einen Kerzenleuchter hervorgeholt. Held entschuldigte sich für die Verspätung. Grobecker druckste ein bißchen herum und wäre vor Zerknirschung am liebsten im Boden versunken.

«Aber Sie haben doch keine Schuld», beruhigte ihn Anneliese. «Nun nehmen Sie schon Platz. Es ist nur» – sie zögerte und sah Held an –, «heute ist unser Kennenlerntag.»

«Ihr Hochzeitstag?» fragte King.

«Nein», korrigierte ihn Held. «Der Kennenlerntag.» Er gab Anneliese einen Kuß und zog das Jackett aus. «Kannst du mir da gelegentlich ein paar Bleikugeln reinnähen?» Er zwinkerte Grobecker zu und folgte seiner Frau auf den dunklen Flur hinaus. «Jetzt sei nicht wütend.»

«Ich bin nicht wütend.»

«Doch.» Held umarmte sie. «Bist du schon.» Er nahm sie in die Arme, küßte sie und preßte sie dabei gegen die Wand. Anneliese kicherte. Grobecker beobachtete die beiden vom Wohnzimmer aus, lächelte und fuhr dann fort, sich die Fotos an den Wänden anzusehen. Auf einem lachte ein wesentlich jüngerer Held in Polizeiuniform in die Kamera. In der Rahmenecke klemmte ein anderes Foto: Otto Tötter hatte den Arm um Held gelegt.

Mit zwei Bierflaschen in der Hand kam Held zurück ins Zimmer, reichte eine davon Grobecker und stieß mit ihm an. «Übrigens, ich heiße Charly.»

Grobecker stieg eine leichte Röte ins Gesicht. «King – Vorname von Kong.» Er trank einen Schluck. «Wir mischen die Ganoven auf, wart's ab. Straßen wird man nach uns benennen. Den ‹King-Boulevard›, die ‹Heldstraße›.»

«Moment mal», sagte Held, «wieso bekommst du 'n Boulevard und ich bloß 'ne Straße?»

King schaute ihn verblüfft an. Lachend hob Held sein Glas und prostete ihm zu.

Nachdem sie gegessen hatten und Anneliese zu Bett gegangen war, machten sie sich an die Arbeit. Held holte seine Tasche aus dem Flur, lauschte nach oben, setzte sich zu King an den leergeräumten Eßtisch und schlug den ersten der Schnellhefter auf. Er reichte King ein Foto. Janusz Herzog. King betrachtete das Bild. Ein sympathisch lächelnder Herr mit grauen Haaren, graumeliertem Bart, warmen Augen. Seriös, energisch, aber nicht gefährlich. Held deutete auf das Foto von der «Manhattan-Bar».

«Da hat er angefangen. Als Rausschmeißer – Türsteher. Ein paar Jahre später gehört ihm die Kneipe. Er kauft immer mehr Immobilien. Bars, Bordelle, Spielclubs, scheffelt ein Vermögen.»

Er reichte King die nächste Aufnahme. «Gerhard Ritzeck, genannt Gonzo, sein ganz persönlicher Leibwächter. Sicherheitschef der Firma. Er hat einen eigenen Boxclub, der aber in Wahrheit von Herzog finanziert wird. Da hält er sich fit. Da bekommt seine Schlägertruppe wohl auch den letzten Schliff.»

King betrachtete Gonzo Ritzeck. Der Kerl sah gefährlich aus und war es wohl auch.

«Michelle Berger», sagte Held und legte ihm eine Autogrammkarte vor. Er tippte mit dem Finger auf das Gesicht der dunkelhaarigen Frau. Fotografen kannten jede Menge Kunstgriffe, um aus unscheinbaren Mädchen Rasseweiber zu machen, aber bei dieser hier hatte der Fotograf keine Tricks gebraucht.

«Kennst du sie?»

King schüttelte den Kopf. Held summte eine Melodie. «Schlager. Sängerin. Mitte Dreißig. Hatte früher mal ein paar Hits. Mit zwanzig. Heute gehört ihr das ‹Chez Michelle›. Offiziell jedenfalls. Finanziert wird das Nachtlokal natürlich von Herzog. Michelle ist seine Freundin. Ein stadtbekanntes Verhältnis.»

«Was sagt seine Frau dazu?»

«Keine Ahnung.» Held zuckte die Achseln. «Entweder weiß sie's nicht, oder sie will's nicht wissen.»

Er deutete auf die Fotos von der schloßähnlichen Villa am Mainufer. «Neben all seinen Aktivitäten führt Herzog ein intaktes Familienleben. Ein Sohn – Bluter. Weißt du, das was heißt? Wenn er sich verletzt, kann er verbluten. Das Blut gerinnt nicht.»

Er zeigte auf ein grobkörniges Foto von Louis Herzog. «Der Junge ist sein ein und alles. Ohne das viele Geld des Herrn Papa würde er vermutlich schon nicht mehr leben.» Dann fischte er das Foto einer eleganten Villa im Schatten ehrwürdiger Frankfurter Bankpaläste aus dem Stapel. «Seine legale Fassade. Herzog-Investments. Immobilien, Fabriken, Baufirmen. Schau dir den Stil des Hauses an. Herzog legt Wert auf Seriosität. Keine Protzerei: Gediegenheit. Bloß nicht auffallen. Tradition vorgeben, die man nicht hat.»

King beobachtete seinen neuen Vorgesetzten, bemerkte, wie er immer wieder das Foto von Herzog betrachtete. Das war nicht das übliche Jagdfieber. Held erfüllte nicht nur einen Polizeiauftrag. Dazu klang er zu verbissen, wenn er auf Herzog zu sprechen kam. Zu kompromißlos. King spürte, daß da noch etwas anderes im Spiel war. Held hatte eine sehr persönliche Rechnung mit dem Paten von Frankfurt zu begleichen. Wußten die Vorgesetzten davon nichts? Spürten sie es nicht? Oder sahen sie bewußt darüber hinweg? Normalerweise wären Haßgefühle dieser Art Grund genug gewesen, einen Polizisten von einem Einsatz abzuziehen. Persönliches durfte bei polizeilichen Ermittlungen keine Rolle spielen. Der Polizist erfüllte einen Auftrag, nicht mehr. Bei Hauptkommissar Held war das anders; als tüchtiger Beamter hatte er bestimmt schon etliche

Verbrecher hinter Gitter gebracht, aber Herzog – das schien für ihn so etwas wie eine Lebensaufgabe zu sein.

In goldenen Lettern prangte «Herzog-Investments» an der vornehmen Stadtvilla im Zentrum. Mit großen, zielstrebigen Schritten durchquerte Gehlen die teuer ausgestattete, ganz in kühlem Marmor gehaltene Eingangshalle. Ein Angestellter wünschte ihm respektvoll einen guten Morgen, die Sekretärin nahm ihm, wie selbstverständlich, Mantel und Tasche ab. Gehlen klopfte kurz und betrat dann Herzogs riesiges Büro.

Entspannt hatte sich Herzog in seinem Schreibtischstuhl zurückgelehnt, hinter ihm flackerten Monitore mit den aktuellen Börsenkursen. Der mächtige Schreibtisch schaffte Distanz zu den Besuchern. Eine bebrillte Dame blätterte an einem runden Marmortisch nervös in Unterlagen. Rechtsanwalt Maier beobachtete amüsiert den Leiter des Bauamtes, Tietze, der lautstark dozierend im Büro auf und ab marschierte. «Das Umweltamt macht es sich leicht. Das erklärt einfach: Es muß entsorgt werden. Basta!»

Die bebrillte Dame reichte Maier eine Mappe über den Tisch. «Hier, die letzte Analyse. Bis zu fünfzehn Zentimeter ist das Erdreich mit hochgiftigem Quecksilber versetzt.»

«Ja, aber wohin denn entsorgen?» fuhr Tietze sie an. «Bei jeder neuen Deponie schreien doch gleich zwanzig Verbände, vom Vogelschutzverband bis zur Caritas, Zeter und Mordio.» Und natürlich die Grünen. Engagierte Umweltfreunde, die die Gesetze der Marktwirtschaft offenbar nicht begriffen, die immer mehr Müll zu Sondermüll deklarierten und gleichzeitig immer weniger Deponien zuließen. Kurz, gleichzeitig das Angebot verringerten und die Nachfrage erhöhten.

«Unsere Bautrupps stehen in den Startlöchern. Jeder Aufschub kostet Millionen», warf Gehlen ein und sah Tietze vorwurfsvoll an.

«Niemand konnte schließlich voraussehen, daß ausgerechnet da, wo wir die neue Umgehungsautobahn bauen wollen, alles derart verseucht ist», versuchte Tietze sich zu verteidigen.

Die Bebrillte sprang empört auf. «Also, ich bitte Sie. Immer wieder haben meine Parteifreunde darauf hingewiesen...»

«Sie wissen sowieso immer alles besser», fiel ihr Tietze giftig ins Wort.

«Also», Herzog hob beschwichtigend die Hand, und seine Gäste verstummten sofort. «Ein Haufen Müll sucht einen riesigen Mülleimer.»

Tietze lachte, auch der Bebrillten huschte ein Lächeln über die verkniffenen Lippen. Herzog erhob sich.

«Wir lassen uns das durch den Kopf gehen. Aber jetzt müssen Sie mich entschuldigen. Punkt zwölf ist Golf angesagt – mit Ihrem Bürgermeister.»

Er sagte das nicht ohne Hintergedanken. Tietze schien auch sofort beeindruckt. Dr. Maier geleitete ihn und die Bebrillte hinaus. Gehlen warf Herzog einen anerkennenden Blick zu. Der Mann war unglaublich. Wieder hatte er den richtigen Riecher gehabt. Im Müllgeschäft steckten größere Gewinnmöglichkeiten als in jedem anderen Geschäft. Verglichen mit Rauschgift, war das Risiko gleich Null und Konkurrenz nicht vorhanden.

Tietze kassierte seit Jahren Schmiergelder. Er hatte der Firma unter anderem den Auftrag für die neue Umgehungsautobahn zugeschanzt. Dafür hatte Herzog ihn mit einem günstigen Grundstück, dem Bau eines Swimmingpools und kostenlosen Bordellbesuchen entschädigt. Doch Bauaufträge allein genügten Herzog nicht. Er wollte auch die Entsorgung übernehmen. Der Auftrag war besonders lukrativ. Dafür brauchte er die Deponie der alten Bitterfelder Chemiefabrik, die er seinerzeit über die Turopax erworben hatte.

«Was ist mit dem Typen vom Umweltreferat Bitterfeld?» fragte er, während er Briefe aus seiner Unterschriftenmappe abzeichnete.

«Trampe?» Gehlen lächelte verächtlich. «Der ist auf einmal ganz wild auf Umweltverschmutzung.»

Herzog zuckte mit den Schultern. «Jeder hat ein Laster, für das er arbeitet.» Er wandte sich zur Tür. «Was über Lasky rausgekriegt – über Komplizen, mögliche Hintermänner?» Gehlen schüttelte den Kopf. Er wunderte sich, daß der Vorfall Herzog noch immer beunruhigte.

Draußen im großen Börsensaal legte Maier triumphierend den Telefonhörer auf. Sein Verbindungsmann vom Finanzamt hatte gerade Vollzug gemeldet. Eine Verbindung zwischen Herzog-Investments und Turopax war nicht nachzuweisen.

Am 19. April landete Jerry Goldsteen aus Miami, begleitet von seiner Familie, auf dem Frankfurter Flughafen. Auf den ersten Blick wirkte Goldsteen wie ein korpulenter, biederer Amerikaner, der, ein Kind auf dem Arm, die Ehefrau mit zwei weiteren Kindern im Schlepptau, die Zollkontrolle passierte. Typische Touristen auf Europareise, wären da nicht die breitschultrigen Bodyguards gewesen, die Jerry Goldsteen keinen Moment aus den Augen ließen. In der Ankunftshalle wurde er von Gehlen erwartet, der ihm höflich entgegenging und ihm in fließendem Englisch versicherte, wie sehr Jan Herzog sich freue, ihn zu empfangen. Die Gruppe strebte dem Ausgang zu.

An diesem Abend hatten Held und King den ersten Auftritt in ihren neuen Rollen geplant. Im Rückspiegel rückte Held seine Krawatte zurecht. King sah ihn prüfend an und nickte anerkennend. Er atmete tief durch. Vier Wochen hatten sie gelernt und geübt, jetzt sollte es endlich losgehen.

Das «Chez Michelle» war eine der ersten Frankfurter Nachtclub-Adressen. Dort traf sich alles, was in Frankfurt Rang und Namen hatte. Es kamen immer wieder Neugierige und Fans, die Michelle Berger von früher kannten. Menschen, die sich an die Auftritte der jungen Michelle in den großen Fernsehshows erinnerten. Damals, als Gala noch Gala und Samstagabend noch Samstagabend bedeutet hatte. Herzog traf sich in dem Club mit Geschäftsfreunden, Politikern, Bankiers, Unternehmern. Kontakte zur Halbwelt ließen sich hier wunderbar tarnen. Typen wie Kaltenbach, Geschäftsführer des «Aphrodite»-Saunaclubs, konnte man nicht einfach bei der noblen Immobilienfirma Herzog-Investments empfangen. Also traf man sich im «Chez Michelle». Die Beziehung zu der Schlagersängerin diente als Vorwand, daß Herzog so oft hier war. Er genoß es, wenn sie Autogramme gab, im Mittelpunkt stand. Sein erotisches Interesse an ihr hatte in dem Maße nachgelassen, wie ihr Bekanntheitsgrad verblaßte.

Der Nachtclub war gut besucht. Elegant gekleidete Paare drängten sich auf der Tanzfläche, Kellner schoben mit Champagner beladene Tabletts durch die Menge, durch die verrauchte Luft zogen Schwaden teuren Parfüms. Held und King schlenderten ziellos durch das Lokal. Schließlich entdeckten sie Herzog, der plaudernd und lachend mit dem Leiter des Bauamts, Tietze, und einem grauhaarigen Herrn an einem Tisch saß – dem Polizeipräsidenten. Champagner floß in Strömen. Junge, stark geschminkte Tänzerinnen verwöhnten die Herren, die sich prächtig zu amüsieren schienen.

Held schüttelte fassungslos den Kopf. «Unser Polizeipräsident!» raunte er King zu. «Guck dir das an! Der Leiter vom Bauamt. Die ganze Stadt steckt mit dem unter einer Decke.» Dann pfiff er durch die Zähne. Auf der Galerie, etwas abgeschirmt, hatte er Jerry Goldsteen entdeckt, eine der wichtigsten Figuren des internationalen Drogenhandels. Was hatte der hier zu suchen?

Kurz darauf trat Michelle ans Mikrofon, schön, strahlend, mit einem langen, glänzenden Kleid, verfolgt von einem hellen Scheinwerferkegel. Die Zuschauer applaudierten.

Inmitten einer fröhlichen Gesellschaft erkannte Held plötzlich Gehlen, der großspurig den Arm um eine äußerst attraktive junge Frau gelegt hatte.

«Siehst du die Blonde?» zischte King zwischen den Zähnen. «An dem Tisch dort drüben. Hübsches Luder.»

«Gefällt sie dir?» fragte Held.

King nickte. «Ich flirte ja schon.»

«Und?»

«Nichts. Sie reagiert nicht. Sie steht nicht drauf.»

Held lachte. «Na klar, sie hat Geschmack.»

Er ging zur Bar hinüber. King folgte ihm. «He, was denkst du überhaupt über sie nach? Du kannst mal eine abschleppen, aber sie darf dir nicht im Kopf rumschwirren. Dafür hast du 'ne zu tolle Frau. So was ist vorbei für uns.»

Held hörte kaum hin. Er beobachtete, wie Gehlen die Blondine an sich zog und sie küßte. «Vielleicht schaffen wir es ja über sie, an ihn ranzukommen», murmelte er.

King musterte ihn zweifelnd. War das wirklich der Grund, aus dem Held die aufreizende Blondine ununterbrochen anstarrte? Sie hatte es längst bemerkt und musterte den eleganten, gutaussehenden, seriös wirkenden Herrn, der den Blick nicht von ihr wandte, abschätzig, lachte, legte den Kopf schief und hielt Gehlen die Wange zum Kuß hin.

Verführerisch hauchte Michelle ihr Lied ins Mikrofon. Für einen Augenblick kreuzten sich noch einmal Barbaras und Helds Blicke. Der Scheinwerferkegel verengte sich auf Michelles Gesicht.

Held sah den Beleuchter nicht, der in einer dunklen Nische hinter ihm hockte. Keiner der Zuschauer beachtete ihn. Wie hätte Held auch Bescheid wissen sollen über Michelles Bruder, diesen Nichtsnutz, diesen Herumtreiber, für den Michelle sich eingesetzt hatte, damit Herzog ihn wenigstens als Beleuchter im Nachtclub beschäftigte?

Der elegante Herr von Hellberg konnte nicht ahnen, daß jemand ganz in seiner Nähe ihn sofort als Hauptkommissar Held hätte identifizieren können.

Er starrte die Blondine am Arm von Gehlen an und drehte sich nicht um. So sah der Beleuchter hinter ihm nur seinen Rücken, und Hauptkommissar Held bemerkte nicht, daß keine fünf Meter entfernt von ihm der Komplize von Lasky saß, dem Mörder von Otto Tötter.

Am darauffolgenden Tag bezog Held eine Luxuswohnung in bester Lage. Durch die breite Fensterfront hatte man einen atemberaubenden Blick über die Stadt. Die Wohnung war mit erlesenen Möbeln eingerichtet, reich, aber unpersönlich. Der strahlend weiße Marmorboden schaffte eine kühle Atmosphäre. Pool, Sauna, Whirlpool – sie mußten Eindruck machen.

Die Maklerin hatte Held angestarrt wie ein Wesen von einem anderen Stern, als er weder bei Erwähnung der horrenden Monatsmiete zusammengezuckt war noch gegen die Kaution in Höhe von 50000 Mark protestiert hatte. Karl von Hellbergs Kontoauszug hatte ihr den Rest gegeben. «Ja, Herr von Hellberg, aber gern, Herr von Hellberg, einen Faxanschluß, einen zweiten Telefonanschluß, ja, da rede ich gern mit dem Vermieter. Das wird ganz schnell erledigt. Haben Sie sonst noch irgendwelche Wünsche?»

Er war ziemlich sicher, daß sie auch durch einen Reifen gesprungen wäre, wenn er sie darum gebeten hätte. Nachmittags lieferten die Handwerker die nötigen Büromöbel an und befestigten am Eingang ein großes glänzendes Firmenschild: «REDO-Consulting, Karl von Hellberg».

Im Amt hatte das Anmieten einer derart teuren Wohnung erneute Diskussionen ausgelöst. Oberle fand den ganzen Aufwand maßlos übertrieben. Zudem setzte ihn das Innenministerium unter Druck, den Etat nicht zu überschreiten. Es hatte Kilian stundenlange Überredungskunst gekostet. Nur weil er immer wieder betonte, er werde persönlich die Verantwortung übernehmen, war die Operation nicht gestoppt worden. Ging dieser Einsatz schief, würde Kilian seinen Kritikern schutzlos ausgeliefert sein; das Ende seiner Karriere wäre absehbar.

King pfiff anerkennend, als Held auf das schwarzglänzende Schild neben der Wohnungstür deutete und aufschloß. Als sie die Wohnung betraten, vergaß King sogar das Pfeifen. Er sagte erst mal gar nichts mehr, während sie nebeneinander auf der Terrasse standen und die abendliche Frankfurter Skyline in der Ferne vor ihnen aufragte. Die hellerleuchteten Türme standen in einem dunkelgrauen Meer, in dem sich mehr und mehr bunte Lichtflecke zeigten.

«Die Typen dürfen keine Luft mehr kriegen, wenn sie hier hereinkommen», erklärte ihm Held vergnügt. King holte als erstes eine Flasche Champagner aus dem Kühlschrank, griff hungrig in den Obstkorb, zog sich die Schuhe aus und lümmelte sich auf das Sofa. Dann studierte er die Bedienungsanleitung für den Whirlpool. Das war genau das Leben, das er sich vorgestellt hatte.

Neben dem eleganten Mietshaus, in einer kleinen Tankstelle, richteten sich Renate Sames und Droegel ein. Von hier aus, als Tankstellenwärter, konnten sie ihren Verdeckten Ermittler optimal im Auge behalten. Die Übergabe der Berichte, die Held regelmäßig würde erstatten müssen, ließ sich beim Bezahlen der Tankquittungen unauffällig erledigen. Renate hatte sich einen Kittel in den Farben der Benzinfirma übergezogen. Ein Angestellter wies sie in das

Kassensystem ein. Neugierig schaute sie sich um. In dem kleinen Kassenhäuschen würde sie die nächsten Monate verbringen. Dann drückte sie verstohlen Droegels Arm. «Ich bin froh, daß wir wieder ein Team sind.»

Nach dem Tod von Otto Tötter war sie sofort «ausgefiltert» und in einen grauen Schreibsaal in der Verwaltung verbannt worden, möglichst weit weg vom Schuß. Sie galt als «verbrannt». Die ersten Wochen war sie sehr deprimiert gewesen. Sie vermißte Otto Tötter, mit dem sie zeitweise enger zusammengelebt hatte als manche Ehefrau mit ihrem Mann.

Jahrelang hatte sie als Verdeckte Ermittlerin gearbeitet, und auf einmal mußte sie eintönige Verwaltungsarbeit erledigen, pünktlich um acht Uhr morgens im Büro erscheinen. Daran war sie nicht mehr gewöhnt. Als Droegel ihr die neue Aufgabe antrug, hatte sie deshalb nicht nur wegen der Spesen, diesem kleinen, zusätzlichen Taschengeld, erfreut zugesagt.

Sie war eine engagierte Polizistin, die die Aufregung und das Stückchen Abenteuer in ihrem sonst eintönigen Leben liebte. Außerdem – und das machte den Einsatz für sie noch attraktiver – sollte es Herzog ans Leder gehen, jener großen, düsteren Figur, jenem geheimnisvollen Drahtzieher, von dem sie alle vermuteten, daß er neben zahllosen anderen Verbrechen auch für den Mord an Otto Tötter verantwortlich war.

Held trat auf die große Terrasse und warf einen Blick über die Brüstung. Unten prüfte Droegel gerade den Ölstand eines Wagens. Von jetzt an, das wußte Held, würde er keine Minute mehr aus den Augen gelassen werden. Die VE-Führer sollten ihn beschützen, beraten und begleiten, aber auch kontrollieren und überwachen – wieviel er trank, ob er eine Frau mit nach Hause nahm, alles würde registriert werden.

Hinter ihm lief King auf die Terrasse, Kopf und Bademantel mit dicken weißen Flocken bedeckt. Er sah aus wie ein Schneemann. In einem großen Badetuch schob er einen riesigen Schaumberg vor sich her, den er ächzend über den Terrassenrand kippte.

«Ich glaube, in den Whirlpool darf man kein Duschgel reintun», keuchte er. Held bog sich vor Lachen.

Droegel warf einen irritierten Blick nach oben, wo weiße Schaumberge über das Geländer rutschten und durch die Luft tanzten. Held sah ihnen verträumt nach. Es war wärmer geworden. Außerdem lag Veränderung in der Luft, und das half ihm. Zu Hause war er sich mit den ungewohnt kurzen Haaren und der glattrasierten Oberlippe komisch vorgekommen. Mit den Schuhen, die Charly Held nie im Leben tragen, geschweige denn würde bezahlen können. In den Anzügen, die sich Charly Held nicht einmal hätte leisten können, wenn die Steuern niedriger gewesen wären. Hier, in dieser Wohnung, war alles anders. Hier war es leichter, Charly Held zu vergessen. Seine Frau zu vergessen. Seine Tochter zu vergessen. Karl von Hellberg war unverheiratet. Karl von Hellberg hatte die Welt gesehen, hatte sich seinen Anteil geholt und war nicht mit leeren Händen gegangen, als die Stasi ihn verabschiedete. Karl von Hellberg gehörte in solch eine Wohnung. Er wußte, was er wert war, und er ließ sich vom Geld nicht beeindrucken. Karl von Hellberg machte keine Radtouren ins Grüne, spielte seiner Tochter keine Gutenachtlieder vor, arbeitete nicht im Garten und traf sich nicht sonntags mit alten Freunden, um auf staubigen Wiesen Fußball zu spielen und anschließend verschwitzt im Schatten zu sitzen, ein oder zwei Bierchen zu trinken und belangloses Zeug über Gott und die Welt zu quatschen. Karl von Hellberg mußte sich keine Gedanken über die Kosten für eine neue Ikea-Sitzgarnitur machen. Seine Frau arbeitete nicht als Lehrerin, damit das Geld wenigstens für ein kleines Häuschen in Darmstadt-Eberstadt reichte. Karl von Hellberg mußte sich über Geld überhaupt keine Gedanken machen. Er hatte genug.

Charly Held wohnte in Darmstadt, und Darmstadt war weit. Karl von Hellberg wohnte in gestylter, luxuriöser Umgebung in Frankfurt.

Am 23. April gegen Mittag, als Gonzo Ritzeck gerade in seinen Boxclub wollte, jagte eine schwarze Limousine durch den Rotlichtbezirk. Ein Schütze feuerte wahllos aus dem offenen Seitenfenster auf Mädchen, Hütchenspieler und Kunden. Mit Fotoapparaten bewaffnete japanische Touristen blieben neugierig stehen und wollten von den verzweifelt Deckung suchenden Prostituierten wissen, was für ein Film hier gedreht wurde. Sie sprachen schlecht Englisch, und die Prostituierten, zu Tode erschrocken, verstanden sie nicht. Also bewegten sich die Japaner unbekümmert durch den Kugelhagel, und es war ein Wunder, daß keiner von ihnen getroffen wurde.

Auch Gonzo Ritzeck blieb unverletzt. Er hatte eine junge Prostituierte gepackt und das sich verzweifelt wehrende Mädchen wie einen Schutzschild vor sich gehalten, während die Kugeln rings um ihn in Mauerputz und Glasscheiben einschlugen.

Passanten sind schlechte Beobachter. Als die Frankfurter Zeitungen am Tag nach dem Anschlag in großen Lettern von dem Vorfall berichteten, war der Wagen, aus dem geschossen wurde, entweder ein Mercedes, ein BMW, eine amerikanische Limousine oder ein Jaguar. Immerhin waren sich die Zeitungen einig, daß der Wagen dunkel gewesen war, aber das schränkte die Anzahl der Verdächtigten nicht nennenswert ein. Was die Schüsse betraf, stimmten die Zeugen überein, daß es viele gewesen waren. Aber ob mehrere Männer gleichzeitig geschossen hatten oder ob einer mehrmals oder vielleicht sogar mit einer Maschinenpistole, ließ sich nicht eindeutig feststellen.

Einige der leichtbekleideten jungen Mädchen, die natürlich «rein zufällig» am Straßenrand gestanden hatten, behaupteten, jemand habe etwas gerufen. Nicht nur die Passanten, die schreiend in Dekkung gegangen waren, und auch nicht die Hütchenspieler, von denen immerhin drei verletzt waren – einer sogar schwer –, nein, nach Aussage der Mädchen hatte jemand aus dem Wagen gerufen. Ein Mann. Eine Zeitung berichtete, der Mann habe etwas Unverständliches auf russisch gebrüllt. Die anderen waren sich überraschend einig, Italienisch gehört zu haben.

Herzog war mit Michelle auf dem Goldplatz, als ihn die Nachricht von dem Überfall erreichte. Keine halbe Stunde später traf er zur Krisensitzung in Gonzos Boxclub ein. Gonzo tobte. Zornig schlug er mit der bloßen Faust gegen die Wand. Herzog blieb ruhig. Wer wagte es, in seinem Bezirk Unruhe zu stiften? Seit Jahren hatte es keine Schießereien mehr gegeben. Dafür hatte er gesorgt. Schießereien waren schlecht für das Geschäft. Die Bullen fingen an, überall herumzuschnüffeln, und die Gäste blieben aus. «Erst mal findet raus, wer dahintersteckt», verfügte er.

«Das ist doch sonnenklar!» schrie Gonzo.

«Ich will Namen, Beweise – keine Vermutungen», fiel ihm Herzog kühl ins Wort. Er überlegte. Wer wollte Krieg? Mit den Italienern hatte er sich geeinigt. Lieber ein Stück vom Kuchen abgeben, ehe es zum Streit um den ganzen Kuchen kommt, war seine Devise. In Bitterfeld hatte er sich mit Vincente getroffen, ihn sogar am lukrativen Müllgeschäft beteiligt, damit Ruhe herrschte. Er würde mit Vincentes Bruder reden müssen.

«Kaltenbach hat vorher seinen Leibwächter weggeschickt.» Gonzo konnte sich immer noch nicht beruhigen. Er war nur mit knapper Not dem Tod entgangen. «Garantiert wußte das dreckige Schwein Bescheid.»

Herzog sah ihn nachdenklich an. «Er steht ganz oben auf der Liste.»

«Warum knöpfen wir uns den Scheißkerl nicht vor? Was dagegen, wenn wir ihn einfach von der Speisekarte streichen?»

«Du tust, was ich sage, Gonzo, klar?» fuhr Herzog ihn an. Die Wutausbrüche seines Sicherheitsexperten störten ihn bei seinen Überlegungen. Gehlen hatte sofort mit einem Verbindungsmann bei der Polizei telefoniert. Man hatte überall Verbindungsleute und Beziehungen. Jetzt kehrte er in den Boxclub zurück. «Die Polizei meint, daß sie kurz vor einer Verhaftung steht.»

Gonzo machte eine abfällige Handbewegung. «Behauptet die Schmiere doch immer. Die haben keine Ahnung. Eher fangen die 'nen Furz mit 'nem Schleppnetz.»

Herzog wandte sich zum Ausgang. Gonzo lief hinter ihm her. «Dieses hinterhältige Stinktier hat was auf italienisch gerufen, aus dem Auto raus. Hab ich genau gehört.»

Herzog schüttelte den Kopf. «Vielleicht, damit wir *glauben*, daß es Italiener waren.» Leise fügte er hinzu: «Wohl möglich, daß der wahre Feind sein Gesicht noch gar nicht gezeigt hat.»

Karl von Hellberg dankte der Kellnerin mit charmantem Lächeln für den Whisky, ließ sich ein wenig in den Schatten zurücksinken und sah sich im «Chez Michelle» um. Jürgen Droegel und Renate Sames saßen an der Bar und turtelten, als ginge die restliche Welt sie nichts an. Sie schienen gar nicht mitzukriegen, daß Jerry Goldsteen, flankiert von einigen Kleiderschränken in dunklen Anzügen, den Club betrat und von Jan Herzog empfangen wurde. Held behielt die beiden im Auge. Zwei gutsituierte Geschäftsleute, die einander offenbar schätzten.

«Ist das 'ne Nutte?» fragte King. Held runzelte die Stirn und entdeckte Mimi, das Schmuckstück, im Gewirr vor der Bar. Ein eisiger Schrecken durchfuhr ihn. Das war jemand, der ihn identifizieren konnte, der ihn aus der Zeit kannte, als er noch den Chauffeur, Aufpasser und Kumpan von Otto Tötter gemimt hatte.

Einen Augenblick lang stand der Erfolg des ganzen Unternehmens auf der Kippe. Wenn Mimi ihn ansprach, war es aus. Nicht nur für Herrn von Hellberg, auch für den Polizisten Held stellte Mimi eine Bedrohung dar. Es lief ein Ermittlungsverfahren gegen ihn. Wenn er Mimi für Informationen etwas Stoff zusteckte, hatte Tötter ihn immer gewarnt, er solle lieber an seine Pension denken. Aber daran dachten bei der Behörde schon zu viele. Mimi brauchte das Zeug doch, und eine Hand wusch die andere. Wer allerdings ihm, Held, am Zeug flicken wollte, hätte hier den idealen Zeugen. Wenn Mimi auspackte, waren von Hellberg und Held geliefert.

Unauffällig zog er den Transvestiten beiseite, wobei er sich vergewisserte, daß Renate und Droegel nichts mitbekommen konnten.

«Falls dich einer fragt, Mimi...», flüsterte er. Der Transvestit erkannte ihn erst jetzt. «Charly?»

«Du kennst mich nicht, du hast nie was von mir gekriegt», sagte Held eindringlich.

«Weißes?» fragte Mimi.

Held nickte. «Von Otto auch nicht.»

Der Transvestit lächelte. «Ist doch klar, Charly. Ich hänge euch nichts an. Kein Sterbenswörtchen kriegen die verdammten Schnüffler aus mir raus.» Er warf King einen schmachtenden Blick zu, verabschiedete sich mit einem Handkuß und verschwand im Gedränge.

Held atmete tief durch.

Die Gespräche im Nachtclub waren verstummt. Michelle Berger betrat die Bühne und wurde mit begeistertem Applaus empfangen. Auch Goldsteen und Herzog wandten sich der Bühne zu und klatschten. Einige der Gäste, die bis zu diesem Augenblick an der Bar gestanden hatten, beeilten sich, zu ihren Tischen zu kommen. Held nutzte die Gelegenheit, setzte sich auf den freien Hocker neben Barbara Sattler und bestellte einen Whisky. King folgte ihm und blieb unschlüssig stehen. Held betrachtete Gehlens Freundin von der Seite, während Michelle Berger zu singen begann.

Sie war hübsch, mit einem leichten Stich ins Ordinäre; sinnliche, halbgeöffnete Lippen, kühle, abschätzende Augen, eine niedliche Stupsnase; eine aufregende Figur.

Barbara fühlte sich an diesem Abend von Gehlen besonders vernachlässigt. Die ganze Zeit hatte er mit dem reichen Amerikaner geplaudert. Nicht einen Blick, nicht eine Geste hatte er für sie übrig gehabt. Sicher, er war großzügig, machte ihr schöne Geschenke, aber als seine offizielle Begleiterin, als seine Freundin, galt sie immer noch nicht. Darauf angesprochen, verleugnete er sie beharrlich.

Ärgerlich sog sie am Strohhalm ihres Cocktails. Aus dem Augenwinkel registrierte sie Helds Blicke. Sie strich sich eine Strähne aus der Stirn, zog eine Zigarette aus der Packung und steckte sie in den Mund. Plötzlich flammte ein Feuerzeug vor ihr auf.

«Darf ich?» fragte Held.

Barbara legte den Kopf schief. «Das läßt sich nicht so einfach mit Ja oder Nein beantworten. Erst müßte ich den Rest der Frage kennen.» Die Stimme paßte, ein bißchen erkältet, ein bißchen spöttisch, Reibeisen mit Samtbezug.

Held lachte und verbeugte sich leicht.

«Von Hellberg. Karl von Hellberg.»

«Adlig.» Die Ironie war ihr nicht ganz gelungen. Sie schien beeindruckt. Irritiert drehte sie sich wieder zur Tanzfläche und tat, als lausche sie dem Lied von Michelle.

Von der anderen Seite der Bar zwinkerte Droegel anerkennend

Held zu. Er hatte, wie es Droegel ihm empfohlen hatte, mit der Freundin von Gehlen Kontakt aufgenommen. Das war ein erster Schritt.

Gehlen ging mit Herzog an den beiden vorüber. Er hatte die Bemühungen des Mannes neben Barbara bemerkt. Das gefiel ihr. Sollte Gehlen ruhig ein bißchen eifersüchtig sein. Barbara lächelte dem Fremden ermutigend zu.

Ronnie Berger hatte andere Dinge im Kopf. Er stand in der Kulisse, als Herzog mit Gehlen in Michelles Garderobe verschwand, und vergewisserte sich mit einem raschen Blick, daß das Band lief. Kaltenbach hatte gesagt, er wolle alles erfahren, was im «Chez Michelle» besprochen wurde. Und da Herzog Wichtiges grundsätzlich nur in der sicheren Garderobe erörterte, hatte Ronnie dem Blumenarrangement auf dem Tisch eine zusätzliche Blüte verpaßt. Eine, die jedes Husten übertrug. An diesem Abend übertrug sie etwas wesentlich Interessanteres als Husten, und Ronnie lauschte den Stimmen der beiden Männer aufmerksam.

Gehlen hatte Herzog gegenüber in dem kleinen, plüschigen Raum Platz genommen. Überall lagen Kostüme, Fächer, Schmuck und Kosmetika herum. Aus dem Lokal drang Musik.

«Also?» fragte Herzog leise.

«Goldsteen will neue Transportwege organisieren – für die Mohnernte aus Rußland und der Türkei», berichtete Gehlen. «Außerdem sucht er Tarnfirmen, um Geld zu waschen.»

«Wir handeln mit Immobilien, nicht mit Drogen», antwortete Herzog abweisend.

Doch Gehlen war offenbar von Goldsteens Vorschlägen angetan. «Die Gewinnmöglichkeiten, die er in Aussicht stellt, sind immens. Das ganze Risiko läge bei ihm.»

Herzog paffte nachdenklich an seiner Zigarre. «Irgendwas über die Schießerei rausgefunden?»

«Über den Komplizen von Lasky?»

«Vermutest du da einen Zusammenhang?» fragte Gehlen verwundert.

Herzog antwortete erst nach einer Pause: «Behalte Goldsteen weiter im Auge.»

Auf dem Band wurde es stiller. Ronnie konnte förmlich sehen, wie Herzog nachdachte. Gehlen sollte Goldsteen im Auge behalten. Na immerhin. Als sie über Lasky gesprochen hatten, war Ronnie zusammengezuckt. Aber sie wußten nichts. Weder wer dahintersteckte noch wer Laskys Komplize gewesen war. Und Lasky hockte im Bau und schwieg.

Aufgekratzt machten Held und King spät in der Nacht die Schüttel-Tour. Um etwaige Verfolger abzuschütteln, fuhren sie Umwege, bogen überraschend in Seitenstraßen ein; während ein Observierungsteam beobachtete, ob ihnen jemand folgte.

Held war bester Laune. Es war alles gar nicht so schwer gewesen. Barbara hatte ihn interessiert ausgefragt. Großzügig hatte Held mit Geld um sich geworfen, eine Flasche Champagner nach der anderen spendiert. Inzwischen kannte jeder Kellner den Namen von Hellberg.

Rasant bog King um die Ecke und kam mit quietschenden Reifen auf dem Parkplatz zum Stehen.

Er grinste stolz: «Super-Zeit, hä?»

Held drehte sich um. «Nur wären wir im Ernstfall jetzt allein. Das Observierungsteam hast du abgehängt.» Er lachte über Kings verdutztes Gesicht. «Mögliche Verfolger garantiert auch.» Er wollte aussteigen. King hielt ihn zurück.

«Charly, ich bin froh, daß wir Partner sind.»

Held nickte. «Ja, bin ich auch.»

«Bist du auch?» King strahlte und reckte den rechten Daumen in die Höhe. Held beugte sich zu ihm und drückte ihn kurz und fest. King war gerührt. «Du bist 'n Profi.»

Lachend stieg Held in seinen Privatwagen um.

Mario Vincente liebte seine Tochter über alles, und er hatte sich alle erdenkliche Mühe gegeben, ihr einen schönen sechsten Geburtstag zu bescheren. Sein Restaurant, das «Roma», war geschlossen und festlich geschmückt. Und für die kleinen Gäste stand alles zur Verfügung, was Kinderherzen begehrten. Vincente saß neben seiner Frau und den Großeltern an einem Tisch am Rande des fröhlichen

Treibens, als einer seiner Männer vom Eingang herüberkam und ihm halblaut einen Besucher meldete. Vincente drehte sich um und sah Herzog allein zwischen den hochgestellten Stühlen im vorderen Teil des Restaurants stehen. Der Gesang verstummte jäh.

Mario Vincente, deutscher Statthalter und Bruder des mächtigen Leo Vincente aus Florenz, sprang überrascht auf. Normalerweise kündigte der Partner seines Bruders seine Besuche an. Sein unerwartetes Auftauchen konnte nichts Gutes bedeuten.

«Stören wir, Signor Vincente?» Herzogs Stimme klang höflich, respektvoll.

«Ich bitte Sie», protestierte Mario in fast akzentfreiem Deutsch. «Mein Töchterchen hat Geburtstag, ich möchte nur rasch die Torte anschneiden.»

Herzog verneigte sich vor Vincentes Familie, die leise und aufgeregt miteinander tuschelte. Dann wandte er sich an den Chauffeur und beauftragte ihn, Louis zur Massage zu fahren.

Unwillig begehrte sein Sohn auf. «Ich kann doch allein fahren, die paar Meter.»

Ein strenger Blick des Vaters genügte, um ihn zum Schweigen zu bringen. Gehorsam folgte Louis dem Chauffeur nach draußen. Herzog sah ihm enttäuscht nach. Wenn er doch mal widersprechen, sich ihm widersetzen würde! Was nutzten Intelligenz und Bildung, wenn keine Kraft dahintersteckte, kein Kampfgeist? Herzog seufzte.

«Er wird Ihnen immer ähnlicher.» Mario Vincente war neben ihn getreten.

«Er ist nicht so robust wie ich», antwortete Herzog. «Aber er ist verdammt intelligent.»

Vincente führte Herzog zu einem Tisch. «Sie können stolz sein auf Ihren Sohn.»

Herzog nahm seufzend Platz. «Ja, aber man hat halt immer Sorgen.»

Er kam gleich zur Sache; das väterliche Lächeln war aus seinem Gesicht verschwunden.

«Ich komme, Signor Vincente, weil es wieder Ärger gegeben hat.»

Vincente nickte. «Ich habe davon gehört.» Er schüttelte mißbilligend den Kopf. «Diese Schießwütigen.»

«Ihr Bruder», fuhr Herzog fort, «hat mich davon überzeugt, daß wir unsere Interessen koordinieren sollten. Aber in letzter Zeit hält er sich nicht mehr an die Vereinbarung. Er läßt einen Bullen erschießen, einen verdeckten Ermittler.»

Vincentes Überraschung war nicht gespielt. «Damit hatte mein Bruder nichts zu tun. Ich versichere Ihnen...»

«Vielleicht», fiel ihm Herzog ins Wort, «mußte der Polizist sterben, weil er bestimmten Leuten Steine in den Weg gelegt hat. Aber so eine Geschichte zieht Ermittlungen nach sich. Überall schnüffelt die Polizei herum – in den Bars, in den Peepshows, in den Bordellen. Für das Geschäft» – er verzog das Gesicht und schüttelte verdrossen den Kopf – «ist das natürlich verheerend.»

«Mein Bruder hatte damit nichts zu tun», wiederholte Vincente ruhig.

Herzogs Ton wurde eine Spur schärfer. «Er hatte nichts damit zu tun? Was soll ich denn davon halten? Bedeutet das, er hat die Kontrolle verloren? Das Hotel, in dem der Bulle erschossen wurde, gehört zu seinem Gebiet.»

Vincente wollte etwas erwidern, doch Herzog hob die Hand.

«Kaum hat sich der Rauch verzogen, gerade fangen die Dinge an, sich wieder etwas zu beruhigen, nun diese Schießereien – in meiner Straße, vor diesem Lokal.»

Er war lauter geworden. Ein Dutzend Kindergesichter sahen ihn erschrocken an. Herzog machte eine Pause und fuhr dann leise und bedrohlich fort: «Die Leute, die das getan haben, waren Italiener.»

«Das waren nicht die Leute meines Bruders.» Vincente schüttelte wieder den Kopf.

Herzog beugte sich vor, und unwillkürlich wich der Italiener zurück. «Ich habe Ihren Bruder an unseren Spielclubs beteiligt, weil Friede sein soll, ich habe ihn am Müllgeschäft beteiligt, das ist besser als Drogen. Jetzt erwarte ich, daß er mir hilft, wieder Ruhe herzustellen. Denn nur dann verdienen wir Geld. Nur dann laufen unsere Geschäfte.» Er reichte Vincente die Hand. «Keine Anschläge mehr, keine Gewalt.»

Vincente schlug ein. Die beiden sahen sich an. Herzog glaubte ihm. Egal, was ihm andere einreden wollten, die Italiener steckten nicht hinter den Anschlägen der letzten Zeit. Der Auftraggeber mußte jemand anderes sein.

Als Barbara Sattler am Montagabend um fünf nach halb sieben ihren Salon abschließen wollte, stand sie plötzlich einem späten Kunden gegenüber.

«Eigentlich haben wir schon geschlossen», erklärte sie. Man merkte ihr nicht an, ob sie Herrn von Hellberg erkannte oder nicht, aber dann wies sie doch auf einen Stuhl und forderte ihn auf, Platz zu nehmen.

«War gar nicht so leicht, Sie zu finden», sagte Held nach einer Weile. Ihre Blicke begegneten sich im Spiegel. Wieder dieses spöttische Lächeln.

«Es gibt auch andere Friseure.»

«Keinen, der mir so gut gefällt.»

Sie lachte kurz auf und hielt ihm einen Handspiegel vor. «Da wird sie aber begeistert sein, passen Sie auf.»

Held drehte sich um. «Wer, sie?»

«Ihre Frau, Ihre Freundin, was weiß ich.» Es klang betont desinteressiert. Held musterte sie.

«Darf ich Sie zum Essen einladen?»

Sie zögerte.

«Haben Sie Vertrauen.»

Barbara lächelte. «Sie reden wie mein Gebrauchtwagenhändler.»

Es war warm an diesem Abend. Schwül. Am Horizont ballten sich Gewitterwolken. Herzog saß auf der weitläufigen Terrasse und lauschte dem Klavierspiel seines Sohnes. Louis spielte Chopin. Herzog grübelte. Der Junge war ein Künstler. Niemals würde er das verschlungene Firmenimperium von Herzog-Investments lenken können. Zumindest nicht allein. Er würde einen verläßlichen Freund neben sich brauchen. Eine vertrauenswürdige, loyale Persönlichkeit.

Nachdenklich zog Herzog an seiner Zigarre. Einen großen

Schachzug plante er noch. Den größten Deal aller Zeiten. Eine Investition von beinahe einer halben Milliarde. Der Gewinn würde das Dreifache betragen. Aber vorher mußte er Stadt- und Landesregierung weichklopfen. Er mußte seinen alten Freund Möllbach bearbeiten, damit der das große Immobiliengeschäft bei seinen Parteifreunden durchsetzte. Der Frankfurter Alte Markt. Die Wohnungen, die Herzog dort plante, würde man ihm aus den Händen reißen. Danach würde er oben sein. Endlich ganz oben. Herzog seufzte. Sich nie mehr verstecken, nie mehr nach der Melodie der anderen tanzen müssen. Endgültig würde er sich von seiner dunklen Vergangenheit lösen. Alles, was illegal, kriminell gewesen war, wäre damit ein für allemal ausgelöscht.

Jerry Goldsteen verbrachte diesen Abend in der noblen Luxussuite des «Frankfurter Hofs». Die Kinder tobten kreischend um ihn herum, seine Frau versuchte, sie zu beruhigen. Goldsteen trat auf die Terrasse hinaus, starrte auf die nächtliche Silhouette Frankfurts, die ein wenig an die amerikanischen Städte erinnerte, und kaute nachdenklich auf seiner Zigarre.

Seine Organisation brauchte Herzog, brauchte dessen Firmen im Osten, um den Transport des Rauschgiftes aus dem Goldenen Dreieck zu tarnen. Früher hatte man komplizierte Umwege um die sozialistischen Länder machen müssen. Das war jetzt nicht mehr nötig, denn der direkte Weg über Ungarn und Tschechien steigerte die ohnehin riesigen Gewinne. In diesem Sommer war die erste Mohnernte in Rußland zu erwarten. Eine profitable Zukunft. Nur – Herzog mußte mitspielen.

Jerry Goldsteen kannte den alten Fuchs gut. Er hatte seinen Sohn gesehen. Ein Schwächling. Herzog wußte, daß der Sohn nie imstande wäre, das Unternehmen wie bisher weiterzuführen. Also wollte er es umgestalten. Streng legal werden. Doch das lag nicht im Interesse von Jerry Goldsteen und seinen amerikanischen Freunden. Herzog wollte raus aus ihrem Kreis, und Jerry Goldsteen mußte das um jeden Preis verhindern. Er hatte Vorsorge getroffen. Vor allem mußte Lasky beseitigt werden. Jener Lasky, der durchgedreht war und einen Bullen umgelegt hatte. Auch im Knast war nicht zu verhindern, daß einer von Herzogs Leuten Lasky auszuhorchen versuchte. Lasky würde plaudern, würde die Identität seines Komplizen preisgeben, und wenn Herzog erst dessen Namen kannte, würde er schnell rausfinden, wer die Hintermänner waren. Jerry Goldsteen lockerte unbehaglich die zu eng gebundene Krawatte.

Er hatte einen Maulwurf in Herzogs Organisation – Kaltenbach, den Geschäftsführer des «Aphrodite»-Clubs. Herzog hatte ihm nicht die lukrative Leitung des neuen Eros-Centers übertragen, worauf Kaltenbach enttäuscht zur Konkurrenz übergelaufen war. Eine Ratte, die nur schaute, wo es den fetteren Speck gab. Auch Kaltenbachs Gehilfe, Ronnie Berger, der Bruder der Schlagersängerin, hatte eine Rechnung mit Herzog zu begleichen. Er konnte nicht länger mit ansehen, wie seine Schwester von Herzog behandelt wurde. Michelle wollte eine Familie, wollte Kinder, aber sie kam von Herzog nicht los. Er hingegen würde sich niemals von seiner Frau scheiden lassen.

Heute nacht würde ein bestochener Vollzugsbeamter Ronnie in die Haftanstalt einlassen und zu Lasky in die Zelle führen. Kaltenbach hatte ihm gezeigt, wo die Halsschlagader saß, wo er das Messer ansetzen mußte, um todsicher und schnell die Kehle durchzuschneiden. Und noch etwas hatte Jerry Goldsteen mit Kaltenbach für diese Nacht verabredet. Nachdem die Schießerei vor dem «Aphrodite»-Club nicht die gewünschte Wirkung gezeigt hatte, trotz der italienischen Brocken, die Ronnie laut aus dem Fenster geschrien hatte, war es nicht, wie von Goldsteen geplant, zu einer Konfrontation zwischen Herzogs Organisation und der Mafia gekommen. Statt dessen hatte Herzog seelenruhig Mario Vincente in dessen Lokal aufgesucht und Friedfertigkeit demonstriert. Goldsteen war über alles bestens informiert. Das gehörte zu seinem Geschäft. Heute nacht würde Goldsteen das Vertrauen zwischen beiden endgültig zerstören. Heute nacht würde eine Bombe in Vincentes Lokal explodieren und es ausbrennen lassen. Vincente würde vermuten, daß Herzog ihm nicht geglaubt hatte und der Anschlag eine Antwort auf die Schießerei vor dem «Aphrodite» sei. Er würde seinen Bruder informieren, daß man diese Brüskierung nicht stillschweigend hinnehmen dürfe. Mit der Eintracht zwischen Herzog und den Italienern wäre es dann endgültig vorbei. Die Auseinandersetzung würde Herzog schwächen und nach neuen Verbündeten suchen lassen. Dann würde er, Jerry Goldsteen, zur Verfügung stehen.

Die Zigarre war inzwischen ausgegangen, und ein kühler Frühsommerwind ließ Jerry Goldsteen frösteln. Er kehrte in seine Suite zurück.

Der Garten des kleinen Reihenhauses in Darmstadt war mit bunten Lampions und Girlanden geschmückt. Anneliese stand in einem hübschen weich fallenden Sommerkleid am Grill und bewirtete ihre Gäste. Die Kinder tobten wild kreischend um die Paare, die auf der Wiese tanzten. Held hatte sich mit Kilian und Staatsanwältin Brant auf die kleine Terrasse zurückgezogen. Der überraschende, unangekündigte Besuch seiner Vorgesetzten war nichts Ungewöhnliches. Verdeckte Ermittler wurden in regelmäßigen Abständen überprüft. Hing ein neues Bild an der Wand? Fuhr die Frau plötzlich einen teureren Wagen? Lag ein neuer Teppich auf dem Fußboden? Ließ sich der VE womöglich bestechen? Hatte er die Seiten gewechselt?

Kilian hatte von den Ereignissen der vergangenen Nacht berichtet. Held fand keine Erklärung. «Wer hat das Lokal von Vincente angezündet, wer hat befohlen, Lasky kaltzumachen? Vincente? Herzog? Oder ein Dritter, der die beiden aufeinanderhetzen will?»

Kilian zuckte mit den Schultern. Seine Leute hatten keine Spuren entdeckt, es gab nicht den geringsten Hinweis. Sie tappten völlig im dunkeln. «Wir müssen Laskys Komplizen finden, dann wissen wir mehr.» Er seufzte und erhob sich aus dem Gartensessel.

Held begleitete ihn zur Haustür. Anneliese kam zu ihnen. «Warum bleiben Sie beide nicht und feiern ein bißchen mit?»

Kilian sah die Staatsanwältin erwartungsvoll an, doch die schüttelte den Kopf. «Danke, aber ich bin noch verabredet.»

Kilian schloß sich ihr an: «Meine Frau wartet bestimmt schon.» Er reichte Held die Hand. «Wäre gut, wenn wir bald Fortschritte machen würden.»

Held nickte. «Ich bemühe mich um einen Termin bei Gehlen.»

Er schloß die Haustür hinter den beiden und ging zu Anneliese in die Küche. Sie deutete auf Kilian und die Staatsanwältin, die dicht nebeneinander auf dem Gehsteig stehengeblieben waren und leise miteinander sprachen.

«Waren die beiden nicht mal verbandelt?»

Held nahm eine Weinflasche aus dem Kühlschrank. «Vor Jahren.»

«Und?» beharrte Anneliese neugierig. «Nun laß dir doch nicht jedes Wort aus der Nase ziehen.»

Held umarmte sie und gab ihr einen Kuß. «Das alte Lied. Er hat es nicht geschafft, sich von seiner Frau zu trennen. Irgendwann hatte sie dann die Faxen dicke und hat einen anderen geheiratet. Er ist bis heute nicht darüber hinweggekommen.»

«Wie romantisch!» Anneliese nahm Held bei der Hand und zog ihn hinaus zu den fröhlich feiernden Gästen.

Offensichtlich an den Anblick erlesener Einrichtungen und teurer Apartments gewöhnt, schlenderte Barbara lässig durch die Luxuswohnung des Herrn von Hellberg. Ihre schmale Gestalt spiegelte sich in dem glänzenden weißen Marmor, und das Klackern ihrer hohen Absätze auf dem Steinfußboden verlieh dem Raum noch mehr Kühle, als er ohnehin schon hatte. King war erschrocken aufgesprungen, als Held in Begleitung von Barbara die Treppe heraufgekommen war. Eilig hatte er die Reste seiner Fertigpizza zusammengepackt und in die Küche getragen. Hinter Barbaras Rücken hatte er anerkennend den Daumen in die Höhe gereckt. Charly war wirklich ein Profi.

Held machte ihm eindeutige Zeichen, sich zu verdrücken. Es dauerte einen Moment, bis King verstand, doch dann wandte er sich zur Tür. «Bis später. Ich geh ins Kino, okay?» Damit war er verschwunden.

«Schöne Wohnung», meinte Barbara beiläufig und warf einen Blick aus dem großen Panoramafenster auf die allmählich aufflakkernden Lichter der Stadt. Held trat neben sie, reichte ihr ein Glas Wein und begann mit der freien Hand vorsichtig ihren Nacken zu streicheln.

Barbara drehte sich abrupt weg. «Nein, bitte nicht.» Sie hob abwehrend die Hand. «Ich spiele gern, ich reize, ich habe es gern, wenn man mich anschaut, dann habe ich das Gefühl, ich lebe. Aber es bedeutet gar nichts.» Sie lächelte. «Vielleicht bin ich ein bißchen grell. Aber nicht so leicht zu haben.»

Held trat einen Schritt zurück und musterte sie. «Sind Sie das Mädchen von Gehlen?»

Barbara sah ihn an. «Eifersüchtig?»

«Vielleicht.»

Sie nickte zufrieden. «Was wollen Sie Gehlen eigentlich verkaufen?»

Held drehte sich um, nahm die Weinflasche vom Beistelltisch und schenkte ihr nach. «Haben Sie mit ihm gesprochen?»

Barbara prostete ihm zu. «Er erwartet Ihren Anruf.»

Er durfte sich keinesfalls anmerken lassen, wie wichtig ihm das war. «Danke», sagte er beiläufig.

Es galt, Interesse an ihr zu zeigen, sie jedoch gleichzeitig auf Distanz zu halten. Er verfolgte einen Plan. Sie war ein Teil dieses Plans. All das hatte er arrangiert, um an Herzog heranzukommen. Held schaute von seinem Glas auf. Barbara stand steif vor dem großen Fenster und starrte ihn an. «Was willst du von mir?»

Held war irritiert. «Dich kennenlernen», sagte er einfach.

Barbara kam ein paar Schritte auf ihn zu, stützte die Hände in die Seiten und schob provozierend das Becken vor. «Du hast mich kennengelernt.»

«Noch nicht richtig», wich Held aus.

«Was heißt richtig? Im Bett?» Sie stand jetzt dicht vor ihm. Held lächelte.

Als er zwei Tage später auf einem der bequemen Ledersessel vor Gehlens Bürotür wartete, dachte er noch immer an das Treffen mit ihr. Er hatte alles richtig gemacht. Nichts war geschehen. Karl von Hellberg hatte getan, was er hatte tun müssen. Eine Weinflasche entkorkt, ein bißchen von sich erzählt, von seiner Jugend in Ostpreußen, von seinen Eltern – sogar von seinem treuen Hund, den er nie gehabt hatte, von seinen Reisen aus dem tristen Grau des Arbeiter-und-Bauern-Staates in die bunte weite Welt. Er hatte von Ländern erzählt, in denen Charly Held nie gewesen war.

Nichts war geschehen. Karl von Hellberg war ein unverheirateter Mann. Er hatte ihre Signale richtig verstanden, ihre Blicke, ihre Zungenspitze am Rand des Glases. Ein längeres Schweigen Seite an Seite, dann eine erste Berührung, nur ein Versuch, sie sanft zu umarmen. Ein Schritt zurück. Einige Worte von ihr. Er glaubte, Barbara durchschaut zu haben. Sie spielte gerne, behauptete sie. Aber dahinter war Angst, nichts als Angst, jemand könne sie tatsächlich lieben, nur um ihrer selbst willen. Das Mädchen hinter dem Spott. Von Hellberg hatte nicht ernsthaft versucht, sie zu küssen. Hatte genau das getan, was eine Frau wie Barbara von einem interessanten, geheimnisvollen, dennoch wirklich charmanten Mann erwartete. Nichts war geschehen, er hatte alles richtig gemacht. Vielleicht hatte er sogar instinktiv geahnt, daß er sich zurückziehen mußte, um zu bekommen, was er wollte. Es irritierte ihn, daß er ihre Fingerspitzen noch immer in seinen Haaren fühlte, ihren Atem noch immer auf seiner Brust, auf seinem Gesicht, daß er sie noch immer mit allen Nerven und Sinnen spürte, daß er ihre Stimme hörte, daß er keines ihrer Bilder aus seinem Kopf vertreiben konnte, keine der Erinnerungen an ihre Gestalt, an den Geruch ihres Haares.

«Herr von Hellberg?»

Er war konsequent geblieben. Karl von Hellberg hatte alles richtig gemacht. Mit Charly Held hatte das nichts zu tun.

«Herr von Hellberg?» Held sah auf.

Die Sekretärin deutete auf die Tür rechts von ihm. «Sie können jetzt reingehen.» Er stand auf, nahm seine Tasche und betrat Gehlens Büro.

Das OK hatte für ihn eine Namensliste des Ministeriums für Staatssicherheit erstellt.

Von Hellberg, ehemaliger Stasi-Mann, Abteilung Kommerzielle Koordinierung, Auslandsdienst in Moçambique von Juli '87 bis zum Ende der DDR, sollte Gehlen Informationen anbieten. Einkaufslisten des MfS, seitenweise Namen, hinter denen sich Firmen verbargen, die allesamt Embargobestimmungen der Bundesrepublik ignoriert, die DDR mit High-Tech und militärisch nutzbaren Gütern versorgt und der Bequemlichkeit halber darauf verzichtet hatten, ihre satten Exportgewinne ordnungsgemäß zu versteuern. Listen, mit denen man etlichen Leuten schlaflose Nächte bereiten konnte.

«Und?» Gehlen zeigte sich völlig desinteressiert.

«Allein deswegen könnte man heute einer Menge Leute eine Menge Ärger bereiten», erklärte Held.

Gehlen schien verwundert. «Was sollen wir damit? Wir sind keine Erpresser, Herr von Hellberg.» Gehlen lächelte amüsiert. «Wir kaufen Grundstücke, bebauen und vermieten sie. Jan Herzog ist einer der größten Immobilienbesitzer der Stadt, aber...»

Held fiel ihm ins Wort: «Die nützlichste Ware, die ich kenne, ist die Information.»

Gehlen musterte ihn kühl. «Und damit handeln Sie?»

Held nickte bescheiden. «Damit verdiene ich meinen Lebensunterhalt.»

«Was haben Sie früher gemacht?» fragte Gehlen. «Vor der Wende, meine ich.»

«KoKo, Kommerzielle Koordinierung, Ostberlin, zwei Jahre Auslandsdienst.»

«Wo?» fragte Gehlen knapp und drückte unauffällig einen Knopf, der unter der Schreibtischplatte angebracht war. Ein unsichtbares Tonbandgerät fing an, ihr Gespräch aufzuzeichnen.

«Moçambique», sagte Held unbefangen.

«Wann genau?»

«Ab Juni '87.»

Gehlen musterte ihn und deutete immer auf die Liste. «Wer garantiert, daß das alles nicht erfunden ist? Hier stehen nur Decknamen. Die realen Personen und Firmen werden nicht genannt.»

Held reichte ihm eine weitere Akte. «Kleine Appetitanregung. ‹Olaf› ist Otto Ludwig Metzner, Mikroelektronic, Köln.»

Diesen Namen durfte er preisgeben, das war abgesprochen. Innerhalb der nächsten beiden Tage würden die Kollegen Metzner in Köln festnehmen. Die Staatsanwaltschaft hatte bereits Anklage wegen Steuerhinterziehung erhoben. Metzner konnte von niemandem mehr erpreßt werden. Alles, was er zu verbergen trachtete, würde in ein paar Tagen in den Zeitungen breitgetreten.

Draußen auf dem Parkplatz neben dem silberglänzenden Mercedes wartete King. Nervös trat er von einem Bein auf das andere. Warum dauerte es so lange? Immer wieder starrte er auf die mächtige Fassade von Herzog-Investments. Endlich öffnete sich die große, schwere Tür. Held trat heraus, blaß und abgespannt. King öffnete ihm die Autotür, und Held ließ sich auf das Polster sinken.

«Jetzt heißt es abwarten», seufzte er.

Der breite Rolls-Royce bahnte sich einen Weg durch die engen Straßen des Rotlichtbezirks und weckte dabei die Aufmerksamkeit einiger grell geschminkter Mädchen, die an den Straßenrand traten, um sich den Insassen darzubieten. Vor dem «Aphrodite»-Club stoppte der Wagen. Der Chauffeur wollte gerade die Tür öffnen, als Rudi Kaltenbach aus dem Sauna-Club stürmte, den Chauffeur beiseite stieß und Herzog überschwenglich begrüßte. Herzog hielt Kaltenbach auf Abstand, als könne er sich an dem windigen Mann, an dessen schmächtigem Körper der billige, glänzende Anzug schlotterte, die Hände schmutzig machen. Nur ungern schien Herzog an den Ort seiner Herkunft zurückzukehren. Rechtsanwalt Maier folgte ihm.

Ergeben wie ein Hündchen lief Kaltenbach vor der Gruppe her und riß die Tür auf. «Der Typ, den du treffen willst, ist noch mit Carmen beschäftigt», kicherte er zweideutig. An den Wänden des rot beleuchteten Korridors lehnten erwartungsvoll einige Mädchen. Kaltenbach präsentierte sie stolz.

«Unsere Neuzugänge. Kleine Aufmerksamkeit des Hauses.»

Herzog schob die Mädchen beiseite.

«Wir sind geschäftlich hier, Rudi.»

Das Grinsen verschwand aus Kaltenbachs Gesicht.

«Wir möchten Ihre Bücher sehen», sagte Maier.

«Okay, wieso? Ist was?»

Kleine Schweißperlen traten auf Kaltenbachs Stirn. Hastig führte er die Männer in sein Büro und reichte Maier den Schlüssel eines Aktenschrankes.

Herzog schlug die Jalousie vor dem breiten Fenster beiseite und spähte in den Club.

Beleibte Herren planschten im Pool und ließen sich von spärlich bekleideten Mädchen Cocktails servieren. An der Bar, ein Champagnerglas in der Hand, saß Held. King hockte vor einem Klavier und hämmerte «Alle meine Entchen» in die Tasten. Im Stechschritt marschierten zwei Mädchen gackernd vor ihm auf und ab. King sprang auf, faßte die beiden Mädchen um die Taille und wirbelte sie herum. Held streckte sich genießerisch. Es war das erste Mal in seinem Leben, daß er ein solches Etablissement besuchte. Er warf mit Geld um sich, trank Champagner und amüsierte sich. Es war ein großes Spiel. Auch King schien sich glänzend zu amüsieren.

Als Gehlen ihm plötzlich auf die Schulter tippte, fuhr Held erschrocken herum. Das Hemd klebte an seinem Rücken. Der Alkohol war ihm bei den tropischen Temperaturen im Sauna-Club zu Kopf gestiegen. Doch jetzt wurde er schlagartig nüchtern.

«Die Stasi war in Hauptabteilungen unterteilt», sagte Gehlen. «Über die Jahre haben die ihre Bezeichnungen geändert. Wieso ist Ihre Akte da falsch bezeichnet?» Er fixierte Held mit zusammengekniffenen Augen. «Statt HA 4 müßte da ab '87 HA 2 stehen.»

«Müßte?» Held lachte kurz auf. «Wurde also auch bei uns geschlampt.» Er lachte ein wenig zu laut.

Gehlen starrte ihn an und drehte sich dann wortlos um. Held griff nach seinem Glas. Seine Hand zitterte. Er atmete tief durch. Alarmiert schubste King die Mädchen beiseite und eilte auf ihn zu.

Draußen vor dem Club warteten Droegel und Renate in ihrem Auto. Sie sahen Rechtsanwalt Maier Akten zu dem Rolls-Royce tragen und dann in das «Aphrodite» zurückkehren.

Droegel blickte zur Uhr und seufzte. Nie im Leben würde ihm seine Frau glauben, daß er noch so lange im Dienst war.

«Komm, fahr nach Hause!» Renate knuffte ihn aufmunternd in die Seite. «Ich bleibe hier.»

Droegel zögerte. Renate schüttelte den Kopf.

«Was ist dir nun wichtiger? Beruf oder Familie?» Sie wurde ungeduldig. «Was überlegst du denn noch?»

«Ob ich da drin 'ne Quittung verlangen kann oder nicht», murmelte Droegel und stieg aus.

Gehlen war unterdessen zu Herzog in dem kleinen Büro an das Fenster getreten. Vom Sauna-Club aus waren beide nicht zu sehen.

«Mikroelektronic Köln schon unter die Lupe genommen?» fragte Herzog, wobei er von Hellberg beobachtete, der an der Bar den Mädchen Champagner einschenkte.

Gehlen schüttelte den Kopf. «Leider sind uns die Bullen zuvorgekommen. Anklage wegen Steuerhinterziehung, wegen Verstößen gegen Embargobestimmungen. Das Material von diesem von Hellberg scheint wasserdicht.»

Herzog überlegte.

«Würde doch mehr dabei herausspringen, wenn er das Material selbst benutzt.»

Gehlen zuckte die Achseln. «Dazu fehlt ihm die Organisation – oder der Mumm.»

Herzog nickte nachdenklich. «Laß ihn ein bißchen schmoren, dann sinkt der Preis.» Er wandte sich ab. Gehlen hielt ihn auf.

«Natürlich könnte das Zeug auch gefälscht sein.»

«Wer würde so was mit uns wagen?» sagte Herzog ruhig.

«Niemand ist unverwundbar.» Gehlen lächelte.

Eine schwergewichtige Gestalt schob sich ins Zimmer. Gehlen verließ rasch das Büro. Möllbach stopfte den Zipfel seines Hemdes in die Hose und ließ sich in einen Sessel fallen. Herzog zog ein Zigarettenetui aus der Innentasche und reichte es Möllbach. Sie kannten sich schon sehr lange. Begegnet waren sie einander, als Möllbach Leiter des Liegenschaftsamtes war und über die Vergabe von Grundstücken zu entscheiden hatte. Damals war Herzog an ihn herangetreten, hatte ihn eingeladen, zum Essen, auf ein Wochenende nach Mallorca, stets waren auch Mädchen dabeigewesen. Irgendwann waren die Geschenke zu Weihnachten und zum Geburtstag größer geworden. Ein Auto für die Ehefrau, ein Grundstück in Bad Homburg, ein kräftiger Bauzuschuß für die Privatvilla. Möllbach hatte kein schlechtes Gewissen. Die Bauaufträge, die er den Herzog-Firmen zuschanzte, wurden hervorragend durchgeführt. Und daß die Preise manchmal etwas überhöht schienen, schadete ja niemandem direkt. Der Allgemeinheit – na schön. Die Steuern stiegen dadurch möglicherweise geringfügig an. Aber die stiegen sowieso. Mittlerweile hatte Möllbach sich Verbündete in der Partei geschaffen. Hin und wieder war ihm dabei auch Herzog mit seinen weitreichenden Beziehungen zu Hilfe gekommen. Möllbach konnte auf eine außergewöhnliche Karriere zurückblicken. Er war zum Staatssekretär des Innern befördert worden und hatte seine Sache gut gemacht. Tatkräftig durchgegriffen, die Polizei in ihrem Kampf gegen die Kriminalität in Frankfurt unterstützt, der Partei geholfen, indem er dem Sicherheitsbedürfnis der Bürger entgegenkam und in jeder Talk-Show, bei jeder Parteiveranstaltung wortreich nach schärferen Gesetzen verlangte, die es der Polizei ermöglichen sollten, der Kriminalität auf der Straße Einhalt zu gebieten. Daß ein anderer, viel bedrohlicherer Krake die Stadt immer mehr mit seinen Fangarmen umschlang, das wußten die wenigsten Bürger, und Möllbach würde es ihnen nicht auf die Nase binden. Er hatte es auch nie ausgesprochen, weil er es sich selbst nicht klarmachte, nicht klarmachen wollte. Andernfalls hätte er sich ja eingestehen müssen, daß er selber mitgeholfen hatte, einem Mann wie Herzog Tür und Tor zu öffnen. Die Banken hofierten Herzog inzwischen ebenso wie Wirtschaftsverbände die Landesregierung oder die Partei, die er regelmäßig mit kräftigen Geldspenden beglückte. Erst in letzter Zeit hatte Möllbach ein wenig Abstand zu Herzog gehalten, hatte einige Einladungen ausgeschlagen, offizielle Treffen vermieden, sich am Telefon verleugnen lassen. Es war möglich, daß er bald am Ziel seiner Träume war. Der Innenminister war krank; man munkelte etwas von Krebs. Der körperliche Verfall ließ sich kaum noch vertuschen. Nach der Wahl würde die Partei ihn, Möllbach, zum Innenminister berufen. Allerdings durfte bis dahin kein Gerücht, keine üble Nachrede, keine Verdächtigung seine glänzende Laufbahn beflecken – darum sein plötzlicher Abstand zu Herzog. Er wußte, wie mißtrauisch der Freund war. Er mußte den alten Verbündeten beruhigen und ihn mit der Aussicht auf fette Beute ködern.

Jetzt lehnte er sich weit vor. Selbst hier, in dem abgeschlossenen Büro, flüsterte er nur. «Ich könnte dir künftig noch viel nützlicher sein als bisher.»

Herzog musterte ihn. «Die Frage ist nur: Kann ich dir auch noch trauen?»

Möllbach lächelte: «Jan, wie lange kennen wir uns? Dreißig Jahre? Fünfunddreißig Jahre? Wenn wir uns einig sind, schaff ich's.»

Herzog blies den Rauch seiner Zigarre an die Decke.

«Der Tag, an dem du gewählt wirst...» Er sprach den Satz nicht zu Ende. Aber Möllbach vervollständigte ihn an seiner Stelle: «Das ist auch dein großer Tag. Mein Wort darauf. Der Tag, an dem Jan Herzog endgültig ganz oben ist.»

Krümel unternahm seine erste Dienstreise. Kilian hatte sie ihm bewilligt. Er fuhr nach Bitterfeld und folgte den schwerbeladenen Lastwagen, die in unablässiger Folge holpernd von der Landstraße abbogen und über die menschenleere alte Chemiefabrik zur Deponie krochen. Andere, mit dunklem Erdreich beladene Laster kamen ihnen entgegen. Als ein Wächter im Regenmantel, mit einem Schäferhund an der Leine, plötzlich stehenblieb und zu Krümel hinüberstarrte, setzte der rasch seinen Feldstecher ab und stapfte eilig zu dem Auto, das auf einem verschlammten Weg parkte. Von den peitschenden Regenböen war er völlig durchnäßt, was jedoch seiner guten Stimmung keinen Abbruch tat. Er wußte, er hatte seinen Auftrag erfolgreich ausgeführt. Er hatte durchschaut, was hier lief.

Gleich am nächsten Morgen, kurz vor Arbeitsbeginn, wollte Krümel seinen Chef auf dem Parkplatz des Polizeipräsidiums abpassen.

Hotte schlurfte mürrisch an ihm vorüber. Rüdiger winkte ihm zu. «Na, Hotte, wieder 'n Kaltstart heute früh?»

Hotte winkte ärgerlich ab.

«Hör bloß auf. Ich war eben noch so schön in Wochenendstimmung. Vergeht einem doch alles, wenn man dran denkt, daß Montag ist.»

Kilian wollte gerade Staatsanwältin Brant begrüßen, als Krümel ihm schon aufgeregt berichtete. Was er zu erzählen hatte, war kaum zu glauben. Belastetes Erdreich von der Umgehungsautobahn in Frankfurt wurde nach Bitterfeld auf die Deponie der alten Chemiefabrik transportiert. Dort gab es drei Haufen. Krümel hatte sie sorgfältig fotografiert. Hochgiftiger Müll, Bauschutt, einfache Muttererde. Irgendwann, wenn keiner hinguckte, wurde das alles kräftig durcheinandergemischt, damit der Schadstoffanteil sank, und dann wieder nach Frankfurt zurückgekarrt, zum Bau der Lärmschutzwand an der Umgehungsautobahn dort. Das Zeug, das für teures Geld aus Frankfurt weggeschafft wurde, landete am Ende also wieder in Frankfurt.

Krümel lachte. «Echt 'n Witz. Ist aber so.»

Kilian schüttelte ungläubig den Kopf und wollte etwas sagen, als sie von lauten Stimmen auf dem Flur unterbrochen wurden.

«... doch ein völlig überzogener Kostenaufwand, ich bitte Sie, da wird mit dem Geld des Steuerzahlers nur so geaast.»

Krümel und Kilian sahen sich an. Bronzel, der Rechnungsprüfer, war offenbar mal wieder dabei, Sand ins Getriebe zu streuen. Droegel versuchte, den bebrillten Erbsenzähler zu beschwichtigen. «Unser VE muß sich in einem Milieu etablieren, wo die Spitzen der Unterwelt verkehren, ich mußte ihm folgen, ich durfte ihn nicht aus den Augen verlieren.»

Bronzel fiel ihm ins Wort: «Bis vier in der Früh. Das sind wieder zusätzliche Überstunden – auch noch am Wochenende.»

Kilian trat auf den Flur hinaus, deutete auf die Fotos von der Bitterfelder Deponie und fragte Droegel: «Haben Sie das gesehen?»

Droegel nickte. Der Rechnungsprüfer wies auf einen Beleg.

«Tausend Mark für Kontaktperson. In solchen Etablissements gibt es auch Räume, wo man einen Drink nehmen kann. Man muß nicht unbedingt...»

Droegel hatte genug. «Aus welchem Versandhaus beziehen Sie Ihre Kenntnisse?» fragte er scharf.

Bronzel stürmte in sein Büro zurück und warf die Tür krachend ins Schloß. Krümel, Droegel und Kilian verkniffen sich ein Lächeln.

Droegel folgte Kilian in dessen Büro. Krümel war nicht mehr zu bremsen. «Aber jetzt haben wir Herzog doch.»

Er deutete auf die Fotos, die er geschossen hatte.

Kilian griff zum Telefon. «Erste Frage: Sind wir überhaupt zuständig?»

Krümel schaute Droegel verständnislos an. «Hauptfrage bei der Polizei», erklärte ihm Droegel. «Mußt du dir merken. Und dann: Umweltvergehen werden so niedrig bestraft, daß wir deswegen noch nicht einmal einen verdeckten Ermittler einsetzen dürfen.» Er zog Krümel mit sich nach draußen. «Höchstens dieser Typ vom Umweltreferat Bitterfeld, Trampe. Garantiert ist der eingeweiht. Dem könnte man vielleicht was nachweisen. Sind wir aber wieder nicht zuständig. Trotzdem», er klopfte Krümel auf die Schulter, «gut gemacht.»

Krümel strahlte. Die beiden waren schon in der Tür, als Kilian ihnen vom Telefon aus zurief: «Übrigens, Jürgen...» Droegel drehte sich um. «Wenn ihr euch künftig für das öffentliche Wohl einsetzt, behaltet gefälligst die Hosen an.»

Das Wetter der folgenden drei Tage entsprach ganz und gar nicht Helds Stimmung. Es wurde nämlich ständig besser. Das Thermometer kletterte auf frühsommerliche 24 Grad, die Bäume schlugen aus, die Vögel sangen, die Frauen auf der Straße zeigten ihre braunen Beine, und alle naselang hockten Pärchen auf Bänken und knutschten, als wäre der Frühlingsgott nur so bei Laune zu halten. Helds Stimmung entsprach eher einem atlantischen Tiefausläufer, der sich nicht verziehen mochte. Er kaufte sich eine Zeitung an der Tankstelle gegenüber. Als er sie aufschlug, fand er in einem Umschlag Fotos von Herzogs Sohn, der auf seinem Fahrrad durch die Gegend fuhr, verfolgt vom Chauffeur im Rolls. Dazu Droegels schriftliche Erklärung, der Chauffeur passe ständig auf den Jungen auf und begleite ihn täglich zur Massage. Held wußte nicht, was er damit anfangen sollte. Er legte die Fotos in eine Schreibtischschublade.

Da er vermutete, daß die Gegenseite auch ihn beobachtete, hatte er in den vergangenen Tagen verschiedene Firmen aufgesucht. Wer immer ihm folgte, sollte den Eindruck haben, daß er das geheime Stasi-Material auch anderen anbot. Held war sicher, daß Herzog von seinen Aktivitäten erfuhr. Aber warum rührte er sich nicht?

Held verzweifelte allmählich. Sie kamen an den Kerl nicht ran. Er betrachtete King, der es sich vor dem Fernsehapparat gemütlich gemacht hatte und herzhaft über irgendwelche amerikanischen Fernsehbullen lachte, die ihre Probleme und jeden hochkomplizierten Kriminalfall innerhalb von 45 Minuten ballernd lösten. Was, wenn Herzog nicht anbiß? Auf dem Bildschirm jagten Polizeimotorräder hinter einer schwarzen, somit erkennbar kriminellen Limousine her. Wie üblich kam einer der Motorradfahrer in Zeitlupe von der Straße ab und stürzte schwer. Plötzlich hatte Held eine Idee.

Er holte Droegels Fotos wieder aus der Schreibtischschublade und betrachtete sie lange. Louis, Herzogs ein und alles. Klavierspieler, 16 Jahre alt, kluges Kind, wenig Freunde, netter Junge, Herzogs Sohn. Bluter. Bluter?

Was er vorhatte, war riskant. Wenn es schiefging, war er geliefert. Das wußte Held. Dann war seine Mission beendet, ehe sie überhaupt begonnen hatte.

Auch der nächste Tag war schön. Knapp 20 Grad unter einem leicht bewölkten Frühlingshimmel, kaum Wind. Bei solchem Wetter konnte es niemanden wundern, daß auch Amateure ihre Schläger herauskramten und auf den Tennisplatz marschierten, Amateure wie von Hellberg und sein Chauffeur. Gonzo war den beiden in seinem Auto gefolgt. Er sah, wie Held und King miteinander spielten. Er feixte über Kings vergebliche Versuche, einen Ball zu treffen. Es schien ihm nicht verdächtig, daß die beiden ausgerechnet dort spielten, wo Louis sich zur gleichen Zeit massieren ließ.

Gonzo sah Louis aus dem Massageraum kommen, der Chauffeur begleitete ihn. Gonzo gab Gas und bog auf die Hauptstraße ein. Eine Frau mit Kinderwagen kam heran. Es war Renate. Weiter vorn schwang sich Louis auf sein Fahrrad, der Rolls-Royce folgte ihm wie immer. Plötzlich bog Renate von der Straße ab. Louis versuchte ihr auszuweichen. Ein anderer Mann kam ihm auf seinem Fahrrad entgegen: Krümel. Louis bremste, verlor das Gleichgewicht, knallte gegen den nachfolgenden Rolls-Royce und stürzte auf das Pflaster. Krümel radelte rasch weiter. Auch Renate war plötzlich wie vom Erdboden verschluckt.

Louis stöhnte. Ein ersticktes, gedämpftes Stöhnen. Held und King sprangen über den Zaun und rannten auf ihn zu.

«Los, ins Krankenhaus, na los doch!» schrie King den verstörten Chauffeur an. Er versuchte, den sich benommen wehrenden Louis hochzuheben. Held kam ihm zu Hilfe.

Als Gonzo nach einer knappen halben Stunde aufgeregt im Krankenhaus eintraf, waren die beiden Tennisspieler schon wieder weg. Und Louis war nicht verblutet.

In der Luxuswohnung zahlte Held an King und sich Spesen aus und deutete auf einen dritten Stapel. Der war für nebenher, das durften sie auf keinen Fall überziehen. Es klingelte an der Wohnungstür. Held öffnete. Draußen an der Tür standen Gehlen und Herzog.

«Herr von Hellberg.» Herzog verneigte sich.

Held räusperte sich. «Guten Abend.»

«Ich heiße Jan Herzog. Ich möchte mich bei Ihnen bedanken – bei Ihnen beiden.» Er nickte King kurz zu.

«Aber ich bitte Sie», wehrte Held bescheiden ab. «Wir waren zufällig zur Stelle.» Er machte eine einladende Geste. «Möchten Sie nicht hereinkommen?»

Herzog schüttelte den Kopf. «Es ist spät.» Er reichte Held seine Karte. «Darf ich Sie morgen abend zu einem kleinen Imbiß einladen, würde mich sehr freuen, Sie beide. Acht Uhr?»

Held nickte. «Gern.»

Herzog und Gehlen wandten sich zum Aufzug. Im Weggehen deutete Gehlen auf das Firmenschild. «REDO – ist eine Abkürzung wofür?»

«Recherche, Dokumentation», erklärte Held.

Herzog nickte ihm zu. «Bis morgen dann.» Er trat in den Aufzug. Wie betäubt schloß Held die Wohnungstür. King umarmte ihn strahlend.

«Wir haben es geschafft, Charly. Wir haben es geschafft.»

Sie waren dran.

Zweiter Teil

Janus

Walter Kilian war seit zwanzig Jahren Polizist und trotzdem aufgeregt wie ein Anfänger. Die letzte Nacht hatte er schlecht geschlafen. Ein bißchen gleichmütiger, hatte er gedacht, wäre er als Leiter der Dienststelle Organisierte Kriminalität inzwischen geworden; ein bißchen gleichgültiger vielleicht auch. Zu viele Nachmittage hatte er in Seminaren verbracht, bei denen man diskutierte, ob organisierte Kriminalität überhaupt existierte, während draußen Pizzerias abbrannten und Junkies in Kloschüsseln verreckten. Noch vor wenigen Jahren hatten ihn öffentliche Diskussionen um V-Leute und Verdeckte Ermittler stets in Rage gebracht. Da diskutierten irgendwelche ahnungslosen Innenpolitiker mit ahnungslosen Journalisten über Dinge, von denen sie nichts verstanden, diskutierten vor den gespitzten Ohren aller deutschen Kriminellen, was Verdeckte Ermittler durften und was nicht, redeten von Gefährdung der inneren Sicherheit durch die Polizei und schienen völlig zu vergessen, daß die innere Sicherheit vor allem durch jene Leute gefährdet war, die die Polizei bekämpfte.

Kilian schüttelte immer noch fassungslos den Kopf, wenn Journalisten mit kaum verhohlener Bewunderung über Kriminelle schrieben, die den sogenannten *Staat* um Millionensummen betrogen hatten. *Staat*, das klang bei diesen Journalisten nach etwas Feindseligem, etwas, das nichts mit ihnen zu tun hatte, zu dem sie nicht gehörten. Aber ein Verbrechen blieb ein Verbrechen, ganz gleich, wie geschickt es begangen wurde. Es konnte doch nicht plötzlich in Ordnung sein, anderen Menschen Geld zu stehlen. Es konnte doch nicht plötzlich nur noch darauf ankommen, *clever* zu sein. Es konnte doch nicht sein, daß nur noch der *Erfolg* zählte, daß niemand mehr nach dem *Wie* fragte, daß der Zweck alle Mittel heiligte. Nein, das konnte nicht sein. Aber das änderte nichts daran, daß es so war. Niemand hatte mehr Zeit für Fragen. *Wie?* Wieso *wie*? Entscheidend war das Ergebnis. Applaus für den Gewinner, für den Rennverlauf bleibt leider keine Zeit.

Und was war mit der Polizei, seiner Polizei? Die war in eine seltsame Ecke geraten, hineingedrängt zum einen von Idioten aus den eigenen Reihen, von Politkaspern, welche die Freunde und Helfer des Bürgers als Waffe gegen den Bürger einsetzten, auf Studenten losmarschieren ließen, die Großen laufen ließen und die Kleinen verprügelten, zum anderen durch die Öffentlichkeit, die aus dem Fehlverhalten von einzelnen *Bullen* gleich auf die gesamte Polizei schloß. Wenn ein Polizist prügelte, konnte man keinem Polizisten mehr trauen; ermordete hingegen ein Bäcker seine Frau, kaufte man bei den anderen Bäckern weiter unbesorgt Brötchen.

Als Kilian noch jünger gewesen war, wäre er manchmal am liebsten aufgestanden, auf die Straße marschiert und hätte den Leuten draußen zugebrüllt, daß die meisten Polizisten noch immer versuchten, ihre Pflicht für den gottverdammten Rechtsstaat und die Sicherheit seiner gesetzestreuen Bürger zu tun; daß seine Leute keine Prügler und Kesseltreiber waren, nicht das, was die Medien aus ihnen machten, sondern ganz normale Durchschnittsmenschen, die mit all der Feindseligkeit, die ihnen entgegenschlug, nichts anzufangen wußten. Die sich fragten, wozu, für wen sie eigentlich ihre Gesundheit riskierten, weshalb sie sich von Besoffenen und Falschparkern anpöbeln ließen, weshalb sie in der immer rabiater werdenden Drogenszene die Köpfe für unfähige Politiker hinhielten, die sich aus lauter Sorge um ihre mittelständischen Wählerstimmen nicht dazu durchringen konnten, wenigstens die ärmsten der armen Schweine kostenlos mit sauberem Stoff zu versorgen.

Gegen all das, hatte Kilian gedacht, wäre er allmählich abgestumpft, aber es regte ihn immer noch auf. Sollten sie doch behaupten, es gebe kein organisiertes Verbrechen – um nicht erklären zu müssen, weshalb sie nichts dagegen unternahmen. Sollten sie doch behaupten, *falls* es – wider Erwarten – doch etwas Derartiges gebe, sei ihm mit Verdeckten Ermittlern nicht beizukommen. Er würde es ihnen zeigen. Es gab Anlaß zu Optimismus. Seine verdeckten Ermittler waren dran, ganz oben. Die Zielperson hatte Kontakt zu ihnen aufgenommen, sie sogar für diesen Abend in die luxuriöse, von hohen Zäunen und bewaffneten Wächtern gesicherte Villa am Mainufer eingeladen. So weit waren Polizisten noch nie vorgedrungen. Verständlich, daß die beiden nervös waren. Daß sie während ihres ersten Besuches bei der Zielperson ein Mikro bei sich trugen, hielt Kilian für zu riskant. Darum hatte er den ganzen Tag versucht, beim Richter eine Abhörgenehmigung für die Telefone bei Herzog durchzusetzen. Leider vergeblich.

Die Flexibilität von Behörden entspricht nach landläufiger Meinung annähernd der von Betonwänden. Die landläufige Meinung übersieht hierbei, daß Behörden strengen Ordnungsprinzipien zu gehorchen haben, Sachverhalte genauestens prüfen und im Einklang mit dem Gesetz handeln müssen. Wäre es nach Kilian gegangen, hätte der Richter fünfe grade sein lassen und die Abhörgenehmigung erteilt. Aber der Richter hielt sich an seine Bestimmungen. Argumente, die der gesunde Menschenverstand diktierte, beeindruckten ihn nicht. So mußte Kilian seine beiden Ermittler ohne Schutz in die Höhle des Löwen lassen.

Während das schmiedeeiserne Tor sich öffnete, ein Wächter, Gewehr über der Schulter, einen Schäferhund an kurzer Leine, sie durchwinkte und sie auf das parkähnliche Grundstück einbogen, fächelte sich King nervös Kühlung zu. Held bemerkte es.

«Muß mein Blutdruck sein, daß ich so schwitze», entschuldigte sich King.

Held grinste. «Ich hätte eher auf Wechseljahre getippt.»

King blickte sich um. «Der Satz, Verbrechen zahlt sich nicht aus, stimmt nicht», murmelte er leise. Beklommen deutet er auf die zahllosen Kameras, die überall an der Fassade der palastähnlichen Villa angebracht waren: «Der weiß eher, daß du da bist, als du selbst.»

Die beiden stiegen aus.

Draußen vor dem schmiedeeisernen Tor warteten Droegel und Renate. Renate holte eine Thermoskanne aus ihrer Tasche und goß ihrem Kollegen einen Kaffee ein. Sie wußten, es würde ein langer Abend werden. Sie wußten auch, daß ihre Anwesenheit hier eigentlich überflüssig war. Aber hier warten war besser als anderswo.

In seinem grauen Büro im Polizeipräsidium, vollgestopft mit Stapeln von staubigen Akten, mit durchsackenden Bücherregalen an sämtlichen Wänden, wartete Kilian. Auch er brachte es heute abend nicht über sich, einfach nach Hause zu fahren.

Das Abendessen in dem riesigen Eßzimmer hatte sich einsilbig dahingeschleppt. Held saß neben Herzog, der ihn kühl beobachtete. King hatte man einen Platz in der Küche angewiesen. Zunächst war Held etwas irritiert gewesen, daß auch Barbara Sattler eingeladen war – offenbar als Begleiterin von Gehlen –, aber die junge Frau tat, als kenne sie ihn nicht, und plauderte ganz unbefangen mit ihm. Natürlich kam das Gespräch auch auf den Unfall von Louis.

«Was für ein Zufall, daß Sie gerade in der Nähe waren!» Gehlen beugte sich vor und fixierte Held mißtrauisch. Am Tisch wurde es still. Held nickte und zwang sich zu einem Lächeln.

Herzog ließ ihn nicht aus den Augen: «Sie wußten, daß mein Sohn krank ist?»

In Helds Kopf rasten die Gedanken. Hatten die etwas rausbekommen? Wußten sie Bescheid? «Er hat's uns gesagt.» Es gelang ihm nicht, ein leichtes Stottern zu vermeiden.

Louis stand auf, um seine Medizin zu holen. Herzog sah ihm nach und wandte sich dann Held zu: «Die Krankheit hat er geerbt», sagte er leise und blickte zu seiner Frau hinüber. «Mütterlicherseits. Aber er wird es schaffen. Er wird es schaffen.» Sein Tonfall verriet mehr Hoffnung als Überzeugung.

Während die Kellner den Tisch abräumten, trat Herzog an die Anrichte und wählte sorgfältig, indem er wie ein Bauer die Früchte betastete, ein paar Äpfel und Birnen aus.

Gehlen gesellte sich zu ihm. «Unfällen mißtraue ich. Prinzipiell», flüsterte er. Die beiden blickten zu Held hinüber, der Frau Herzog und Barbara in das benachbarte Wohnzimmer folgte und entspannt mit ihnen zu plaudern schien.

Draußen auf der Terrasse warf Gonzo den Schäferhunden der Wächter ein paar Fleischstücke zu. King stand neben ihm.

«Was waren das eigentlich für Geschäfte, die ihr in Moçambique erledigt habt?» Gehlen war lautlos an seine Seite getreten.

King fuhr herum. «Ganz normale Bankgeschäfte.»

«Als was seid ihr gereist?»

«Touristen.»

«Aus der DDR?»

«Aus der Schweiz.» King ahmte den Schweizer Tonfall nach. Hinter Gehlen war Herzog in der Terrassentür aufgetaucht.

«Seid ihr geflogen?»

King schüttelte den Kopf. Er hatte seine Lektion gut studiert. «Mit dem Schiff rübergeschippert.»

«Wie hieß der Kahn?»

«Princess of Padua.»

Wie aus der Pistole geschossen kam die nächste Frage: «Wo eingetragen?»

«Genua.» King grinste. Hoffentlich hatte Charly mitbekommen, wie glänzend er sich hier schlug. Gehlen fixierte ihn: «Gut. Fast zu gut. Wer weiß schon, wo das Schiff eingetragen ist, auf dem er reist?»

Für einen Augenblick geriet King durcheinander, doch dann fuhr sein Zeigefinger nach oben: «Flagge», sagte er achselzuckend.

«Flagge!» wiederholte Gehlen ironisch und sah Held an.

«Flagge», echote der erleichtert und folgte Louis ans Klavier. Gehlen blickte ihm finster nach und wollte etwas sagen, aber Herzog legte den Finger auf den Mund: Aus dem Salon war plötzlich Klavierspiel zu hören. Held hatte neben Louis Platz genommen. Die beiden spielten vierhändig, zuerst ein klassisches Stück von Bach. Plötzlich zwinkerte Louis Held zu, und sie fingen an, den Rhythmus zu verjazzen. Die Zuhörer applaudierten. Barbara wippte im Takt der Musik, lächelte Held zu und tänzelte dann hinüber zu Gehlen, an den sie sich zärtlich schmiegte. Mit warmem Lächeln schaute Herzog auf seinen Sohn und auf den Mann neben ihm, in dessen Gesellschaft sich Louis so wohl zu fühlen schien.

Für den nächsten Abend hatte Held seiner Frau versprochen, nach Hause zu kommen, aber nun hatte Herzog ihn ins «Chez Michelle» eingeladen. Und das hatte natürlich Vorrang. Da er Anneliese telefonisch nicht erreichen konnte, entschloß Held sich, sie am Vormittag in ihrer Schule aufzusuchen.

Während der Fahrt nach Darmstadt dachte er über den vergangenen Abend nach. Herzog hatte seine anfängliche Reserviertheit bald aufgegeben und war ihm freundlich, ja beinahe väterlich begegnet. Gehlen war zwar ablehnend und eindeutig mißtrauisch geblieben – einmal, als Herzog den Arm um seine Schultern legte, hatte Gehlen richtig eifersüchtig herübergeblickt, aber was zählte Gehlen? Herzog mochte Karl von Hellberg, der seinem Sohn nach dem Unfall beigesprungen war. Und nur auf Herzog kam es an.

Held lächelte, als er an Barbara dachte. Fraglos hatte sie mit ihm geflirtet. Wollte sie Gehlen ärgern, oder war sie wirklich an ihm interessiert? Irgendwann konnte sie ihm vielleicht nützlich sein. Den Kontakt zu ihr sollte man ausbauen.

Anneliese war enttäuscht... Sie hatte sich so auf den Abend gefreut, aber sie wußte, daß ihr Mann an einem Sonderauftrag arbeitete, streng geheim, und daß er, falls er erfolgreich war, befördert werden würde. Also schluckte sie ihre Enttäuschung hinunter, fand sich mit einem weiteren Abend ab, den sie wieder mutterseelenallein vor dem Fernseher verbringen würde, und gab ihrem Mann zum Abschied einen Kuß.

Gehlen war verärgert. Es paßte ihm nicht, daß von Hellberg mit Barbara an einem Tisch saß, Wein trank und andächtig Michelles letzter Zugabe für diesen Abend lauschte. Er hatte Jan Herzog gewarnt. Daß dieser von Hellberg ihnen erst Stasi-Akten anbot und dann ausgerechnet dort Tennis spielte, wo Louis, als er von seiner täglichen Massage kam, in diesen merkwürdigen, bisher immer noch nicht aufgeklärten Unfall geriet, erschien ihm reichlich unwahrscheinlich. War die Anwesenheit von Hellbergs auf der Tennisanlage wirklich ein Zufall? War der Unfall ein Zufall? Gehlen hatte gelernt, Zufällen zu mißtrauen. Er beobachtete, wie Barbara von Hellberg von ihrem Hummer probieren ließ, worauf Hellberg die Augen verdrehte. Anscheinend aß er nicht oft Hummer.

Gehlen wandte sich wieder den beiden Männern an seinem Tisch zu. Beide sahen ihn erwartungsvoll an. Gehlen räusperte sich und merkte, daß er nicht bei der Sache gewesen war. «Tut mir leid», sagte er. Herzog nickte, und Goldsteen wiederholte, was er gesagt hatte. Gehlen übersetzte. Der Ami redete viel und sagte wenig. Es war nicht mehr notwendig, das Zeug aus dem Goldenen Dreieck um den ehemaligen Ostblock herumzuschleusen, und im Herbst stand die erste Mohnernte der Russen an. Goldsteen brauchte daher Stützpunkte in den neuen Bundesländern.

Herzog wiederholte seinen Standpunkt; er handle mit Immobilien, aus dem Glücksspiel und dem Bordellbetrieb zögen sie sich zurück. Sein Nein sei bedauerlich, aber endgültig. Binnen fünf Jahren werde Herzog-Investments ein legales Unternehmen sein.

Michelle beendete ihren Auftritt. Die Herren klatschten, und unter die Gäste des Clubs kam Bewegung. Gläser wurden geleert, letzte Zigaretten angezündet, Handtaschen von Stuhllehnen gezogen. Von Hellberg bestellte Champagner.

Goldsteen wiederholte sich. Er redete von Geld. Viel Geld.

Gehlen übersetzte geduldig.

Herzog wiederholte seinen Standpunkt.

Goldsteen saß eine Weile da und nickte, dann stand er auf und verabschiedete sich. Er schien verärgert. Gehlen sah ihm nach, bis er das Lokal verlassen hatte.

«Morgen früh fliegt er nach Florenz», sagte er und sah Herzog an. «Angeblich, um seiner Familie die Stadt zu zeigen. Unsere kleinen Vögelchen pfeifen was anderes von den Dächern. Er will sich mit Vincente treffen.»

Herzog nickte nachdenklich. Er beobachtete Michelle, die in Begleitung eines untersetzten Mannes auftauchte, sich zu Barbara an die Bar setzte und sich Held vorstellen ließ. Gehlen deutete auf den Untersetzten. «Trampe bittet dich um Hilfe.» Herzog schaute irritiert auf. «Trampe vom Umweltreferat Bitterfeld», ergänzte Gehlen. «Die Kripo ermittelt gegen ihn.»

Herzog zuckte die Achseln. «Die Welt ist ein Dschungel. Nicht jeder kann überleben.»

«Für uns wäre es besser, wenn er nicht ausgewechselt würde...»

Von Hellberg rief laut nach Champagner für die schöne Künstlerin. Barbara lachte, Michelle lächelte. Herzog lächelte ebenfalls und beugte sich über den Tisch.

«Na, siehst du! Wenn er was über uns rausbekommen wollte, würde er sich nicht zurückziehen, sobald wir übers Geschäft reden. Aber er...» – mit einer Kopfbewegung deutete er auf Held – «statt die Ohren aufzusperren, hängt er sich an die Bar.»

Gehlen sah ihn skeptisch an: «Vielleicht ist gerade das seine Gerissenheit.»

Herzog grinste. «Manchmal traust du dir selbst nicht, was?»

Karl von Hellberg tat etwas, was Charly Held nie getan hätte: er steckte der Kellnerin, die den Champagner servierte, einen Fünfziger zu und schaffte es sogar, dabei freundlich zu lächeln.

Michelle hob ihr Glas. «Man muß immer zu denen mit Geld gehören, wie?» Sie trank und zwinkerte Barbara über den Rand des Glases zu.

Auch von Hellberg hob sein Glas. «Lebt sich besser.»

«Erstes Gebot», ergänzte Herzog und beugte sich direkt neben Helds Ohr über den Tisch. «Wer am meisten hat, wenn er stirbt, hat gewonnen.»

Michelle, Barbara und von Hellberg lachten. Gehlen schaffte es nicht.

Herzog wandte sich von Hellberg zu. «Können wir kurz reden?» fragte er leise.

«Sicher.»

Von Hellberg stand auf und folgte Herzog zur Bar. Herzog bestellte Wein. «Sie kommen doch aus den neuen Bundesländern.»

Es war keine Frage, also antwortete von Hellberg nicht.

«Ich habe da ein kleines Problem. Mit einem... Bekannten. Und nun frage ich mich...» Er sah von Hellberg interessiert an. «Haben Sie noch Verbindungen zu Ihren alten Kollegen von der Stasi?»

«Kommt drauf an. Hier und dort. Worum geht's denn?»

«Der Leiter des Umweltreferats Bitterfeld. Trampe. Hat Ärger mit der Kripo.»

Von Hellberg nickte. «Ich könnte mich für ihn verwenden, ja... nur... wenn man was erreichen will...»

«Ja?»

«Muß man manchmal mit Geldbündeln winken. Irgendwelche Vorbehalte?»

«Junge», sagte Herzog und klopfte von Hellberg fröhlich auf die Schulter, «die Nummer hab ich erfunden!»

Der Schütze fror.

Es war nicht kalt auf dem Dach, aber es war windig. Und er stand schon sehr lange sehr ruhig da und wartete. Sein Nacken schmerzte, sein Rücken schmerzte, und seine Finger wurden allmählich taub. Solange er sich nicht rührte, war er vor dem dunklen Himmel von unten aus nicht zu sehen. Sobald er sich bewegte, bestand die Gefahr, daß jemand hochsah. Also stand er ruhig. Jedesmal, wenn Gäste aus dem «Chez Michelle» auf der anderen Seite des Platzes kamen, bewegte er den Kopf leicht nach rechts, sah durch das Zielfernrohr und legte einen ruhigen Finger vor den Abzug.

Vergnügt verließ eine fröhlich schwatzende Gruppe von Leuten das Lokal. King schwankte etwas – er hatte eindeutig zuviel getrunken –, und Held stützte ihn. Barbara hatte sich bei Michelle eingehängt. Gonzo ging voran. Herzog tuschelte leise mit Gehlen.

Der Schütze legte den Finger auf den Abzug. Die Köpfe der blonden und der dunkelhaarigen Frau waren zu dicht vor dem Ziel. Der Schütze fluchte stumm. Die Zielperson blieb stehen und wandte sich dem schlanken Mann zu, der den dicken schwankenden stützte. Die Zielperson lächelte. Die Frauen waren weitergegangen. Aus der Schußlinie.

Der Schütze hielt den Atem an. Der Kopf der Zielperson war in seinem Fadenkreuz. Sein Finger lag auf dem Abzug.

Herzog machte eine Bemerkung, Held lachte, blickte auf und sah plötzlich den Infrarot-Punkt auf Herzogs Stirn. Ohne zu überlegen, warf er sich gegen ihn.

Ein Schuß krachte. Herzog stürzte zu Boden. King versuchte taumelnd, seinen Revolver zu ziehen. Held riß ihm die Waffe aus der Hand. Michelle fing an zu schreien. Gehlen beugte sich über Herzog. Gonzo stürzte, die Pistole in der Hand, herbei.

Der Schütze hob ruckartig den Kopf und sah über das Zielfernrohr hinweg auf den Platz. Der Mann mit den grauen Haaren, die Zielperson, lag auf dem Boden. Und rührte sich nicht.

Der Schütze duckte sich, klemmte sich das Gewehr und den Koffer unter den Arm und schlich schnell und lautlos über das Flachdach. Er hörte Frauen schreien. Seine Beine schmerzten bei jedem Schritt. Am anderen Ende des breiten Daches zerlegte er mit wenigen Handgriffen das Gewehr, verstaute es im Koffer, seilte sich auf den dunklen Parkplatz ab, floß wie ein Schatten unter Bäumen davon und verschwand in dem kleinen, an den Parkplatz grenzenden Waldstück. Auf dieser Seite des Häuserblocks war kein einziges Fenster aufgeflammt. Dieser Teil des Plans, sein Rückzug, verlief perfekt. Alles andere war schiefgegangen.

Der Unterschied zwischen Perfektion und totalem Versagen betrug in diesem Fall etwa drei Zentimeter.

Die Kugel hatte Herzogs Stirn gestreift, mehr nicht. Held war verblüfft, mit welcher Gelassenheit Herzog die Verletzung zur Kenntnis nahm. Während Michelle schrie, Barbara zitterte, Gehlen in Deckung ging und von Hellberg mit der Waffe seines Chauffeurs die Umgebung sicherte, kam Herzog mürrisch brummend wieder auf die Beine, betastete die blutende Wunde und klopfte sich den Schmutz vom Mantel. Er nahm zur Kenntnis, daß offenbar keine Gefahr mehr drohte, ließ sich ein Taschentuch reichen und versuchte, Michelle zu beruhigen. Als das nichts nutzte, herrschte er sie wütend an, winkte die Kellner und Tänzerinnen zurück, die besorgt aus dem «Chez Michelle» aufgetaucht waren, wartete einen Augenblick auf dem leeren Platz, als wolle er etwaigen aufgeschreckten Bürgern hinter dunklen Fenstern klarmachen, außer einer Fehlzündung sei draußen nichts vorgefallen, dankte von Hellberg für dessen schnelle Reaktion und winkte seine erschrockenen Begleiter zurück in den Club.

Herzog hatte Glück gehabt. Unwahrscheinliches Glück.

Held war verwirrt. Als Karl von Hellberg durfte er zufrieden sein: Er hätte sich nichts Besseres wünschen können als diesen Zufall, der ihn zu Herzogs Helfer machte. Doch er hatte ganz instinktiv gehandelt und dem Mann, den er verfolgte, der mit großer Wahrscheinlichkeit schuld war am Tod seines Kollegen Otto Tötter, ausgerechnet diesem Mann hatte er das Leben gerettet. Für Charly Held war das kein Anlaß zur Freude.

Herzog spielte den Zwischenfall herunter. Er wollte keinen Arzt und keine Polizei. Es sei nur ein Kratzer, und damit basta. Aber als er Gonzo befahl, den Schützen zu finden, war sein Gesicht wutverzerrt. Die Beherrschung war bloße Fassade.

Michelle hatte wieder zu weinen begonnen, kaum daß sie die Tür des Clubs hinter sich geschlossen hatten. Herzog wehrte sie unwillig ab. Sie ließ sich weder von Barbara noch von Gehlen oder von Hellberg beruhigen; schluchzend stammelte sie, Herzog ließe nie jemanden an sich heran. Nicht einmal sie. Dabei hatte sie doch seinetwegen auf so viel verzichtet, auf Kinder, auf ein Familienleben, auf ihre Karriere. Offenbar stand sie unter Schock, und niemand im Raum empfand etwas anderes als Mitleid für sie. Niemand außer Herzog.

Er hatte sie nicht getröstet. War nicht auf seine Freundin zugegangen und hatte sie beruhigt.

Er hatte ihr gesagt, sie solle den Mund halten. Wie ein Vater, der das Gequengel seiner Tochter nicht mehr hören konnte und die Geduld verlor. Sie lege immer wieder die gleiche Platte auf, und die wolle keiner mehr hören. Das Publikum nicht und er, Herzog, erst recht nicht.

Die Stille im Raum war ohrenbetäubend gewesen.

Bis Barbara sich erbarmte und Michelle mit sich zog, in die Garderobe.

Ronnie, der hinter der Bar Getränke einschenkte, sah Herzog haßerfüllt an. Er verzieh ihm nicht, wie der seine Schwester behandelte. Er würde es ihm heimzahlen. Auf von Hellberg, der Herzog gegenübersaß, achtete er nicht. Er drehte dem Mann den Rücken zu.

Herzog prostete von Hellberg dankbar zu: «Diese Stasi-Papiere, die Sie gern verkaufen möchten – wir nehmen sie.»

Von Hellberg lächelte. «Tut mir leid, Jan. Da kommen Sie zu spät. Die sind bereits verkauft.»

«An wen?»

Von Hellberg schüttelte schweigend den Kopf. Einen Geschäftspartner gab man nicht preis.

«Wollen Sie für mich arbeiten?» Herzog beugte sich weit vor.

Held krampfte unter dem Tisch die Hände ineinander. Es war soweit. Jetzt hatte er Herzog, wo er ihn haben wollte. «Tut mir leid», sagte er. «Ich tauge nicht zum Angestellten. Partnerschaft – vielleicht, Abhängigkeit – sorry.»

Herzog sah ihn schweigend an und holte tief Luft. «Normalerweise», sagte er, «kaufe ich mir die Menschen, die ich brauche.»

«Dachte ich mir.» Von Hellberg trank aus seinem Glas.

Herzog musterte ihn: «Ich warte darauf, daß ein richtiger Kerl auftaucht. Ein Mann.»

Von Hellberg schwieg und hielt Herzogs Blick stand.

«Keins von diesen Rattengesichtern. Einer... mit Mumm in den Knochen. Unbestechlich!»

Er betonte das letzte Wort. Gehlens Lächeln war festgefroren. Wie oft hatte er sich das anhören müssen. Herzogs Sehnsucht nach einem, der nicht zu kaufen war. Nachdem er jeden gekauft, jeden, mit dem er Geschäfte machen wollte, bestochen hatte, hielt er Ausschau nach einem, der sich nicht kaufen ließ, der unbestechlich war. Gehlen lehnte sich erschöpft in seinem Stuhl zurück. Herzog war zweifellos genial, aber manchmal konnte er auch sehr merkwürdig sein.

«Jemand zu Hause?»

«Pa-pa!» Bienchen stürmte ihrem Vater entgegen und warf sich lachend in seine Arme. Er drückte sie an sich und ließ sich drücken. Für ihn waren zwei Wochen zwei Wochen, für seine Tochter waren zwei Wochen eine Ewigkeit.

«He, he, du erdrückst mich ja...»

Sie ließ ein bißchen locker und bemerkte die Plastiktüten, die er neben sich abgestellt hatte. «Was ist da drin?»

«Sieh nach», sagte Held lächelnd und sah zu, wie seine Tochter ein blondes Plastikmädchen in Reitklamotten aus einer der Tüten zog. Ihrem fröhlichen Johlen nach zu urteilen, hatte er das Richtige gekauft.

«Wo ist Mama?»

«Im Wohnzimmer», sagte Bienchen, ohne den Blick von ihrer neuen Freundin zu wenden.

Held strich ihr über den Kopf, nahm die anderen Tüten an sich und ging ins Wohnzimmer. Seine Frau lag zwischen Couch und Couchtisch rücklings auf dem Boden und hatte die Beine angezogen.

«Pfff», sagte Anneliese.

«Tag», sagte Held verdutzt und runzelte die Stirn. «Was soll das denn werden?»

«Mein Hintern wird schlaff.» Sie ließ die Beine langsam sinken.

«Was?»

«Mein Hintern wird schlaff.» Sie zog die Beine wieder an.

Held betrachtete ihren Hintern: «Was redest du da für einen Blödsinn?»

«Ich jogge», erklärte sie. «Pfff. Ich treibe Gymnastik.» Sie drehte sich leicht nach links. «Trotzdem fängt mein Hintern an zu hängen.»

Er ging kopfschüttelnd zum Eßtisch, stellte die Tüten ab, sah seine turnende Frau wieder an und versuchte, nur an *ihren* Hintern zu denken. Er versuchte, Charly Held zu sein, und Charly Held hatte lange keinen anderen Frauenhintern gesehen als den *seiner* Frau. Er hatte gedacht, er könne die Bilder in seinem Kopf vorübergehend vergessen und Karl von Hellberg mitsamt allen Erinnerungen auf dem Parkplatz zwischen Frankfurt und Darmstadt zurücklassen. Offenbar war das nicht so leicht.

Es hatte zu regnen begonnen, als er Barbara aus dem Frisiersalon abgeholt hatte. Einfach so. Am hellichten Tag. Zwischen zwei *dringenden* Terminen. Was konnte so dringend daran sein? Die welken Gesichter der meisten *dringenden* Kundinnen waren durch Masken und Feuchtigkeitscremes nicht zu retten. Das hatte er ihr gesagt, und Barbara hatte gelacht. Trotz des Regens waren sie spazierengegangen. Im Park, in warmer Frühlingsluft. Da alle anderen Frankfurter offenbar geahnt hatten, daß ein Wolkenbruch bevorstand, waren die beiden Spaziergänger scheinbar allein. Im Park und im Regen. Und im Schutz einer alten Brücke. Er sah noch immer ihre nassen Haare, die Tropfen, die ihr über das Gesicht flossen, ihre nackten Füße, die ausgezogenen Schuhe in ihrer Hand, ihr Lächeln, das diesmal eindeutig gewesen war. Sie hatte sich an ihn gedrängt;

plötzlich hatte er ihre Hand zwischen seinen Beinen gespürt. Er war verlegen gewesen, und sie hatte wieder gelacht. «Warum nicht hier? Hier ist weit und breit keine Menschenseele!»

Er wußte es besser – wußte, daß sein VE-Führer Droegel und seine Helferin Renate ihn niemals aus den Augen ließen. Nie. Auch jetzt nicht.

Und jetzt stand Charly Held in seinem Wohnzimmer und betrachtete den hübschen Hintern seiner hübschen Frau. Anneliese – das war sein Zuhause – war Wärme, Sicherheit, Sichaneinanderkuscheln, Zärtlichkeit, keine erregenden Schreie, kein Durchbrennen der Sicherungen. Warum sollten beide Frauen sich gegenseitig ausschließen? Sie hatten so überhaupt nichts miteinander gemein. Warum sollte von Hellberg nicht ein Verhältnis mit Barbara haben, während Charly Held seine Ehe mit Anneliese fortsetzte?

Ächzend ließ Anneliese die Beine sinken. Held schüttelte den Kopf. «Hat vielleicht mit der Schwerkraft zu tun.»

«Was?»

«Das mit deinem Hintern.»

«Meinst du wirklich?»

Er lachte, half ihr auf und zog sie an sich. «Komm her. Ich mag deinen Hintern. Schwing ihn sofort zu mir rüber.»

Er küßte sie.

Anneliese musterte ihn. «Du siehst abgespannt aus.»

Er nickte.

«Eigentlich wolltest du doch gestern abend zurück sein.»

«Ist was dazwischengekommen.» Er deutete auf die Tüten. «Willst du mal sehen, was ich eingekauft hab?»

Sie ignorierte die Frage. «Wieso kann ich dich nie erreichen? Jeder Mensch ist doch irgendwie telefonisch erreichbar...»

«Wenn du die Dienststelle anrufst, rufe ich zurück.»

«Ja», nickte sie, «nach zwei Stunden. Oder nach drei Tagen. Warum kann ich dich nicht direkt anrufen? Wozu diese Geheimniskrämerei?»

Held nieste. Er hatte sich im Park erkältet. Kein Wunder. Anneliese holte eine Flasche Hustensaft aus dem Küchenschrank, stützte plötzlich beide Hände auf die Arbeitsfläche und ließ den Kopf hängen. Held stellte sich hinter sie und nahm sie behutsam in die Arme. Er hätte gern etwas gesagt, aber er wußte nicht, was.

«Tut mir leid», murmelte sie schließlich. Gleich darauf fuhr sie erschrocken zurück und deutete auf die Tüten: «Igitt, das bewegt sich ja noch!»

Held lächelte: «Unser Festessen heute abend. Frischer Hummer.»

«Hummer?» Sie verkniff sich die Frage, woher er das Geld für Hummer nahm. «So was... hab ich noch nie gegessen.»

Auch Held hatte erst kürzlich zum erstenmal Hummer probiert. Es war köstlich gewesen. Er wollte, daß seine Frau den Geschmack ebenfalls kennenlernte. Es war, als hätte er etwas aus jener anderen Welt, aus der Glitzerwelt Karl von Hellbergs, herübergeschmuggelt in die kleine warme Welt von Charly Held.

«Keine Ahnung, wie man den zubereitet...», seufzte Anneliese.

Held trug die Tüten in die Küche, stellte sie ab, holte den Hummer heraus und setzte ihn stolz auf die Arbeitsplatte. «In kochendem Wasser.»

«Der lebt ja noch», sagte sie entgeistert.

«*Natürlich* lebt der.»

Der Hummer bestätigte dies, indem er erstaunlich behende auf die Schale mit den Äpfeln zukrabbelte. Bienchen kreischte, und Held versuchte das Tier zu erwischen, aber es war glitschig und landete im Brotkorb.

«Setz schnell Wasser auf», schrie er.

«Das ist doch barbarisch!» protestierte Anneliese. «Ich kann doch nicht ein lebendes Wesen in brühend heißes Wasser werfen!»

Held sah sie an. «Was sollen wir sonst mit ihm tun? Gemeinsam fernsehen?»

Anneliese platzte los. Held lachte mit. Plötzlich war alles wie immer. Sie standen in der Küche und alberten herum.

«Wollen wir nicht lieber die Buletten essen, die ich vorbereitet habe?» japste Anneliese, als sie wieder zu Atem kam.

«Mit Knoblauch und Zwiebeln?»

«Die haben wenigstens keine Beine, auf denen sie überall hinkrabbeln.»

Die beiden umarmten sich. Held drückte sie zärtlich an sich. Plötzlich schauten sie sich verwundert um. Der Hummer war verschwunden. Bienchen hatte ihn sich geschnappt und war unterwegs zur Badewanne, um sein Leben zu retten.

Später am Abend spielte Held seiner Tochter das obligatorische Gutenachtlied vor und wartete an ihrem Bett, bis sie eingeschlafen war. Anschließend ging er nach unten, entkorkte eine Flasche Wein und entspannte sich. Sie sahen fern. Sie redeten über den Teppich, den sie kaufen wollten. Sie sahen sich Muster an und entschieden sich für Velours. Zweiunddreißig Mark pro Quadratmeter. Teuer, aber machbar. Sie vermieden es, über anderes zu sprechen. Sie taten wie Eheleute. Als sei nichts. Und als Anneliese um zehn nach zwölf zu ihrem Charly ins gemeinsame Bett kroch, als sie ihm zärtlich über den Kopf strich und seine Schläfe küßte, stellte er sich schlafend und rührte sich nicht.

Es war nichts.

Am nächsten Morgen zog Held das vertraute Wollhemd über, die ausgebeulte Hose, seine abgewetzte Lederjacke. Die Sachen waren ihm ganz fremd geworden, oder vielmehr: er kam sich selber fremd darin vor. Heute mußte er ins Polizeipräsidium. Die Staatsanwaltschaft bestand darauf, Hauptkommissar Held zu vernehmen. Reine Formsache, wie Kilian ihm versichert hatte. Eine überflüssige und höchst riskante Prozedur. Wie leicht konnte er auf dem Weg zur Polizei beobachtet werden.

Kurz vor neun – Anneliese und Bienchen waren schon in der Schule – fuhr Held los. Er stellte seinen Wagen in der City ab, fuhr ein paar Stationen mit der U-Bahn, spazierte, beobachtet von zwei Beamten in Zivil, ein bißchen durch die Gegend und betrat schließlich ein unauffälliges Gebäude unweit des Präsidiums. Von dort aus wanderte er durch eine Tiefgarage zum Präsidium.

Kilian war heute äußerst gereizt. Zuerst hatte er die neue Fahndungseinheit abnehmen müssen. Fünf knallrote Autos, die einander glichen wie ein Ei dem anderen und Seite an Seite auf dem Hof parkten. Zentral eingekauft, weil das billiger war. Natürlich war es ganz unauffällig, wenn beim Observieren fünf absolut gleiche knallrote Autos der Zielperson folgten. Er hörte, wie Kommissar Rüdiger sich über den Schwachsinn der Bürokratie aufregte. Mal wieder. Und dann hatte ihn auch noch Kriminalrat Oberle angesprochen, eine Weile um den heißen Brei herumgeredet, um dann mit seinem Anliegen herauszurücken. Am Abend zuvor hatte Staatssekretär Möllbach bei ihm zu Hause angerufen. Der Frankfurter Fußballverein war ganz wild darauf, einen ausländischen Spitzenspieler einzukaufen, aber der kostete halt viel Geld – und da wollte der Staatssekretär wissen, natürlich ganz unter der Hand, ob etwas gegen Herzog vorliege.

Kilian verstand nicht. Was hatte das miteinander zu tun? Oberle wurde deutlicher. Staatssekretär Möllbach war im Vorstand des Vereins, und Herzog bot anderthalb Millionen – die Ablösesumme für den ausländischen Spieler; dafür wollte er allerdings ebenfalls Vorstandsmitglied werden. Kilian hatte kühl geraten, wenn der Staatssekretär Bedenken habe, solle er auf die anderthalb Millionen verzichten, und seinen frustrierten Vorgesetzten stehenlassen.

Im Büro erfuhr er, daß die Spurensicherung nach dem Attentat auf Herzog wenig Vielversprechendes gefunden hatte: ein paar Stofffasern am Schornstein, einen Fußabdruck – noch immer tappte die Polizei im dunkeln. Außerdem erfuhr er, daß Hauptkommissar Held inzwischen bei der Staatsanwaltschaft vernommen wurde.

Sie hatten sich in einen düsteren, kahlen Sitzungssaal zurückgezogen. Staatsanwältin Brant blätterte in Protokollen; Held versicherte wieder, er habe niemals Informanten mit Drogen versorgt. Alles reine Formsache. Erst als die Staatsanwältin ihn kühl auf sein Recht hinwies, die Aussage zu verweigern und einen frei von ihm gewählten Verteidiger zu benennen, und als dann – wie zufällig – die Tür aufging und Oberstaatsanwalt Dr. Holzer an dem riesigen Sitzungstisch Platz nahm, fing Held an zu begreifen, daß sich offenbar mehr zusammenbraute, als Kilian und er vorher vermutet hatten. Beklommen erklärte er seine Bereitschaft auszusagen. Natürlich wolle er nicht ausschließen, daß sein verstorbener Kollege Otto Tötter mal einem Süchtigen etwas zugesteckt habe. Wie solle man denn sonst an Informationen kommen? So ein kleiner Fixer – wem schade der schon? Das arme Schwein sei krank und hilflos. Man könne ihm nur über die nächste Nacht helfen. Und dafür liefere er eben Informationen.

Nach den Gesetzen sei das genauso strafbar wie ein Verkauf, erklärte die Staatsanwältin.

Held hatte genug von der heuchlerischen, verlogenen Veranstaltung. «Ich kenne die Gesetze», fauchte er, «aber der Gesetzgeber kennt nicht die Straße.»

«Als Polizist sollen Sie Gesetze nicht kritisieren, sondern respektieren, Herr Hauptkommissar.» Die Stimme des Oberstaatsanwalts war schneidend. Auf einen Wink führte der Stenograph eine hoch aufgeschossene, ausgemergelte Gestalt herein. Es war Mimi, das Schmuckstück.

Held erschrak. Der Transvestit mied seinen Blick, schluchzte leise und tupfte sich mit einem Taschentuch die Tränen aus den Augenwinkeln. Ob es zutreffe, wollte der Oberstaatsanwalt wissen, daß er diese Person hier erst kürzlich aufgefordert habe, über die – der Oberstaatsanwalt machte eine wirkungsvolle Pause, seine Brillengläser funkelten –, über die kleinen Gefälligkeiten, die er und sein verstorbener Kollege ihm öfter erwiesen hätten, nichts verlauten zu lassen.

Held schwieg.

Mimi, das Schmuckstück, sank weinend auf einen Stuhl und bedeckte das Gesicht mit beiden Händen: «Ach, Charly! Tut mir so leid. Die fragen und fragen. Tut mir so leid, Charly.»

Held klopfte ihm beruhigend auf die Schulter. «Ist ja gut. Na, komm!» Dann blickte er dem Oberstaatsanwalt voll ins Gesicht: «Nein, das trifft nicht zu.»

Wie betäubt verließ Held den Sitzungssaal. Wollten die ihm einen Strick drehen, während er bei Herzog seinen Hals riskierte? Die Staatsanwälte hatten ihn behandelt wie einen der Schmutzfüße, hinter denen seine Polizeikollegen und er täglich her waren.

Die Tür zu Hotte Jehners Büro stand offen. Dort drinnen wurde fröhlich, mit viel Bier, Hottes Beförderung gefeiert. Kommissar Rüdiger, der Held zufällig auf dem Flur begegnete, zuckte die Achseln: «Er war halt dran. Nach Leistung geht's hier doch nie.»

Hinter ihnen rief die Sekretärin von Kilian den Chef in sein Büro zurück. «Das Ministerium, Herr Doktor. Wegen Operation Bernstein. Der VE-Einsatz bei Herzog.»

Kilian drängte sie zwar eilig in sein Büro zurück, aber es war nicht mehr zu verhindern. Sie hatte laut hinausposaunt, was im Amt strengster Geheimhaltung unterlag.

Held drehte sich erschrocken zu Rüdiger um, aber der war bereits in seinem Büro verschwunden und hatte offenbar nichts gehört.

Später am Nachmittag klingelte bei Gehlen im Büro das Telefon. Sein Informant bei der Polizei, der nebenher, um etwas Geld dazuzuverdienen, für die Detektei von Gehlen arbeitete, hatte eine Nachricht für ihn. Er berichtete von einer Polizeiaktion, hatte aber leider noch keinen Namen.

Gehlen versuchte sofort, Herzog zu erreichen. Der trainierte im Boxclub. Dort nahm niemand den Telefonhörer ab. Gehlen entschloß sich, selbst dort vorbeizufahren. Die Information, die er erhalten hatte, war zu brisant.

Im Trainingsring in der Mitte des großen Clubs boxte Herzog mit Gonzo, drosch wuchtig auf den Gegner ein, der federnd auswich und sich eher verhalten wehrte.

«Richtig zuzulangen traut er sich bei seinem Boß wohl nicht», meinte Barbara kichernd und klatschte dann aufgeregt, als Held in den Ring kletterte. Herzog begrüßte ihn freundlich. Als er durch eine zufällige Bemerkung mitbekommen hatte, daß sein neuer Freund von Hellberg boxen konnte, hatte er auf diesem Kampf bestanden.

Held umtänzelte leichtfüßig Herzog und versetzte ihm plötzlich einen mächtigen Hieb. Herzog schwankte. Seine Nase blutete. Gonzo verkniff sich ein hämisches Grinsen. Das war's ja dann wohl mit dem Neuen. Noch nie hatte einer gewagt, bei Herzog dermaßen zuzuschlagen. Er eilte zum Ring und reichte seinem Chef das Handtuch. Der wischte sich schwer atmend das Blut ab und blickte anerkennend zu Held hinüber. «Guter Mann», sagte er leise.

Gonzo war sprachlos. Held lächelte. Er hatte Herzog richtig eingeschätzt.

In diesem Augenblick kam Gehlen die Treppe zum Trainingsraum heraufgerannt, so eilig, daß er immer zwei Stufen auf einmal nahm, und folgte Herzog in den Waschraum, aus dem weißer Dampf drang.

«Ein Verdeckter Ermittler?» Herzog drehte sich erschrocken zu Gehlen um.

«In deiner unmittelbaren Umgebung. Wir müssen rausfinden, wer es ist.»

«Und auf diesen Informanten ist Verlaß?»

Gehlen nickte und blickte zu Held hinüber, der inzwischen neben Barbara an der Bar Platz genommen hatte.

Am Sonntag spielten sie glückliche Familie. Held beschäftigte sich mit seiner kleinen Tochter, verlor beim «Mensch ärgere dich nicht», ging anschließend in den Garten, plauderte ein paar unverfängliche Sätze mit dem Nachbarn – das Wetter, jaja, die Eintracht, jaja, die Welt, jaja – und versuchte, ein bißchen Ordnung in das grün und wild wuchernde Chaos zu bringen. Den Rasen mähte er nicht. Nicht am Sonntag.

Als sie abends zusammen am Eßtisch saßen, blieben sie stumm. Die häuslichen Fragen waren besprochen, alles andere durfte nicht besprochen werden. Von seiner Arbeit konnte er ihr nichts erzählen. Es war nur konsequent, daß auch Anneliese über die Schule, die Kollegen, die Schüler kaum sprach. Sie hatten einander, das mußte genügen. Was ihnen fehlte, war eine Vorstellung vom Leben des anderen.

An diesem Sonntagabend waren sie einander so fremd wie nie zuvor. Sie versuchten verzweifelt, die wenige Zeit zu nutzen, die ihnen blieb, saßen da, lächelnd wie gutgelaunte Verkäufer, und stolperten mit kleinen verbalen Schritten um ihr ganz privates Minenfeld herum; zwei Menschen, die gemeinsam einen weiten Weg zurückgelegt hatten und nicht mehr wußten, wo sie geblieben waren.

Auch darüber sprachen sie nicht. Es war doch nur vorübergehend. Sicherlich. Nur eine Phase. Eine, die zu jeder Ehe gehörte, eine von denen, die alle Jahre wieder auf den Titelseiten der Hochglanzpresse beschworen wurden, eine, die man überstehen mußte, aus der man partnerschaftlich auferstand wie Phönix aus der Asche. Eine kleine Krise, die es zu meistern galt, nichts Ernstes. Nicht der Rede wert.

Nachdem sie erschöpfend über Bienchens Noten, die unverschämten Stundenlöhne der Handwerker und das neue Auto der Nachbarin gesprochen hatten, sahen sie fern; Arm in Arm, als könnten sie sich aneinander festhalten. Dann klingelte das Telefon. Eine Frauenstimme unterrichtete Anneliese, ihr Mann müsse sofort zu dem ihm bekannten Treffpunkt kommen.

Beunruhigt stand Held auf. Anneliese deutete auf das Telefon: «Wer ist diese Frau? Triffst du dich jetzt mit der?»

Held wehrte ab: «Es ist beruflich.»

«Du gehst nicht durch diese Tür, ohne daß du mir sagst, wen du jetzt triffst.»

Annelieses Stimme war schrill geworden. So hatte Held sie noch nie erlebt.

«Herrgott. Das ist Renate!» versuchte er sie zu beruhigen.

«Ja? Und?»

«Meine Kollegin ist 'ne Lesbe. Zufrieden?»

«Du kannst mir viel erzählen», entgegnete Anneliese schluchzend.

Entnervt stürmte Held aus dem Haus. Im angrenzenden Vorgarten harkte die Nachbarin die Beete. Ihr Mann goß Blumen. Beide schauten sich vielsagend an, als sie Held grußlos zum Auto eilen und davonfahren sahen.

Die Fenster des Bad Nauheimer Landgasthofes «Johannisberg» waren hell erleuchtet. Man hörte Gelächter, Musik und Stimmen. Die Teilnehmer des Betriebsausfluges hatten anderes im Sinn, als sich um die Fahrzeuge zu kümmern, die kurz nacheinander auf den Parkplatz vor dem Waldweg rollten.

«Herzog weiß über euch Bescheid.» Kilian wartete nicht einmal, bis sie außer Hörweite des Gasthofs waren. «Wir brechen die Aktion ab. Sofort.»

Held und King waren wie vor den Kopf geschlagen. Was war denn passiert? Kilian teilte ihnen mit, daß die Telefonüberwachung

– vor einer Woche hatte der Richter sie schließlich doch noch genehmigt – zufällig mitbekommen habe, wie Herzog seinen Sicherheitschef Gonzo Ritzeck anrief; er wisse, daß Verdeckte Ermittler in seine Firma eingeschleust worden seien. Wenn die Neuen – es konnten nur von Hellberg und sein Chauffeur sein – ins «Chez Michelle» kämen, sollten sie eliminiert werden.

Held dachte fieberhaft nach. «So was sagt der offen am Telefon?»

«Nein. Natürlich verklausuliert.» Kilian winkte ungeduldig ab. «Aber es war sehr – durchschaubar.»

«Am Telefon?» Held ließ nicht locker. «Herzog war noch nie so unvorsichtig. Der weiß doch, daß er abgehört wird.» Er überlegte. «Was, wenn alles eine Falle ist?»

«Charly», warnte Droegel, «Herzog fackelt nicht lange.»

«Wenn jetzt keiner von uns im ‹Chez Michelle› auftaucht, weiß Herzog, daß *wir* die Polizeispitzel sind. Kommen wir aber da hin – ganz ahnungslos –, können wir's nicht sein, denn wenn wir verdeckte Ermittler wären, wüßten wir doch längst, was er telefonisch angeordnet hat.»

Im Wald herrschte längere Zeit Schweigen. Kilian sah Droegel an. Das alles hatten sie vor dem Eintreffen von Held und King auch schon überlegt. Ein Liebespaar wanderte vorüber. Kilian schüttelte den Kopf. Nein, es war zu gefährlich. Man konnte nicht ausschließen, daß Herzog durch irgendein Leck bei der Polizei doch Bescheid wußte.

Held zuckte die Achseln. Das Risiko mußte man eingehen. Kilian und Droegel blickten unentschlossen.

«Der ist total behämmert», seufzte King schließlich und betrachtete seinen Partner. Held musterte ihn kühl. «Du mußt ja nicht mitgehen. Wenn du Angst hast…»

In dieser Nacht schliefen sie alle schlecht. Kilian warf sich in seinem Bett herum. Es war blödsinnig; es war gefährlich. Es konnte zwei seiner Beamten das Leben kosten.

Held stand am Fenster, rauchte eine Zigarette nach der anderen und starrte auf die flimmernden Lichter der Großstadt.

King war nach Hause gefahren. Er wollte unbedingt noch mal

seine Frau und seinen Kleinen sehen. Droegel hatte kurz mit seiner Frau telefoniert und war dann mit Renate in der Tankstelle geblieben.

Am nächsten Morgen fuhren Held und King pünktlich los. Sie wollten zu ihrer Verabredung nicht zu spät kommen. Punkt halb elf hatte Herzog sie ins «Chez Michelle» gebeten.

Held sah seinen Chauffeur an. Kings Miene war versteinert. Er hatte nichts gesagt, seit sie das Apartment verlassen hatten.

«Hast du das Mikro?» fragte Held, um irgendwas zu fragen. King nickte und bog nach rechts ab. Vor ihnen, am Ende der Sackgasse, tauchte das Neonschild über dem Hintereingang des «Chez Michelle» auf. Plötzlich beugte sich Held vor: «Vielleicht habe ich später keine Gelegenheit mehr dazu.» Er zögerte. «Du bist ein prima Kumpel. Und ein wirklicher Freund.»

King wurde rot. «Egal, wie's ausgeht, Charly – ich hab's genossen, dabeizusein.»

Er lenkte den Wagen in eine Parklücke, stellte den Motor ab und sah Held an. Der atmete kurz durch, öffnete die Autotür und stieg aus.

Schweigend gingen sie über den Platz und sahen im gleichen Augenblick nach links, als ein knallrotes Auto langsam vorbeirollte. Durch das Seitenfenster erkannte Held Jürgen Droegel. Er hustete und sah King an. Der grinste zuversichtlich.

Als Otto Tötter erschossen wurde, waren auch alle da, dachte Held. Aber das sagte er nicht laut. Sie gingen weiter, auf den Eingang zu.

Held drückte die Klinke herunter, und sie traten ein. Das Lokal war dunkel. Irgendwo spielte jemand Klavier, und vom Ende des langen Ganges hörten sie Michelles Stimme leise Anweisungen rufen. Sie folgten den Klängen in den Club und waren überrascht, daß sie mitten in eine Probe platzten. Die Stühle standen auf den Tischen. Es sah aus, als sei mitten im Reinemachen alles stehen- und liegengelassen worden.

Auf der Bühne probten ein paar Mädchen in unterschiedlicher Kleidung eine Tanznummer. Michelle sang dazu, unterbrach sich und erklärte irgendwelche Schritte.

Held und King blieben im Halbdunkel stehen.

«He, Sie!»

King fuhr herum. Vor ihm stand eine kleine alte Frau mit Kopftuch und ausgebleichtem Blümchenkittel. Da sie keine Waffe in der Hand hielt, sondern bloß einen grauen Mop, entspannte er sich gleich wieder.

«Es ist noch nicht geöffnet», krächzte Blümchenkittel.

Draußen in seinem Wagen verfolgte Droegel die Szene über Funk. Im Auto dahinter warteten vier Kriminalbeamte auf sein Zeichen zum Eingreifen. Er hörte, wie Michelle die beiden Besucher begrüßte. Jan Herzog ließ sich entschuldigen. Es tue ihm furchtbar leid, aber er müsse überraschend zu einer Besprechung. Droegel legte die durchgeladene Pistole neben sich auf den Sitz.

Held bedeutete King mit einer kurzen Kopfbewegung, ihm zu folgen. Er sah, daß Kings Gesicht schweißbedeckt war. Sein eigenes Hemd klebte am Rücken. Im Weggehen klopfte King der grauhaarigen Putzfrau erleichtert auf den Po. «Na, Omi, hat dir schon mal einer gesagt, daß du ein entzückendes Hinterteil hast?»

«In letzter Zeit nicht mehr!» seufzte die Putzfrau.

Plötzlich trat jemand aus dem Halbdunkel auf sie zu. Kings gute Laune verflog schlagartig.

«Herr von Hellberg», sagte Gehlen und deutete auf die geöffnete Tür hinter sich. Er sah nicht so aus, als dulde er irgendeinen Widerspruch. Vor dem Ausgang stand plötzlich Gonzo Ritzeck.

Von Hellberg leistete der Aufforderung Folge, betrat die Garderobe und sah Rechtsanwalt Maier vor dem Schminktisch stehen.

«Wir haben da ein kleines Problem, Herr von Hellberg.»

Held zog fragend die Augenbrauen hoch und wartete.

Unvermittelt stand Gonzo hinter King und tastete ihn ab.

«Falls du nach einem Mikro bei mir suchst, mußt du's gründlicher tun», blaffte King. «Faß mir zwischen die Beine.»

«Nein», sagte Gonzo ärgerlich.

«Faß mir zwischen die Beine!»

Gonzo trat wütend zurück. King grinste Gehlen und Maier an. Die beiden tauschten einen raschen, amüsierten Blick.

Maier wandte sich an von Hellberg. «Kann es sein, daß die Polizei Sie sucht?»

Helds Überraschung war nicht gespielt. «Mich?»

«Vielleicht nicht einen Karl von Hellberg», sagte Gehlen, «wohl aber einen Kay Heller, früher Ostberlin; Kommerzielle Koordinierung.»

«Kay Heller? Nie gehört!» Held schüttelte den Kopf.

Gehlen lächelte noch immer. «Heller – alias von Hellberg – ist seinerzeit sehr überstürzt aus Ostberlin abgereist. Warum?»

«Keine Ahnung.» Held zuckte die Achseln. «Vielleicht gab es Schwierigkeiten.»

«Welche?»

«Wüßte nicht, was Sie das angeht.»

Gehlens Tonfall veränderte sich sofort. Er trat sehr dicht an von Hellberg heran. Der Stasi-Mann sah ihm ungerührt in die Augen.

«Sie fliegen sehr hoch, mein Lieber», zischte Gehlen, «aber Sie scheinen zu vergessen, daß die Luft da oben sehr dünn ist.»

«Herr Herzog», sagte Maier, «möchte über Sie Bescheid wissen. Rückhaltlos.»

«Scheint so», übernahm Gehlen wieder, «als hätten Sie... jemanden umgebracht, Herr von Hellberg... oder Heller. Oder wie immer Sie heißen mögen.»

«Angeblich.»

«Wen?»

Von Hellberg starrte Gehlen in die Augen. «Einen Geschäftspartner.»

«Warum?»

«Er hatte was genommen, das mir gehörte.»

«Wie?» Gehlens Stimme war ganz leise geworden. «Wie hast du ihn um die Ecke gebracht?»

«Das Genick gebrochen. Beweise, daß ich es war, gibt es nicht. Anklage wurde nie erhoben.» Er sah Gehlen an und dann Maier. «Irgendwelche Probleme damit?»

Die anderen schwiegen; Maier blickte auf Gehlen. Der schüttelte den Kopf: «Der Mann war Ihr Partner. Er hat Sie verärgert. Das ist immer ein Risiko.» Er lächelte breit.

Von Hellberg lachte. King fiel ein und klopfte Gonzo auf den Rücken, dann lachten auch Maier und Gonzo. Zuletzt Gehlen. Er lachte laut. Viel zu laut.

Erst als sie den Platz wieder überquert hatten und vor dem Wagen standen, atmete Held tief durch und wagte zu sprechen.

«Sieht so aus, als hätten sie's geschluckt», flüsterte er.

King schloß den Wagen auf. «Seit ich Sabine kennengelernt hab, hatte ich keine so weichen Knie mehr. Mein lieber Freund ...» Er stieg kopfschüttelnd ein.

Held nahm auf dem Beifahrersitz Platz und schlug die Tür zu. Als King den Wagen anließ, fragte er: «Wo hattest du das Mikro?»

King klopfte sich stolz zwischen die Beine.

Held sah ihn fassungslos an. «Nein.»

«Doch.» Breit grinsend legte King den Gang ein und fuhr los.

Als der Mercedes auf die Straße zurollte, hörte Held plötzlich ein wieherndes Lachen. Er fuhr herum. Dieses Lachen hatte er schon mal gehört – damals, in dem Hotelzimmer, als er Lasky und seinen Komplizen gefilzt hatte. Ein junger Mann, der eine Lampe über dem Hintereingang des Nachtlokals reparierte, alberte mit zwei Kindern herum. Wieder lachte er kurz auf und drehte sich um, als der Mercedes vorbeiglitt. Es war Ronnie Berger, der Bruder von Michelle. Plötzlich sah Held wieder alles vor sich: das muffige Zimmer im Zentral-Hotel, die Blutlache auf dem Teppich, Tötters Körper, der leblos, vornübergekippt, auf dem Couchtisch lag.

Held starrte wie betäubt vor sich hin. Er hatte den Komplizen von Lasky gefunden. Er hatte Ronnie Berger erkannt.

An der Tankstelle warf Droegel dem Kunden in dem eleganten Mercedes einen langen, erleichterten Blick zu. Im «Chez Michelle» war es doch glänzend gelaufen. Die Legende des Herrn von Hellberg war nicht aufgeflogen. Die Gegenseite hatte nur die zweite Haut der Zwiebel entblättert. Die Nervosität Helds begriff Droegel erst, als er dessen engbeschriebenen Bericht las, den King zwischen den Geldscheinen verborgen Renate zugesteckt hatte.

Von einer Telefonzelle aus informierte er Kilian. «Hat der Bursche unseren VE erkannt?» war dessen erste Frage.

Droegel verneinte. «Aber unser Mann ist äußerst gefährdet.» Was sollten sie tun? Ronnie Berger wegen Beihilfe zum Mord festnehmen? Ihr einziger Zeuge wäre Karl von Hellberg. Und der durfte auf keinen Fall ins Spiel kommen. Sonst war Operation Bernstein beendet. Der VE solle sich, bis man eine Lösung für das Problem gefunden habe, vom «Chez Michelle» fernhalten – das war der einzige Rat, den Kilian geben konnte.

Nach dem Treffen mit von Hellberg fuhr Gehlen ins Waldstadion. Herzog wünschte unverzüglich Bericht, ob von Hellberg im «Chez Michelle» erschienen war, wie er sich verhalten hatte. Der Verdacht, daß es sich bei von Hellberg um einen Verdeckten Ermittler handeln könnte, den die Polizei in das Herzog-Imperium eingeschleust hatte, war zwar unbestätigt geblieben, dennoch traute Gehlen dem Neuen weiterhin nicht. Der Typ war einfach zu glatt, zu undurchschaubar. Irgend etwas stimmte nicht mit ihm. Oder war er selbst bloß eifersüchtig, weil Barbara mit fliegenden Fahnen die Lager gewechselt hatte? Gehlen schnaubte verächtlich. Sollte das Flittchen doch tun, was es wollte. Von der Sorte konnte er zehn an jedem Finger haben.

Die Pressekonferenz im Stadion mit Blitzlichtgewitter, strahlenden Gesichtern und energischem Händeschütteln, auf der Jan Herzog als neues Mitglied des Präsidiums vorgestellt und der Erwerb des ausländischen Fußballstars angekündigt werden sollte, war bereits vorüber. Möllbach hatte sich rasch zurückgezogen. Er wollte nicht auf zu vielen Pressefotos zusammen mit Herzog abgelichtet sein. Gehlen fand die beiden in einer leeren Turnhalle. Der Wahlkampf stehe vor der Tür, klagte Möllbach, und die guten Freunde ließen die Partei im Stich. Mit deren Hilfe hätten sie große Profite erwirtschaftet, aber jetzt erwiesen sie sich als kleinlich.

«Und da sind wir wieder gefragt», lächelte Herzog.

Durch die Fenster fiel nur spärliches Licht in die leere Halle. Er saß Möllbach im Halbdunkel gegenüber. «Hast du nicht erst neulich bei...»

«Bei einer Anfrage im Parlament», assistierte Gehlen und nahm hinter ihm Platz.

«Hast du da nicht bestritten, mich überhaupt zu kennen?»

«Jan!» Möllbach rutschte unbehaglich auf seinem Stuhl herum. «Stimmungslagen ändern sich. Jetzt hofft die Partei auf deine Unterstützung – und dafür wird sie sich erkenntlich zeigen, gell.» Wieder, wie bei jedem öffentlichen Auftritt, betonte er seinen hessischen Dialekt.

Auf einen Wink von Herzog trat Rechtsanwalt Maier heran und holte eine Liste aus seiner Aktentasche. «Der Stadt gehören Grundstücke in bester Citylage – der Alte Markt.»

Möllbach wirkte beunruhigt. «Weder der Stadt noch dem Land gehören die, sondern einer Aktiengesellschaft.»

«Bei der Stadt und Landesregierung über die Mehrheit verfügen», fiel Maier ein.

«Sämtliche Häuser dort stehen unter Denkmalschutz», erklärte Möllbach, «das ganze Gebiet.»

Gehlen unterbrach ihn: «Die Gebäude bedürfen einer dringenden Sanierung.»

Ehe Möllbach etwas erwidern konnte, beugte Herzog sich vor. «Ich könnte was wirklich Großartiges da hinstellen, Hans. Einen echten Anziehungspunkt für alle, die unsere Stadt besuchen.»

Möllbach schüttelte energisch den Kopf.

«Unmöglich, Jan. Ich tue dir gern jeden Gefallen, bloß diesen...» Er stockte. Herzog hatte plötzlich in die Tasche gegriffen. Eine goldene Münze kullerte über den Boden auf Möllbach zu. Gehlen lächelte; die Nummer mit der alten römischen Goldmünze kannte er bereits. Irgendwer hatte sie Herzog mal geschenkt. Der römische Gott Janus war darauf abgebildet. Er hatte zwei Gesichter. Janusz Herzog hatte Ähnlichkeiten zu einem Namenspatron entdeckt.

«Die zwei Seiten einer Münze – genau das sind wir», erklärte er leise Möllbach, «wir Unternehmer und ihr Politiker, zwei Seiten derselben Münze. Manchmal könnt ihr nichts ausrichten, weil ihr zuviel Rücksicht auf die öffentliche Meinung nehmen müßt. Ihr wollt schließlich wiedergewählt werden. Dann braucht ihr uns. Und manchmal behindern Einschränkungen, Verordnungen, Gesetze unsere Geschäfte. Dann brauchen wir euch. Wir arbeiten für dieselbe Sache: zwei Organisationen, die auf Ordnung sehen; die beide möchten, daß dieses Land blüht und gedeiht. Und die nebenbei ihre Macht mehren und ihren Wohlstand vergrößern wollen.» Er lachte. «Natürlich muß auch was dabei rausspringen. Wir sind keine Kommunisten.»

Möllbach verzog das Gesicht: «Die sind auch nicht mehr in Mode.» Mit zusammengekniffenen Augen musterte er Herzog. Er entschloß sich, einen Preis zu nennen, der weit über dem Marktpreis lag. Es würde Ärger geben, aber mit dem vielen zusätzlichen Geld würde er seine Parteifreunde beschwichtigen können.

«Die Mehrheit am Alten Markt ist nicht billig», murmelte er, «für 50 Prozent der Stimmanteile plus eine – round about 300 Millionen.»

Gehlen hielt den Atem an. Das war wesentlich mehr, als sie erwartet hatten. Dieses dicke, hinterlistige Schlitzohr versuchte sie über den Tisch zu ziehen. Hatte Herzog ihm nicht schon die großangelegte Bürgerinitiative zur Wahl versprochen, die sie bereit waren zu finanzieren? Plakate überall im Land; groß darauf Möllbachs Kopf und darunter: «Für ein lebenswertes Heim.» War das nicht mehr als genug?

Auch Rechtsanwalt Maier blickte starr auf Herzog. Der nickte nach einer Weile. Möllbach entspannte sich und lächelte. Durch diesen Kauf würde Herzog mit einem Schlag zum größten Immobilienbesitzer der Stadt. Bei so einem angesehenen Bürger würde niemand mehr nach der Vergangenheit fragen. Offenbar war ihm das eine Menge wert. Möllbach stand auf und reichte Herzog die Hand. Wieder einmal waren sie sich einig. Wieder einmal konnten sie einander sehr nützlich sein.

Herzog war bester Laune. Die üblen Verdächtigungen gegen seinen neuen Freund Karl von Hellberg hatten sich als gegenstandslos erwiesen. Er hatte an diesem Tag den größten Deal seines Lebens eingefädelt. Eine ganz legale Sache. Damit ließ sich ohnehin mehr verdienen als mit krummen Geschichten, das hatte Herzog längst herausgefunden. Ganz risikolos war das Geschäft allerdings nicht. Darum mußte schleunigst eine Firma in der Schweiz gegründet werden. Herzog liebte es, wenn andere für ihn das Risiko übernahmen. Warum sollte er nicht Karl von Hellberg mit der neuen Aufgabe betrauen? Gehlens Bedenken, ob er da nicht etwas überstürze, wischte er beiseite. Wenn man wissen wollte, was ein Pferd wert war, mußte man die Latte hoch legen.

Nach dem Essen lud er die ganze Gesellschaft ins Spielcasino nach Wiesbaden ein. Jerry Goldsteen war inzwischen aus Florenz zurückgekehrt und schloß sich ihnen an, wie immer diskret von einem Bodyguard bewacht. Michelle hatte extra zwei Tänzerinnen aus dem Club mitgebracht, die sich dem Amerikaner den ganzen Abend widmeten. In den wunderschönen alten Sälen drängten sich die Gäste um die Spieltische. Renate, die der Gesellschaft nach Wiesbaden gefolgt war, wechselte einen raschen Blick mit Held und plauderte dann weiter mit einem älteren Herrn, der sich offensichtlich sehr um sie bemühte.

King hockte wie festgeschraubt an einem der Roulettetische und mühte sich nach Kräften, die dreitausend Mark loszuwerden, die die Rechnungsstelle ihnen für den Abend bewilligt hatte. Barbara und Michelle saßen plaudernd in seiner Nähe und schenkten dem Spiel nur wenig Aufmerksamkeit. Held hatte Teile ihres Gespräches mit angehört, ohne es zu wollen. Sie hatten übers Heiraten gesprochen und über ihre *Männer*. Michelle wirkte wieder einmal deprimiert. Wie alle Verliebten begriff sie offenbar nicht, daß der Mann, den sie heiraten und mit dem sie Kinder haben wollte, bereits verheiratet *war*, einen Sohn hatte und gar nicht daran dachte, seiner Familie wegen einer hübschen, dekorativen Sängerin den Rücken zu kehren.

Herzog setzte sich neben Held an die Bar und zündete sich eine Zigarre an.

Am Roulettetisch wurde es laut. Michelle rief: «Das gibt's doch nicht.» Und King schüttelte fassungslos den Kopf. Der Croupier schob ihm einen Haufen Jetons zu.

Herzog lächelte. «Sie verdienen gut?»

«Genug.»

«Genug ist zuwenig.» Während King am Roulettetisch seinen Gewinn zusammenkehrte und von allen weiblichen Seiten mit Küßchen eingedeckt wurde, zog Herzog ein Etui aus der Innentasche seines Jacketts, ließ es aufschnappen und bot von Hellberg eine Zigarre an. Der schüttelte den Kopf.

«Keine krummen Sachen», sagte Herzog. «Alles ganz legal. Verdient man mehr. Verstehen Sie?»

Von Hellberg nickte.

«Sie gründen eine Firma in der Schweiz. Ich bin beteiligt, aber nicht dabei. Keine Verbindung zu einer von meinen Gesellschaften.»

Held hielt den Atem an. Hatte er richtig verstanden? Er sollte eine von Herzogs Strohfirmen leiten? Das war mehr, als seine Vorgesetzten erhofft hatten, mehr, als je ein Verdeckter Ermittler erreicht hatte.

«Die soll ich leiten?» fragte er mit belegter Stimme.

Herzog nickte. «Verklickern Sie den Geldgebern, daß die in einem Jahr ihr Geld verdreifachen können.»

«Klingt vielversprechend.»

«Ist es auch.» Herzog beugte sich vor, packte von Hellbergs linken Unterarm und flüsterte eindringlich: «Der größte Deal aller Zeiten, Charly!»

«Darf man mehr wissen? Oder ist das ein Staatsgeheimnis?»

Herzog ließ seinen Arm wieder los und winkte ab. «Klar können Sie Bescheid wissen. Sie gehören doch jetzt dazu, Junge. Ich hab 'ne ganze Menge vor mit Ihnen.» Er nahm von Hellbergs dankbares Lächeln zur Kenntnis und hob sein Glas. «Bloß», sagte er, «keine krummen Touren.» Jede Freundlichkeit war schlagartig aus seinem Blick und seiner Stimme gewichen. «Nichts hinter meinem Rücken. Klar? Versuchen Sie nie, mich reinzulegen. Dann ist alles in Ordnung.»

Von Hellberg nickte.

«Gut», sagte Herzog. «Kennen Sie den Alten Markt?»

Von Hellberg wurde von Jubelschreien aus der Kasse abgelenkt. Strahlend kassierte dort King seinen Gewinn.

«14715 Mark! – Kinder, Kinder!»

Michelle und Barbara gratulierten ihm lachend. Daß seine Polizeikollegin Renate direkt hinter ihm stand, bemerkte er nicht.

In der Nacht konnte Held nicht schlafen. Sie hatten es geschafft. Sie waren ganz oben.

Es klopfte an der Schlafzimmertür. King kam herein und hielt das gewonnene Geld vergnügt in beiden Händen. «Soll ich die Piepen lieber morgen zur Bank bringen? Was meinst du, Charly?»

«Die mußt du abliefern.» Held wälzte sich zur Seite.

«Abliefern? Die hab ich gewonnen.»

«Mit dem Geld des Steuerzahlers.»

King starrte ihn fassungslos an. Held schloß die Augen.

Als Droegel am nächsten Tag Kilians Büro betrat und Helds Bericht triumphierend auf den Schreibtisch legte, hatte sein Vorgesetzter gerade ein Treffen mit Staatsanwältin Dr. Brant und Mimi, dem Schmuckstück, hinter sich. Die Staatsanwältin hatte darauf bestanden, daß Kilian die Aussage des Transvestiten noch einmal persönlich hörte. Der bestätigte, daß Held und sein verstorbener Partner ihn als Gegenleistung für Informationen regelmäßig mit Drogen versorgt hatten. Kilian fing an, sich um Held Sorgen zu machen. Der war sein bester Mann. Kein Bürokratenarsch, der heiße Luft produziert, wovon es in einer Behörde genug gab. Er verstand, daß die Staatsanwältin die Vernehmungsergebnisse nicht einfach ignorieren konnte, auch wenn Held nur getan hatte, was alle in seiner Situation taten. Sie war nun mal Vertreterin der Anklage. Kilian hatte ihr gesagt, wie ihm das alles vorkam: Der Kanal war verstopft. Der Kanalarbeiter stieg runter, um die Scheiße wegzuräumen. Alle freuten sich. Aber sobald er wieder zu den anderen zurückkehrte, rümpften sie die Nase, weil er stank.

Droegel deutete auf den Bericht von Held. «Wir haben ihn am Haken», sagte er strahlend.

«Ach.» Kilian klang alles andere als begeistert.

Droegel setzte sich. So schnell ließ er sich den Wind nicht aus den Segeln nehmen. «Wir sitzen an der Quelle. Wirklich.» Er tippte mit der Zeigefingerspitze auf die engbeschriebenen Seiten. Kilian nahm sie an sich und überflog sie, während Droegel den Bericht kurz, aber enthusiastisch zusammenfaßte. Als er fertig war, konnte Kilian sich ein anerkennendes Nicken nicht verkneifen.

«Mmh. Das heißt, Held wird Geschäftsführer von... Rütli-Properties. Und fliegt übermorgen in Herzogs Auftrag nach Zürich...»

«Genau. Kostet den Steuerzahler keine Mark. Zahlt alles Herzog.» Jemand klopfte an die Tür.

Droegel drehte sich um, Kilian sagte: «Herein.»

Der kleine bebrillte Rechnungsprüfer Bronzel steckte den Kopf zur Tür herein. «Entschuldigen Sie», sagte er aufgeregt, «aber ich habe da ein Problem.» Er trat mit mehreren Papieren heran. «Wenn Sie mal bitte schauen – wie in aller Welt soll ich diese 14 175 Mark verbuchen? Unter welcher Rubrik?»

Kilian zuckte gleichmütig mit den Schultern. «Keine Ahnung.»

«Wir können den Spielgewinn hier nicht einfach behalten. Unmöglich!» Das ungewohnte Problem schien den Rechnungsprüfer ernsthaft zu beunruhigen. Er war völlig verwirrt.

«Ja, der Kollege Grobecker aber auch nicht», erklärte Kilian.

«Warum nicht?» fragte Droegel dazwischen.

«Seinen Einsatz hat der Staat finanziert», warf der Rechnungsprüfer rasch ein. «Es ist nur nirgends vorgesehen, was passieren soll, wenn der Beamte gewinnt.» Er sah Kilian an.

«Am besten», meinte Kilian schließlich, «wäre es, wenn der Beamte den Gewinn wieder verspielt.»

Der Rechnungsprüfer nickte erleichtert. Das war ein Ausweg. Droegel ging hinaus. Er verkniff sich ein Grinsen.

Held genoß die Reise nach Zürich. Auf der Fahrt zu der Adresse, die Herzog ihm genannt hatte, fuhr das Taxi am See entlang und fädelte sich schließlich in den zunehmenden Verkehr auf der Bahnhofstraße ein. Gut gelaunt schaute Held aus dem Seitenfenster. Farbenfrohe Boutiquen und teure Juweliere glitten vorüber. Held überlegte, ob er Barbara nicht etwas mitbringen sollte. Er ließ das Taxi anhalten, stieg aus und betrachtete nachdenklich ein Armband in einem der reichdekorierten Schaufenster. Auch ohne Preisangabe war er sicher, daß er es sich nicht leisten konnte. Dennoch betrat er den Laden.

Eine Stunde später saß er auf einer weitläufigen Terrasse oberhalb des Sees dem vornehm wirkenden, weißhaarigen Schweizer Bankier gegenüber, schlürfte gutgekühlten Fendant und erklärte ihm Herzogs Plan.

«Die Rütli-Properties kauft eine ruhende Aktiengesellschaft und reaktiviert sie. Sie halten die Anteile von Jan Herzog. Abrechnungen laufen ausschließlich über das Konto der Rütli-Properties.»

Der Bankier wartete, bis das Hausmädchen Wein nachgegossen und die Terrasse verlassen hatte, dann stand er ärgerlich auf. «Wie stellt Jan Herzog sich das vor? Den historischen Baubestand am Frankfurter Alten Markt einfach niederwalzen – Bürotürme da hochziehen? Und wenn das Ding nicht läuft? Wenn's schiefgeht? Die Anwohner werden protestieren. Die Presse. Die Umweltschützer. Wer ist nachher der Dumme? Ich. Und Sie vielleicht noch. Als Geschäftsführer.»

Held mochte gar nicht glauben, was er da hörte. Der Kerl lehnte es ab. Er sollte unverrichteter Dinge nach Frankfurt zurückkehren. Wie würde er dann vor Herzog dastehen? Als Versager! Er überlegte fieberhaft. Hatte er nicht erst kürzlich in der Zeitung gelesen, daß Killer die strenge Bewachung eines Exilpolitikers in Zürich überwunden hatten, indem sie vom See aus auf dessen Grundstück landeten und den Politiker kaltblütig erledigten?

Er deutete auf den See hinaus. «Sehen Sie das Boot da drüben?»

Der Bankier nickte verständnislos.

«Stellen Sie sich vor, da sind Männer drauf, die nur auf ein Zeichen von mir warten, um hier hochzustürmen, Sie ins Wasser zu zerren und zu ertränken. Ein tragischer Unfall. Das Signal könnte das hier sein.» Er schwenkte mit der Zigarette durch die Luft.

Der Bankier starrte ihn an, dann fiel er ihm schreckensbleich in den Arm, hielt die Zigarette fest und griff mit zitternden Händen zum Federhalter, um die Gründungsurkunde der Rütli-Properties und den Vertrag mit Herzog zu unterschreiben.

Beim Gedanken an die Szene mußte Held noch immer lächeln. Gleich nach seiner Ankunft in Frankfurt hatte er Herzog in dessen noblem Büro aufgesucht und ihm seine Erlebnisse in Zürich geschildert. Herzog schüttete sich aus vor Lachen. Selbst Gehlens schmale Lippen verzogen sich zu einem anerkennenden Grinsen. Der Chefsekretärin, die mahnend den Kopf zur Tür hereinsteckte, teilte er nebenbei mit, daß der Flug von Herrn Herzog nach Zürich morgen storniert werden könne. Held blickte verwundert auf.

Herzog blätterte in den Unterlagen für seine nächste Besprechung. «Daß unser Schweizer Freund Schwierigkeiten machen könnte, habe ich vermutet. Wollte ihn mir persönlich vorknöpfen.»

«Sie wollten persönlich...?» Held stand auf. «Warum schicken Sie dann mich und planen am nächsten Tag nachzukommen? Warum sich einen Kettenhund halten und dann selber beißen?»

«Weil ich niemandem ganz traue. Nie.» Herzog reichte Held die Hand, während die Chefsekretärin neue Besucher hereinführte. «Nicht persönlich gemeint, Charly. Nichts gegen Sie. Sie gefallen mir immer besser.»

Gehlens Lächeln gefror.

Held entschloß sich, Barbara vom Friseursalon abzuholen. Sie schien völlig überrascht und ein wenig irritiert, daß er nicht mehr in Zürich war. Ja, sie freute sich, daß er schon wieder zurück war, natürlich, aber für den Abend war sie verplant, leider. Ein Klassentreffen, seit Wochen fest verabredet. Er unterdrückte sein Mißtrauen und holte das Goldarmband aus der Tasche, das er in Zürich für sie gekauft hatte. Es sah so teuer aus, wie es war. Barbara fiel ihm jubelnd um den Hals und ließ das Klassentreffen sausen.

Als sie später miteinander im Bett lagen, Barbara sich zärtlich an ihn schmiegte und die Welt vollkommen schien, hörte Held plötzlich tappende Schritte in der Diele. Er zog sich den Bademantel über und öffnete die Schlafzimmertür. King nickte ihm beleidigt zu.

Held hatte es nicht mal für nötig befunden, ihm nach seiner Rückkehr aus Zürich auch nur hallo zu sagen. Sofort war er zu der blonden Friseuse geeilt. Um die drehte sich jetzt alles. Die hatte ihn, King, völlig verdrängt. Wie oft dachte er an die Zeit zurück, als Charly und er noch abends allein bei einem Bier zusammengesessen und Pläne geschmiedet hatten. Jetzt waren sie nie mehr allein. Immer war die Blonde dabei. Nichts war mehr so wie früher.

«Wo willst du hin?» fragte Held, als er sah, daß King sein Jackett überzog und sich zur Tür wandte.

«Ins Casino», seufzte King. «Meine 14715 Mark wieder verspielen.»

Die Geschwindigkeit, mit der sich Nachrichten verbreiten können, scheint bisweilen die Behauptung der Physiker in Frage zu stellen, nichts sei schneller als das Licht. Aus hingeworfenen Sätzen werden im Wortumdrehen Gerüchte, aus Gerüchten Kurzmeldungen im Lokalteil, aus Kurzmeldungen Themen für abendliche Redaktionssitzungen, aus Themen Berichte und aus Berichten Sensationen.

Drei Wochen nach von Hellbergs Besuch in Zürich lief die lästige Medienmaschine bereits auf Hochtouren, und Gehlen hatte alle Hände voll zu tun, die kursierenden Wahrheiten mit glaubhaft klingenden Lügen zu verwässern.

Es hatte eine Demonstration gegeben. Wütende Anwohner des Alten Marktes, die empört in Mikros und Kameras blafften und sich erstaunlich gut informiert zeigten. Und natürlich hatten die Fernsehfritzen draufgehalten. Hatten sich einen dramatischen Hintergrund aus wogenden Köpfen und flatternden Transparenten gebaut. Davor kommentierte eine junge Journalistin mit überschnappender Stimme das Geschehen.

Von Spekulanten war die Rede, von Bestechung, Betrug und Filz, von Kaputtsanierung auf Kosten der sozial Schwächeren. Daß alle Welt nach mehr citynahem Wohnraum zu vernünftigen Preisen schrie und der nur zu schaffen war, wenn man auf dem teuren, sehr begrenzt zur Verfügung stehenden citynahen Grund und Boden Hochhäuser hinstellte – so hoch, wie's irgend ging –, um eben mehr zentral gelegene und trotzdem bezahlbare Wohnungen zu bauen, machte sich keiner von den Schreihälsen klar.

Einige besonders clevere Berichterstatter hatten sogar schon den Namen Herzog ins Gespräch gebracht. Dr. Maier, Anwalt von Rütli-Properties, war vor seiner Kanzlei abgefangen und interviewt worden. Gesendet hatten sie nur einen Ausschnitt. Zwei Fragen, eine Antwort. *Welches ist Ihre Funktion, Herr Dr. Maier? – Ich bin Anwalt von Rütli-Properties. – Und zufällig auch von Herzog-Investments?* – und danke, Bild des konsternierten Anwaltes einfrieren, bevor der weitere Erklärungen abgeben konnte.

Gehlen ärgerte sich. Und er war besorgt. Wenn jemand es schaffte, eine Verbindung zwischen Herzog-Investments und Rütli-Properties nachzuweisen, dann flog das ganze Geschäft auf.

Er rief den Journalisten Sell in der Redaktion an. Sell wirkte merkwürdig abweisend; Herr Gehlen wisse ja, wie sein Chefredakteur zu dem Projekt stehe, es würde nicht leicht sein, es in seiner Zeitung positiv zu besprechen.

«Was Leichtes kann jeder», schnarrte Gehlen. Mußte er Sell an die Geschichte von vor drei Jahren erinnern, als der Probleme mit seinem Herausgeber gehabt hatte, und es Jan Herzog gewesen war, der ihm geholfen hatte, sie beizulegen?

«Ich weiß, daß ich in Ihrer Schuld stehe», sagte Sell ins Telefon.

«Jetzt haben Sie Gelegenheit, sie einzulösen.» Gehlen legte auf.

Held hatte allen Grund, mit sich zufrieden zu sein. Es lebte sich nicht schlecht als Vorstandsvorsitzender der Rütli-Properties. Man hatte ihm auf Anfrage die Eröffnungsbilanz vorgelegt, er durfte Kontoauszüge und Buchungsunterlagen einsehen und hin und wieder irgendwelche Dokumente unterzeichnen, die Gehlen oder Maier ihm vor die Nase hielten – und was einem echten Strohmann bei einer derartigen Konstellation schlaflose Nächte bereitet hätte, nämlich die Aussicht, im Falle eines Falles für Verluste persönlich geradestehen zu müssen, ließ von Hellberg, respektive Hauptkommissar Karl Held, aus begreiflichen Gründen völlig kalt.

Droegel erwartete ihn schon im Ausflugslokal «Johannisberg» in Bad Nauheim. Held hatte zufällig von Gehlen aufgeschnappt, daß zwei Typen eine größere Menge Heroin feilboten. Herzog hatte zwar nichts damit zu tun, trotzdem war es von Vorteil, im Amt mal einen schnellen Erfolg vorweisen zu können. Außerdem war es gut, wenn der Stoff vom Markt kam. Droegel notierte sich die Namen der Anbieter und den Treffpunkt. Er beobachtete, wie King am Mercedes lehnte und sehnsüchtig Renate nachsah, die am Waldrand entlangspazierte: «Gib dir keine Mühe», murmelte er.

«Die ist echt hübsch», meinte King anerkennend. «Du warst doch mal mit ihr aus?»

Droegel nickte. «Beim Fußball.»

«Und? Wie war's?»

«Die Eintracht hat verloren.» Er reichte Held ein Kuvert. «Kleine Aufmerksamkeit für deinen neuen Busenfreund.»

Held überprüfte den Inhalt des Kuverts und schien zufrieden. Er nickte King zu. Der warf noch einen letzten bedauernden Blick zu Renate hinüber und klemmte sich dann seufzend hinter das Steuer.

Held wollte sofort zu Herzogs Villa chauffiert werden. Er kam unangemeldet. Das Hausmädchen führte ihn in den Salon, bat ihn, Platz zu nehmen, und ging hinaus. Held blickte sich um. Es war totenstill im Haus. Die Tür zu Herzogs Arbeitszimmer stand halb offen. Auf dem Schreibtisch lagen etliche Papiere.

Held zögerte, aber dann konnte er sich nicht beherrschen. Da drinnen lagen ungeschützt alle Geheimnisse des Herzog-Imperiums. Leise trat er näher und überflog hastig die Unterlagen; weder der aufgeschlagene Terminkalender noch ein Brief an den Oberbürgermeister, eine Spende für die Kunsthalle betreffend, noch ein paar Baupläne für die Umgestaltung eines Gebäudes in der Kaiserstraße verrieten ihm irgend etwas. Er wollte gerade die Schreibtischschublade öffnen, da ließ ihn eine Stimme herumfahren: «Was machen Sie da?»

Louis, Herzogs Sohn, trat von der Terrasse aus herein.

Held fing sich rasch: «Hallo! Wie geht's? Wann machen wir mal wieder Musik, sag mal?»

Der Junge musterte ihn mißtrauisch. «Er mag Sie wirklich. Wissen Sie das?» fragte er leise.

Held nickte, unfähig, etwas zu sagen. Er fühlte sich miserabel, ein Würgen schnürte ihm die Kehle zu. Was hatte Louis beobachtet? Was durchschaute er?

Herzog kam im Bademantel, ein Handtuch um den Hals geschlungen, hereingestürmt. Offenbar war er im Schwimmbad gewesen. Er achtete sehr darauf, in Form zu bleiben. Held reichte ihm das Kuvert.

«Ehemalige Freunde von mir haben sich ein bißchen umgetan.»

Herzog riß das Kuvert auf und starrte das Foto eines stämmigen, etwa dreißigjährigen Mannes an.

«Ein Pole», erklärte Held. «Arbeitet bei einer Transportfirma in Leipzig.»

Herzog sah ihn verständnislos an.

Held lächelte. «Der Typ, der auf Sie geschossen hat, Jan.»

Jetzt, um die Zeit etwa, das wußte Held, würden die Leipziger Kollegen den Attentäter festnehmen und ihn der Rache Herzogs entziehen. Stoffaser und Fußabdruck hatten zur Identifizierung gereicht. Die Kollegen bei der Spurensicherung waren auf Draht gewesen.

Herzog starrte das Foto lange an, dann legte er es auf den Schreibtisch, packte Held bei den Schultern, umarmte ihn und drückte ihn an sich. Held spürte die Zuneigung des anderen, spürte, wie der sein tief verwurzeltes Mißtrauen immer mehr überwand und anfing, ihm echte, rückhaltlose Freundschaft entgegenzubringen. Er schluckte. Gleichzeitig sah er, wie Louis ihn nicht aus den Augen ließ. Zum erstenmal fühlte er sich wie ein Verräter.

Gemeinsam fuhren sie zu Herzogs großem Gartenfest. Held überprüfte im Rückspiegel den Sitz seiner Smoking-Schleife. Barbara hatte er zu diesem Anlaß ein atemberaubendes, knallrotes Kleid gekauft. Leider war es teuer gewesen. Er sah King von der Seite an und räusperte sich: «Im Moment kommt ein Haufen Kosten auf mich zu. Kannst du mir was borgen?»

King blickte überrascht auf: «Ich bin Millionär, du bist Millionär. Was reden wir vom Geld?» trompetete er fröhlich.

«Ich hab schon einen Kredit aufgenommen», sagte Held. «Könntest du noch mal für zehntausend bürgen?»

King atmete einmal kräftig durch. Das war viel. Aber dann nickte er. «Klar doch, Charly. Geht klar.»

Er lenkte den Wagen an den Straßenrand. Held stieg aus und klingelte. Gleich darauf trat Barbara strahlend in ihrem neuen Cocktailkleid aus der Haustür. Sie küßte Held und drehte sich einmal um die eigene Achse: «Gut so?»

King musterte sie finster: «Gab's das auch in Rot?»

Sie lachte und glitt auf den Rücksitz: «Von Charly», strahlte sie. Held ignorierte das kritische Augenpaar im Rückspiegel. Na schön, dann wußte King halt, weshalb er mit seinem Geld nicht mehr auskam. Irgendwas würde ihm schon einfallen. Er legte den Arm um Barbara. Die schmiegte sich an ihn und schaute dann belustigt auf King. «Der gehört bestimmt zu den unromantischen Typen, die ihrer Frau immer was Praktisches schenken; was für den Haushalt – 'ne Waschmaschine oder so. – Hab ich recht, King?»

Barbara und Held kicherten. King antwortete nicht.

Wenn Jan Herzog feierte, feierte er richtig. Die Epoche der echten Gangster und Gauner, die mit leichtbekleideten Blondinen in verqualmten Hinterzimmern auf die Prohibitionsgesetze anstießen, war mit dem letzten Schwarzweißfilm aus Hollywood den Weg aller Klischees gegangen. Im kultivierten Europa des ausgehenden zwanzigsten Jahrhunderts galt mancher Gangster als feiner Herr, und jeder eigentlich feine Herr, den ein Hauch von Kriminalität umwehte, konnte sich der Aufmerksamkeit von Jet-settern, Pseudokünstlern und Klatschkolumnisten gleichermaßen gewiß sein. Entsprechend groß war der prominente Andrang bei Herzogs Gartenfest. Unternehmer, Politiker und Fernsehgesichter plauderten angeregt, einheimische Künstler grinsten mit gespielter Überheblichkeit in alles, was wie eine Kamera aussah, und suchten durch betont egozentrisches Gehabe ahnungslose Mäzene aus der großen Welt der Wirtschaft über ihre wahren Absichten zu täuschen. Lokalpolitiker und Starfriseure tauschten Belanglosigkeiten aus, und durchschnittlich hübsche Modestudentinnen hielten am kalten Büfett nach cholesterinarmen Schnittchen Ausschau.

Von Hellberg und sein Chauffeur hatten ein paar Dutzend bekannte und unbekannte Hände geschüttelt, sich mit Champagnergläsern bewaffnet und standen nun etwas abseits des Gedränges, auf dem leicht zum Wasser hin abfallenden Rasen. Die meisten weiblichen Gäste trugen Abendkleider, für die sie ein Jahresgehalt hätten hinblättern müssen.

Hätte jemand all den Schmuck und all den feinen Stoff zu Bargeld gemacht, der an diesem sonnigen Spätnachmittag in Herzogs weitläufigem Park spazierengeführt wurde, er wäre in der glücklichen Lage gewesen, sich mehrere Polizisten auf der Gehaltsliste leisten zu können – von der mittleren Reife bis zum Lebensende, Pensionen inbegriffen. Aber diejenigen unter den Anwesenden, die Polizisten auf der Gehaltsliste *hatten*, wußten, daß man in der Regel wesentlich billiger davonkam.

Barbara hatte sich unmittelbar nach ihrem Eintreffen in die Menschenmenge vor der Tanzfläche gestürzt und mußte offenbar jedem um den Hals fallen, den sie kannte. Sie hatte viel zu tun.

King wippte lässig zur Musik der früher weltbekannten Popband, die ihre Tingeltour durch deutsche Kleinstädte für einen lukrativen Auftritt bei Jan Herzogs privater Feier unterbrochen hatte; Held ließ einen Blick über die Zelte, die plaudernden Menschen und die in der Auffahrt zur Villa geparkten Limousinen schweifen und schüttelte den Kopf.

«Warum sind wir nicht reich zur Welt gekommen, King?» seufzte er.

King grinste. «Wir sind hier!»

«Immer auf der Kriechspur. Auf die Überholspur hab ich's nie geschafft.»

King knuffte ihm in die Seite und angelte ein weiteres Glas vom Tablett eines vorbeifliegenden Kellners.

«Hör mal – du bringst es fertig, den internationalen Geschäftsmann so glaubhaft zu mimen, daß alle darauf reinfallen», flüsterte er anerkennend, während er einer hübschen Brünetten nachblickte.

Held verzichtete auf einen Einwand, da er Michelle Berger von der Bühne aus herzlich auffordernd ins Publikum winken sah. Sie strahlte und versuchte offenbar, Herzogs Sohn Louis, der direkt vor der Bühne stand, zu einem Duett zu bewegen. Louis wandte sich brüsk ab und stampfte wütend zu seiner Mutter, die in der Nähe der Tanzfläche angeregt mit einigen anderen älteren Damen plauderte und Michelle gar nicht zu bemerken schien.

Vor dem Tor draußen spazierte Gonzo mit einem Notizblock an den parkenden Fahrzeugen entlang und schrieb die Kennzeichen auf. Auch das Kennzeichen eines Lieferwagens, der auf der anderen Straßenseite stand, notierte er grinsend. Er wußte, daß die Bullen da drin saßen, daß Videobänder liefen. Morgen würden sie sich über einen Verbindungsmann in Flensburg bestätigen lassen, daß der Lieferwagen – im Polizeijargon «Kapsel» genannt – ein getarntes Polizeifahrzeug war.

Eine Autokolonne bog an ihm vorbei in die Auffahrt ein. Durch die Videokamera in der «Kapsel» beobachtete Renate, wie ein schwergewichtiger Mann ausstieg, mehrere der Gäste ihn unterwürfig begrüßten und Frau Herzog ihm mit strahlendem Lächeln entgegenging. Nicht nur Kriminelle verkehrten dort drüben. Im Gegenteil: Es war die Creme der Gesellschaft.

Frau Herzog blickte sich um. Nachdem er seinen Gästen Michelle Berger vorgestellt hatte, war ihr Mann verschwunden. Sie sah hinüber zum Haus. Vor der offenen Terrassentür zum Arbeitszimmer standen die beiden Bodyguards von Jerry Goldsteen und trieben allzu neugierige Schnorrer mit finsteren Sonnenbrillenblicken zurück auf den Rasen. Es war nicht schwer zu erraten, wo Herzog steckte.

In dem halbdunklen Arbeitszimmer saßen Gehlen, Herzog und Jerry Goldsteen zigarrenrauchend beisammen. Gehlen übersetzte wieder, was Goldsteen in breitem Amerikanisch sagte und Herzog in Deutsch antwortete.

«Die Diskussion beunruhigt die Freunde in New York und Las Vegas.» Goldsteen nahm die Zigarre aus dem Mund. «...Kleine Fixer – schwer Drogenabhängige sollen straffrei bleiben. Das würde uns die Geschäftsgrundlage entziehen.» Goldsteen wollte sein Glas abstellen und schob dabei eine Porzellanfigur etwas beiseite. Herzog beugte sich besorgt vor.

«Vorsicht, Jerry! Daran pinselt ein Maler mit einem Vergrößerungsglas viele Monate.» Behutsam nahm er die Figur, die ihm sein Sohn zum letzten Geburtstag geschenkt hatte, und brachte sie in Sicherheit. «Gründe gegen die Legalisierung, denke ich, gibt es zu Dutzenden – und einige davon sind zutiefst moralisch.»

Goldsteen lächelte zustimmend. Er sah Herzog an, nicht den Dolmetscher. «Sie verfügen über gute Beziehungen zu den Medien. Sie haben Verbündete im Parlament.»

Herzog nickte. «Auch wenn ich nicht mehr an Ihrem Geschäft beteiligt bin, Jerry –» Er ließ Gehlen Zeit zum Übersetzen. Der Amerikaner wollte Einspruch erheben, aber Herzog fuhr unbeirrt fort: «Auch wenn ich nicht mehr daran beteiligt bin, ich rede gern mit meinen Freunden. Wenn nur Deutschland legalisiert, die Franzosen, Italiener, Holländer aber nicht gleichzeitig, du großer Gott, das würde hier zum Eldorado aller Fixer Europas. Das kann doch niemand wollen.»

Wieder wartete Herzog, bis Gehlen übersetzt hatte, dann fiel er in Goldsteens leises Lachen ein.

Louis schlängelte sich an den beiden Kleiderschränken vorbei und flüsterte seinem Vater zu, Möllbach sei eingetroffen. Herzog stand auf, entschuldigte sich und ging hinaus in den Garten.

Gehlen musterte Goldsteen. Trotz aller Zusagen hatte Herzog dem Amerikaner wieder eine klare Abfuhr erteilt. Am Drogengeschäft wollte er nicht weiter beteiligt sein. Goldsteen sah Herzog nach. Im Halbdunkel hatte sein Gesicht eine raubtierhafte Verschlagenheit.

Herzog strahlte, als er inmitten der wogenden Gästeschar den mächtigen Möllbach entdeckte. Er fühlte sich geehrt, daß der Staatssekretär sein Fest besuchte. Sollten ruhig alle sehen, über welche Verbindungen er verfügte. Mit weit ausgebreiteten Armen ging er auf Möllbach zu. Der zog ihn etwas beiseite.

«Ich habe mit dem Direktor der Hypo-Bank gesprochen – wegen des Hundert-Millionen-Kredits.»

Herzog nickte. Er brauchte zusätzliche Mittel für den Alten Markt.

«Der ist gleichzeitig Präsident der Gesellschaft der Freunde der Universität», fuhr Möllbach leise fort. «Wenn du da gelegentlich mal was spenden würdest – soviel verdient ein Bankdirektor auch nicht.»

Herzog schaute sich um. Niemand konnte ihnen zuhören. «Sollen wir ihm direkt was zukommen lassen?»

Möllbach wehrte erschrocken ab. «Nein, nein! Nicht persönlich. Um Gottes willen. So einem ist der Zugewinn an – Reputation wichtiger.»

Auf dem Podium beendete Michelle ihre Darbietung. Die Zuhörer applaudierten begeistert und forderten eine weitere Zugabe. Michelle verneigte sich lächelnd. Möllbach betrachtete sie voller Bewunderung. «Du hast mir nie erzählt, daß du Michelle Berger kennst.»

Herzog hakte ihn unter. «Soll ich dich mit ihr bekannt machen?»

«Würdest du? Ich finde sie hinreißend. Und nicht nur die Stimme, gell?» Möllbach lachte meckernd. «Oder wildere ich da in deinem Revier?»

Herzog zuckte die Achseln. «Freie Hand dem Tüchtigen. Mein Prinzip.»

Er zog Möllbach nach vorn zum Podium.

Held beobachtete Gehlen, der unterdessen aus der Villa gekommen war und jetzt mit Barbara sprach. Gehlen sah attraktiv aus; er hatte ein gutgeschnittenes Gesicht, eine durchtrainierte Figur, und sein Smoking saß wie angegossen. Jetzt prostete er Barbara zu, legte den Arm um sie und flüsterte ihr etwas ins Ohr. Barbara schüttelte den Kopf und befreite sich aus der Umarmung. Sie sah, daß Held sie beobachtete. Gehlen schien das nicht im geringsten zu stören. Er drückte Barbara an sich und lächelte provozierend zu Herrn von Hellberg hinüber. Barbara stieß ihn von sich und stöckelte über die Wiese davon. Gehlen blieb einen Augenblick stehen, dann lächelte er und ging weiter, auf Herzog und Möllbach zu. Er wartete in höflicher Distanz, bis Herzog ihn bemerkte.

Herzog lachte über die Bemerkung eines dicken Mannes. Beide sahen hinüber zu Michelle, die angeregt mit anderen Gästen plauderte, dann klopfte Herzog Möllbach kurz und jovial auf den Arm, begleitete ihn zu Michelle und stellte die beiden einander vor. Während der Staatssekretär sich strahlend verneigte, ging Herzog zurück zu Gehlen und bedeutete diesem mit einer kurzen Handbewegung, er solle ihm ins Haus folgen. Er hatte gesehen, daß Vincente inzwischen eingetroffen war. Die Arbeit rief.

Held ging zu Barbara hinüber, die noch immer allein auf dem Rasen stand und Gehlen hinterherstarrte. Als er neben sie trat und seinen Arm um ihre Hüfte legte, wandte sie sich ihm zu und brachte ein Lächeln zustande. Sie war nicht mehr ganz nüchtern. «Weißt du, wo hier das Klo ist?»

Held deutete zum Haus hinüber. Barbara machte sich von ihm los und eilte davon. Jemand legte Held von hinten die Hand auf die Schulter. Held drehte sich um und musterte seinen Partner. Leicht glasige Augen, fröhliches Grinsen, gelockerte Krawatte. «Tu mir einen Gefallen, behalte Barbara im Auge, hörst du? Kümmere dich ein bißchen um sie. Ich möchte immer wissen, wo sie ist – mit wem sie redet –»

King rülpste. «Hör mal, Charly, schieß die kleine Schnepfe doch einfach in den Wind. Du –»

«Spar dir deine verschissenen Ratschläge.» Held fuhr wütend herum. «Ich hab hier das Kommando, klar? Und nenn sie nie wieder so. *Nie wieder.*»

Er ließ King stehen, der ihm betroffen nachblickte. Noch nie hatte Held in diesem Ton mit ihm gesprochen. Aber er nahm es ihm nicht übel. Schuld an den Veränderungen des Freundes war diese hüftwackelnde Blondine. Wäre er die erst los, würde er auch wieder der alte. Hundertprozentig. Der prima Kumpel, mit dem man Pferde stehlen konnte. Wie oft hatten sie früher miteinander gelacht. Und jetzt? Held wurde immer angespannter. Immer verbissener. Irgendwann würde King sich den Freund mal ordentlich zur Brust nehmen. Er hatte eine so entzückende Frau zu Hause. Da konnte er doch nicht im Ernst wegen dieser blonden Schlampe den Verstand verlieren. King angelte sich das nächste volle Glas, das vorbeigetragen wurde.

Plötzlich hörte er dumpfes Donnergrollen. Eine Bö wirbelte Staub auf. Einem blendenden Blitz folgte ein ohrenbetäubender Donnerschlag.

Michelle stand auf und sah in den Himmel. Möllbach flüsterte ihr etwas ins Ohr. Sie lachte und stieß ihn schelmisch zurück. Er küßte ihre Hand. Herzog beobachtete die beiden, während er die Terrassentür in der Diele schloß. Da hatte er ja wohl ins Schwarze getroffen. Irgendwann konnte es sehr nützlich sein, ein wenig Druck auf diesen Möllbach auszuüben, der sich seinen Wählern stets als vorbildlicher Familienvater darstellte. Herzog traute Möllbach nicht. Ein durch und durch verlogener Halunke. Möllbach würde ihn unterstützen, solange er für seine Zwecke nützlich war, solange Möllbach Geld brauchte und Herzog es ihm beschaffte: für den Wahlkampf, für die Partei, für seine eigenen, immer maßloseren Bedürfnisse. Er hingegen brauchte Möllbach, solange der Deal mit dem Alten Markt nicht unter Dach und Fach war. Er sah, wie Möllbach Michelle bedrängte, doch eifersüchtig war er nicht. Es war nur gut, wenn Michelle dem Drängen des Dicken nachgab und er ihn damit in die Hand bekäme. Er würde sich sicherer fühlen, wenn er etwas hatte, womit er Möllbach erpressen konnte.

Seine Miene verfinsterte sich, als er Vincente entdeckte, der leise mit Goldsteen plauderte. Eine italienisch-amerikanische Verständigungsachse konnte er im Augenblick nicht gebrauchen.

Der Wind machte die Gäste frösteln. Herzog sah, wie Vincente den Kragen seiner Jacke hochstellte, winkte ihm zu und bat ihn in sein Arbeitszimmer, mit einer höflich-knappen Entschuldigung zu Goldsteen. Gehlen, der mit der Frau eines Stadtverordneten flirtete, brauchte er diesmal nicht. Der deutsche Statthalter des mächtigen Vincente-Clans war glücklicherweise der deutschen Sprache mächtig.

Die ersten Regentropfen klatschten auf die Terrasse. Plötzlich ging ein wolkenbruchartiger Regen nieder. Ungeordnet und panikartig flüchteten die Gäste in die Villa. Barbara riß ein Tischtuch herunter und hielt es sich über den Kopf. Etwas war zu Boden gefallen; Barbara hob es auf. Es war ein goldenes Feuerzeug. Es gehörte Gehlen, das wußte sie; sie hatte es sofort wiedererkannt. Angeblich war es sehr kostbar.

Sie zögerte, blickte sich in dem allgemeinen Tohuwabohu um und ließ es dann unauffällig in ihre Tasche gleiten. Die Musiker rannten mit ihren Instrumenten an ihr vorüber, und Barbara schloß sich ihnen an.

Gehlen war in ein laut kreischendes Rudel von Leuten eingekeilt. Barbara fühlte sich sicher. Sie ahnte nicht, daß Gonzo sie seit geraumer Zeit beobachtete und sich jetzt auf den Weg machte, um seinen Chef Gehlen zu informieren. Er fand ihn im Gartenhaus, wo er sich leise mit Jerry Goldsteen unterhielt.

Über den jetzt völlig leeren Garten fegten Wind- und Regenböen. Die hinter den erleuchteten Fenstern der prunkvollen Villa flanierenden Gäste verstärkten nur den Eindruck von Öde und Verlassenheit.

Herzog saß in dem stillen Arbeitszimmer Vincente gegenüber. Er wußte, daß ihn der Italiener noch immer verdächtigte, den Bombenanschlag auf das «Roma» veranlaßt zu haben, und tat, was er konnte, um dessen Mißtrauen zu zerstreuen und eine entspannte

Gesprächsatmosphäre zu schaffen. Vincente übermittelte ihm die Grüße seines Bruders und verhehlte nicht dessen Eindruck, Herzog wolle nichts mehr mit ihm zu tun haben. Herzog versicherte, er lege großen Wert auf die Freundschaft des Paten. Warum Herzog es ihm dann verwehre, am Alten Markt zu investieren, sich an dem neuen großen Bauvorhaben zu beteiligen, um die Gewinne, die er machte, sauberzuwaschen, wollte Vincente wissen.

Herzog zögerte. Sollte er dem Italiener seine Gründe darlegen? Sollte er ihm von seinem schwachen, lebensuntüchtigen Sohn erzählen – dem einzigen Nachfolger, der ihm zur Verfügung stand, von seinem Zweifel, ob der je in der Lage sein würde, dem Herzog-Imperium vorzustehen; von seinem Entschluß, diesem Sohn wenigstens ein völlig legales Unternehmen zu hinterlassen? Ein lauter Wortwechsel unterbrach seine Gedanken. Herzog stand ärgerlich auf und ging in die Diele hinaus. Er hörte Gehlen sagen, er habe sein Feuerzeug verloren. Es klang nicht wie eine einfache Mitteilung an Barbara, sondern wie ein Vorwurf.

«Wie ärgerlich», sagte sie desinteressiert.

«Du hast es nicht zufällig gefunden?»

«Nein, tut mir leid.»

Held, der die Auseinandersetzung ebenfalls bemerkt hatte, trat beunruhigt näher. Die Gästemauer vor ihm war undurchdringlich. Er berührte wildfremde Schultern mit dem Zeigefinger und bat um Entschuldigung. Man machte ihm widerwillig Platz.

«Nein?» Das war wieder Gehlens Stimme. «Du weißt schon, man ist zerstreut und findet das Ding plötzlich zu Hause in der Tasche.»

«Ich verstehe nicht...»

«Du verstehst nicht?» Mittlerweile hatten sich etliche Gäste Barbara und Gehlen zugewandt. «Weißt du, was ich an deiner Stelle machen würde? Ich würde es suchen, und ich würde es auch finden.»

Held hörte Herzog fragen, was los sei, und Gonzo antworten, offenbar werde auf der Party geklaut.

Dann sprach wieder Barbara, und sie klang wütend. «Ich weiß wirklich nicht, was das soll...»

Held entdeckte eine Lücke und landete fast zwischen den beiden, als Gehlen sehr nahe an Barbara herantrat, eine Zigarette herauszog und sagte: «Ich möchte jetzt rauchen, klar? Und du gibst mir Feuer.»

«Augenblick mal», sagte Held. «Was...»

«Sie halten sich da raus, Herr von Hellberg.» Gehlen sah ihn nur kurz an, dann starrte er wieder Barbara in die Augen. «Na, mach schon. Tu so, als hättest du nur einen kleinen *Scherz* gemacht. Sag, es war nur ein Spaß, und alle sind zufrieden.»

Niemand sagte etwas. Held starrte Barbara an, Gehlen starrte Barbara an, Herzog starrte abwechselnd Gehlen und Barbara an, und einige Dutzend Gäste reckten die Hälse. Barbara sah in die Runde und verpatzte ein Lächeln. Sie versuchte es noch einmal, und diesmal meisterte wenigstens ihre linke Gesichtshälfte die schwierige Aufgabe. Dann zog sie das Feuerzeug aus ihrer Handtasche und reichte es Gehlen. «Jetzt hab ich dich aber erschreckt, wie?»

Das Trommeln des Regens wurde lauter.

«Sei ehrlich... der Spaß ist mir gelungen...»

Die Gäste um sie herum wandten sich ab und setzten ihr Plaudern demonstrativ fort. Man wußte, was sich gehörte.

Held stand bleich und starr vor Barbara und Gehlen und hörte das Blut in seinen Ohren brodeln. Eine Hand hielt ihm ein Glas hin.

Herzog wartete, bis Held das Glas genommen hatte, dann wandte er sich lächelnd Barbara zu. «Was meinen Sie, Barbara», sagte er freundlich. «Soll ich mit dem Typen da Brüderschaft trinken?» Er lachte, wandte sich von Hellberg zu und lachte gleich noch einmal. «Na, wer sagt's denn! Er kann noch rot werden!»

Die Spannung ließ merklich nach. Barbara lachte leise, von Hellberg prostete seinem Gönner dankbar zu, und das ungezwungene Plaudern um sie herum wurde echter. Die beiden tranken, umarmten sich kurz und verrieten sich die Vornamen, die sie ohnehin schon kannten. Als Herzog sich anschließend wieder Gehlen zuwandte, sprach sein Blick Bände. Es war eine deutliche Warnung. *Tu so was nie wieder. Nie wieder mit einem Gast von mir.*

Held hakte Barbara unter und zog sie mit sich. Sie sträubte sich, aber für einen weiteren Skandal fehlte ihr offenbar der Mut.

«Wir gehen», sagte Held. Er sagte es sehr leise, doch es klang wie ein Schlag.

«Laß mich in Ruhe.»

Held war mit ihr vor die Tür getreten. Barbara schneuzte sich. Held umfaßte ihren Arm fester. «Nicht zu glauben, was du dir da eben geleistet hast.»

«Herrgott, es war ein *Spaß*. Versteht ihr denn alle keinen Spaß? Das Ding lag im Regen, und ich habe es halt eingesteckt. Damit es nicht naß wird. Und dann hab ich's vergessen, das kann doch wohl mal passieren...»

«Wir fahren», sagte Held.

«Laß mich los», sagte Barbara, aber Held tat ihr den Gefallen nicht. Er zog sie weiter, vorbei an einigen Gästen, die um das Gartenhaus herum Schutz gesucht hatten und die beiden belustigt beobachteten. «Laß mich los! Was glaubst du eigentlich... Was soll der Scheiß... he... Ihr seid doch alle Arschlöcher, du und deine Scheißfreunde...»

«Hör jetzt mit dem Theater auf.»

«Ich komme nicht mit. Nein!» Sie versuchte wieder, sich loszureißen.

Die Zuschauer waren begeistert. Held hörte leises Prusten und fröhliches Schnattern, während er Barbara daran hinderte, sich in den Matsch zu werfen. Er zerrte sie weiter. Sie schrie und tobte. Bis er sie in den Wagen gesetzt und die Tür zugeworfen hatte.

Wortlos ließ er den Motor an und fuhr los.

Barbara hatte den Kopf gesenkt. Sie schwieg lange. Dann sagte sie. «Warum machst du das?» Sehr leise. Sehr ruhig. Und sehr sanft. Es klang fassungslos, verzweifelt, aber alles andere als verärgert.

Er dachte nicht über die Antwort nach. Er sagte einfach die Wahrheit. «Weil ich dich mag. Und weil ich dich brauche.»

«Nein.» Sie schüttelte den Kopf.

Er zog sie an sich und hielt sie fest.

«Kein Mensch braucht mich», sagte sie so leise, daß er es fast nicht verstand.

«Ich», sagte er, «brauche dich.»

«Ich bin nichts Halbes und nichts Ganzes», murmelte Barbara.

«Das ist das Beste. Solche Frauen liebt man ewig. Fertige Frauen kriegt man leicht über. Wertvolle sowieso – aber so eine, nichts Halbes und nichts Ganzes, die regt die Phantasie an…»

Er starrte auf die schwarz glänzende Straße. Er dachte an Herzog, dachte daran, wie der ihn eben aus der peinlichen Situation befreit hatte. Als Herzog ihm Brüderschaft anbot, war Gehlen sichtlich zusammengezuckt. Es hatte beinahe ausgesehen, als wollte Herzog seinen Vertrauten für den vorangegangenen Auftritt bestrafen, ihn demütigen. Natürlich hatte die Bloßstellung von Barbara in Wahrheit von Hellberg gegolten. Und Herzog duldete das nicht. Herzog hatte sich vor von Hellberg gestellt. Wie ein wirklicher Freund.

Der Regen draußen hatte nachgelassen. Die letzten Gäste waren gegangen. Herzog saß noch immer mit Gehlen im Arbeitszimmer. Er war deprimiert. Gehlen hatte ihm berichtet, die Polizei sei ihnen zuvorgekommen und habe den Polen festgenommen, der das Attentat auf ihn verübt hatte. Die Bullen hatten den Kerl wegen Drogenbesitzes kassiert. Aber Gehlen hatte herausgefunden, daß die Leipziger Transportfirma, bei der der Mann arbeitete, Tradecourt-Limited gehörte. Eine von Jerry Goldsteens Firmen. Es gab keinen Zweifel: Goldsteen steckte hinter dem Attentat. Goldsteen war der Auftraggeber. Es würde wieder Krieg geben. Herzog schüttelte seufzend den Kopf.

«Was Neues über den Verdeckten Ermittler?»

Gehlen lehnte sich in seinem Sessel zurück. «Mein Verbindungsmann bei der Polizei ist dran.»

«Es gibt ihn sicher?»

Gehlen nickte. «In deiner unmittelbaren Umgebung.» Er zögerte. «Du weißt, daß ich von Hellberg nicht traue.»

Herzog stand auf und trat ans Fenster.

Gehlen sah ihm nach. «Ich habe ihm eine Falle gestellt – von zwei Drogenhändlern erzählt, die 'ne Menge Heroin anbieten. Niemand außer ihm weiß davon.»

Herzog antwortete nicht. Er starrte in die Nacht hinaus.

«Gibt wohl ein paar, die mich fertigmachen wollen», murmelte er wehmütig nach einer Weile. «Sollen sie's versuchen! Es haben mich schon viele fertigmachen wollen, auf die verschiedenste Weise. Da bin ich wirklich ein alter Hase...»

Gehlen beobachtete ihn. Wie er so dastand, wirkte er auf einmal sehr müde. Gealtert. Gehlen bewunderte Herzog. Manchmal verstand er ihn nicht, verstand nicht, warum er sich ihm gegenüber so schroff und ablehnend verhielt. Wie heute abend. Was fand er bloß an diesem von Hellberg? Spürte er nicht, daß mit dem Kerl etwas nicht stimmte? Gehlen holte tief Luft. Er liebte Herzog wie einen Vater. Sein eigener Vater war früh gestorben. Er hatte nie einen anderen als Herzog gekannt. Er würde nicht zulassen, daß ihm etwas zustieß. Er würde aufpassen, daß keiner der Jäger den «alten Hasen» zur Strecke brachte.

Droegel hatte die beiden Drogenhändler, deren Namen Held zufällig bei Gehlen aufgeschnappt hatte, nicht vergessen. Er war als zahlungskräftiger Aufkäufer an sie herangetreten, man hatte sich getroffen, zunächst ganz unverbindlich, sich gegenseitig beschnuppert, das anfängliche Mißtrauen allmählich beerdigt, man hatte einen Preis vereinbart und einen Treffpunkt für die Übergabe. Jetzt saß er den beiden Typen in einem mäßig besuchten italienischen Restaurant gegenüber, warf einen prüfenden Blick auf den Inhalt der Reisetasche, die sie mitgebracht hatten, und wartete auf das Essen.

Draußen in der «Kapsel» wartete Renate, die die Aktion leitete, auf das verabredete Zeichen. In roten Personenwagen harrten Polizeibeamte in Zivilkleidung ihres Einsatzbefehls.

Droegel stand auf. Einer der Heroinhändler hielt ihn fest und tastete ihn mißtrauisch ab.

«Ich muß mal schiffen», sagte Droegel.

Der Heroinhändler ließ ihn gehen. In der Tür zur Toilette drehte sich Droegel noch einmal um. Die beiden Händler saßen mit dem Rücken zu ihm. Rasch schloß er die Tür und drückte einen Knopf an seiner Armbanduhr. «Die zwei am dritten Tisch rechts», flüsterte er in das eingebaute Mikrofon. «Die Ware ist in der Reisetasche.»

Ein Gast kam von der Toilette und sah sich verwundert um. Er konnte niemanden entdecken, mit dem Droegel eben gesprochen haben mochte. Droegel lächelte verlegen und wusch sich die Hände. Er wusch sie noch mal, bis er sicher war, daß genug Zeit für die Kollegen verstrichen war, um die Festnahme durchzuführen, dann kehrte er in das Lokal zurück.

Die Drogenhändler saßen noch immer an ihrem Tisch. Beide waren sehr bleich. «Mensch, das hättest du erleben müssen», flüsterte der eine ihm aufgeregt zu. «Die Schmiere ist hier reingestürmt, hat da drüben zwei mitgenommen.» Die beiden stocherten lustlos in ihrem Essen. «Gott sei Dank haben sie nicht uns geholt.»

Droegel nickte sprachlos.

Auch Kilian verschlug es die Sprache, als er von der mißglückten Aktion erfuhr. Waren Polizeibeamte inzwischen zu dämlich, links von rechts zu unterscheiden? Das Ganze klang nach Polizei-Klamotte, war aber leider wahr. Und wieder einmal blieben in dem riesigen Beamtenapparat Versäumnisse und Fehler folgenlos. Er konnte nicht ahnen, daß in diesem ganz speziellen Fall das Versagen der Kollegen seinem Verdeckten Ermittler ausnahmsweise genutzt hatte. Gehlens Falle war nicht zugeschnappt; die Maus hatte den Speck nicht angerührt.

Doch der Top-Agent von Operation Bernstein wurde noch von anderer Seite ins Visier genommen.

Oberstaatsanwalt Holzer hatte zu einer Besprechung im Sitzungssaal der Staatsanwaltschaft gebeten. Die Sonne schien durch die verschmutzten Fenster, die auf den Hof des Präsidiums hinausgingen.

Bei dem strahlenden Licht von draußen wirkten die dunklen alten Möbel und die ausgebleichten Gardinen in dem kahlen nüchternen Raum noch schäbiger. Kaum hatte Kilian Platz genommen, schaute Holzer, der neben Sylvia Brant am oberen Ende des Sitzungstisches saß, von seinen Unterlagen auf und wollte mit beißender Schärfe wissen, ob es inzwischen unter den Beamten der Dienststelle OK üblich sei, mit Drogen zu handeln, um an Informationen heranzukommen.

«Wie kommen Sie denn auf diesen Blödsinn?» schlug Kilian zurück. «Wir sind Polizisten. Keine Dealer.»

Kriminalrat Oberle kam eilig herein und nahm mit einer entschuldigenden Geste in der Mitte zwischen den streitenden Parteien Platz.

Holzer überging Kilians Bemerkung und wandte sich Oberle zu. «Also – wir müssen entscheiden, ob wir Anklage gegen Hauptkommissar Held erheben oder nicht...»

«Genauer gesagt», unterbrach Kilian den Staatsanwalt, «Sie müssen entscheiden, ob Sie Operation Bernstein mit Mann und Maus versenken, oder...»

«Im Augenblick erscheint mir das weniger relevant, Herr Dr. Kilian.»

«Für mich ist das durchaus relevant.» Er spürte Sylvia Brants warnenden Blick, wandte jedoch nicht den Kopf.

Oberle versuchte zu vermitteln. «Hatten Sie jemals das Gefühl, Held zeige gewisse Unsicherheiten, Herr Dr. Kilian? Charakterlich, meine ich?»

Kilian sah ihn an. «Ich vertraue ihm voll und ganz.»

«Blind?» sagte Holzer.

Kilian holte tief Luft. «Nein, nicht *blind*. Held ist ein hervorragender Polizist. Intelligent. Anpassungsfähig. Sehr schnelle Auffassungsgabe. Er macht gute Arbeit.»

«Vielleicht etwas zu ehrgeizig?» fragte Holzer.

Kilian sah ihn verständnislos an. Holzer erklärte, was er meinte. «Setzt Himmel und Hölle in Bewegung, um Ergebnisse präsentieren zu können? Läßt auch mal fünfe gerade sein?»

«Es wäre doch immerhin denkbar», mischte Sylvia Brant sich ein, «daß ein Ermittler sich derart hochputscht, daß er die Gesetze außer acht läßt, um Ergebnisse vorzuweisen...»

Kilian sah ihr in die Augen. Fragende Augen. Sachliche Augen. *Ja*, dachte er, *das wäre denkbar, Sylvia, allerdings. Und zwar bei jedem Einsatz, so, wie die Gesetze sind.* Das wußte sie genausogut wie er. Und sie wußte außerdem, daß er auf der anderen Seite des Schreibtisches saß. Er hatte keine andere Wahl. «Nein», sagte er. «Das ist nicht denkbar.»

«Na schön», seufzte Holzer und blätterte erneut in seinen Unterlagen, «aber trotz Ihres grenzenlosen Vertrauens in den Frontkämpfer haben wir hier die Aussage dieses V-Mannes... dieses Transvestiten.»

Er ließ Kilian nicht zu Wort kommen. «Ich respektiere Ihre Loyalität, Herr Kilian. Auch ich empfinde Loyalität – und zwar nicht nur meinem Amt gegenüber, nicht nur Ihnen und Ihren Leuten gegenüber, die, wie ich sehr wohl weiß, täglich ihr Leben riskieren, sondern auch gegenüber meinen Grundsätzen.»

Oberle unterbrach ihn zaghaft. «Aber wenn wir Held jetzt anklagen... entschuldigen Sie, aber dann frage ich mich, ehrlich gesagt, wie wir anschließend Beamte noch motivieren sollen, ihre Haut zu Markte zu tragen; mehr zu tun als das, wozu sie per Dienstvertrag ohnehin verpflichtet sind. Ich meine...»

Holzer wandte sich ihm zu. «Mein Großvater war Jurist, Herr Oberle. Mein Vater war Jurist. Und ich bin Jurist geworden, weil ich unbedingte Achtung vor dem Gesetz habe. Und», sagte er etwas lauter, «wenn auch nur *ein* Vertreter des Gesetzes, ob Polizist oder Staatsanwalt, wenn nur ein Gesetzesvertreter das Gesetz mißachtet und wir ihm das durchgehen lassen, weil er einer von uns ist, wird nichts mehr funktionieren. Ich meine, so einfach ist das.»

Kilian senkte den Kopf. Er spürte Oberles Blick. Und er wußte, daß es nichts gab, was er Holzer hätte erwidern können. Der Oberstaatsanwalt saß auf der anderen Seite des Schreibtisches. Von dieser Seite aus gesehen hatte er recht, ja es blieb ihm gar nichts anderes übrig, als ein Ermittlungsverfahren in Gang zu setzen. Held hatte erreicht, was vor ihm noch keinem Verdeckten Ermittler gelungen war. Er saß an der Quelle. Einer der wichtigsten Drahtzieher des Organisierten Verbrechens vertraute ihm, hatte ihm gar die Leitung einer seiner Strohfirmen übertragen. Held lernte die Geschäftspartner Herzogs kennen, die geheimen Konten, den Weg des Geldes. Auf all das durfte die Staatsanwaltschaft keine Rücksicht nehmen. Kilian wußte das, aber er fragte sich, wie er es seinem VE beibringen sollte.

Zunächst informierte er Droegel.

Held hatte an diesem Morgen überraschenden Besuch bekommen. Herzog war mit großem Gefolge bei ihm aufgetaucht, um sich einige Unterlagen abzeichnen zu lassen. Anerkennend hatte er sich in der komfortablen Luxuswohnung umgeblickt. Auch ohne Herzog-Investments schien es Karl von Hellberg weit gebracht zu haben. Während King Kaffee kochte und Gonzo sich neben ihm in der Küche lümmelte, nahmen die Herren in dem elegant gestylten Wohnzimmer Platz. Rechtsanwalt Dr. Maier reichte Held den Einstellungsvertrag als Geschäftsführer der Rütli-Properties. Seine Bezüge würde man später den zu erwartenden Gewinnen zuschlagen.

Held begriff: Er war das Aushängeschild; die Fäden zogen andere. Die Gelackmeierten waren die Mieter am Alten Markt. Irgendwann würde ihnen gekündigt. Aber wenn es Schwierigkeiten gab, wenn einige dem Druck des neuen Besitzers widerstanden und nicht ausziehen wollten, wenn die öffentlichen Proteste zu laut wurden und die Stadt einen Rückzieher machte, dann ging Herr von Hellberg leer aus, dann würde er keinen Pfennig bekommen. Herzog war Geschäftsmann, kein Wohltäter. Er zog es vor, auf Nummer Sicher zu gehen.

Das Telefon klingelte; King reichte Held mit betretenem Gesicht den Hörer: Die Tankstelle nebenan wollte wissen, ob heute noch der Wagen zur Inspektion vorbeigebracht würde. Unwillig gab Held den Hörer an King zurück; konnte der sich nicht um so was kümmern? Während er den Scheck für die erste Rate an die Stadt unterschrieb, in Worten: fünfzig Millionen – Maier hatte ihm lächelnd versichert, das Konto der Rütli-Properties verfüge über ausreichende Liquidität, während er seinen Namen unter die achtstellige Zahl malte und nach dem H automatisch innehielt, um sich zu vergewissern, welchen Namen er benutzen mußte –, während er also schwungvoll «von Hellberg» auf den Scheck schrieb, überlegte er fieberhaft, was wohl Dringliches anliegen konnte, daß Droegel das Risiko einging, ihn direkt in der Wohnung anzurufen.

Zwei Stunden später befand er sich mit King auf dem Weg nach Bad Nauheim. Es war ein strahlender Spätvormittag. Der Tag würde heiß werden. Auf der Terrasse des Ausflugslokals «Johannisberg» wischte eine Kellnerin Tische und Stühle ab. Man war auf den sonntäglichen Ansturm gefaßt. Kilian erwartete ihn mit Droegel am Waldrand und informierte ihn mit knappen Worten über die Besprechung mit dem Oberstaatsanwalt.

Held starrte seinen Vorgesetzten ungläubig an. «Ein Verfahren? Gegen mich?»

Kilian wiegelte ab. Noch sei ja nichts entschieden.

«Du liebe Zeit! Die Staatsanwaltschaft gehört schließlich zu unserer Seite», beeilte sich Droegel hinzuzufügen. «Auch wenn's mal Differenzen gibt – die würden doch nie eine laufende Ermittlung gefährden.»

«Und ob die das würden», fuhr Held ihn an, «genau das machen die.»

Kilian legte ihm beruhigend den Arm um die Schultern. «Selbstverständlich haben Sie nie Rauschgift an Informanten weitergegeben?»

Held starrte ihn an. Er wußte, welche Antwort von ihm erwartet wurde. Heftig schüttelte er den Kopf. «Niemals.»

«Na, bitte!» Kilian atmete erleichtert auf.

Held ging nervös auf und ab. «Wir sind den Schmutzfüßen, die uns was anhängen wollen, doch ausgeliefert. Die können doch alles über uns erzählen.»

Droegel nickte; Kilian versuchte weiter abzuwiegeln. «Das stehen wir durch, Charly! Wenn Sie vor Gericht als Zeuge gegen Herzog auftreten, darf nicht der leiseste Zweifel an Ihrer Integrität bestehen. Sie müssen sauber sein.»

Diesen letzten Satz hatte er sehr eindringlich gesagt. Held verstand. Er durfte niemals etwas zugeben. Sonst war Operation Bernstein zum Scheitern verurteilt. Deprimiert starrte er vor sich hin. «Wenn die mich jetzt dauernd vernehmen, wenn's zu einem Verfahren kommt, dann hängt's doch an einem seidenen Faden, daß meine Legende auffliegt, dann bin ich doch geliefert.»

Die beiden anderen schwiegen. Als Renate auf dem Waldweg auftauchte und so tat, als pfeife sie ihrem Hund, wandten sie sich rasch ab. Held setzte sich auf eine Parkbank und blätterte eine Zeitung auf.

Nachmittags rief Herzog an und fragte, ob Charly nicht Lust zu einem abendlichen Bummel über den Jahrmarkt habe. Selbstverständlich seien auch Barbara und King eingeladen. Es war Wäldchestag, und halb Frankfurt traf sich im Stadtwald. Natürlich spazierte Herzog nicht unbewacht durch die wogende Menge. Unauffällig folgten ihm Bodyguards und ließen ihn nicht aus den Augen.

Held fiel es schwer, fröhliche Laune vorzutäuschen. Was Kilian ihm mitgeteilt hatte, wollte ihm nicht aus dem Kopf gehen. Er machte sich Sorgen, um Held und um von Hellberg. Was würden die Ermittlungen der Staatsanwaltschaft zutage fördern? Wie sehr würde die Untersuchung Operation Bernstein gefährden? Er fand keinen Halt zwischen all den fröhlichen Menschen, all den bunten Lichtern, all den lauten Geräuschen und verwirrenden Gerüchen; er versuchte, Herzogs Vergnügen an dem Jahrmarkt zu teilen, versuchte mit ihm zu strahlen, als ein älteres Ehepaar seine berühmte Begleiterin Michelle ansprach, ehrfürchtig um ein Autogramm bat und stammelte, die alten Lieder seien ja so hübsch. Er versuchte sich auf irgend etwas zu konzentrieren, auf seine Aufgabe, wenigstens auf Barbara oder auf King, der die Tänzerin Rita in einer Tour vollschwatzte und sich aufführte wie ein aufgeregter Primaner; er schoß für Barbara einen Teddy und zwang sich zum unbeschwerten Mitlachen.

Plötzlich spürte er einen Arm, der sich unter seinen hakte, und ließ sich von Herzog beiseite ziehen. «Hast du Sorgen? Nun mal raus mit der Sprache! Was bedrückt dich?»

«Nichts, Jan. Ich...»

«Kann ich was für dich tun? Kann ich dir helfen?»

«Nein.» Er schüttelte den Kopf. «Wirklich nicht.»

«Hast du vielleicht Probleme mit den Bullen? Oder mit deinen alten Freunden? So was soll vorkommen. Sag's mir, ich regle das.»

«Jan...»

Herzog drückte seinen Arm. «Vertrau mir», sagte er leise und mit feierlichem Ernst. «Die Italiener sagen: Wer seine Freunde nicht kennt, hat den Tod verdient...»

«Verdammt noch mal, Jan, ich...» Er versuchte halbherzig, seinen Arm wegzuziehen. Herzog ließ ihn nicht los.

«Vielleicht willst du 'ne Weile verschwinden? Jetzt hör mal zu, und hör mir *gut* zu. Wenn du das willst: mach es. Verschwinde. Ich hab ein Haus in Costa Rica. Und eins in Mexiko. Sehr schön. Oder Rio? Wohin du willst.»

Held wich seinem Blick aus und schwieg.

«Brauchst du Geld?» Ehe Held etwas sagen konnte, hatte Herzog sein Scheckheft und einen Füllfederhalter herausgezogen. Er unterschrieb einen der Schecks und hielt ihn seinem Gegenüber hin. «Schreib eine Summe rein. Flieg, wohin du willst. Die Welt ist groß.»

Held war gerührt. «Jan...»

«Und wenn du weißt, wo du 'ne Zeitlang bleiben willst, schick ich dir noch mal, was immer du brauchst. Okay?»

«Das... ist nicht nötig.» Er schob das Scheckheft mit sanftem Nachdruck weg und hatte das Gefühl, an dem Kloß in seinem Hals ersticken zu müssen. «Es ist wirklich in Ordnung. Alles. Wirklich.»

Herzogs Miene hellte sich auf. Er nickte von Hellberg zu wie ein Vater seinem mutigen Jungen. «Na», sagte er aufmunternd, «um so besser...» Lächelnd nahm er den unterschriebenen Scheck aus dem Heft, zerriß ihn, warf die Schnipsel in den Wind und stapfte über die Wiese zu Michelle, die vor einem Karussell auf ihn wartete.

Held starrte ihm nach.

«Charly?» Barbara hakte sich bei ihm ein und lächelte. Held bekam kein Wort heraus. Er sah Renate, die ihn von einer Würstchenbude aus beobachtete, drehte sich abrupt um und marschierte mit Barbara auf den Rotor zu. Wie durch einen Nebel hörte er King zischen, er solle vorsichtig sein. Er sehe nicht gut aus. Er solle ihm, King, wenigstens seine Knarre zustecken, damit die nicht in den Rotor fliege. Held murmelte zurück, er habe seine *Knarre* gar nicht dabei, und ließ seinen Partner einfach stehen. Er kletterte hinter Barbara, Michelle und Herzog her in den Rotor, registrierte beiläufig, daß sich außer ihnen bloß zwei mit albernen Kettchen behängte Angeber in die Höllenmaschine verirrt hatten, erwiderte Barbaras fröhliches Lächeln, ohne zu wissen weshalb, spürte das dumpfe Dröhnen des Jahrmarktes und ließ sich widerstandslos in die immer schneller werdende Rotationsbewegung hineinfallen.

Die Lichter wurden zu bunten Ketten, die Geräusche kamen von überall her, die Wand preßte sich gegen seine Wirbelsäule und drückte ihm die Luft aus dem Brustkorb. Er wurde schneller. Und schneller. Und schneller.

Er hörte Barbara lachen.

Er spürte seinen Magen.

Er sah keine Konturen mehr, nur noch verschmiertes Bunt. Was war grün, was war rot, was war schwarz, was war weiß? Was war oben, was war unten, wer stand wo?

Er hörte Herzog lachen. An seiner Seite.

Und Barbara.

King stand unten vor dem Rotor. Er sah, wie die Maschine immer schneller kreiste, er sah Held, der neben Michelle in verkrümmter, grotesker Haltung an der Wand klebte. Warum trug sein Freund keine Waffe mehr bei sich? Es war etwas Furchtbares, Freunde zu verraten, und King vermutete, daß Herzog für Charly Held inzwischen so etwas wie ein Freund geworden war. Held bewunderte Herzog. Er fing an, ihn nachzuahmen. Was immer Herzog gut oder schlecht fand, Held teilte seine Meinung. Er sprach wie Herzog. Er ging wie Herzog. Er versuchte, wie Herzog zu denken. Vielleicht trug Held keine Waffe mehr bei sich, weil er sich entschieden hatte, im Fall einer Enttarnung durch Herzog oder einen seiner Mitarbeiter nicht mehr um sein Leben zu kämpfen?

Der Rotor war zum Stillstand gekommen. Held taumelte die Holztreppe herunter auf King zu, ließ sich von ihm stützen, murmelte eine Entschuldigung in verdutzte Gesichter, taumelte an seinem Arm weiter, ins Halbdunkel hinter den Buden und röchelte einen schwachen Dank, bevor er endlich alles ausspuckte, was der Schwindel in seinem Magen fand.

King tätschelte seinen Rücken, hielt seinen Kopf, strich ihm das schweißnasse Haar aus der Stirn, öffnete seinen obersten Hemdknopf, fächelte ihm Kühlung zu und führte ihn zu den Stufen eines Wohnwagens. «Tief durchatmen. Entspann dich, Junge!»

«Ach, King.»

«Was ist? Was hast du?»

Die Geräusche des Jahrmarkts wehten zu ihnen herüber. King

setzte sich neben Held. «Ich bin dein Freund, klar? Und so'n schräger Vogel wie ich – wenn ich 'n bißchen nachdenke, kann ich die schlimmsten Geschichten wieder hinbiegen, verlaß dich drauf. Weil ich immer einen Ausweg finde. Also, ich meine, ich könnte in einem abstürzenden Flugzeug sitzen, ja – zwei Meter über dem Boden fällt mir noch was ein, um da heil rauszukommen. Bestimmt, Charly ...»

Held starrte dumpf vor sich hin. Die Staatsanwaltschaft wollte ihm an den Kragen. Von den Kollegen, den Vorgesetzten, rührte keiner einen Finger, um ihm zu helfen. Nur Jan Herzog machte sich Sorgen um ihn, bot ihm Geld an, verhielt sich wie ein Freund. Jan Herzog. Der Mann, den er mit aller Macht hinter Gitter bringen wollte.

Dritter Teil

Das Chamäleon

Anneliese Held hatte sich nie beklagt. Nicht weil sie besonders gut im Erdulden gewesen wäre, sondern weil sie keinen Grund zur Klage gesehen hatte. Sicher, es fehlte ihnen an Geld, die Möbel waren nicht der allerletzte Schrei, eine Tiefkühltruhe hätte vieles erleichtert, aber das Nötigste war immer da – sogar nach den Maßstäben der Wohlstandsgesellschaft, in der sie lebten. Sicher, ihr Mann arbeitete hart und viel, sie ebenso, aber das taten andere auch. Es war so einfach, wie es klang: Sie hatten ein Dach über dem Kopf, sie hatten zu essen und zu trinken, sie hatten beide Arbeit, sie hatten zwei Autos, sie hatten eine wundervolle Tochter, sie hatten einander, und sie waren gesund. Wenn Anneliese Held die Nachbarinnen über den Zaun jammern hörte, alles sei schon wieder schlechter geworden und in diesem Jahr nicht mal ein zweiter Urlaub drin, traute sie sich kaum, ihre eigene Zufriedenheit zuzugeben. Es kam ihr fast albern vor, nicht mehr zu verlangen.

War ihr albern vorgekommen.

Aber der Mann, der ihr jetzt am Eßtisch gegenübersaß und abwesend die Käse- und Wurstscheiben auf dem Brett in der Tischmitte betrachtete, hatte nicht mehr viel mit Charly Held gemein; ihrem Charly.

«Wie geht das?» fragte Bienchen und hielt die kleine bunte Kamera hoch, die ihr Vater mitgebracht hatte. Da Held Löcher in den Käse starrte, hob Anneliese die Kleine seufzend auf ihren Schoß und erklärte ihr die wenigen Einstellungen.

«Hat Papa dir aber was Feines mitgebracht», sagte sie so laut, daß Papa aufwachen mußte.

«Danke, Papa», sagte Bienchen und drückte ihren Zeigefinger neugierig auf das Objektiv. «Du, krieg ich irgendwann auch so'n tolles Fahrrad wie der Blödmann von gegenüber?»

Held sah auf. Er warf seiner Tochter einen fragenden Blick zu und sah dann seine Frau an.

«Der Sohn von dem Zahnarzt», erklärte sie.

«So viel verdiene ich nicht», sagte Held abwesend und ließ sich gegen die Stuhllehne zurücksinken.

Seine Tochter war alt genug für Träume, aber noch nicht zu alt für Ehrlichkeit. «Hättest halt mehr lernen müssen», sagte sie lässig. «Warum hast du nicht?»

Held sah sie müde lächelnd an. Da hatte sie vielleicht recht. Vielleicht hatte er sich für den falschen Beruf entschieden, einen Beruf, der nie mehr erlaubte, als kleine Brötchen zu backen. Finanziell blieb man als Polizist immer auf der Standspur. Ein verfahrenes Beförderungssystem, bei dem es nie um Leistung, sondern nur um die Jahre ging, die man abgesessen haben mußte, möglichst ohne aufzufallen.

Bienchen rutschte vom Schoß ihrer Mutter, ging zu ihrem Vater, drückte ihm einen Kuß auf die Wange und lief mit dem Fotoapparat aus dem Zimmer. Anneliese trank einen Schluck Tee und sah ihren Mann nachdenklich an.

«Ist irgendwas?»

«Was soll sein?»

«Bist du schlechter Laune?»

«Nein.» Er schüttelte den Kopf. «Nur müde.»

«Beim Essen warst du so abwesend.»

«Ach ja?»

«Ja.»

Beide schwiegen. Held drehte seine Teetasse langsam auf dem Holzbrett und drehte sie langsam wieder zurück. Er sah seine Frau nicht an.

«Charly», sagte sie, an ihre Tasse gewandt, «muß ich mir Sorgen machen?»

«Weiß ich nicht», sagte er achselzuckend.

«Weißt du nicht?»

Wieder zuckte er müde die Achseln und knibbelte am Henkel der Tasse.

«Was ist los?» sagte sie.

«Keine Ahnung. Ehrlich, ich weiß es nicht.»

Sie hätte ihn plötzlich am liebsten geschüttelt. Ihn aufgeweckt. Ihn wieder zu einem menschlichen Wesen gemacht. Da allerdings Handgreiflichkeiten nicht zu ihrem ehelichen Repertoire gehörten, nahm sie seine Hand und sagte: «Manchmal glaube ich dir einfach nicht.» Sie sah ihn herausfordernd an. «Was ist los?»

«Zum Teufel, ich weiß selbst nicht, was los ist.» Ärgerlich stand er auf, drehte sich um und starrte aus dem Fenster in den verwilderten Garten.

«Manchmal glaub ich einfach nicht, daß deine dauernden Überstunden wirklich immer nur im Büro stattfinden. Vielleicht liebst du eine andere?»

«Fällt dir nichts Originelleres ein?» Es war ein müdes, gelangweiltes Ausweichen. Keine Empörung. Keine Emotion.

Zahllose einsame Abende und Nächte hatte Anneliese ertragen. Die Hoffnung, bald werde alles vorbei sein, hatte ihr Kraft gegeben. Doch jetzt spürte sie eine zusätzliche Bedrohung, eine Gefahr, mit der sie nicht gerechnet hatte. Ihr platzte der Kragen.

«Ja oder nein? Was ist? Scheiße, Charly, warum sagst du nichts?»

«Was ist das? Ein Verhör?» schrie Held zurück.

«Ich frage dich nur, ob du mit irgendeiner anderen rumbumst.»

Wütend schlug Held mit der Faust auf die Stuhllehne, die krachend wegbrach. «Herrgott, ist das alles ein Schrott hier!»

Er vergrub die Hände in den Taschen und floh zur Terrassentür.

Anneliese stand auf, ging ihm nach und berührte ihn sanft an der Schulter. «Kann ich dir helfen? Sag, wenn dich irgendwas bedrückt, sag es.»

Plötzlich drehte er sich zu ihr herum: «Na, schön», sagte er, «nehmen wir an... ja... ich habe mich in eine andere verliebt.»

Sie erbleichte. «Ist das wahr?»

Er starrte sie an, sah die Fassungslosigkeit in ihrem Gesicht, die Verzweiflung, ihren Schmerz. Er konnte ihr nicht so weh tun. Er konnte ihr nicht die Wahrheit sagen, das schaffte er einfach nicht.

«Nein», sagte er, «aber manchmal hab ich das Gefühl, du *willst*, daß ich ja sage.»

Sie schüttelte fassungslos den Kopf. «Spinnst du?» Was redete er da? Sie suchte in seinem Blick nach irgend etwas Vertrautem, irgendeinem Zugang, aber sie fand nichts. Was war los mit ihm?

Wortlos schloß er sie in die Arme und drückte sie an sich. Sie spürte seine Arme auf ihrem Rücken. Das Gefühl war anders als sonst. Er hielt sie nicht fest. Er hielt sich fest.

Anneliese Held wußte, daß etwas nicht stimmte, aber sie wußte nicht, was. Sie durfte ihren Mann nicht fragen, womit er gerade beschäftigt war, also konnte sie ihn nicht fragen, was ihn beschäftigte. Sein Verhalten bereitete ihr Sorgen, aber sie redete sich ein, alles werde sich zum Guten wenden. Vielleicht war das, was er im Augenblick zu tun hatte, besonders schwierig.

King wußte, daß etwas nicht stimmte. Es gefiel ihm ganz und gar nicht, daß sein Partner die blonde Schnepfe bumste, aber vielleicht gehörte auch das zum Job. Es gefiel ihm nicht, daß Charly seine nette Frau betrog, aber letztlich ging ihn das nichts an. Es gefiel ihm nicht, daß sein Partner für Herzog schuftete wie ein Wahnsinniger, sich mit Bauleitern stritt, die angeblich für immer weniger Arbeit immer mehr Geld sehen wollten, daß er von Styropordämmungen für die Häuser am Alten Markt faselte, vom Stromsparen und von Mieterhöhungen; daß er sich aufführte, als sei er das, was er zu sein vorgab: der Geschäftsführer von Rütli-Properties. Aber vielleicht gehörte auch das zum Job. Vielleicht war all das wirklich noch Teil des Planes – Jan Herzog für den Mord an Otto Tötter in den Knast zu bringen. Vielleicht.

Jürgen Droegel wußte, daß etwas nicht stimmte, aber er wußte nicht, was. Daß Gehlens Exfreundin häufiger eine Nacht in der angemieteten Wohnung des Verdeckten Ermittlers verbrachte, störte ihn nicht sonderlich. Das gehörte zum Spiel. Der gute alte Charly hatte sich verändert, natürlich, aber Droegel beruhigte sich damit, daß der Einsatz Kraft und Nerven kostete, daß es problematisch war, eine neue Identität anzunehmen und trotzdem das Ziel im Auge zu behalten, daß Held durch die neuen Aufgaben unter gewaltigem Druck stand und nur aus diesem Grund aussah wie eine wandelnde Yuppie-Leiche. Die Berichte des VE wurden nicht besser, und was er weitergab, war dürftig – Rütli-Interna, Belangloses, keine Hinweise. Gehlen machte keine Fehler, also konnten sie keine Ergebnisse präsentieren, und dank der übereifrigen Staatsanwaltschaft war die ganze Operation in Frage gestellt. Vielleicht zehrte auch das an Charlys Substanz.

Kilian schließlich stand in jener Ecke, in die man ihn gedrängt hatte, und verteidigte die Operation und seinen VE gegen die Staatsanwälte und gegen die Rechnungsstelle. Er hatte kein gutes Gefühl, aber auf keinen Fall wollte er die Aktion abblasen. Ihnen allen, auch Hauptkommissar Held, war von vornherein klar gewesen, daß sie sich auf ein gefährliches Spiel einließen. Und Held war ein guter Polizist. Ein guter Polizist, der sich nicht von ausgerechnet jenem Mann würde einlullen lassen, der seinen Partner auf dem Gewissen hatte.

Nie im Leben.

Gehlen saß vor Herzogs Schreibtisch, ließ den Cognac im Schwenker kreisen, hörte die Fernsehstimme von rechts an sein Ohr dringen und wartete. Wie so oft. Er hatte gesagt, was zu sagen war, hatte die Unterlagen von Maier auf den Tisch gelegt, die zweifelsfrei bewiesen, daß Kaltenbach Herzog nach Strich und Faden betrog und sich nicht einmal sonderlich viel Mühe gab, das zu kaschieren. Dann hatte er sich hingesetzt und seinen Boß angesehen.

Herzog sah fern. Was über den Schirm flackerte, schien ihn zwar nicht sonderlich zu interessieren, aber immerhin mehr als Gehlens Informationen. Möllbach und der Oberbürgermeister strahlten um die Wette, Lokalpolitiker kämpften verbissen grinsend um einen Platz im Scheinwerferlicht, und Bodyguards hielten nervös nach Frauen mit Glückwunschsträußen Ausschau. Ein unsichtbarer Sprecher berichtete von der Verleihung eines Ordens an den verdienten Staatssekretär Dr. Hans Möllbach, und einen Schnitt später sah man die strahlende Michelle Berger auf die Bühne schweben und hörte die ersten Takte eines unsterblichen Schlagers, ehe der Sprecher einfiel und das schöne Stück mit Belanglosigkeiten aus

Möllbachs Leben zerquatschte. Herzog blickte starr auf den Bildschirm und zog sehr ruhig an seiner Zigarre.

«Was macht man mit so einem Stück Scheiße?» sagte er in Michelles Richtung und meinte Kaltenbach. Er schüttelte nachdenklich den Kopf. «Niemals würde der so was allein riskieren. Ohne Rückendeckung.»

Er warf einen kurzen Blick auf den laufenden Fernseher, griff zur Fernbedienung und stellte den Ton lauter. Auf dem Bildschirm erschien Möllbach, begeistert Michelle applaudierend, die im Festsaal vor ausgesuchtem Publikum einen ihrer alten Schlager sang. Möllbach, den neuen Orden am Revers, lächelte freundlich in die Kamera.

Mit zusammengekniffenen Augen richtete Herzog die Fernbedienung auf den Fernseher, als ziele er auf Möllbach, und stellte ihn mit einer plötzlichen, ruckartigen Bewegung aus. Er stand auf und verließ den Raum.

Im Wohnzimmer wartete Held. Herzog begrüßte ihn herzlich, legte den Arm um Helds Schultern und zog ihn mit sich zum Arbeitszimmer.

«Was soll ich eigentlich in Zürich?» fragte Held leise.

«Du gehst mit den Geldgebern essen, erzählst den Clowns, was sie hören wollen, wie schnell es am Alten Markt vorangeht, wieviel Häuser schon geräumt sind...» Er hielt Held die Tür auf. In dem nur spärlich beleuchteten Raum schichtete Rechtsanwalt Maier säuberlich Bündel von Geldscheinen, die er aus einem versteckten Wandsafe nahm, in einen Aktenkoffer. Um sich Platz zu schaffen, schob er eine Porzellanfigur achtlos beiseite.

«Vorsicht», fuhr Herzog ihn an und nahm vorsichtig die Figur in die Hände. Er betrachtete sie liebevoll. «Hat mich ein Vermögen gekostet. Alles mit der Lupe gemalt.» Er stellte die Figur auf dem Schreibtisch ab, wandte sich zu Held und zeigte auf den bis an den Rand mit Geld gefüllten Koffer: «Kannst du das bei meiner Bank in Zürich einzahlen? Auf dieses Konto?» Er reichte Held einen Zettel.

Held zögerte. Gehlen musterte ihn, wie er einen kurzen Blick auf den Koffer warf und Herzog erwartungsvoll ansah.

«Ist da auch was drin – *pour moi*?» fragte Held.

Maier hörte auf das Geld zu zählen. Einen Moment war es vollkommen still. Herzog starrte Held an. Gehlen warf Maier einen triumphierenden Blick zu. Von Hellberg war zu weit gegangen.

Doch dann, plötzlich, lachte Herzog auf. «Sagen wir: ein viertel Prozent Provision?»

«Ein halbes», entgegnete Held kühl. Gehlen stockte angesichts solcher Unverfrorenheit der Atem, aber Herzog klopfte Held fröhlich auf die Schulter. «Der ist richtig. Klar, Junge. Nicht mal der Tod ist umsonst.» Lachend ging er aus dem Arbeitszimmer.

«Ihre Provision addieren wir später zu dem anderen. Einverstanden?» fragte Maier.

Held zögerte kurz, nickte dann und folgte Herzog.

Gehlen schaute ihm nach. Er war einfach zu glatt, dieser von Hellberg. Er durchschaute ihn nicht.

Maier, der Gehlens feindseligen und zugleich hilflosen Blick registriert hatte, zuckte die Achseln. «Jan schätzt ihn.»

«Ja.» Gehlen seufzte tief. «Was soll man da machen?»

Helds erneute Reise nach Zürich irritierte seine Vorgesetzten. Der Verdeckte Ermittler handelte zunehmend auf eigene Faust. VE-Führer Droegel beruhigte sich selbst, indem er sich daran erinnerte, daß Charly ein Spitzenmann mit gesundem Instinkt sei und garantiert gute Gründe habe, sich über die Dienstanweisungen hinwegzusetzen und ohne Absprache mit ihm, Droegel, eine Reise anzutreten; immerhin koste der Flug nicht den Steuerzahler Geld, sondern diesmal Herzog, also bestand kein Anlaß zu Besorgnis. Das sagte Droegel sich – und rechtfertigte Helds Verhalten anschließend seinem Vorgesetzten Kilian gegenüber. Dessen Reaktion überraschte ihn. Droegel hatte mit einem Donnerwetter gerechnet, aber Kilian beließ es bei einem deutlichen Hinweis auf die Dienstordnung und erklärte dem VE-Führer dann von sich aus, es sei wohl am besten, wenn die Staatsanwaltschaft von der kleinen Eskapade des ihm unterstellten Beamten nichts erfahre, das Ganze also unter ihnen bleibe.

Droegel hatte brav genickt und sich still gewundert.

Man lernte eben nie aus.

Genau das hatte auch Kilian am Vormittag gedacht, und hätte Droegel gewußt, was am Vormittag passiert war, wäre seine Verwunderung über Kilians Reaktion nur halb so groß gewesen.

Doktor Möllbach, Staatssekretär im hessischen Innenministerium, hatte Oberle, den Leiter der Frankfurter Kriminalpolizei, und dessen OK-Dezernatsleiter Kilian zu einer kurzen Unterredung nach Wiesbaden gebeten. Die beiden Herren fanden keine Zeit, vor dem Termin miteinander zu sprechen, denn sie trafen fast gleichzeitig ein und wurden von einer hektischen Sekretärin sofort ins Büro des Staatssekretärs weitergescheucht. Möllbach hatte kurz von einem Stapel Schriftstücke aufgesehen, den er ausgerechnet jetzt, unmittelbar vor der Kabinettssitzung, abzeichnen mußte, und die Herren nicht zum Platznehmen aufgefordert.

Möllbach übersah Kilian geflissentlich und begrüßte Oberle wie einen alten Freund. Er fragte den Kriminalen kurz nach dem derzeitigen Golfhandicap, brachte seinen Respekt zum Ausdruck und seufzte halb scherzhaft, bei ihm sei konditionell momentan keine Verbesserung drin; man saß zuviel als Staatssekretär, man aß zuviel, man trank zu viele Bierchen. Für weitere Höflichkeiten hatte er allerdings keine Zeit, wie er mit einem kurzen Blick auf seine Armbanduhr bemerkte, die ihm fast vom Handgelenk platzte.

«Na schön», sagte er und lächelte die beiden an, «keine langen Vorreden, meine Herren. Wir haben alle wenig Zeit. Operation Bernstein.» Er setzte seine gütige Lehrermiene auf. «Doch alles kalter Kaffee, gell?»

Kilian fiel fast die Kinnlade auf den Schlips, aber auch Oberle war überrascht. «Bitte...», stotterte er. «Wer... behauptet denn...?»

Möllbach winkte jovial ab. «Krauses Zeug über geplante Grundstücksschiebereien am Alten Markt, über angebliche Beteiligung Schweizer Bankhäuser – renommiertester Institute – ich bitte Sie, stammt das alles aus dieser Quelle? Wie?»

Kilian kriegte endlich den Mund wieder zu und gleich wieder auf, um Schlimmeres zu verhindern. «Wir», sagte er, «sind nicht verpflichtet, uns dazu zu äußern», kam aber nicht ganz bis zum Ende seines Satzes, da Möllbach ihn einfach unterbrach, ohne den Blick von Oberle zu wenden.

«Ist der Ermittler noch im Einsatz?» fragte Möllbach.

«Kein Komm...», sagte Kilian.

«Ja», sagte Oberle.

Kilian schenkte sich den Kommentar.

«Ermittler oder Ermittler*in*?» Möllbachs onkelhaftes Lächeln gab Kilian den Rest. Er wurde etwas lauter.

«Ich protestiere, Herr Dr. Möllbach...» Niemand, nicht die Staatsanwaltschaft, nicht die vorgesetzte Dienstbehörde, nicht das Ministerium, hatten das Recht, das OK über laufende oder geplante Einsätze auszuhorchen. Was wollte Möllbach? Sie waren weder ihm noch irgend jemand anderem Rechenschaft schuldig.

«Na, na.» Der Staatssekretär ließ seine dicke Hand beruhigend durch die Luft vor seinem imposanten Bauch wippen. «Hier will doch niemand Ihre Ermittlungen behindern, mein Bester.» Er stutzte kurz und fuhr dann lächelnd fort: *«Laßt Gerechtigkeit walten, auch wenn die Welt einstürzt...»* Er sah Kilian finster an. «Aber Operation Bernstein verschlingt einen Haufen Geld. Dauernd soll ich Mittel nachbewilligen – dabei müssen wir sparen. Eisern.» Er sah Oberle tadelnd an. «Und letzten Endes sind diese ganzen sogenannten Erkenntnisse Ihres Agenten nicht im geringsten überprüfbar. Glaub es oder glaub es nicht. Friß oder stirb – gell?»

Kilian hielt mühsam an sich. «Das uns bereits vorliegende Beweismaterial rechtfertigt meiner Meinung nach durchaus die Kosten bei...»

«Bitte, Bester», unterbrach ihn Möllbach süßlich, «können wir uns auf *Informations*material einigen? Statt Beweismaterial. Nicht aus Übereifer blind werden.»

«Solange mir niemand Salz in die Augen streut.» Kilians Stimme bekam einen aggressiven Unterton.

«Will das einer?» Möllbachs Freundlichkeit war wie weggewischt.

«Bei allem Respekt – ich habe den Eindruck...» Er bemerkte Oberles fassungslosen Blick und verstummte. Möllbach hatte ihn auch so verstanden.

Der dicke Mann sah ihn mit zusammengekniffenen Augen an.

Alle Freundlichkeit und Verbindlichkeit war wie weggewischt. Er musterte Kilian. «Das ist völlig absurd», murmelte er.

Die Sekretärin öffnete die Tür, ohne anzuklopfen, und mahnte ihren Chef mit einer höflich-ungeduldigen Geste zur Eile. Möllbach nickte und begann seine Papiere einzusammeln. Während seine Besucher aufstanden, entschuldigte er sich mit väterlichem Brummen für seine möglicherweise etwas ruppige Art. Er ließ Kilian und Oberle vorausgehen.

«Niemand will Ihnen die Tour vermasseln, meine Herren, aber... die Kosten, die muß nachher natürlich *ich* vertreten.» Er öffnete die Tür. Kilian ging zuerst ins Vorzimmer. Er hörte, wie Möllbach Oberle im Hinausgehen fragte: «Stimmt es, daß die Staatsanwaltschaft augenblicklich gegen Beamte von Ihnen ermittelt?»

«Nein», sagte Oberle tonlos. «Einer meiner Beamten – nur *einer* – soll Drogen an Informanten weitergegeben haben, aber noch besteht kein hinreichender Tatverdacht. Noch ist nicht entschieden, ob...»

«Na ja. Trotzdem, nicht wahr? Ein gefundenes Fressen für die Medien, gell? Darum – bei allem, was Sie unternehmen: Fingerspitzengefühl. Sind wir uns doch einig, gell?»

Möllbach nickte Oberle anerkennend zu, Oberle nickte zurück. Kilian verließ das Büro grußlos.

Oberle holte ihn erst auf der Freitreppe vor dem Ministerium wieder ein: «Kilian!»

Kilian blieb stehen und drehte sich um. Er wartete, bis sein Vorgesetzter keuchend neben ihm stand.

«Dumm von Ihnen! Einen wie Möllbach macht man sich nicht zum Feind.»

«Seit Jahren versuchen wir an Herzog ranzukommen. Endlich sitzen wir an der Quelle – und Möllbach hält alles für kalten Kaffee.» Kilian atmete tief durch. «Sie hätten auf keinen Fall unsere Ermittlungsergebnisse weiterleiten dürfen.»

Oberle hob die Hände. «Du lieber Gott. Ich habe einiges davon erwähnt, um die Erfolgsaussichten von Operation Bernstein zu unterstreichen. Das könnte alles auch bei einem Telefongespräch mitgehört worden sein.»

Kilian blieb abrupt stehen und starrte Oberle an. «Herzog spricht aber nicht am Telefon über seine Schweizer Kontakte.»

«Was blieb mir anderes übrig?» fragte Oberle matt. «Möllbach vertritt die vorgesetzte Dienststelle.» Sie hatten Oberles Limousine fast erreicht. Der Chauffeur sprang aus dem Wagen und riß die Tür auf.

Kilian zögerte kurz, faßte seinen Vorgesetzten am Arm und zog ihn beiseite. «Bei einem Herzog-Fest neulich – wir haben auf Video aufgenommen, wer da alles vorfährt. Dann wollen wir die Kennzeichen überprüfen. Bei einem verweigert Flensburg die Auskunft. Ich protestiere. Daraufhin teilt mir das BKA mit, es würde den Fall übernehmen. Wir schicken brav die Videobänder da hin. Auf dem Weg von Frankfurt nach Wiesbaden gehen die verloren.»

Oberle sah ihn verblüfft an. «Wollen Sie damit etwa sagen...»

Kilian nickte. «Es ist eine Verschwörung! Eine massive Verschwörung!»

«Jetzt machen Sie aber mal einen Punkt. Wir sind hier immer noch in Deutschland. Nicht in Italien. Nicht in irgendeiner südamerikanischen Bananenrepublik.» Oberle schüttelte den Kopf. «Ab und zu ist vielleicht bei uns was nicht in Ordnung, aber früher oder später setzen sich Anstand und Gesetz durch. Und die richtigen Kräfte behalten die Oberhand. Davon bin ich überzeugt. Daran glaube ich.»

Er drehte sich um, ging auf die offene Wagentür zu und ließ sich müde in das Polster fallen. Kilian folgte ihm und beugte sich zu Oberle herunter.

«Der Wagen, dessen Autonummer uns verweigert wurde – wir haben den Besitzer trotzdem rausgekriegt: Möllbach.»

«Also, diese ganze lächerliche Verschwörungstheorie...»

«Wenn man niemandem mehr trauen kann», unterbrach Kilian, «dann wird ein Land gefährlich.» Er warf die Tür zu, und die dunkle Dienstlimousine setzte sich geräuschlos in Bewegung. Kilian sah ihr nach. Er legte die Hand an die Stirn. Sein Kopf schmerzte.

Herzog musterte Goldsteen kühl. Der Amerikaner kaute auf seiner Zigarre und sah ihn böse an. In dem riesigen Konferenzraum, den ihnen Leo Vincente in Florenz zur Verfügung gestellt hatte, war es angenehm kühl. Alle Gespräche am Tisch waren verstummt. Es herrschte ein gespanntes, lauerndes Schweigen. Draußen hing die flimmernde Hitze über den sanften Hügeln von Fiesole. Nur hin und wieder sah man durch die hohen Fenster einen Wächter mit Gewehr und Hund vorbeischlendern. Herzog hatte Goldsteen unmißverständlich klargemacht, daß er die langjährigen gegenseitigen Geschäftsbeziehungen zu beenden wünschte. Es war Zeit für ihn, sein Haus zu bestellen. Leo Vincente versuchte zu vermitteln. Herzog würde ihnen doch gewiß erlauben, in sein Bauvorhaben am Alten Markt zu investieren, um ihre Gewinne aus dem Drogengeschäft sauber zu waschen. Herzog schüttelte den Kopf. Er wolle seinem Sohn einmal ein völlig legales Unternehmen hinterlassen.

Gehlen beobachtete seinen Chef. Er teilte dessen Ansicht nicht. Er empfand Herzogs Verhalten als provokativ. Bei allem Respekt. Solche Dinge brach man nicht übers Knie. Solche Dinge erledigte man vorsichtig. Man verärgerte seine Freunde nicht, jedenfalls keine so mächtigen Freunde wie die Vincentes oder Goldsteen. Und man vertraute nicht einfach irgendeinem aus dem Nichts aufgetauchten Exstasimann einen Koffer Geld an, schickte ihn nach Zürich und versprach ihm Prozente.

King wollte die Abwesenheit von Held nutzen und seine Familie besuchen. Er hatte Sehnsucht nach seiner Frau und seinem kleinen Sohn. Aber gerade als er losfahren wollte, rief Held aus Zürich an. Ob er auch auf Barbara aufpaßte? Er solle sie – bitte – keinen Augenblick aus den Augen lassen. Helds Stimme klang so angespannt, so verzweifelt, daß King seufzend seine Pläne änderte und Barbara vom Friseursalon abholen wollte. Sie war schon weg. Für den Abend, erzählte ihre Kollegin, habe sie eine Verabredung im «Chez Michelle». Mit Gehlen! Held sollte das «Chez Michelle» meiden – aber King konnte da hin. Ronnie hatte ihn nie gesehen. King rief seine Frau an, vertröstete sie auf den nächsten Tag, zog seinen guten Anzug an und fuhr ins «Chez Michelle».

Als er hereinkam, stand Michelle an der Garderobe und telefonierte kichernd – offenbar mit Staatssekretär Möllbach. Es schien ihr zu schmeicheln, daß der mächtige Mann sie Tag und Nacht mit seinen Anrufen verfolgte. King sah sich suchend um. An einem Tisch nahe der Tanzfläche entdeckte er Barbara. Gehlen hatte den Arm um sie gelegt. King steuerte auf sie zu.

«Gehen wir nach Hause, Babs», sagte er und zog sie am Arm vom Stuhl hoch.

«Ich will nicht nach Hause», sagte Barbara irritiert.

«Komm mit!»

«Nein, ich bleibe noch», entgegnete sie scharf.

«Du kommst jetzt mit!» Er riß sie heftig hoch und wollte sie mit sich ziehen. Barbara schlug mit der Handtasche nach ihm. «Laß mich los, du hast mir nichts vorzuschreiben», fauchte sie ihn an.

«Willst du Charly bloßstellen? Vor den Typen da?» Er deutete mit dem Kinn auf Gonzo und Gehlen, die sie amüsiert beobachteten. Barbara riß sich los. «Was ist schon dabei, wenn ich mich ein bißchen amüsiere? Du gehst mir auf den Geist.» Sie ging zum Tisch zurück. Gehlen war aufgestanden. «Irgendwelche Probleme?» Er grinste King an.

Auf Kings Stirn standen kleine Schweißperlen. Wenn es nach ihm ging, sollte die blöde Schnepfe doch machen, was sie wollte, aber Charly hatte ihn aus Zürich angerufen und ihn angewiesen, sie nicht aus den Augen zu lassen. «Nimm deine Tasche und komm», forderte King Barbara auf.

«Belästigt er dich?» fragte Gehlen und legte den Arm um sie.

«Ach was. Er nervt bloß.»

«Hast du gehört, du nervst, also verzieh dich», sagte Gehlen.

Einige Gäste drehten sich zu ihnen um.

«Steh auf, Babs», wiederholte King. Gonzo versuchte ihn zu beruhigen, eines der Mädchen redete Barbara zu, doch mit nach Hause zu gehen. Gehlen drückte Barbara fester, zog ihren Kopf zu sich, als wolle er sie küssen. «Alles ganz harmlos», sagte er und lachte.

Plötzlich sprang King vor, versetzte Gonzo einen Stoß und riß Barbara aus Gehlens Arm. Gonzo fiel zurück auf einen Nachbartisch, Gläser gingen zu Bruch, Stühle polterten um. Gehlen hechtete vor, holte aus und wollte King schlagen, doch ein Gast hatte sich dazwischengeworfen. Frauen kreischten, Kellner kamen herbeigestürmt. Zwei Gäste hielten den tobenden Gehlen zurück. King nutzte das Durcheinander und zog die kreischende, um sich schlagende Barbara mit sich aus dem Lokal.

Als Held aus Zürich zurückkam, wurde der Vorfall mit keinem Wort erwähnt. Was hätte es auch gebracht? Held wäre nur noch eifersüchtiger geworden, und das wollte King dem Freund ersparen. Barbara schien erleichtert, daß er sie nicht verpetzte. Und Held, der blind für alles außer Barbara war, bemerkte nicht mal das blau geschlagene Auge seines Chauffeurs.

Nur als Barbara ihnen an diesem Abend wieder glibbrige Spaghetti servierte, konnte sich King, während er mißmutig die Nudeln in sich hineinstopfte, eine abfällige Bemerkung nicht verkneifen. «Raucht dauernd», brummte er, «tanzt rum wie'n Nachtgespenst, weil ihr Nagellack nicht trocken wird, und kocht auch noch saumäßig. Dusselige Kuh.» Aber Held fuhr ihm sofort über den Mund, er solle gefälligst Barbara in Ruhe lassen, sie sei schließlich nicht ihre Köchin.

In diesem Moment läutete das Telefon. Renate Sames von der Tankstelle informierte Held, das neue Autoradio sei eingetroffen und könne morgen eingebaut werden, wenn er so freundlich sei, den Wagen vorbeibringen zu lassen. Held erschrak. Das bedeutete, er mußte sofort nach Darmstadt. Irgend etwas war geschehen, was seine Anwesenheit zu Hause dringend erforderlich machte. Er ließ sein Essen stehen und erklärte Barbara fluchend, er müsse sich unbedingt an diesem Abend mit einem Bauführer im Büro der Rütli-Properties treffen – nein, King brauche ihn nicht zu chauffieren, er solle unbedingt bei Barbara bleiben.

Eine halbe Stunde später stellte er den Mercedes auf dem Rangierbahnhof ab und stieg eilig in seinen Privatwagen um. Eine weitere Viertelstunde später klingelte er an seiner Darmstädter Haustür. Anneliese Held tappte verschlafen durch die Dunkelheit auf die Haustür zu, sah das besorgte, gehetzte Gesicht ihres Mannes durch den Spion und öffnete.

«Was ist los?» fragte er beim Eintreten.

«Was?» Sie war müde. Sie brauchte Zeit, ihre Gedanken zu ordnen. Wie spät war es? Wie lange hatte sie geschlafen? Sie trat unsicher zurück, während er an ihr vorbei in den dunklen Flur trat. Er roch nach Kälte, nach Nacht und nach Eile.

«Was ist los?» fragte er noch einmal. «Was ist passiert?»

«Bienchen», sagte sie und wurde langsam wach. Weshalb kam er erst jetzt? Vorhin hätte sie ihn gebraucht, vorhin, als der kleine Kopf geglüht hatte und das Fieber immer näher an die 41 auf der Skala herangeklettert war. Es erschien ihr dumm, daß er jetzt kam und sich Sorgen machte, dumm und überflüssig. «Hatte Fieber», sagte sie.

«Wie hoch?»

«Über vierzig. Aber jetzt ist es wieder gefallen.»

«War der Arzt da?»

«Nein. Ich sage dir doch: Es geht ihr wieder besser.»

«Und deswegen holst du mich mitten in der Nacht aus dem Bett?» Sein Tonfall war wie kaltes Wasser in ihrem Gesicht.

«Deine Tochter hat vielleicht hin und wieder mal ein Anrecht auf ihren Vater, findest du nicht? Außerdem – ich habe gegen acht in deiner Dienststelle angerufen. Wenn die dich erst jetzt informieren…» Sie seufzte. «Möchtest du was essen?» fragte sie versöhnlich.

«Um die Zeit?» fuhr er sie an. Erschöpft ließ er sich auf eine Treppenstufe fallen.

Anneliese stand unschlüssig vor ihm. «Weißt du, daß du gestern mit Franz verabredet warst? Zum Fußball?»

«Ich ruf ihn an.»

«Das ist jetzt das vierte Mal, daß du ihn versetzt», sagte sie leise. «Allmählich verlieren wir all unsere Freunde.»

Von oben rief eine wacklige Stimme nach ihrem Papa. Helds gereizter Blick wanderte in Richtung Treppe. Er ging hinauf, ohne seine Frau anzusehen.

Sie ging ins Wohnzimmer und setzte sich in den stillen Raum. Sie schaltete die kleine Lampe neben dem Tisch ein, nicht die Deckenbeleuchtung, und fror. Sie hörte ein tiefes ruhiges Murmeln von oben, sah hinaus in die Dunkelheit, sah ihr schemenhaftes Spiegelbild zwischen den Bäumen, die Haare im Gesicht, die Augen leere Höhlen; ein stummes Gespenst. Sie betrachtete es und empfand tiefes Mitleid.

Als er ins Wohnzimmer kam, wischte sie sich mit den Händen über die Wangen und blieb stumm. Er ging zum Tisch, ohne sie anzusehen, nahm das Bild, das seine Tochter ihm gemalt hatte, und betrachtete es.

«Warum weinst du?»

«Ich habe Angst, Charly.»

«Wovor?» Er sah noch immer das Bild an. Ein schiefes Haus, ein paar Bäume mit langen Haaren, davor drei komische kleine Figuren, die aussahen wie eine Familie.

«Du... du bist so weit. So fremd... Ich... weiß gar nichts mehr von dir.» Er nickte. «Ich möchte dich nicht verlieren.»

Endlich sah er sie an. «Warum sagst du so was?»

Sie zuckte die Achseln und schniefte. «Manchmal fällt mir einfach die Decke auf den Kopf. Es ist – so eine Scheiße.»

Held strich ihr über das Haar. «Wird doch bald vorbei sein.»

«Wird's das?»

«Aber ja.»

«Warum kannst du nicht auch so einen Schreibtischjob übernehmen – wie andere auch – und abends zu Hause sein?»

«Ich spreche mit Kilian.» Held stand auf.

Sie nickte. Das hatte er schon oft gesagt, und sie hatte ihm schon oft geglaubt. «Hab ich schon», sagte sie leise.

«Was?»

«Ich hab mit seiner Frau gesprochen. Sie will mit ihm reden...»

«*Du* hast mit *seiner* Frau gesprochen?» Er stützte sich mit beiden Händen auf die Tischplatte und beugte sich vor. «*Du* sprichst mit der Frau meines Chefs über *meine* Arbeit, ohne *mich* zu fragen?»

Sie sah ihn an und fühlte neuen Zorn in sich aufsteigen. Na und? Für wen tat sie das? Nur für sich? «Ja», sagte sie und hielt seinem Blick stand. «Ja, verdammt. Und?»

«Misch dich nicht in meine Angelegenheiten.»

«*Deine* Angelegenheiten? Sind das nicht vielleicht auch *meine* Angelegenheiten? Du...»

Jan Herzog und sein Team: Sicherheitschef Gonzo Ritzeck, der Herzogs Schlägertruppen ausbildet, Fritz Gehlen, Manager und Geschäftsführer von Herzog-Investments, und Rechtsanwalt Dr. Maier.

Bei einer Geldübergabe im Frankfurter Rotlichtbezirk wird Helds Partner, Otto Tötter, erschossen. Dr. Kilian, Leiter des OK, und Kriminalrat Droegel versuchen Charly Held zu beruhigen. Held gibt sich die Schuld an Tötters Tod: Gegen alle Absprachen hatte er sich von seinem Partner getrennt und ihn allein mit dem Geldkoffer zurückgelassen.

Als verdeckter Ermittler führt Held ein Doppelleben: Zu Hause in Darmstadt lebt er mit seiner Frau Anneliese und Tochter in einem kleinen, bescheidenen Reihenhaus. Anneliese weiß nicht, daß ihr Mann unter dem Namen Karl von Hellberg in Frankfurt ein luxuriöses Leben führt. Sie spürt, daß ihr Mann sich verändert, und ist beunruhigt.

Oben: Gehlen und Herzog stellen Held vor die Wahl: Entweder er arbeitet weiterhin für sie oder sie zeigen ihn an, weil er sich von Spielclubs schmieren läßt.
Unten: Eine Hand wäscht die andere – schon vor dreißig Jahren, als Leiter des Ordnungsamtes, hat Möllbach dem Bordellbesitzer Herzog Gefälligkeiten gegen «kleine Geschenke» erwiesen.

Herzog genießt die Aufmerksamkeit, die seine Geliebte, die Schlagersängerin Michelle, erregt. Doch ihre große Zeit ist vorbei, und mit dem langsamen Verblassen ihrer Berühmtheit schwindet auch Herzogs Interesse.

Erich Grobecker, genannt ‹King›, wird Helds neuer Partner. Der frühpensionierte Polizist spielt den Chauffeur und Bodyguard.

Oben: In nur zwei Monaten wird King auf seine Rolle vorbereitet. Die Ausbildung zum verdeckten Ermittler dauert normalerweise zwei Jahre.
Unten: King setzt Möllbach unter Druck: Wenn er nicht auspackt und gegen Herzog aussagt, werden all seine korrupten Machenschaften an die Öffentlichkeit gebracht.

Als ehemaliger Stasioffizier Karl von Hellberg, der über brisantes Informationsmaterial verfügt, schleicht sich Held in Herzogs Imperium ein.

Oben: Herzog spricht Leo Vincente sein Beileid aus. Vincentes Bruder, Statthalter der italienischen Mafia in Frankfurt, ist bei einem mysteriösen Unfall ums Leben gekommen. Unten: Ein Streifschuß hat Herzog am Kopf verletzt. Nur knapp ist er dem gezielten Schuß des Scharfschützen entkommen, der ihm vor dem «Chez Michelle» aufgelauert hat. Herzog vermutet die Italiener hinter dem Anschlag.

Oben: Michelle Berger, Schlagersängerin und Geliebte von Herzog, führt den edlen Nachtclub «Chez Michelle». Der Club wird von Herzog finanziert.
Unten: Herzog will den verdeckten Ermittler für sich gewinnen, ihn weiter für sich arbeiten lassen.

Held hat sich in Barbara, Gehlens Exfreundin, verliebt. Er verfällt der schönen, kapriziösen Frau immer mehr, beschenkt und verwöhnt sie.

Herzog setzt Michelle auf Hans Möllbach an. Seine Geliebte soll ein Verhältnis mit dem Politiker eingehen, damit Herzog im Notfall Druck auf ihn ausüben kann.

Oben: Herzog unterstützt den Wahlkampf seines alten Freundes mit einer großzügigen Spende.
Unten: Möllbach zitiert Oberle zu sich. Von dem Leiter der Kripo erhofft er sich Informationen über Operation Bernstein.

Oben: Herzog-Investments – die legale Fassade von Jan Herzog. Von hier aus regiert er sein riesiges Firmenimperium.
Unten: «Warum leckt ein Rüde sich die Eier? Weil er's kann.»

Herzog ist aus der Untersuchungshaft entlassen und stellt sich den Fragen der Journalisten. Er muß eine hohe Steuernachzahlung leisten, aber sonst kann ihm nichts nachgewiesen werden.

Jan Herzog ist in Schwierigkeiten: Die Mieter am Alten Markt prozessieren und räumen ihre Wohnungen nicht. Der Abriß der Gebäude ist gestoppt.

«Ich weiß nicht, wo mir der Kopf steht, und du...»

«Red doch nicht so einen Scheiß», fiel sie ihm ins Wort. «Bist du lieber weg von zu Hause? Das ist doch alles Scheiße.»

«Mußt du so oft Scheiße sagen?»

Ihr stockte der Atem. «Wie bitte? Was war das?»

«Du sollst nicht so oft Scheiße sagen.»

Anneliese sah ihn fassungslos an. «Wir sind zehn Jahre zusammen», sagte sie, «und ich habe immer so geredet. Und es hat dich nie gestört.»

«Scheiße ist vulgär», entgegnete Held kühl.

«Auf einmal findest du es vulgär?» Sie wandte sich ab und vergrub das Gesicht in den Händen. «Herrgott, was ist bloß los mit uns? Dieser verdammte Fall macht alles kaputt.» Schluchzend ging sie ins Wohnzimmer und ließ sich aufs Sofa sinken.

Der Kloß in ihrem Hals ließ sich nicht wegschreien. Worte reichten nicht. Sie stützte sich mit den Ellenbogen auf den Tisch, vergrub das Gesicht in den Händen und hörte sich schluchzen wie aus weiter Ferne. Sie konnte nicht anders. Sie wollte nicht schwach sein, wollte lieber schreien und um sich schlagen und jemandem weh tun, aber sie konnte nicht.

Endlich, eine Ewigkeit später, spürte sie seinen Arm auf ihrer Schulter, ließ sich festhalten und schluchzte weiter, weinte den Kloß kaputt. Hörte seine Stimme, die beruhigend klang, sein Versprechen, er werde ein paar Tage frei nehmen, gleich am nächsten Wochenende, mit ihr wegfahren, hörte ihn von irgendeinem Hotel reden, das ein gemeinsamer Freund irgendwann erwähnt hatte, von Spaziergängen und gemütlichen Abenden zu zweit. Sie weinte, hielt ihn fest und redete sich Hoffnung ein.

Hotte hob seine Karten auf. Mißmutig schaute er in die Runde. «Seid ihr drin oder draußen?»

«Mein Blatt riecht nach Full house», prahlte Wessel.

«Meins riecht nach Scheiße.» Hotte schmiß die Karten auf den Schreibtisch und ging aus dem Büro. Auf dem Flur stieß er mit Krümel zusammen, der gerade aus dem Archiv kam. Der jüngere Polizist stolperte und ließ eine Akte fallen. Berichte, Fotos, Unterlagen flatterten auf den Boden. Schimpfend hockte Krümel sich hin und sammelte die Papiere ein. Rüdiger trat hinter ihn und schaute interessiert auf die Unterlagen. Krümel sah hoch und deutete dann auf ein Foto. «Erinnerst du dich noch an Lasky?» flüsterte er. «Den Mord an Otto? Scheint so, als hätten wir den Komplizen. Ronnie, der Bruder von dieser Schlagersängerin.» Rüdiger nickte interessiert, sagte aber nichts.

Der Anruf, auf den Gehlen so lange gewartet hatte, kam am Montag gegen sechzehn Uhr. Und obwohl sein Informant ihm noch immer nicht sagen konnte, wie der auf Herzog angesetzte Beamte hieß, hatte er etwas anderes, ebenfalls sehr Wichtiges herausgefunden.

Gehlen sagte seinen letzten Termin für den Nachmittag ab, ging in Herzogs Büro und gab die Information weiter.

Herzog nickte und griff zum Telefon. Er sprach nur kurz mit Gonzo, sagte dem Schläger, er solle mit einem seiner Freunde in einer Dreiviertelstunde im «Chez Michelle» sein, stand auf und ging hinaus. Die Sekretärin fragte, ob er den Termin mit Herrn von Hellberg vergessen habe; Herzog stutzte und murmelte dann, sie möge ihn bitten, ins «Chez Michelle» zu kommen.

Ronnie Berger konnte nicht singen, aber ganz passabel summen. Das tat er, während er mit steifem Nacken die schwere Scheibe von einem der Scheinwerfer auf der kleinen Bühne im «Chez Michelle» abnahm und die versengte Röhre vorsichtig aus der Fassung zog.

Das Summen blieb ihm im Halse stecken, als er hinter sich Schritte hörte. Er drehte sich halb um und sah mit zusammengekniffenen Augen in das trübe nachmittägliche Dunkelgrau neben der Bar. Drei Schatten lösten sich aus dem Schatten und wurden zu Menschen. Gehlen, Gonzo und ein Hüne, der vor Kraft kaum laufen konnte – Herzogs Bodyguard. Ronnie ließ Luft ab.

«Meine Fresse, habt ihr mich erschreckt», sagte er, aber auch die Erleichterung blieb ihm im Halse stecken, als ein vierter Schatten aus dem Grau trat und zu Jan Herzog wurde.

«'n Abend, Ronnie», sagte Herzog und kam näher.

Ronnie war zu perplex, um etwas erwidern zu können.

«Du betrügst mich», sagte Herzog, ohne die Stimme zu heben.

«Was? Aber...» Ronnie sah von Gonzo, der inzwischen die Bühne betreten hatte, zu dem anderen Burschen und wieder zu Herzog. «Wie kommen Sie denn... auf so was, Herr Herzog? Ich habe nichts getan, was Sie verärgern könnte.»

«Nein?» Herzog zog einen Stuhl beiseite und setzte sich. «Nicht mit Lasky gekungelt? Keinen Bullen umgelegt, bloß um mich in Schwierigkeiten zu bringen?»

Held hatte die Bar durch den Vordereingang betreten. Obwohl sie heute Ruhetag hatten, war die Tür unverschlossen gewesen. Jetzt stand er atemlos in einer dunklen Ecke und hörte zu.

«Ich bin unschuldig, Herr Herzog», stammelte Ronnie.

«Erzähl mir nicht so was, Freundchen», sagte Herzog ruhig. «Das beleidigt meine Intelligenz.»

Gonzo packte Ronnie bei den Haaren, riß ihm den Kopf in den Nacken und stieß ihn mit Wucht gegen die Wand. Die Scheibe fiel zu Boden und ging krachend zu Bruch. Gonzo nahm Ronnies Stöhnen zum Anlaß, den Kopf noch einmal zurückzuziehen und erneut gegen die Wand zu stoßen. Dann riß er ihn wieder hoch und hielt ihn seinem Boß hin.

«So leicht täuscht man mich nicht! Wer hat die Idee gehabt, den Verdeckten Ermittler kaltzumachen?»

Held erstarrte. Der Hals war ihm wie zugeschnürt. Er glaubte, sein Herz schlagen zu hören. Seine Gedanken rotierten.

«Sollte die Polizei gegen mich ermitteln?» fuhr Herzog kühl fort. «Sollte ich denken, daß Vincente dahintersteckt?»

Ronnie röchelte. Herzog beugte sich zu ihm hinunter. «Pack aus, Ronnie! Jetzt ist die Stunde der Wahrheit.»

Ronnie stöhnte nur. Gonzo drehte seinen Kopf zu sich herum und schlug ihm mit der Faust ins Gesicht. Dann ließ er ihn zu Boden sacken.

Herzog schüttelte ungerührt den Kopf. «Wer hat dich in den Knast reingeschleust, damit du Lasky kaltmachst?»

Gonzo versetzte dem auf dem Boden gekrümmten Ronnie einen Tritt in den Magen. Ronnie jaulte auf. Herzogs Blick fiel auf Held.

«Charly», sagte er, «komm her.»

Held blieb etwa einen Meter von den dreien entfernt stehen. Herzog begrüßte ihn mit dünnem Lächeln. «Wir haben eine Menge zu besprechen, aber vorher muß ich mich mit dem hier befassen.» Er deutete voller Verachtung auf Ronnie.

«Komm ruhig näher, Charly. Guck ihn dir an. Versucht mich reinzulegen.»

Ronnie keuchte. «Nein – nein», beteuerte er heiser.

Gonzo drehte ihn in die richtige Position und schlug ihm mit der linken Faust ins Gesicht. Hart. Es knackte laut, und Helds scharfes Einatmen ging in Ronnies Schrei fast unter. Herzog ignorierte beides.

«Warum die Schießerei vor dem ‹Aphrodite›-Club? Ich weiß alles, Ronnie, siehst du? Warum sollte ich glauben, die Italiener stecken dahinter?»

Ronnie hielt sich röchelnd die Nase und wollte vielleicht sogar etwas sagen, aber er war zu langsam. Diesmal schlug Gonzo ihm in den Magen. Ronnie klappte ächzend zusammen.

«Wer wollte uns aufeinanderhetzen? Raus mit der Sprache, Ronnie. Wer hat das Lokal von Vincente angezündet?» fragte Herzog ungerührt weiter.

Ronnie murmelte etwas und spuckte Blut.

Herzog seufzte. «Du bist der Bruder meiner Freundin, Ronnie, ich werde mir an dir nicht die Hände schmutzig machen – also hab keine Angst. Du fliegst raus, und damit basta. Mehr passiert dir nicht. Aber pack endlich aus! Wer steckt hinter allem?»

Ronnie gab ein paar unverständliche Laute von sich.

«Was?» sagte Herzog. «Du mußt lauter reden. Ich versteh dich nicht!»

«Kaltenbach», schrie Ronnie und spuckte Blut auf den Holzboden. «Kaltenbach.»

«Rudi Kaltenbach?» Herzog runzelte die Stirn. «Und wer gibt die Befehle? Wer zieht in Wahrheit die Fäden?»

Ronnie keuchte. Herzog gab Gonzo ein Zeichen, und Gonzo kam dem Befehl sofort und ersichtlich erfreut nach. Ronnie hatte offenbar nicht damit gerechnet, daß jemand ihm in den Bauch treten würde, den er sich gerade hielt. Sein Schrei ging direkt in die Antwort über.

«Goldsteen!» jaulte er. «Jerry Goldsteen!»

Herzog atmete tief durch. Das Konto von Goldsteen geriet mehr und mehr ins Soll. Unvermutet stand Herzog auf.

«Ich brauche deine Unterschrift für eine Zahlungsanweisung, Charly. Gehen wir nach nebenan.»

Held folgte ihm zur Garderobe. In der Tür drehte sich Herzog noch einmal um. «Warum, Ronnie? Warum?»

Traurig und enttäuscht sah er auf den zusammengekrümmten Ronnie, der in seinem Erbrochenen auf dem Boden lag und schluchzte. Warum hatte der Mann ihn verraten? Er behandelte seine Leute doch gut. Warum tat Ronnie so etwas? «Du bist entlassen», sagte Herzog. «Verpiß dich, und laß dich hier nie wieder blicken.»

Dann wies er formvollendet auf die offene Garderobentür, sah Held freundlich an und sagte: «Bitte, Charly. Nach dir.»

Schweigend fuhren Held und King am nächsten Tag zum verabredeten Treffen am Ausflugslokal «Johannisberg». Held saß zusammengekauert auf dem Rücksitz. King drehte sich nicht um. Er dachte an den gestrigen Abend. An das dunkle Wohnzimmer, in das er nachts getappt war, weil er nicht schlafen konnte. Er hatte Held erst bemerkt, nachdem er ans Fenster getreten war, einen Blick auf die schlafende Stadt geworfen und sich umgedreht hatte.

Neben dem Sessel standen ein leeres Whiskyglas und eine halbleere Flasche. Ob er auch nicht schlafen könne, hatte King Held gefragt. Nein. Schweigen, ein Griff nach dem leeren Glas, ein Blick hinein, weiter nichts, zu erschöpft zum Nachschenken.

Er war es nicht.

Wer war was nicht?

Herzog war es nicht.

Nicht Herzog hatte Otto auf dem Gewissen. Sie hatten den Falschen gejagt.

King bog auf den Parkplatz ein. Fröhliche Wanderer mit Rucksäcken und Spazierstöcken kehrten in das Ausflugslokal ein. Kinder tobten laut kreischend über die Wiese.

Renate Sames lehnte sich entspannt an die Brüstung des Aussichtspunktes und aß ein Eis. Lässig drehte sich die einsame Spaziergängerin nach allen Seiten um, als würde sie auf jemanden warten.

King parkte den silbernen Mercedes.

Kilian und Droegel erwarteten sie bereits. Held stieg aus, begrüßte sie und setzte sich auf den Beifahrersitz. Droegel und Kilian nahmen auf der Rückbank Platz. Droegel hielt ein altes Tonbandgerät auf den Knien.

«Rausgekriegt haben wir's durch die Telefonüberwachung», sagte Kilian. Droegel drückte einen Knopf. Deutlich waren Rüdigers und Gehlens Telefonstimmen zu hören.

«Lasky?» fragte Gehlen.

«Ich weiß jetzt, wer sein Komplize war: Ronnie», flüsterte Rüdiger.

«Ronnie Berger?»

«Der Bruder von Michelle – genau.»

«Konnten Sie inzwischen den Verdeckten Vermittler identifizieren, der auf Jan Herzog angesetzt ist?»

Das Band knisterte. Eine lange Pause entstand. Rüdiger räusperte sich. «Nein», sagte er zögernd.

Kilian drückte die Stop-Taste.

«Rüdiger», sagte Held tonlos und starrte durch die Windschutzscheibe nach vorn.

Kilian nickte. «Arbeitet nebenbei für die Detektei von Gehlen.»

«Rüdiger kenne ich seit fünfzehn Jahren.» Held schüttelte ungläubig den Kopf. «Habt ihr ihn euch geschnappt?»

Kilian schwieg mehrere Sekunden. «Heikel», sagte er schließlich. «Da müssen wir sehr sensibel rangehen.»

Held starrte ihn an. «Was heißt das?»

«Strenggenommen haben wir nichts gegen ihn in der Hand. Juristisch», erklärte Kilian. «Die Telefonüberwachung war nur im Zusammenhang mit etwaigen Rauschgiftgeschäften genehmigt. Bei allem, was wir sonst erfahren, müssen wir weghören – wissen Sie doch selbst...»

Held legte die Hände an die Schläfen. Er atmete tief aus. «Dann läuft ein Verräter also weiter frei herum?» sagte er langsam. Seine Stimme klang erschöpft.

Kilian zuckte die Achseln. «Nicht mal entlassen darf ich ihn. Da würde der Personalrat nicht mitspielen. Vorerst bleibt der weiter an seinem Schreibtisch.»

Held öffnete die Wagentür, stieg aus und entfernte sich ein paar Schritte. Droegel und Kilian sahen sich an, dann stieg Droegel ebenfalls aus und ging Held nach. Vorsichtig legte er ihm den Arm um die Schultern.

«Kannst du mir verraten, wer zum Teufel da eigentlich mit wem was anstellt?» fragte Held leise. Er sah Droegel an. «Rüdiger lassen sie unbehelligt, aber mir will die Staatsanwaltschaft an den Kragen.»

«Noch hat Rüdiger dich nicht verpfiffen», versuchte Droegel ihn zu beruhigen.

«Noch», sagte Held.

Blaß und übernächtigt saß Held im Großen Sitzungssaal der Staatsanwältin Brant und Oberstaatsanwalt Holzer gegenüber.

Auf ein persönliches Verhör hatten sie nicht verzichten wollen, obwohl Kilian scharf protestiert hatte. Was für ein Risiko, welche Gefahr das Erscheinen im Präsidium für Held bedeuten konnte, darüber schien sich die Staatsanwaltschaft keine Gedanken zu machen.

Über eine Tiefgarage und unterirdische Gänge war Held ins Präsidium gelotst worden. In seiner alten Lederjacke und den verwaschenen Jeans war er kaum wiederzuerkennen.

Die Staatsanwältin sah ihn prüfend an. «Es stimmt doch, daß sehr viele Informanten süchtig sind?»

«Kann sein.» Held zuckte mit den Schultern.

«Und Sie benutzen sie als Informanten?»

«Dürfen wir nicht. Soll ich Ihnen mal die Richtlinien zur Führung von V-Personen besorgen?»

Oberstaatsanwalt Holzer zog die Augenbrauen hoch. «Aber Sie können nicht ausschließen, daß Ihr verstorbener Kollege Informanten mit Drogen versorgt hat?»

«Das will ich nicht ausschließen.»

«Öfter?»

«Vielleicht einmal?»

Frau Brant blätterte in Notizen. «Sie haben das nie getan?»

«Nein», antwortete Held.

«Sie haben sich nichts zuschulden kommen lassen? Da sind Sie sich sicher?»

«Ja.»

Holzer zog ein Protokoll aus einem der Ordner, die vor ihm lagen. «Sie haben die Aussage dieser V-Person gelesen, dieses Transvestiten – ich frage Sie noch einmal, Herr Held, ob irgendwas davon wahr ist.»

Held schüttelte den Kopf. «Nichts.»

«Nicht eine Einzelheit?»

«Kein einziges verdammtes Wort.» Er musterte Holzer provozierend. «Was hat ihm die Sitte für seine Aussage versprochen?»

Frau Brant erstarrte. Nach einer Weile sagte sie: «Hauptkommissar Held hat viel Humor.»

Holzer nickte. «Den Eindruck habe ich auch.»

Als Held den Raum verließ, schlug ihm auf dem Flur fröhliche Musik entgegen. Er hörte lautes Gelächter. Offenbar wurde eine Beförderung gefeiert.

Eines der Büros war mit Papiergirlanden geschmückt; Kerzen brannten, und auf den Schreibtischen standen Platten mit belegten Brötchen. Hotte prostete Held mit der Bierflasche fröhlich zu und wandte sich dann wieder zwei Sekretärinnen zu, denen er großspurig von seinen Heldentaten bei Polizeieinsätzen erzählte. In dem allgemeinen Stimmengewirr hörte Held auch Rüdigers Stimme. Aufgebracht berichtete er von einer blödsinnigen Anfrage der Rechnungsstelle. Bei einer Observierung hatte es sechs Teams gegeben – immer zwei Leute in einem Fahrzeug. Nun wollte die Rechnungsstelle wissen, warum sie nicht einen Bus gemietet hatten. Bei zwölf Personen wäre das doch billiger gewesen. Brüllendes Gelächter antwortete ihm.

Held ging schnell weiter. Rüdiger wollte er auf keinen Fall begegnen. Auf dem dunklen Büroflur spielte ein kleiner Junge. Er hockte auf dem Boden und bastelte an einem Spielzeugauto. Plötzlich hörte Held eine Stimme hinter sich:

«He, Charly, was treibst du so?»

Rüdiger kam mit einer leeren Platte auf ihn zu. «Du siehst schlecht aus. Hast du abgenommen?»

Held wich einer Antwort aus, gratulierte ihm zur Beförderung und strich dem kleinen Jungen über den Kopf. «Meine Frau besucht ihre Mutter», erklärte Rüdiger, während er frische Roastbeef-Brötchen holte, «da habe ich ihn mitgenommen.»

Er hielt Held am Arm fest. «Du gehst nicht. Jetzt wird gefeiert.» Er zog ihn mit sich, wie immer herzlich und aufgeschlossen.

Held erinnerte sich daran, wie er Rüdiger kennengelernt hatte. Er war noch bei der Streife gewesen. Ein paar besoffene Schläger hatten ihn fertigmachen wollen; er lag schon am Boden, da hatte Rüdiger ihn rausgehauen.

Kilian setzte sich neben Held auf die Treppenstufen und zuckte bedrückt mit den Schultern. «Er war ordnungsgemäß zur Beförderung vorgeschlagen», sagte er leise. «Personalrat hat zugestimmt. Also müssen wir ihn befördern, sonst würde irgend jemand was merken.»

Beide sahen zu Rüdiger hinüber, der fröhlich Renate und eine Sekretärin umarmt hatte und mit ihnen einen neuen Tanzschritt probierte.

In seinen letzten Lebensstunden war Ronnie Berger mit sich und seinem Schicksal im reinen. Wie jeder Mensch, der seine Situation mangels Phantasie völlig falsch einschätzt, war er im großen und ganzen zufrieden mit dem Lauf der Dinge. Herzog hatte ihn nicht umgebracht. Er, Ronnie, hatte nicht allzu teuer bezahlt für den Spaß. Eine Gehirnerschütterung, na ja, ein angebrochenes Nasenbein, Beulen am Kopf und Platzwunden, na ja. Schmerzhaft, aber gnädig. Er hatte mit Schlimmerem gerechnet.

Michelle hatte ihm Geld geben wollen, aber das wollte er nicht. Sie wußte nicht, weshalb Herzog sauer war und Ronnie gefeuert hatte. Darüber sprach man nicht mit ihr. Das war eine Sache unter Männern.

Fröhlich pfeifend stieg er die steile Treppe in dem alten Mietshaus hinauf. Sein Arm hing in einer Schlinge, und Pflaster verdeckten die frisch genähten Narben an seinem Kopf. Trotzdem war er bester Laune. Er hatte die Lage fest im Griff. Am Nachmittag hatte er Kaltenbach aufgesucht und ihm erzählt, daß er seinen Job im «Chez Michelle» geschmissen hatte. Kaltenbach war erst mißtrauisch geworden und hatte gefragt, ob er bei Herzog ausgepackt hätte. Ronnie grinste jetzt noch über Kaltenbachs ängstliches Gesicht. Er war schier ausgerastet, als er den Namen Goldsteen erwähnt hatte. Den solle er nie wieder in den Mund nehmen, hatte Kaltenbach ihn angeschnauzt. Und dann hatte er Ronnie geraten, nach Hause zu gehen, ein paar Tage zu warten, er würde mit den Freunden reden, ein Job würde sich schon finden.

Seine Feinde schätzte Ronnie Berger halbwegs richtig ein. Seine Freunde nicht.

Ronnie zog den Wohnungsschlüssel aus der Tasche. Als er die Wohnungstür erreichte, ging das Licht aus. «Mist», murmelte er und tastete sich zu dem rot leuchtenden Schalter an der Wand vor. Als er ihn fast erreicht hatte, verschwand das Rot, und das Licht ging wieder an. Auf dem Schalter lag eine Hand. Ronnie war zu verdattert, um etwas zu sagen. Vor ihm stand Goldsteens riesiger Bodyguard. Am Ende des Flurs wartete ein zweiter.

«Ich versteh das», sagte Herzog vom Rücksitz des Rolls-Royce zu seinem Fahrer und zündete sich eine Zigarre an. King nickte, betrachtete aus dem Fenster den Eingang des «Aphrodite»-Clubs, in dem Gonzo vor einigen Minuten verschwunden war, und murmelte «Danke».

«Du hast gedacht», fuhr Herzog versöhnlich fort, «jemand wollte die Freundin von deinem Chef belästigen. Verstehe ich ja, King.» Er blies eine Rauchwolke in den Wagenhimmel. «Aber darum keilt man doch nicht gleich los. Was macht denn das für einen Eindruck? Mitten im Lokal von Michelle?»

King nickte. Vor zehn Minuten hatte er Gonzo die Hand reichen müssen, um sich zu vertragen. Dann hatten Herzog und sein Schläger die lustige Party in der Kegelbahn verlassen. Held hatte genickt, als Gonzo King aufgefordert hatte, mitzukommen. Warum, wußte er nicht. Er ärgerte sich, weil er lieber mit den Mädchen weitergefeiert hätte. Jetzt sah er Gonzo und Kaltenbach aus dem Club kommen. Gonzo hatte den Geschäftsführer untergehakt und bugsierte ihn lächelnd auf den Rolls zu. Kaltenbach wirkte nicht sonderlich begeistert. Er protestierte und versuchte vergeblich, sich loszumachen.

Gonzo öffnete die Tür und warf Kaltenbach auf den Rücksitz. Dann setzte er sich neben ihn und zog die Tür zu.

«Gott verdammt, ihr Kerle schleppt mich von 'nem Mordsblatt weg – oh, hallo, Jan!» Kaltenbach lächelte gequält.

«Mein Freund King – Rudi Kaltenbach», stellte Herzog höflich vor. Er gab King ein Zeichen, loszufahren. Langsam setzte sich der Wagen in Bewegung. Kaltenbach sah gehetzt von einem zum anderen. «Gibt's ein Problem?»

«Wir wollen nur ein wenig mit dir schwatzen, Rudi. Was bist du denn so nervös?» Herzog schlug ihm fest auf die Schulter und lächelte.

Kaltenbach sah ihn mißtrauisch an. «Moment, wo wollt ihr eigentlich hin? Ich zahl euch doch pünktlich aus. Ich ...»

«Hat einer gesagt, daß wir dir ans Leder wollen?»

Kaltenbach zog ein Taschentuch heraus und tupfte sich den Schweiß von der Stirn. «Ich weiß nicht, aber ich habe den Eindruck, du ...»

«Was könnte mir denn stinken?» fiel ihm Herzog ins Wort. «Du sagst, deine Weste ist weiß. Warum sollte ich dir nicht trauen? Ich kann dir doch trauen?» Seine Stimme bekam einen gefährlichen Unterton.

«Aber ja doch – Ehrenwort.» Kaltenbachs Mundwinkel flatterten. Auf seinem Hemd erschienen Schweißflecken.

«Wieviel verdienst du?»

«Wieso? Du weißt doch, was ich verdiene, Jan.»

«Reicht's dir nicht?»

«Klar reicht's mir. Ich kann mich nicht beklagen.» Kaltenbach rang sich ein Lächeln ab. Panisch sah er immer wieder nach draußen. Der schwere Rolls glitt langsam stadtauswärts.

King beobachtete Herzog im Rückspiegel.

«Na komm», beharrte Herzog. «Manchmal braucht man halt ein bißchen mehr und hält was zurück. Man denkt, keiner kriegt's mit.»

«Ich habe euch nie beschissen.» Kaltenbachs Stimme kippte vor Nervosität um, er quiekte schrill.

«Vielleicht», erwiderte Herzog seelenruhig, «hast du's getan, weil du das Mädchen verwöhnen willst, dem du eine Wohnung gemietet hast. Glaubst du, davon erfahre ich nichts?» Seine Stimme wurde schneidend. «Glaubst du, ich weiß nichts von dem neuen Auto und dem Schmuck, den du deiner Hure schenkst?»

«Ja, ja, klar...», stotterte Kaltenbach.

«Was? Du mußt lauter reden! Ich verstehe dich nicht.» Herzog beugte sich bedrohlich vor.

Kaltenbach rutschte tiefer in den Sitz. «Na schön. Vielleicht habe ich hier und da ein bißchen Rahm abgeschöpft. Aber wirklich nur ein bißchen.» Er sah Herzog flehend an. «Scheiße, ich wollte euch bestimmt nicht reinlegen. Ihr seid schließlich meine Freunde. Seid ihr doch, oder?» Er sah Herzog an, dann Gonzo.

Gonzo grinste breit. «Klar, du bist hier unter Freunden.» Er lachte laut auf. King sah ihn verstört an.

Kaltenbach reagierte erstaunlich schnell. Ehe Gonzo begriff, was passierte, hatte Kaltenbach die Tür aufgestoßen und sich ins Freie geworfen. King bremste sofort. Zwanzig Meter hinter dem Rolls rappelte Kaltenbach sich vom Asphalt hoch und rannte. Gonzo nahm die Verfolgung auf. Er holte Kaltenbach ein, trat ihm von hinten in die Beine und ließ ihn hart aufs Pflaster schlagen. Dann packte er seine Beute gleichgültig beim Kragen, schleifte sie zurück zum Rolls wie ein heruntergefallenes Gepäckstück und warf sie wieder auf den Rücksitz. Er schloß die Tür, klatschte sich imaginären Schmutz von den Händen und sagte zu King: «Fahr weiter.»

Kaltenbach blutete aus der Nase. Er schniefte und hob abwehrend die Hände. «Okay», winselte er in Herzogs Richtung. «Ist gut. Alles klar. Ich... ich gleiche das Konto aus, weil, ich weiß die Konten... müssen ausgeglichen sein, ja, wie du immer sagst, Jan, und ihr fahrt mich zurück. In den Club. Und ich geb 'ne Runde aus.

Und wir... reden. Über alles. Ja? Jan, ich... ich geb dir, was dir zusteht. Versprochen.» Er streckte Zeige- und Mittelfinger aus. Beide zitterten, wie seine Stimme. «Ich schwöre.»

Herzogs Zigarre war ausgegangen. Er riß ein Streichholz an, brachte sie wieder zum Brennen und sprach, ohne Kaltenbach anzusehen. Jede Freundlichkeit war aus seiner Stimme gewichen.

«Du Schlappschwanz hättest so was nie ohne Rückendeckung riskiert. Für wen arbeitest du?»

Kaltenbach schrie laut auf, als Gonzo ihm den rechten Arm zwischen die Schulterblätter drehte.

«Wer», paffte Herzog, «hat dir gesagt, ich hätte nicht mehr alles im Griff? Keinen Mumm mehr in den Knochen? Wer, Rudi?»

King schwitzte. Er wußte nicht, was er tun sollte. Weiter den gehorsamen Chauffeur spielen oder seine Dienstmarke herausholen, Herzog und Gonzo verhaften und Operation Bernstein beerdigen. Er hörte Herzog sagen: «Ich weiß Bescheid, Rudi, aber ich will die Wahrheit von dir hören», und beschloß, erst mal abzuwarten. Gonzo bedeutete ihm, auf ein altes, leerstehendes Fabrikgelände einzubiegen.

Sie wurden bereits erwartet. Zwei von Gonzos Männern standen lässig, mit Baseballschlägern bewaffnet, an ihr Auto gelehnt.

Gonzo riß Kaltenbach aus dem Wagen. King drehte sich um. Er sah, wie die beiden Schläger den zappelnden, um sich tretenden Kaltenbach packten und in die alte, verfallende Fabrikhalle zerrten. Herzog folgte ihnen in einigem Abstand.

King stieg vorsichtig aus, schlich um das Gebäude herum und versuchte, durch die schmutzigen Scheiben zu spähen. Schemenhaft erkannte er Kaltenbach, Herzog und die Schläger. Er hörte Kaltenbach schreien.

Mußte der Beamte Grobecker jetzt einschreiten? *Vielleicht verprügelten sie Kaltenbach nur ein bißchen. Als Warnung. Ja, das hatten sie vor. Mit Sicherheit. Gangster. Kriminelle. Rauhe Sitten. Wer nicht spurt, kriegt Schläge. So läuft das. Kein Grund, die Tarnung auffliegen zu lassen.*

Als Held nachts noch einmal aufstand, um sich etwas zu trinken zu holen, entdeckte er King im dunklen Wohnzimmer. Tief in sich versunken, hockte er vor einer Flasche Bier und starrte aus dem großen Panoramafenster auf die vielen kleinen blinkenden Lichter der Stadt. King hatte ihm von seinen Erlebnissen am vergangenen Abend erzählt.

«Ein ganz brutaler Bursche, dein Jan Herzog», sagte King tonlos.

Held blieb in der Tür stehen. Mit dem Feuerzeug köpfte er seine Bierflasche. «Wenn er sich nicht zur Wehr setzt, zerrinnt ihm alles zwischen den Händen.» Er nahm einen großen Schluck. «Entweder du gehörst zu den Wölfen oder zu den Schafen.»

Gleichgültig zuckte er mit den Schultern. «Die Schafe werden gerissen.»

King nickte. «Klingt nach Herzog.» Erschrocken blickte er Held nach. Merkte der denn nicht, daß er jetzt schon sprach wie Herzog, dessen Formulierungen gebrauchte, unbewußt dessen Tonfall annahm? Held ging hinaus. King leerte die Bierflasche. Ob sein Freund auch schon *dachte* wie Herzog?

Der Morgen war angebrochen. Eine milchige Sonne schob sich langsam über die hohen Wolkenkratzer.

Entspannt rührte Jerry Goldsteen in seinem Kaffee und genoß das Frühstück auf der breiten Terrasse seiner Suite. Einer seiner Bodyguards reichte ihm die Zeitung. Goldsteen blätterte flüchtig und schlug mit einem zufriedenen Lächeln den Lokalteil auf. Ein kleineres Foto von Ronnie, ein größeres von Michelle, darunter ein Bericht über den rätselhaften Selbstmord des Bruders der bekannten Schlagersängerin. Goldsteen wollte gerade die Zeitung beiseite legen, als er weiter unten, klein, ein Foto von Rudi Kaltenbach entdeckte. Alarmiert winkte er einen der Bodyguards zu sich. Der Hüne übersetzte seinem Chef die Titelzeile: Bordell-Chef bei mysteriösem Unfall ums Leben gekommen.

Auch King hatte erschrocken die Morgenzeitung gelesen. Völlig verstört schob er sie Held zu, aber der war mit Abrechnungen beschäftigt und blickte nicht mal auf.

King schüttelte fassungslos den Kopf. «Die haben den überfahren. Einfach drüber. Der ist tot, Charly!»

Held reagierte nicht. Sie mußten zum Friedhof. Sie würden ohnehin schon zu spät kommen. Außerdem brannte er darauf, Gehlen zur Rede zu stellen. Er war auf einen Fehler gestoßen. Ein gefährliches Versehen, aber gottlob war er ja aufmerksam gewesen. Er würde versuchen, es so einzurichten, daß Herzog mitbekam, was er Gehlen zu sagen hatte. Herzog würde mit ihm zufrieden sein. Held war ausgesprochen guter Dinge.

Als der Mercedes auf dem Parkplatz vor der kleinen Friedhofskapelle einbog, kam Michelle gerade weinend heraus, gestützt von ein paar Mädchen aus dem «Chez Michelle» und Barbara. Ein Rudel lauernder Fotografen sprang auf und wollte sich auf sie stürzen. Aber Gonzo war schneller. Er warf sich zwischen Michelle und die Journalisten und drängte sie zurück.

Die kleine Trauergemeinde folgte Michelle, ein paar alte Freunde, ihre Eltern – einfache Leute, die sich in ihrer schlichten Trauerkleidung deutlich von der feinen Gesellschaft abhoben. Schließlich kam auch Herzog heraus, nickte Barbara zu, nahm Michelles Arm und tröstete sie leise.

Gehlen überholte sie mit zügigen Schritten und öffnete den Schlag des Rolls-Royce.

Held ließ sich von King die Tür öffnen, stieg aus und ging auf Gehlen zu. Er räusperte sich.

«Irgendwas Dringendes?» fragte Gehlen kühl.

«Diese Überweisung des Schweizer Bankvereins – Sie möchten doch, daß keinerlei Verbindung zwischen Rütli-Properties und Herzog-Investments nachzuweisen ist ...»

«Auf gar keinen Fall», fiel Gehlen ihm ins Wort. Held reichte Gehlen einen Kontoauszug. Herzog war näher getreten und sah Gehlen über die Schulter.

«Aber hier oben steht deutlich die Nummer des Privatkontos von Jan Herzog», sagte Held.

Herzogs Gesicht verfinsterte sich.

«Hm. Ja, Versehen unserer Buchhaltung.» Gehlen war peinlich berührt.

«Ein äußerst gefährliches Versehen!» schnauzte Herzog ihn an. «Menschenskinder, wenn das den Bullen in die Hände fallen würde – genau das suchen die. So was gefährdet alles, was ich aufgebaut habe, verdammt noch mal.» Herzog faßte Held am Arm und zog ihn beiseite. «Den ganzen Buchhaltungsbereich müssen wir strenger durchorganisieren. Wäre gut, wenn du das kontrollieren würdest, Charly.» Er drückte Helds Arm.

Gehlen beobachtete die beiden. Ärgerlich preßte er die Lippen zusammen, drehte sich um und half der schluchzenden Michelle in den Wagen.

Herzog hielt Held zurück. «Du bist tüchtig, Charly», sagte er stolz. «Wirklich tüchtig. Und ich trau dir. Weißt du, was das heißt? Man erzählt mir immer, daß es nicht viele Menschen gibt, denen ich trauen kann.» Er sah ihn liebevoll an. «Aber du wirst mich nicht enttäuschen.»

«Du ... kannst auf mich zählen, Jan.»

Herzog nickte. Er senkte den Blick, betrachtete nachdenklich seine Hände. «Freundschaft ist wichtiger als Geld», sagte er leise. «Wichtiger als alles, Charly.» Er drehte sich um und stieg in den Rolls-Royce ein.

Held schluckte. Er preßte die Hand auf den Mund und rannte würgend auf ein Gebüsch zu.

Gehlen beobachtete Herzog. Er beobachtete, wie der mit von Hellberg sprach und dann in den Rolls-Royce stieg. Er sah, wie von Hellberg wegrannte. Gehlen kochte vor Wut. Er hatte einen Fehler begangen. Einen schwerwiegenden Fehler. Er, oder besser irgendeiner seiner unfähigen Buchhalter, hatte, statt den üblichen Umweg zu wählen, eine Überweisung direkt von einem Konto der Firma Herzog-Investments an Rütli-Properties veranlaßt. Es war nur eine unscheinbare Zahl auf einem unscheinbaren Überweisungsträger, allerdings eine, die in den falschen Händen, respektive vor den falschen Augen, genau das verriet, was niemand erfahren durfte, nämlich daß die mit peinlicher Sorgfalt verheimlichte Verbindung zwischen Herzog und Rütli tatsächlich bestand.

Herzog war zu Recht wütend. Und Gehlen zog sich den Schuh an. Das hätte nicht passieren dürfen.

Aber warum mußte ausgerechnet von Hellberg darüber stolpern? Und es Herzog unter die Nase reiben? Gehlen nahm sich vor, sich bei Herrn von Hellberg zu revanchieren.

Droegel war verunsichert. Nachdenklich sah er durch die Scheibe des kleinen Verkaufsraums nach draußen. Auf dem hell erleuchteten Platz zwischen den Tanksäulen herrschte gähnende Leere. Renate Sames räumte Ölkannen zusammen und sammelte heruntergeworfenes Papier auf.

Seit Wochen waren Helds Berichte unergiebig. Am Nachmittag hatte er sich mit ihm am «Johannisberg» in Bad Nauheim getroffen. Der VE hatte gut ausgesehen, schick gescheitelt, schicker Anzug, schicke Schuhe. Aber was er zu berichten hatte, war nichtssagend. Man müsse Geduld haben. Nur was langsam wachse, wachse gut. Droegel schüttelte den Kopf; wie sollte er das seinen Vorgesetzten im Amt klarmachen. Da hörte er nur *die Kosten, die Kosten*! Er hatte Held noch einmal gefragt, ob es denn wirklich überhaupt keinen Beleg für eine Querverbindung von Rütli-Properties und Herzog-Investments gebe, keine Überweisung oder dergleichen, und Held hatte nein gesagt, dann aber gezögert, als wolle er noch etwas hinzufügen – das hatte Droegel deutlich gespürt –, doch als er ihn anblickte, hatte Held abgewinkt, nein, es sei nichts.

Ein Auto fuhr auf die Tankstelle. Droegel blinzelte in die aufgeblendeten Scheinwerfer.

Charly hatte sich verändert. Seine Art, sein Auftreten. Droegel hatte ihn gefragt, ob Herzog ihm noch traue. «Schwer zu sagen», hatte Charly geantwortet. «Er ist wie ein Chamäleon. Kaum zu beurteilen, was sich unter der Oberfläche abspielt.» Droegel lachte kurz auf. Ausgerechnet Charly mußte das sagen! Wenn einer ein Chamäleon war, dann Charly Held. Müde verließ er das Kassenhäuschen und ging auf das wartende Fahrzeug zu.

Barbara drückte sich unter dem Schirm dichter an Charly. Ihren Charly. Auch sie spürte die Veränderung, die mit ihm vorging. Sie war stolz auf ihn. Daß er zu Herzogs Kronprinzen aufgerückt war und Gehlen verdrängt hatte, war ein offenes Geheimnis. Endlich war sie das, was sie sich während ihrer Beziehung mit Gehlen vergeblich erträumt hatte: die offizielle Begleiterin der offiziellen rechten Hand des Großunternehmers Herzog.

Der frühe Sommer hatte eine Pause eingelegt und ließ die vor dem Kino Wartenden im Nieselregen stehen. Unentschlossenem Regen, der wie körniger Nebel durch das Licht von Straßenlaternen und vorbeirollenden Scheinwerfern wehte, Regen, der nichts Halbes und nichts Ganzes war, der nicht fiel, sondern klammheimlich herunterwehte und unter die Haut kroch.

Die Menschenmenge rückte nur sehr langsam vor. Barbara und ihr Begleiter standen noch draußen, vor dem Foyer, im breiten Schwanz der Schlange, umgeben von Schirmen und erstaunlich geduldigen Großstädtern.

«Wo warst du eigentlich heute nachmittag?» fragte Held plötzlich.

Die Eifersucht verfolgte ihn, quälte ihn, wurde immer stärker. Früher war er nie eifersüchtig gewesen. Lag es an Anneliese? Oder an Held? Von Hellberg war eifersüchtig, war zerfressen von Mißtrauen.

«Hmm?» fragte Barbara.

«Du warst nicht im Laden.»

«Nein.» Sie runzelte die Stirn.

«Wo denn?»

«Wieso?»

«Na, was hast du gemacht?» lächelte er unschuldig.

«Ich bin ein bißchen... rumspaziert.»

«Konntest du denn einfach so weg?»

Sie nickte in den Nieselregen. «Heute nachmittag hat die Sonne noch geschienen, wie du dich erinnern wirst. Und bei Sonnenschein fühlen sich alle schön genug. Da geht keiner zum Friseur und zur Kosmetik.» Lächelnd genoß sie seine Eifersucht. «Noch Fragen?»

Er schüttelte den Kopf. Sie lachte, zog ihn zu sich herunter und küßte ihn.

Er erwiderte das Lächeln und sah ihr in die Augen. Dann glitt sein Blick über ihre Schulter und veränderte sich. Er wich fast unmerklich zurück, und das Lächeln verschwand. Barbara drehte sich um und sah, was er sah.

Vor ihnen stand eine dunkelhaarige Unbekannte und starrte Charly aus großen braunen Augen an. Sie wirkte verwirrt. Verstört. Ein Begrüßungslächeln sprang aus dem Nichts in ihre Züge. «Hallo.»

«Äh», sagte Charly, «hallo... Na, so was, du... was machst du denn hier?»

«Heute war keine Schule», sagte die Frau zu Charly. «Da bin ich...» Sie versuchte ein kurzes Lächeln in Barbaras Richtung. Barbara erwiderte es. «Mit einem Kollegen hierher... zum Einkaufen. Und jetzt wollten wir noch ins Kino. Bienchen ist bei Kieslings nebenan.»

Held starrte seine Frau bewegungslos an. Er sah ihren erschrokkenen, fassungslosen Blick. Er hätte gern etwas gesagt. Er hätte ihr gern alles erklärt. Aber was sollte er sagen? Er sah zwischen Barbara und Anneliese hin und her. Anneliese in ihrer schlichten, sportlichen Kleidung. Das dunkle Haar, das ihr leicht und natürlich in den Nacken fiel. Er spürte, wie die Frauen sich mit Blicken taxierten, wie Anneliese innerhalb von Sekunden Barbaras etwas zu kurzen Lederrock, die Stöckelschuhe, das perfekte Make-up musterte.

«Darf ich mal vorstellen?» stotterte Held, «meine ... äh ...»

Anneliese reagierte schnell: «Ich bin eine alte Freundin von Herrn Held.»

«Ah ja?» Barbara zog die Mundwinkel hoch.

«Wollen wir nicht nach dem Film noch was zusammen trinken?»

Held sah an Anneliese vorbei und entdeckte ihren Begleiter, einen jugendlich wirkenden Mann mit Brille, der mit Popcorn und Colaflaschen im Arm am Eingang wartete. Er nickte ihm unsicher zu.

«Da muß ich gleich nach Hause – tut mir leid.» Anneliese schaute Held an. Der Blick traf ihn schlimmer als jeder Schlag. «War nett, Sie kennenzulernen – schönen Abend noch.»

Sie drehte sich um und ging eilig auf ihren Begleiter zu. Sie sprach mit ihm und legte plötzlich die Hände über die Augen. Held spürte ihr Zittern durch die Menge. Er hörte Barbara etwas sagen.

«Was?»

«Wieso *Held*? Wieso sagte sie, sie wäre eine gute Freundin von Herrn Held?»

Sie sah, wie die andere Frau die Hand ihres Begleiters abschüttelte, zu ihnen herüberschaute, noch einmal den Kopf schüttelte, diesmal energisch, und dann durch die Menge davonwankte. Ihr Begleiter versuchte, sie zurückzuhalten, aber sie riß sich los.

«Wieso nennt sie dich Held?» sagte Barbara. Sie sah ihn noch immer nicht an.

«Weil ich so heiße», sagte seine Stimme. «Sie ist meine Frau.»

Held ließ Barbara stehen und rannte hinter Anneliese her, die jetzt auf den Taxistand auf der anderen Straßenseite zurannte. Sie strauchelte, aber sie stürzte nicht. Etwas fiel aus ihrer geöffneten Handtasche auf das nasse Pflaster. Sie ließ es liegen. Charly bückte sich und sammelte es wieder auf. Sie stieg in ein Taxi. Charly rannte weiter.

Er kam zu spät.

Barbara sah ihn auf der anderen Straßenseite stehen, im diffusen Regen, Kamm, Lippenstift und zerknitterte Zettel in der Hand, den Blick auf die roten Rücklichter des Taxis geheftet.

«Du bist Polizist?» Steif saß Barbara auf dem Beifahrersitz des Mercedes und klammerte sich an ihrer Handtasche fest.

Held nickte stumm.

Der Regen trommelte leise auf das Autodach. Auf den Scheiben sammelten sich kleine Tropfen, die langsam größer wurden und in Bächen herunterliefen, mit anderen zusammenflossen, schneller wurden und kleine, reißende Ströme bildeten.

«Wie konntest du so etwas tun?» sagte Barbara tonlos. Tränen des Zorns schossen ihr in die Augen. «Vom ersten Tag an hast du mich belogen!» schrie sie. «Du hast mich benutzt – jedes Wort, jede Berührung – alles nur Lüge.»

Held streckte noch einmal die Hand aus. Sie schlug nach ihm. «Faß mich nicht an. Wage es nicht, mich zu berühren!»

«Barbara ...»

«Warum diese ganze miese Lügerei?»

«Ich habe noch nie im Leben eine Frau wie dich kennengelernt. Ich ...»

«Und jetzt? Warum sagst du jetzt auf einmal die Wahrheit? Warum gerade heute abend?» Sie bedeckte die Augen mit den Händen.

«Ich will dich nicht mehr täuschen», sagte er leise. «Ich – ich kann nicht mehr.»

«Immer hast du mir was vorgemacht. Immer! Auch wenn wir uns geliebt haben ...»

«Nein, nein, das stimmt nicht!» Held versuchte sie zu umarmen.

Sie schlug nach ihm. Er riß sie an sich, versuchte sie zu küssen. Barbara wehrte sich, trommelte mit den Fäusten gegen seinen Brustkorb und stieß ihn auf den Fahrersitz zurück.

«Ich könnte dich umbringen», sagte sie heiser.

Held fuhr sich müde über die Augen. «Tu's doch», sagte er leise. «Doch kein Problem für dich. Du brauchst bloß Jan Herzog zu informieren. Oder deinen speziellen Freund Gehlen. Dann bin ich morgen tot.»

Einen Moment herrschte eisiges Schweigen, dann riß Barbara die Tür auf und rannte in die Dunkelheit davon.

Erschöpft ließ Held den Kopf auf das Lenkrad sinken. Warum hatte er alles gestanden? Er wußte es nicht. Er war am Ende seiner Kraft. Er hatte doch ohnehin nur etwas erzählt, das mit seinem früheren Leben zu tun hatte. Und das lag weit hinter ihm. Er dachte an Anneliese. Und an Bienchen. Sie taten ihm leid. Es wäre schön, sich vorzustellen, daß es ihnen gutging. Aber er wollte nicht mit ihnen zusammensein. Er konnte nicht auf Barbara verzichten. Er vermißte sie schon jetzt, kaum daß sie weg war. Würde Anneliese ihn verlassen? Und Barbara? Bitte nicht Barbara! Das konnte er nicht ertragen. Er brauchte sie! Jede Faser seines Körpers, jeder seiner Gedanken fieberte nach ihr. Er schloß die Augen. Irgendwie hatte er das Gefühl, mit den Füßen nicht mehr auf den Boden zu kommen. Alles stürzte auf ihn ein. Laß es laufen, dachte er, vielleicht lösen sich die Probleme irgendwie von selbst.

King kehrte an diesem Abend spät in die von Hellbergsche Wohnung zurück. Er hatte den Mittwoch und den Donnerstag programmgemäß bei seiner Frau verbracht und die häusliche Fürsorge genossen. Gut gelaunt trottete er die Treppe hinauf. Held saß reglos, in sich zusammengesunken auf dem Sofa, vor sich eine Flasche Cognac, ein halbvolles Glas und eine Pistole.

King blickte sich um. Barbara war nirgendwo zu entdecken.

«Wollen wir 'n Happen zu uns nehmen?» fragte er fröhlich.

Held antwortete nicht.

Vergnügt stapfte King in die Küche und öffnete den Eisschrank. Sie hatten noch Rippchen und Leberwurst.

«Weißt du was?» rief er Held zu. «Jetzt machen wir uns 'nen gemütlichen Abend. So wie früher. Nur wir beide!» Er holte Teller und Besteck aus dem Schrank, stellte alles auf ein Tablett und trug es pfeifend ins Wohnzimmer.

Held saß immer noch regungslos auf der Couch. «Barbara und ich haben uns getrennt», sagte er unvermittelt.

King machte ein erstauntes Gesicht.

«Wir haben Schluß gemacht.»

«Wirklich?»

«Sie verdient etwas Besseres als einen verheirateten Mann.»

«Klar.» King lachte. «Sie ist phantastisch – wirklich nett. Bißchen überdreht, aber – trotzdem.» Er klopfte Held freundschaftlich auf die Schulter. «Bestimmt besser so, Charly. Im Grunde ist sie 'ne Schnepfe, 'ne Schnepfe von der Straße.»

Held sah ihn böse an. «Du mußt es ja wissen», sagte er leise.

King deutete auf die Pistole, die vor Held auf dem Tisch lag. «Ist das meine Kanone?» fragte er unbekümmert.

Held starrte zum Fenster hinaus. «Was war eigentlich neulich los? Im ‹Chez Michelle›?»

King verstand nicht.

Held sah ihn an. «Mit Gehlen.»

King winkte ab. «Ich hab ihn vermöbelt.»

«Ihr habt euch geschlagen?»

King überlegte, wieso Held davon erfahren haben konnte. Bestimmt nicht von Barbara, von ihm auch nicht.

«Hab ich dir doch von erzählt», log er.

«Nein.»

«Nein? War auch nicht so wichtig!» Er schob Held den Teller mit den Rippchen zu.

«Worum ging's?»

King seufzte. «Gehlen war besoffen. Hat Scheiße geredet. Da habe ich ihm die Fresse poliert.»

«Warum hast du mir nichts davon erzählt?»

«Wozu? Hatte ja nichts mit dir zu tun.» Er stopfte sich ein großes Stück Fleisch in den Mund.

«Bist du sicher?»

King kaute. «Aber ja», sagte er.

«Ich hab's aber ganz anders gehört.» Held nahm die Pistole in die Hand.

King schüttelte genervt den Kopf. So hatte er sich den gemütlichen Abend unter Männern nicht vorgestellt.

Held drehte die Pistole in den Händen, ließ das Magazin klakkend aufspringen und schloß es wieder.

«Ging's um Barbara?»

«Nein.»

«Doch!»

«Woher willst du das wissen?»

«Ich weiß es eben.»

King sah ihn kopfschüttelnd an. «Sag mal, hast du keine anderen Sorgen? Mensch.» Er stand auf, um den Ketchup zu holen.

Held sah ihm nach. «Hat Gehlen was mit Barbara?»

King zuckte mit den Achseln.

«Ob er sie bumst!» schrie Held.

King langte es allmählich. Das war doch jetzt egal. Die beiden hatten sich getrennt.

«Hast du was mit ihr gehabt?»

«Was?» King hob ruckartig den Kopf. Er sah Held an, das blasse, schweißglänzende Gesicht, den verwirrten Ausdruck in seinen Augen.

«Habt ihr's getrieben miteinander? Immer, wenn ich nicht da war?» hörte er Held schreien.

King schüttelte den Kopf. «Hast du sie nicht mehr alle? Hat dich die kleine Tussi völlig um den Verstand gebracht?»

«Antworte», herrschte Held ihn an.

«Nein.» King stand auf und ging zur Treppe. Auf einmal hatte er Angst um sich. Und um Held. Er spürte, daß der Freund unter der Belastung zusammenbrach, daß er allmählich den Verstand verlor.

«Clever», sagte Held und klang fast fröhlich, «clever, wie du ausweichst. Auf alles hast du 'ne Antwort, bloß nicht auf das, was ich wissen will.» Er nahm die Waffe und lud sie durch. Der Lauf hing etwa einen Meter vor Kings Kopf, und hinter dem Lauf lächelte Held dünn durch wirre, nasse Strähnen. «Hast du oder hast du nicht?»

King rührte sich nicht. Er blickte mit versteinerter Miene über den Lauf, um im Gesicht seines Partners zu lesen, wie verrückt der wirklich war. Er las gründlich. Der Regen trommelte ungeduldig gegen die Scheiben der großen Wohnzimmerfenster.

Held zitterte. «Ich frage dich noch mal: Hast du oder hast du nicht?» Er hielt sich mit beiden Händen an der Waffe fest.

«Leck mich am Arsch.»

Das schwarze Metall der Waffe folgte King und blieb auf seinen Kopf gerichtet.

«Meinetwegen schieß», sagte King ruhig. «Du tust mir wirklich leid, du blöder Hund.» Er machte einen Schritt zur Tür und winkte wütend ab. «Na los. Schieß mir in den Rücken. Ich geh jetzt nämlich.» Er öffnete die Tür, ging weiter, durch den Flur, an der Garderobe vorbei, zu seinem Zimmer. Er betrat es, zog die Tür behutsam zu, ging durch die Dunkelheit zu seinem Bett und setzte sich auf die Matratze.

Er wischte sich den kalten Schweiß von der Stirn und massierte seine Kniescheiben. Was sich da eben ereignet hatte, war Wahnsinn. Wahnsinn! Sein Boß wußte nicht mehr, wer er war, und wußte nicht mehr, wer die Menschen um ihn herum waren. Er brauchte Hilfe, das begriff King. Aber er fragte sich, wie lange er ihm würde helfen können.

Oben war Held auf die Terrasse getreten. Ringsum flimmerten die Lichter der Großstadt. Der Wind zerrte an seinen Haaren. Held schüttelte den Kopf, immer wieder, als versuchte er aus einem Traum aufzuwachen. Tränen strömten ihm über das Gesicht.

«Wer bin ich?» flüsterte er verzweifelt, sank in die Knie und preßte die Stirn gegen das Geländer: «Wer bin ich?»

Als King am nächsten Morgen aufwachte, war Held schon weg. Auf dem Frühstückstisch lag ein Zettel: Held entschuldigte sich; er sei am Vorabend sehr betrunken gewesen, er habe keinerlei Erinnerung mehr, was passiert sei. King schüttelte den Kopf. Sein Freund machte es sich reichlich einfach. Held schrieb weiter, er müsse dringend nach Darmstadt. Zu seiner Frau. Anneliese habe zufällig Barbara und ihn vor einem Kino getroffen.

King überlegte. Hatte Barbara herausbekommen, wer Anneliese war? Dann wußte sie Bescheid. Dann war ihre Tarnung aufgeflogen. Dann konnte sie jederzeit Held und ihn verpfeifen. Sollte er die vorgesetzte Dienststelle informieren? Er wünschte, er hätte sich mit jemandem aussprechen können. Wenn Barbara sie verriet, hing ihrer beider Leben am seidenen Faden. Oder würde Barbara schweigen? Schon, um sich selbst zu schützen? Um nicht in den Verdacht zu geraten, mit dem verdeckten Ermittler gemeinsame Sache gemacht zu haben? Barbara hatte Angst vor Herzog. Und Angst vor Gehlen. Vielleicht bewahrte diese Angst sie jetzt vor dem Schlimmsten. Vielleicht liebte sie Held ja auch, soweit sie zu wirklicher Liebe überhaupt fähig war.

King seufzte. Wieder einmal wußte er nicht, wie er sich verhalten sollte. Und wieder einmal unternahm er nichts und ließ den Dingen ihren Lauf.

Held überraschte seine Frau beim Kofferpacken. Ihre Augen waren gerötet, sie sah blaß und müde aus, aber sie schien sehr gefaßt. Sie versicherte ihm, mit ihr sei alles in Ordnung; sie wollte für sich und das Kind eine kleine Wohnung suchen – zunächst habe ihre Mutter ihr angeboten, sie aufzunehmen –, gewiß sei es für sie alle das beste, wenn sie mal eine Weile getrennt wären.

Held war völlig durcheinander. Er wollte nicht, daß sie auszog, das hier war doch sein Zuhause, und sie gehörte dazu. Sie mußte doch spüren, daß sie ihm mehr bedeutete als jeder andere Mensch auf der Welt.

«Was willst du jetzt hören?» fiel Anneliese ihm ins Wort. «Willst du, daß ich sage, es macht mir nichts aus, wenn du mit diesem Mädchen da rumziehst?» Ihre Stimme begann zu zittern. «Es macht mir was aus, Charly – es macht mir was aus!»

«Mit wem wolltest du denn gestern abend ins Kino?» versuchte er sich zu verteidigen.

Annelieses Stimme wurde lauter.

«Jetzt komm mir nicht mit so einem Scheiß. Erzähl mir doch nicht so eine Scheiße. Du hast dich verliebt. Du lebst mit ihr zusammen, nicht wahr? Ihr seid zusammengezogen!»

«Ich habe mich von ihr getrennt.»

Anneliese sah ihn an, dann schüttelte sie den Kopf. Er log so viel, daß er schon gar nicht mehr wußte, wann er die Wahrheit sagte und wann nicht. Held wollte sie in den Arm nehmen, trösten. Sie wich vor ihm zurück.

«Du lebst mit diesem Mädchen zusammen. Ich weiß es. Ich habe es euch angesehen.» Sie fing an zu weinen. «Das war ein furchtbarer Schlag für mich.» Es schien beinahe so, als quäle sie sich absichtlich, indem sie immer wieder davon sprach.

«Willst du sie heiraten? Willst du Kinder mit ihr?»

Held schüttelte den Kopf. Er wußte, es war vorbei. Aber er hatte nicht aufgehört, sie zu lieben. Er war verrückt nach Barbara, aber er wollte nicht auf Anneliese verzichten. Sie gab ihn frei. Mehr, glaubte sie, könne sie nicht tun. Merkwürdigerweise wollte er das gar nicht. Er wollte sie behalten.

Anneliese beobachtete ihn.

«Bist du bereit, auf dieses Mädchen zu verzichten? Sie nie wiederzusehen?»

Held schwieg. Sich endgültig von Barbara trennen? Unmöglich. Noch nicht jetzt. Vielleicht später einmal. Nicht jetzt. Er brauchte Zeit. Zeit zum Nachdenken, Zeit, um sich von Barbara zu lösen. Nur Anneliese durfte nicht gehen. Auf keinen Fall. Einen Augenblick stand er unschlüssig da, dann zog er einen dicken Packen Scheine aus der Manteltasche. «Hier ist euer Zuhause», sagte er leise. «Ich pack meine Sachen und verzieh mich.» Er legte das Geld auf das Bett. «Ich hab Spesen gekriegt. Ich würde mich besser fühlen, wenn du das nimmst.» Rasch, ohne sie noch einmal anzuschauen, ging er aus dem Zimmer.

Auf der Treppe kauerte Bienchen. Held setzte sich neben sie und schloß sie in die Arme.

«Ich hab dich lieb, Papa», sagte sie leise.

Er strich ihr übers Haar. «Ich hab dich auch lieb, mein Kleines.»

Anneliese schloß hinter ihm die Schlafzimmertür. Sie würde nicht weggehen. Sie würde bleiben. Wenigstens das hatte er erreicht.

Staatssekretär Möllbach hatte ein Elefantengedächtnis. Er hatte nicht vergessen, wie der Leiter OK Dr. Kilian sich bei ihm aufgeführt, was er ihm unterstellt hatte. Diese Frechheit würde er dem Kerl heimzahlen. Außerdem machte er sich Sorgen. Er wußte, daß ein Verdeckter Ermittler auf Herzog angesetzt war, aber er kannte nicht dessen Identität.

Wie weit oben in der Hierarchie des weitverzweigten Herzog-Imperiums saß der Schnüffler? War es denkbar, daß er irgendwann auf seinen, Möllbachs, Namen stieß, auf Überweisungen, die Herzog an ihn gezahlt hatte?

Doch Möllbach beruhigte sich wieder. Er besaß die Macht, dem Störenfried Schwierigkeiten zu bereiten. Er wußte, auf wen er Eindruck machte, also machte er Eindruck – in diesem Fall auf Oberle. Er bestellte den Leiter der Kripo vor einer gutbesuchten Wahlveranstaltung zu sich. In die Garderobe. Und sorgte dafür, daß der Mann durch den Saal gehen mußte, vorbei an Scharen potentieller Wähler, an etlichen Kamerateams, an Sicherheitsleuten, an riesigen Transparenten mit dem mannshohen Slogan «Für ein lebenswertes Hessen» und seinem, Hans Möllbachs, gewaltig strahlenden Kopf.

Er zog Oberle ins Vertrauen, halblaut. Unter vier Augen. Das schmeichelte dem Beamten. Möllbach warf ihm ein paar fadenscheinige Argumente gegen die Operation Bernstein hin, Argumente, die leicht zu widerlegen waren und Oberle halfen, sich dem Politiker ebenbürtig zu fühlen, das Gesicht zu wahren: ein besorgter Hinweis auf die Kosten, eine unbestimmte, fast unsichere Frage nach der Notwendigkeit der Aktion – leichte Beute für den Kripochef. Kaum fühlte der sich auf sicherem Terrain, rückte Möllbach mit seinem eigentlichen Einwand heraus. Man, sprich ein Informant, dessen Namen er mit Rücksicht auf die Position des Mannes nicht nennen wolle und werde, habe ihm vertraulich zukommen lassen, der auf Herzog angesetzte Ermittler fabuliere all den Unsinn über Grundstücksschiebereien und Geldwäsche nur zusammen, um auf Kosten des Steuerzahlers weiter ein Leben in Saus und Braus führen zu können.

Oberle wurde nervös. Waren das jetzt reine Vermutungen, oder gab es konkrete Hinweise?

Möllbach fuhr fort, sobald Kilians Wunderknabe auffliege, werde die Öffentlichkeit eine Erklärung für die skandalöse Verschwendung von Steuergeldern verlangen, einen Schuldigen suchen, rollende Köpfe fordern. Wessen Kopf? Die Entscheidung lag bei Oberle. Möllbach riet ihm lediglich – *in aller Freundschaft, mein Bester, entscheiden müssen natürlich Sie* –, nicht erst unter dem Druck der Ereignisse zu handeln, sondern die Samthandschuhe abzulegen, dem offensichtlich überforderten OK-Leiter Kilian die Angelegenheit endlich aus der Hand zu nehmen und die Operation zu beenden, als habe es sie nie gegeben.

Möllbach war ziemlich sicher, daß Oberle verstanden hatte.

Die Strahlen der Scheinwerfer jagten langgestreckt vor dem Auto her, zerrten eine zitternde Birkenallee aus dem Dunkel heran, dann eine Pappelreihe, vorüberstürzende Telefonmasten, geduckte Häuser und die stumme Parade der Waldränder.

King war nervös. Warum hatte Herzog sie so überraschend an diesem Abend in das Landhaus von Michelle eingeladen, weit draußen, außerhalb der Stadtgrenzen von Frankfurt, irgendwo im Taunus? Was steckte dahinter? Hatte Barbara geplaudert? Fuhren sie zu ihrer eigenen Hinrichtung? Er hätte gern mit Held über seine Befürchtungen gesprochen, aber der war in Gedanken versunken.

King lenkte den Wagen in einen dunklen Feldweg. In der Ferne tauchte das einsam gelegene Landhaus auf, vor dem bereits Herzogs Rolls-Royce parkte.

Droegel spähte mit zusammengekniffenen Augen in die Ferne. Landhaus und Zufahrt waren von der kleinen Anhöhe, die er sich als Beobachtungsposten ausgesucht hatte, bestens zu sehen.

Ein schwarzer Mercedes mit langem Staubschweif holperte auf das im warmen Licht liegende Haus zu. Droegel runzelte die Stirn: «'n Riesenschlitten», sagte er, mehr zu sich selbst.

«Goldsteen?» fragte Renate.

Droegel schüttelte langsam den Kopf und behielt den Wagen im Auge: «Der ist schon da.»

Der Mercedes rollte durch das offene Gartentor und blieb auf dem großen Platz vor der Doppelgarage stehen. Ein Chauffeur stieg aus und öffnete die hintere linke Tür. Droegel pfiff leise, als er den dicken Mann erkannte. «Möllbach.»

Der Politiker breitete die Arme aus und rollte durch Droegels Blickfeld nach rechts. Aus dem Schatten der Bäume kam Michelle Berger auf ihn zu und begrüßte ihn mit einer Umarmung. Sie wies einladend nach links, in Richtung Garten, hakte sich unter und zog Möllbach mit. Droegel folgte mit den Augen und sah nur noch grün. Er blickte über den Feldstecher und verfluchte die wildwachsenden Bäume zwischen Grundstück und Feldweg.

Zwei Staubwolken kündigten das Eintreffen der nächsten Gäste an. Wieder stieg ein breiter Chauffeur aus und öffnete die hintere Tür. Wieder pfiff Droegel: «Vincente.»

«Hey», sagte Renate anerkennend, «Gipfeltreffen.»

Der zweite Wagen stellte fest, daß es langsam zu eng wurde, setzte zurück und verschwand zunächst aus dem begrenzten Blickfeld des Feldstechers.

Droegel schwenkte nach links und sah Held und King aussteigen. Beide gingen über den schmalen Weg zum Haus und begrüßten Vincente und die Gastgeberin, die inzwischen wieder nach vorn gekommen war. Diesmal gab es keine Umarmungen. Renate ging zu dem grünen, matschbespritzten Jeep, den sie einige Meter von ihrem Beobachtungsposten entfernt abgestellt hatten – in einer Senke, unsichtbar für die Gäste des Landhauses, selbst wenn einer von denen auf die abwegige Idee kam, die Hügelketten mit einem Feldstecher abzusuchen.

Sie hielt Droegel eine Orange hin. «Willst du?»

Ein Schwarm Spatzen suchte das Weite, als Droegels Niesen durch den Wald hallte.

«Nein», sagte er. «Gegen Orangen bin ich allergisch.»

«Oh.» Renate entfernte die verlockende Frucht aus seiner Riechweite. «Tschuldige. Ich dachte, gegen Äpfel und Nüsse. Und Käse.»

«Auch. Gegen Äpfel, Nüsse und Käse bin ich auch allergisch.»

«Tut mir leid.» Sie setzte sich einige Meter entfernt ins hohe Gras und begann schuldbewußt zu pulen. Droegel ertappte sich bei dem Gedanken, daß es richtig *nett* war, hier mit ihr zu sitzen. In der freien Natur zu hocken, Kaffee zu trinken und belegte Brote zu essen. Wann hatte er zuletzt eine Nacht im Wald verbracht? Mit einer Frau? Die Zeit flog dahin. Er wurde älter. Früher hatte er immer endlos Zeit gehabt. Einen ganzen Sack voll Zeit. Aber die Zeit wurde immer knapper. Man konnte vielleicht eine Armee aufhalten, eine Lawine, einen Bergrutsch, bloß nicht die Zeit. Wie viele Sommer blieben ihm noch? Zwanzig? Dreißig? Er seufzte, griff nach dem Feldstecher, stellte ihn scharf und sah wieder ins Tal. War das nur ein verschwiegener Ausflug, um ungestört die Nacht mit ein paar willigen Mädchen zu verbringen – Droegel hatte beobachtet, wie etliche Tänzerinnen aus dem «Chez Michelle» mit dem Taxi eingetroffen waren –, oder hatte dieses Gipfeltreffen zwischen Goldsteen, Vincente und Herzog etwas zu bedeuten? Waren seine Verdeckten Ermittler gefährdet? Held hatte so angespannt geklungen bei ihrem letzten Gespräch. Warum war die Friseuse nicht dabei? Droegel hätte etwas darum gegeben, wenn er genau gewußt hätte, was da unten vor sich ging.

Michelles Landhaus war weiträumig, aber der Eindruck von Vornehmheit und Großzügigkeit, den die Einrichtung vermitteln sollte, wurde immer wieder durch geschmackliche Unsicherheiten gemindert. An den Wänden hingen großformatige Fotos von Michelle bei Konzertauftritten, Plattencover und Titelblätter großer Illustrierten, die Exclusivstories über Michelle ankündigten.

Die Mädchen aus dem «Chez Michelle» lehnten lässig in den weichen Polstern der Couchgarnitur. Jerry Goldsteen hielt Rita im Arm, Vincente streichelte einer blutjungen Tänzerin gedankenverloren den Busen.

Michelle war angetrunken. Ausgelassen tanzte sie mit Möllbach durchs Wohnzimmer. «Da ist die Bar! Bedient euch», rief sie Held und King zu. Schrill lachend taumelte sie Möllbach in die Arme.

Herzog stand mit Gehlen in der Küche und säbelte sich ein dickes Stück Braten ab, das er sich mit den Fingern in den Mund schob. Gehlen beobachtete seinen Chef. In dem offenen Hemd, mit Hosenträgern, sah Herzog verändert aus. So wie früher. Gehlen fiel auf, daß er wieder öfter die Finger zum Essen benutzte. Zu dem Unternehmer Jan Herzog paßte das nicht; der Bordellkönig Janusz Herzog hatte immer so gegessen.

Sie hörten Michelle kichern und sahen, wie Möllbach sie sich auf den Schoß zog. Herzog winkte gleichgültig ab. Solange Möllbach nach seiner Pfeife tanzte, sollte der ruhig den tollen Hecht mimen. Er kaute genüßlich an dem Stück Braten: «Alles, woran dein Herz hängt, ist eine Schwäche», sagte er ruhig.

Gehlen schüttelte den Kopf. «Du bist unglaublich, Jan.»

King sah nervös zu Herzog und Gehlen hinüber. Wußten die beiden Bescheid über sie? Sein Blick blieb an Goldsteen hängen, dessen faltige Hände praktisch ununterbrochen, wenn auch beiläufig, die Brüste einer kleinen Tänzerin kneteten. Er hörte Michelle nach Barbara fragen und Held freundschaftlich ermahnen, eine schöne Frau dürfe man nicht zu oft allein lassen. Er sah, wie Herzog zu Held hinüberblickte und ihm lächelnd zunickte. Er schien nichts zu wissen.

Barbara hatte offenbar geschwiegen.

Möllbach scharwenzelte um seine Eroberung Michelle herum, während diese stilvoll gegen das Betäubungsmittelgesetz verstieß und anschließend wesentlich besser gelaunt wirkte. Held lehnte die angebotene Line ab, Herzog ebenso, aber King ließ sich nicht zweimal bitten.

«Ärger mit deiner Kleinen?» Held fuhr herum. Herzog stand dicht vor ihm.

«Nichts von Bedeutung, Jan.»

Herzog nahm ihn beim Arm und spazierte mit ihm auf die Terrasse. Im Garten patrouillierten die stiernackigen Bodyguards von Jerry Goldsteen.

«Such dir ein anständiges Mädchen, Charly. Nichts gegen Barbara, aber es ist nicht wichtig, wie gut 'ne Ehefrau im Bett ist. Das kannst du dir kaufen. Du brauchst eine Frau, die weiß, wie man sich benimmt. Eine, die dich nicht blamiert und die passabel aussieht. Und wenn sie nicht so gut aussieht – na, was? –, dann kaufst du ihr einen Nerz und ein paar Brillanten. Fertig.» Er trank und schüttelte leicht den Kopf. «Bumsen ist was anderes. Eine Frau, die du gern bumst, macht dir als Ehefrau Probleme. Als Geliebte – gut, aber nicht als Ehefrau. Wir haben so schon genug Sorgen.» Er lachte leise. «Ich rede wie die Typen beim Wort zum Sonntag, was?»

«Wenn die so reden würden, hätten sie höhere Quoten.»

Herzog lachte erneut. Dann sahen beide in das dunkel glänzende Wasser zu ihren Füßen. Nichts regte sich. Herzog drehte das Glas zwischen seinen Händen.

«Halt dir den Kopf frei, Charly. Ich bin sehr zufrieden mit deiner Arbeit. Du hast Gespür für das Geschäft – den richtigen Riecher. Durchaus möglich, daß du eines Tages unser Unternehmen leitest.»

Held hielt den Atem an. Sein Herz klopfte. Was Herzog ihm da anbot, war unglaublich. Karl von Hellberg machte eine Karriere, von der Charly Held nicht einmal zu träumen gewagt hätte.

Herzog legte ihm die Hand auf die Schulter. «Mein Sohn ist ein Künstler», sagte er leise. «Er wird einen starken Freund neben sich brauchen.»

Held nickte gerührt. Ja, er würde dem schwachen Louis zur Seite stehen; er würde tun, was Herzog von ihm erwartete: das Firmenimperium lenken, das ganz große Rad drehen und niemals sein Treuegelöbnis brechen.

Sie hörten das leise Schluchzen gleichzeitig. Herzog verstummte abrupt, und beide sahen hinüber zur Terrasse, wo Michelle zwischen Möllbach und Vincente auf einem Gartensessel saß und sich die Augen wischte. Herzog runzelte die Stirn und setzte sich in Bewegung.

Auf Vincentes Gesicht waren Verblüffung und Bestürzung zu sehen. Er ließ die Fotos sinken, die er Michelle gezeigt hatte, und stotterte eine Entschuldigung, obwohl er offensichtlich nicht wußte, was er getan hatte.

Herzog erreichte die drei und ließ einen strengen Blick von Vincente zu Michelle gleiten. «Was ist los?»

Der Italiener hob ratlos die Hände. Michelle schniefte.

«Nichts. Nichts, ihr würdet nur lachen...»

«Ein Grund mehr, es zu sagen», schmunzelte Möllbach und versuchte, ihre Hand zu ergreifen. Sie stand auf und umarmte Herzog, der daraufhin widerwillig seinen Arm auf ihre Schulter legte.

Michelle schniefte erneut und versuchte ein Lächeln. «Die Fotos», sagte sie wehmütig zu Vincente. «Entschuldigung. Es ist einfach so, daß ich auch... Kinder haben will, deshalb...» Ihr Lächeln wurde wärmer und sicherer. «Mir ist egal, wie schlecht die Welt ist, wie vergiftet und überbevölkert. Ich will trotzdem Kinder. Aber du», sagte sie zu Herzog, «willst keine. Du willst mich ja nicht mal heiraten...»

«Da müßtest du dir einen anderen suchen», sagte er ungeniert.

Ihr plötzlicher Ausbruch überraschte alle, sogar Herzog. Sie machte sich los, schrie: «Aber dich liebe ich! Dich, du Idiot!» und bereute es sofort. Ehe Herzog sich entscheiden konnte, ob er wütend werden oder sie trösten sollte, lag sie schon wieder in seinen Armen und stammelte Entschuldigungen.

Die Männer um sie herum spähten interessiert in ihre Gläser und versuchten zu überhören, was die Gastgeberin jammerte und schluchzte. Immerhin trauerte sie um ihren Bruder. Außerdem war sie Künstlerin, also hochsensibel, und damit gleichsam im Besitz eines Freibriefes zur öffentlichen Zurschaustellung ihres gestörten Gefühlslebens.

Als Held sich abwandte, entdeckte er neben der Terrassentür einen riesigen, dunklen Sack. Jedenfalls dachte er das zuerst. Dann erkannte er seinen zusammengesunkenen Partner und ging zu ihm. Er klopfte King auf die Schulter.

«Ist dir nicht gut?»

King stöhnte. «Als ob ich keinen Kreislauf mehr hätte. Kein Herz. Gar nichts. Gleich muß ich kotzen.»

Held drehte sich kurz nach den anderen um. Michelle stand noch immer im Mittelpunkt des allgemeinen, wenngleich hilflosen Interesses. Niemand beachtete von Hellberg und das Bündel im Beet.

«Komm», flüsterte er und hakte King unter. «Steh auf. Was trinkst du auch soviel und ziehst dir den Koks zentimeterweise rein...»

«Nicht so laut, das tut weh.»

Held kniete sich hin. «Soll ich dir irgendwas bringen?»

«'ne Knarre. Erschieß mich. Ein alter Elefant spürt, wenn er sterben muß...»

Held schüttelte den Kopf und wuchtete den schlaffen Körper auf die Füße. «Wir gehen spazieren», sagte er energisch.

«Oh, Scheiße, nee», sagte King.

«Doch.»

Er schaffte es bis zum Blumenkübel neben der Einfahrt.

Als Droegel nach einigen Stunden unruhigen Schlafes am Sonntagmorgen um Viertel vor sieben erwachte, fand er die Orientierung nur mit Mühe wieder. Die Bäume, in die er durch die Heckscheibe des Jeeps blinzelte, waren in Ordnung, ebenso die Tannennadeln in seinen Socken, und der Geruch des alten Schlafsacks paßte wie die Faust aufs Auge. Was ihn ins Schleudern brachte, war der leckere Kaffeeduft.

Ächzend drehte er sich um und entdeckte die Tasse, die Renate ihm hinhielt. «Morgen», sagte sie.

«Morgen.» Er griff nach der Tasse und wärmte sich die Hände. Dann brachte er ein verschlafenes Lächeln zustande. «Was passiert?» fragte er mit einem Blick auf die Uhr. Er hatte knapp vier Stunden geschlafen.

«Nein.» Sie schüttelte den Kopf. «Die haben das gleiche gemacht wie du.»

Sie gingen gemeinsam zu ihrem improvisierten Beobachtungsposten, setzten sich auf die klamme Decke und kramten die restlichen Brote aus der mitgebrachten Tasche.

Droegel schnappte sich den Feldstecher und schwenkte über das Landhaus. Der Frühnebel löste sich allmählich in Luft auf, und nur sehr wenige hohe Wolken trübten den Morgenhimmel. Es sah nach einem schönen Tag aus.

Droegel hatte nicht damit gerechnet, so früh schon etwas ins Visier zu kriegen.

Als er Herzog und Gonzo entdeckte, vergaß er für Sekunden das Kauen. Herzog trug einen Morgenmantel. Bedächtig, fast wie in Zeitlupe, schenkte er sich und seinem Leibwächter Kaffee ein. Er trank, runzelte nachdenklich die Stirn und sprach, ohne Gonzo anzusehen. Droegel versuchte sich als Lippenleser und scheiterte.

«Was denn?» fragte seine Partnerin. «Schon jemand wach?»

Droegel nickte. «Herzog. Und Ritzeck.» Herzog hatte sich inzwischen seinem Gesprächspartner zugewandt und sprach auf ihn ein; Gonzo lauschte mit gesenktem Kopf, als musterte er seine Schuhspitzen. Er überlegte. Herzog sah in seine Tasse, sprach weiter und hob dann langsam den Kopf. Er redete nicht mehr. Eine Aufforderung? Gonzo sah ebenfalls auf und nickte bedächtig. Dann verharrte er einen Augenblick reglos, nickte erneut, diesmal eifriger, und verschwand aus dem Blickfeld.

Droegel schwenkte nach oben, auf das Fenster über der Treppe im Inneren des Hauses, dann nach links in den Garten und schließlich nach rechts, zum Platz vor den Garagen. Gonzo tauchte nicht auf.

Er hob den Feldstecher wieder hoch und bemerkte eine Bewegung am rechten Rand des Platzes. Gonzo löste sich aus dem Schatten der Bäume und war gleich darauf wieder verschwunden. Droegel fluchte und schwenkte. Nichts. Er ließ den Feldstecher sinken und kniff die Augen zusammen. Für Halluzinationen war er eigentlich schon zu wach. Er schwenkte den Feldstecher wieder nach rechts, dann nach vorn, wo Helds Mercedes, Ritzecks Porsche und der Kleinwagen der Tänzerin standen, und wieder zurück auf den Platz. Etwa dreißig Sekunden später tauchte Gonzo zwischen dem

Bug von Möllbachs und Vincentes Wagen auf, klopfte sich Staub von der Hose, marschierte durch das Gartentor zu seinem eigenen Wagen und fuhr davon.

Als die Gäste um kurz vor zehn aufbrachen, war Gonzo noch immer nicht zurückgekehrt, und Droegel hatte das unbestimmte Gefühl, etwas Entscheidendes verpaßt zu haben. Etwas passierte, aber er wußte nicht, was. Und er hatte keine Möglichkeit, es herauszufinden.

Rita fuhr zuerst. Michelle verabschiedete sie an der Haustür. Anschließend kamen Held und King, dicht gefolgt von Möllbach, Goldsteen, dessen Leibwächtern und Vincente. Droegel sah, daß die Männer miteinander sprachen. Held deutete einladend auf seinen Wagen und sah den Amerikaner fragend an, aber Goldsteen winkte dankend ab und wies auf Vincente. Held nickte. Aha. Goldsteen fuhr also mit Vincente zurück nach Frankfurt. Möllbach verabschiedete sich von allen, küßte Michelle, umarmte Herzog und quetschte sich auf den Rücksitz seiner Limousine. Held und King fuhren davon. Vincente und Goldsteen verabschiedeten sich von Herzog und Michelle. Die Männer sprachen noch einmal kurz miteinander. Niemand lächelte, obwohl alle drei entspannt wirkten. Selbstbewußt. Ihren Positionen angemessen.

Droegel schwenkte mit, als schließlich Vincentes Cadillac über den staubigen Weg davonrollte, sah den Wagen zwischen Bäumen verschwinden und auf die Landstraße einbiegen, und schwenkte zurück zum Haus. Herzog stand einige Meter von Michelle entfernt. Er starrte noch immer dorthin, wo eben der Wagen verschwunden war, und Michelle sah ihn an.

Herzog stand wie versteinert. Die Resignation war noch da, aber Droegel sah noch etwas anderes in Herzogs Haltung und Gesichtsausdruck, nämlich Entschlossenheit. Etwas war vorbei. Erledigt. Das Gespräch, das die drei Männer am Vorabend geführt hatten, schien nicht zur Zufriedenheit des Gastgebers verlaufen zu sein. Ganz im Gegenteil.

Gonzo hatte die richtige Kurve gefunden, die richtige Stelle für sich und seinen Porsche – einen angenehm schattigen Waldweg auf der linken Straßenseite –, und er schätzte die Geschwindigkeit der schnell vorbeirollenden Limousine goldrichtig ein. Er griff zum Funkgerät und gab dem Fahrer des Sattelschleppers, der anderthalb Kilometer entfernt mit laufendem Motor auf einem Parkplatz wartete, das Startzeichen. Dann schoß der Porsche aus dem Wald und folgte dem Cadillac. Gonzo wußte, daß sie ihn sehen würden, aber das störte ihn nicht – im Gegenteil. Je intensiver sich der Chauffeur mit dem beschäftigte, was er in seinem Rückspiegel sah, desto weniger konnte er auf das achten, was auf ihn zukam – desto besser. Während der Cadillac mit unverminderter Geschwindigkeit auf die langgezogene Rechtskurve zuglitt, wies Gonzo den Fahrer des Sattelschleppers an, das Gaspedal durchzutreten. Goldsteen drehte sich um, und Gonzo verkniff sich ein breites Grinsen. Sollte der Ami ihn ruhig erkennen. Es spielte keine Rolle mehr. Er nahm die unscheinbare kleine Plastikschachtel vom Beifahrersitz, legte den Daumen über den einzigen Knopf auf dem Gerät und wartete bis zum Eingang der Kurve. Als er spürte, daß er selbst leicht einschlagen mußte, drückte er auf den Knopf. Der Sattelschlepper dröhnte auf der anderen Straßenseite heran wie ein fliegender Fels. Gonzo bremste scharf.

Es beeindruckte ihn, daß auch der Chauffeur des Cadillacs noch zu bremsen versuchte. Das sprach für seine Qualitäten als Fahrer, wenngleich es ihm nichts mehr nützte. Ihm blieb zuwenig Zeit, und als er die blockierte Lenkung bemerkte, versuchte er natürlich zuerst – wenn auch nur für Sekundenbruchteile –, das Lenkrad mit Gewalt herumzureißen. Das war normal. Menschlich. Und tödlich.

Es ging sehr schnell.

Gonzo hatte damit rechnen müssen, daß der Cadillac frontal mit dem Sattelschlepper zusammenprallen würde, und das hätte zum einen dem Fahrer schlimme Kopfschmerzen verursacht und zum anderen die Überlebenschancen der Insassen der amerikanischen Limousine erheblich vergrößert, aber das Timing war perfekt. Der schwere Wagen rutschte praktisch ungebremst zwischen die Achsen des Hängers. Das Dach löste sich mit infernalischem Gebrüll in seine Bestandteile auf, und während die Hinterachse des schleudernden, bremsenden Schleppers die Überreste der Limousine weiterriß, surrte und wirbelte abgerissenes Metall über die Straße. Gonzo zog den Kopf ein und hörte einen dumpfen Knall, während der Sattelschlepper schlingernd an ihm vorüberstampfte und langsam zum Stehen kam.

Er stieg aus, betrachtete die Beule in der Tür seines Porsche und versetzte der blutbefleckten Kopfstütze, die den weiten, schnellen Flug bis zu seinem Wagen unbeschadet überstanden hatte, einen wütenden Tritt. Leise fluchend lief er über die Straße, vermied es, in die lange Blutspur zu treten, ging um den Sattelschlepper herum, bückte sich neben dem linken Vorderrad des Mercedes und schraubte den kleinen Kasten mit dem ausgefahrenen Stahlstift ab. Er steckte ihn ein, ging wieder um den Schlepper herum und öffnete die Beifahrertür.

«Alles klar?»

Der Fahrer sah ihn aus schreckgeweiteten Augen an.

«Alles klar?» sagte Gonzo.

«J-ja.» Der Fahrer nickte und kam zu sich.

«Raus mit dir.»

Er ging um den Wagen herum, folgte dem mitgenommenen Fahrer auf die andere Straßenseite und zündete sich eine Zigarette an. Er wartete, bis der Fahrer sich weit genug entfernt hatte, dann schnippte er die heißgerauchte Zigarette unter den Sattelschlepper. Es dauerte einige Sekunden, bis die glühende Spitze Nahrung fand.

Als einige Kilometer entfernt Hauptkommissar Jürgen Droegel gerade die Reste des Picknicks in den Jeep verstaute, hörte er die Detonation und sah eine schwarze Rauchwolke über dem Wald aufsteigen.

Vincentes und Goldsteens Leichen mußten aus dem Blechwrack herausgeschweißt werden. Einen der Bodyguards hatte der Aufprall weit über die Straße geschleudert. Von dem Chauffeur fand man nur noch verkohlte Überreste. Warum der Wagen auf trockener Fahrbahn plötzlich in der Kurve geradeaus gerast war, blieb ein

Rätsel. Selbst die Versicherungsexperten aus den Staaten fanden keine Erklärung.

King glaubte nicht an einen Unfall. Immer wieder hatte er versucht, Charly vorsichtig darauf anzusprechen, aber der blockte ab. Er wollte absolut nicht zuhören. Bei der Übergabe der letzten Berichte an Droegel und Renate, nahe dem Ausflugsrestaurant, kam es zu einer offenen Auseinandersetzung.

«Das war Mord. Kaltblütiger Mord war das», beteuerte King.

«So ein Blödsinn», schrie Held, «willst du klüger sein als alle Gutachter? Die sagen, es war ein Unfall.»

«Ich habe gesehen, wie Herzog geguckt hat, als die losfuhren. Ich hab sein Gesicht gesehen.»

Held lachte, als hätte King einen schlechten Witz gemacht. «Er hat sein *Gesicht* gesehen. Und da war ihm alles klar.»

Droegel blickte zu Boden. Er fühlte sich nicht wohl. Ihm mißfiel der immer häufiger und immer offener ausbrechende Streit zwischen seinen VEs. Held ging auf King zu und zeigte mit dem ausgestreckten Finger auf ihn: «Erzähl das mal vor Gericht», höhnte er. «Es gilt nur, was beweisbar ist. Wir sind Polizisten. Wir können uns nicht den Luxus leisten, irgendwelche Vermutungen anzustellen. Polizisten müssen sich mit dem Beweisbaren zufriedengeben.»

King sah zu Boden, aber er war nicht überzeugt. Er war sich nicht einmal sicher, ob sein Vorgesetzter Charly Held noch in der Lage war, zuverlässig zu beurteilen, was um ihn herum vorging.

In der Friedhofseinfahrt parkte ein Konvoi schwarzer Limousinen. Von weit her waren die Freunde, Bekannten und Geschäftspartner der Vincente-Familie angereist. Während immer neue Blumengebinde eintrafen und in die Kapelle getragen wurden, aus der Orgelmusik drang, plauderten die Chauffeure und Bodyguards leise miteinander.

Herzog war mit Sohn Louis und Michelle gekommen. Die beiden kondolierten der tiefverschleierten Witwe und verneigten sich dann vor dem Bruder des Verstorbenen. Leo Vincente trug wie immer das stählerne Stützkorsett. Sein Gesicht wirkte versteinert. Herzog sprach leise auf ihn ein. Michelle beobachtete die beiden. Sie hatte an jenem Morgen vor sechs Tagen, als Vincente mit Goldsteen von ihrem Landhaus aus aufbrach, zufällig gesehen, wie Herzog den beiden nachblickte. Sein eisiger Blick und die zusammengekniffenen Lippen hatten sie erschreckt. War es möglich, daß der Unfall geplant war und er trotzdem jetzt so gelassen mit der Witwe und dem Bruder des Toten sprach? Sie schauderte.

In diesem Moment drehte sich Herzog um und begegnete ihrem Blick. Er sah das Mißtrauen, den Zweifel und dahinter Abscheu. Er verzog keine Miene, hängte sich bei seinem Sohn ein und trat vor die Kapelle. Sofort waren die beiden von Bewachern umringt. In den letzten Tagen hatte Gonzo auf eine Verschärfung der Sicherheitsmaßnahmen bestanden. Erst nach kurzem Zögern und sorgfältigem Umschauen gab er ein Zeichen. Die Gruppe setzte sich in Bewegung.

Auch Held war zur Beerdigung gekommen. Auch er ließ Herzog während der Zeremonie nicht aus den Augen. Vielleicht lag King mit seinen Verdächtigungen doch nicht so falsch? Und wenn schon! Es hatte einen gefährlichen Verbrecher erwischt. Goldsteen hatte hinter dem Mord an Otto Tötter gesteckt. Jetzt war Otto endlich gerächt. Goldsteen hatte auch die Beseitigung Herzogs geplant. Da war es doch verständlich, daß Herzog sich zur Wehr setzte. Aber er hatte gesehen, daß Vincente mit in dem Auto saß. Er hätte es doch niemals in Kauf genommen, daß ein vollkommen Unbeteiligter dabei mit ums Leben kam. Nein; das war ausgeschlossen. King hatte unrecht. Alles andere paßte nicht zu dem Bild, das Held sich von Herzog machte.

Er schloß sich der kleinen Gruppe an. Herzog schien nachdenklich, während sie über den Friedhof spazierten.

«Merkwürdig», sagte er und stieß mit dem Fuß gegen einen Grabstein. «Egal, welche Melodie du spielst – irgendwann landest du hier.» Er schaute Gonzo an, der stumpf an ihm vorbeiblickte.

«Glaubst du an Gott, Charly?» fragte er plötzlich im Weitergehen. Seine Stimme klang zaghaft. Er drehte sich nicht um.

«Ja», sagte Held nach kurzem Zögern.

«An einen gerechten, allwissenden Gott?» Der Tonfall war jetzt höhnisch, fast aggressiv.

Held zuckte mit den Achseln, die Schärfe in Herzogs Stimme hatte ihn verunsichert. «Es scheint mir für vieles die einzig vernünftige Erklärung.»

«Die einzige vernünftige Erklärung für vieles ist, daß es ihn nicht gibt. Laß dir nicht von Ammenmärchen das Hirn verkleben, Charly. Da über uns ist nichts, nur Leere und Eiseskälte.» Es klang beinahe so, als fürchtete er, es könne anders sein. «Und hinterher ...» Er stockte. «Guck in die Augen eines Toten.» Jetzt sprach der Fachmann. «Alles, was du da siehst, ist schwarze Leere.»

Held antwortete nicht. Einen Moment war es ganz still, nur ein paar Wortfetzen der Grabrede klangen zu ihnen herüber.

Plötzlich knuffte Herzog Louis fröhlich in die Seite. «Darum», sagte er aufmunternd, «ist es ja so wichtig, aus seinem Leben das Beste zu machen. Doch der Sinn der ganzen Übung, was, Louis? Ha? Gut leben! Nur darauf kommt es an. Das kann dir keiner nehmen.»

Held hörte genau zu. Vielleicht hatte Herzog recht. Vielleicht kam es wirklich nur darauf an, daß es einem hier und jetzt gutging, egal, was es kostete, egal, was man dafür anderen antat. Wenn es keinen Himmel gab und keine Hölle, nur dieses bißchen Leben, was war dann der Sinn des Ganzen? Doch nur Genuß! Soviel davon für sich herauszuholen, notfalls zu ertrotzen, wie irgend möglich.

Wie an jedem Montag drehte Barbara Sattler um dreizehn Uhr das an der Türscheibe des Frisiersalons hängende Schild mit der Aufschrift «Geschlossen» interessierten Passanten zu, trat ins Freie und schloß den Laden ab.

Held beobachtete, wie sie die Straße überquerte und eine Freundin, die auf der anderen Seite schon gewartet hatte, begrüßte. Es war ein strahlender Tag. Die beiden Frauen gingen in Richtung Stadtpark. Auf den weißen Kieswegen flanierten Spaziergänger, in einem kleinen Pavillon spielte ein Orchester. Held folgte den beiden Frauen in einigem Abstand. An einer Bude blieben sie stehen, kauften sich ein Eis und setzten sich in eine der vorderen Bankreihen nahe dem Musikpavillon. Held behielt Barbara im Auge. Unvermittelt drehte sich die Freundin um, und Held sprang rasch hinter einen Baum. Die Freundin beugte sich zu Barbara und flüsterte ihr etwas ins Ohr. Barbara zögerte kurz, drückte der Freundin das Eis in die Hand, verließ die Bank und kam auf Held zu.

«Na, so ein Zufall.» Held versuchte zu lachen.

Barbara sah ihn scharf an. «Was willst du?»

«Ich bin zufällig hier spazierengegangen, da –»

«Was soll das? Spionierst du jetzt schon hinter mir her? Es ist nicht zu fassen.»

«Ich habe nicht spioniert.»

«Nein? Wie nennst du das sonst? Ich will nicht mit dir reden, klar?» Sie drehte sich um und wollte davongehen. Held faßte sie am Arm und hielt sie zurück. «Du fehlst mir so. Es ist einfach schrecklich. Ich muß dauernd an dich denken.»

Barbara hatte die Sonnenbrille hochgeschoben. Ein paar blonde Strähnen fielen ihr in die Stirn. Sie trug einen kurzen, engen Rock und eine weiße Bluse, die sie über dem Bauchnabel geknotet hatte. «Nein, Charly», sagte sie. «Ich habe in meinem Leben eine Menge Blödsinn gemacht, aber das hier ...» Sie schüttelte energisch den Kopf. Sie hatte viel geweint in letzter Zeit. Er fehlte ihr. Aber sie wollte sich nicht wieder mit ihm einlassen. Auf gar keinen Fall. Nie hätte sie ihn verraten, obwohl er sie belogen und hintergangen hatte. Sie wollte nicht, daß ihm etwas passierte. Er litt. Das sah sie ihm an, und es tat ihr leid.

Aber sie hatte ihr Leben anders geplant. Er würde nie Herzogs Nachfolger werden, nie das Firmenimperium lenken. Irgendwann würde Herzog ihm auf die Schliche kommen, irgendwer würde seine wahre Identität aufdecken, und dann wollte sie nicht in seiner Nähe sein. Dann wollte sie nicht leiden, nicht zusehen, wie er vernichtet wurde, und sie wollte auch nicht gemeinsam mit ihm sterben. Nein, sie wollte noch leben, ihr Leben genießen, und Held brachte alles durcheinander. Er versuchte, sie zu umarmen. Sie riß sich los.

«Nein. Ich habe die Nase voll von aufregenden Affären! Ich will einen faden Mann, auf den ich mich verlassen kann. Einen richtigen Langweiler, Hauptsache: reich!» Ihre Stimme war laut geworden. Hilflos hob sie die Arme. «Einen, der mir ein angesehenes, sicheres Leben bietet.»

«Barbara – es tut mir leid, daß ich dich angelogen habe. Ich – ich werde das nie wieder tun. Ich …»

«Na schön! Dann bist du ehrlich. Und du bist arm.» Darauf kam es an. Begriff er das denn nicht? Sie stürzte davon, Held holte sie ein. «Wenn man glücklich ist, spielt das keine Rolle.»

«Ich war in dich vernarrt. Na schön. Für eine Weile dachte ich, ich hätte den Richtigen gefunden. Du warst reich – und – und wirklich liebenswert. Aber du bist verheiratet – du wirst nie von deiner Frau loskommen!»

«Ich kann mich scheiden lassen …»

«Nein, tu das nicht», unterbrach sie heftig. «Ich will nicht, daß du das tust.» Er begriff nichts. Gar nichts.

«Ich bin schon von zu Hause ausgezogen», sagte Held leise.

«Nein!» schrie sie erschrocken. «Ich will nicht die Frau eines Polizisten sein. Ich will nicht mit einem Baby in einer kleinen Zweizimmerwohnung hocken – und einmal im Jahr zum Urlaub an die Ostsee. Ich will nicht mein Leben mit Windelwaschen, Geschirrspülen und Staubwischen zubringen. Du bist ein netter Kerl, und ich mag dich. Aber wir müssen den Tatsachen ins Auge sehen. Ich suche was anderes. Es ist vorbei. Mit uns beiden hat das keine Zukunft.»

«Ich habe jetzt meine Chance. Ich weiß das. Ich weiß, daß mir Herzog eine echte Chance bietet.»

Was redete er da? Er war ein Bulle. Er hieß nicht von Hellberg. Er hieß Held. Oder wollte er ihr etwas klarmachen? Hatte er eine Entscheidung getroffen? Wollte er Hauptkommissar Held ausradieren, um endgültig und für immer Karl von Hellberg zu werden? Aber dann war ja alles in Ordnung. Dann brauchte sie ihre Zukunftsträume nicht aufzugeben. Als er sich zu ihr beugte und sie küßte, stand sie da wie gelähmt. Sie war nicht erstaunt, daß sie den Kuß erwiderte und das Gefühl genoß.

King war zufrieden. Endlich, nachdem Held wochenlang sein Zuhause in Darmstadt gemieden hatte, nicht zu bewegen war, sich mal bei Anneliese zu melden oder wenigstens zu seiner kleinen Tochter Kontakt aufzunehmen, hatte er sich zu einem Besuch aufgerafft.

Bienchen hatte Geburtstag. Held hatte ein schönes buntes Kinderfahrrad gekauft und schien bester Laune, als er das große Paket aus dem Kofferraum des Mercedes nahm und auf den Dachgepäckträger seines alten Golfs schnallte. Es war ein bißchen wie früher.

Vor dem Reihenhäuschen gab Held King ein Zeichen, sich leise zu verhalten. Die beiden schlichen mit dem Paket durch den Garten, stellten sich vor die Terrasse und begannen laut «Happy Birthday» zu singen.

Kreischend rannte Bienchen ihrem Vater entgegen und fiel ihm um den Hals. Sie hielt ihn fest, als hätte sie Angst, ihn gleich wieder zu verlieren. Dann stürzte sie sich begeistert auf das Paket und riß das Papier ab.

Während King Bienchen die Gangschaltung erklärte, standen Anneliese und Held nebeneinander. Anneliese war schmaler geworden, machte aber keineswegs einen unglücklichen Eindruck.

«Schön, euch zu sehen.» Held lächelte unsicher.

«Wie geht's dir?»

«Gut. Bestens.» Sie umarmte ihn kurz. «Du riechst ganz fremd.»

King schaute auf. «Wie ein Parfümerieladen auf zwei Beinen.» Er feixte, dann ging er zu Held, nahm ihm den Blumenstrauß ab, den er steif in der Hand hielt, und reichte ihn Anneliese. Er deutete auf den festlich gedeckten Tisch. «Sieht lecker aus.»

«Mal probieren?» Anneliese lachte. «Um vier kommen sämtliche Freundinnen von Bienchen. Und abends hat uns ein Kollege ins Kino eingeladen.»

«Kenne ich ihn?» fragte Held betont desinteressiert und betrachtete ein paar Geschenke auf Bienchens Gabentisch.

«Er unterrichtet Mathe und Biologie.»

«Der kleine Dicke?»

Anneliese sah ihn kurz an. «Nein», sagte sie knapp.

Held schlenderte zu Bienchen in den Garten und schob sie auf dem neuen Fahrrad durch das hohe Gras. Der Garten war verwildert, die früher so liebevoll angelegten Wege waren vom Unkraut überwuchert.

«Kann ich euch was anbieten? Kaffee? Oder lieber ein Bier?»

«Bierchen.» King lächelte.

Anneliese verschwand in der Küche und holte ein Bier. «Ist er noch mit dieser Barbara zusammen?» fragte sie King leise.

Er zuckte die Achseln, als sie ihm die Flasche reichte.

«Sie ist ein bißchen ordinär, wie? Ich bin ihr ja nur einmal begegnet.» Sie schaute hinunter in den Garten. «Genau das, was Männer mögen.»

King seufzte. «Männer!»

Held winkte aus dem Garten King zu. «Wir müssen gleich wieder los. Tut mir leid. Ich hab 'ne Million Termine.»

Das war ein bißchen übertrieben, aber immerhin stimmte es, daß er heute abend noch zu Herzog mußte, um drei Millionen in Empfang zu nehmen, die er morgen nach Zürich bringen sollte. Er hätte Anneliese gern erzählt, mit welchen Summen er jetzt umging, aber das war natürlich unmöglich. Barbara wußte davon, wußte, welche Vertrauensstellung er bei Herzog innehatte, und bewunderte ihn entsprechend.

Er freute sich auf die Tage mit ihr in Zürich und wurde nur ärgerlich, als King, während sie zum Auto zurückgingen und Anneliese und Bienchen ihnen nachwinkten, ihn dauernd damit nervte, warum sie denn nicht noch ein bißchen blieben, Anneliese und die Kleine würden sich doch so freuen; Anneliese sei schließlich das Beste, was er jemals im Leben gehabt hätte. Held ging schweigend weiter, aber King ließ nicht locker.

«Was findest du bloß an dieser hüftwackelnden, blonden Schlampe?»

Held schlug ihm ins Gesicht; King reagierte blitzschnell und versetzte ihm einen Kinnhaken. Held taumelte gegen ein Auto. Aus den benachbarten Gärten blickten verwunderte Gesichter herüber. Held hob beschwichtigend die Arme: «Alles in Ordnung!» rief er. «Entschuldigung. Das ist 'ne Sache zwischen zwei Freunden.»

Die beiden atmeten schwer und sahen sich an. King schien erschrocken über seine heftige Reaktion.

«Hör zu», murmelte er verlegen, «ich weiß nicht, warum wir uns geprügelt haben. Ich bin dein Freund, das weißt du.»

«Der beste Kumpel, den man sich denken kann», nickte Held.

King war erleichtert. «Natürlich kannst du machen, was du willst – du bist der Chef.»

Held umarmte ihn: «Okay.» Er hatte Tränen in den Augen. Die beiden lachten befreit und stiegen in Helds Privatwagen. Ein paar Mädchen, die zum Kindergeburtstag mit Blumen und Geschenken eintrafen, drehten sich neugierig nach ihnen um. Die beiden lachten noch, als sie losfuhren.

Obwohl sie gegen Hauptkommissar Rüdiger offiziell nichts in der Hand hatten, waren die Beamten vom OK ihrem Kollegen in den letzten Wochen auf Schritt und Tritt gefolgt. Die richterliche Genehmigung zum Abhören der Telefone von Herzog-Investments hatten sie etwas ausgedehnt und dabei erfahren, daß Gehlen seinen Informanten Rüdiger an diesem Morgen zu sich bestellt hatte. Am üblichen Treffpunkt. Wo war der? Als Rüdigers Wagen den Hof des Polizeipräsidiums verließ, folgten ihm unauffällig zwei Observierungsteams.

Kilian war aus seinem Büro in die kleine Befehlsstelle hinübergerannt, wo er über Funk den Weg Rüdigers mitverfolgen konnte, und hatte in der Eile vergessen, seinen Bürosafe abzuschließen.

Es war Möllbach nicht schwergefallen, Kilians Sekretärin für seine Zwecke einzuspannen. Sie glaubte tatsächlich, ihre unbedingte Loyalität dem Staatssekretär gegenüber diene dem Staat.

Die Gelegenheit, auf die sie geduldig gewartet hatte, bot sich am Mittwochmorgen um kurz nach elf, und das stets zu Späßen aufgelegte Schicksal wollte es, daß sie, Möllbachs Maulwurf, ihre Chance ausgerechnet Gehlens Maulwurf zu verdanken hatte. Als Kommissar Hubrich an ihr vorbeistürmte, ohne sie eines Blickes zu würdigen, und über das schnelle Surren und Klicken des Kugelkopfes aufgeregt durch Kilians geöffnete Bürotür rief, Rüdiger führe jetzt los, vermutlich, um Gehlen zu treffen, und Kilian zum erstenmal vergaß, seinen Safe zu schließen, warf sie einen flüchtigen Blick über den Rand ihrer Brille. Sie hörte nicht auf zu tippen. Sie sah wieder auf das Blatt in der Maschine, schrieb den Brief zu Ende, zog ihn heraus, stand auf und schloß die Tür zum Vorzimmer. Dann ging sie in Kilians Büro und sah sich die wenigen Hefter an, die im Safe lagen. Sie nahm das mit «Bernstein» beschriebene Exemplar heraus, ging zurück ins Vorzimmer und klappte den Fotokopierer auf. Sie tat, was sie immer tat. Sekretärinnenarbeit. Sie kopierte Berichte. Gewissenhaft, genau und zuverlässig. Wie immer. Wie jeden Tag. Aber diesmal, wußte sie, würde jemand sie dafür loben.

Droegel hatte Glück. Auf den dichtbefahrenen Straßen zwischen Bockenheim und Frankfurter Innenstadt verlor er Rüdigers Wagen zweimal aus den Augen, fand ihn aber beide Male wieder – dank des dichten Verkehrs. Der Funkkontakt zu den anderen Observierungsfahrzeugen riß ständig im entscheidenden Augenblick ab; Droegel hörte Zündkerzen und fluchende Taxifahrer, dann eine Weile gar nichts und dann wieder eine vertraute Stimme aus einem der anderen Wagen, die ihn fragte, ob er seine Positionsangabe wiederholen könne. Als Droegel zum x-tenmal hinter reichlich Blech an einer Ampel halten mußte und Rüdigers Wagen weit vor ihm bei Dunkelgelb weiterrollte, zischte er einen Fluch gegen die Seitenscheibe und starrte in Möllbachs riesiges Gesicht, das ihn von einem Wahlplakat am Straßenrand herunter auslachte.

Droegel hatte die Hoffnung fast aufgegeben und lauschte resigniert dem unverständlichen Funkknistern, als er den Wagen vor der Kleinmarkthalle wiederfand; in zweiter Reihe geparkt, gerade so, daß die anderen Fahrzeuge noch vorbeikonnten. Entsetzt sah Droegel in das Menschengewirr vor der Halle und hatte wieder Glück. Er sah Rüdigers Kopf zwischen Dutzenden anderer durch die Tore verschwinden, ließ den Wagen einfach stehen, sprang heraus, knallte die Tür zu und hastete hinterher. Er fand sogar noch Zeit, seine Position durchzugeben.

Droegel folgte Rüdigers Kopf durch die Menge und dankte dem Schicksal, daß sein Kollege ein paar Zentimeter größer war als die Hausfrauen, die zwischen den gemauerten Ständen flanierten; Rüdiger blieb stehen und kaufte an einem Obststand Bananen. Scheinbar zufällig kam er mit seinem Nachbarn ins Gespräch, der sich für Weintrauben entschieden hatte. Die Männer sahen aus, als plauderten sie über die Nachteile von Treibhausgemüse, aber Droegel sah, daß Gehlen an Rüdiger ein paar Fragen stellte.

Wieder drängte Gehlen seinen Informanten, den Namen des Verdeckten Ermittlers herauszufinden, der auf Jan Herzog angesetzt war. Rüdiger zögerte. Er hatte eine Vermutung, aber er brachte es einfach nicht über sich, den Kollegen ans Messer zu liefern; also schüttelte er den Kopf und behauptete, nichts erfahren zu haben, ja nicht einmal zu wissen, ob die Operation überhaupt noch laufe. Gehlen musterte ihn mißtrauisch, ermahnte ihn dann, die Augen offenzuhalten, und steckte dem Polizisten einen Umschlag zu, den dieser in einer mitgebrachten Zeitung verschwinden ließ.

Droegel wartete, bis Gehlen gegangen war. Dann gab er den Kollegen einen Wink und folgte Rüdiger aus der Markthalle bis zum Wagen, um nicht mehr Aufsehen als nötig zu erregen. Rüdiger fuhr erschrocken herum, als er Droegel entdeckte, erwog einen Augenblick zu fliehen und ließ sich dann, als Kollegen von allen Seiten auf ihn zutraten, widerstandslos festnehmen.

Als Droegel und seine Kollegen Rüdiger über den Hof des Polizeipräsidiums führten, verließ Kilians Sekretärin gerade das Gebäude. Die Männer beachteten sie nicht weiter. Die Sekretärin drehte sich noch einmal um und sah der Gruppe nach.

Im Innenministerium wurde sie ohne Umschweife direkt in das Büro des Staatssekretärs geführt. Mit einem zufriedenen, stolzen Lächeln legte sie Möllbach eine Mappe mit Fotokopien auf den Tisch.

Möllbach blätterte kurz und nickte ihr dann anerkennend zu. Er wartete, bis sie das Büro verlassen hatte, griff dann zum Telefon und wählte eine Nummer.

Gehlen wollte gerade zum Essen gehen, als seine Sekretärin Herrn Möllbach zu ihm durchstellte. Überrascht nahm er den Hörer ab, fragte freundlich, was ihm die Ehre verschaffe, und dankte anschließend dem Schicksal, daß Herzog an diesem Tag früher nach Hause gegangen war, um – wie versprochen – einen ungestörten Nachmittag mit seinem Sohn zu verbringen, und ausdrücklich darum gebeten hatte, man möge alle Störungen von ihm fernhalten.

Gehlen vergaß das Essen. Auf dem schnellen Weg zu Herzog kostete er den Triumph aus und berauschte sich an seiner grenzenlosen Genugtuung. Er hatte recht gehabt. Und nun durfte er auch noch der Bote sein.

Auf den tristen Fluren des OK warteten betreten mehrere Beamte. Sie alle wußten, daß einer von ihnen festgenommen worden war. Natürlich kannten sie Rüdiger. Einige waren auch außerhalb des Dienstes mit ihm befreundet. Sie schätzten seine offene, kollegiale Art, seine Hilfsbereitschaft, seine Verläßlichkeit, seine Einsatzfreude. Sie alle konnten sich noch gut an Rüdigers Erbitterung über die Hirnlosigkeit der Polizeiverwaltung erinnern, sein fassungsloses Lachen, wenn Verordnungen und Gesetze immer wieder ihre Arbeit beschränkten und behinderten oder ihren Einsatz zunichte machten. Nun hatte Rüdiger offenbar resigniert, war übergelaufen zur Gegenseite, war straffällig geworden und hatte sich erwischen lassen. Dieser große, fröhliche Junge. Dieser hervorragende Polizist. Ausgerechnet er. Sie schwiegen, als der Oberstaatsanwalt mit schnellen Schritten um die Ecke bog und in Kilians Büro verschwand. Sie vermieden es, sich anzusehen, und taten weiter so, als stünden sie zufällig auf dem Flur herum, während sie angestrengt den murmelnden Stimmen lauschten, die aus dem Büro drangen.

Mit einer Mischung aus Ablehnung und Mitleid betrachtete Kilian das schweißnasse Gesicht von Rüdiger, der zusammengesunken vor seinem Schreibtisch hockte.

«Seit wann arbeiten Sie für diese Detektei von Gehlen?» fragte er.

«Seit zwei Jahren.»

«Ohne offizielle Genehmigung?»

«Aber die meisten Kollegen machen doch was nebenher, weil das Geld einfach nicht ausreicht.» Rüdiger zuckte hilflos mit den Schultern. Droegel zog einen Stuhl heran und setzte sich dicht neben ihn. «Aber irgendwann hast du angefangen, Dienstgeheimnisse auszuplaudern. Du hast dich denen ausgeliefert. Warum?»

Rüdiger schluckte. Seine Stimme klang heiser. «Weiß nicht. Anfangs war's mir nicht mal bewußt. Man tut jemand einen Gefallen... die Geschenke zu Weihnachten und zum Geburtstag werden größer, und plötzlich kommen die Forderungen – nichts Weltbewegendes... ein Spielclub soll nicht mehr so genau überwacht werden –

so was in der Art.» Er wischte sich den Schweiß von der Stirn und schneuzte sich in ein zerknittertes Taschentuch. «Sagt Karin nichts, bitte.» Er sah von Droegel zu Kilian. «Ich will's meiner Frau selbst erklären. Wir haben gebaut – wir sind vorne und hinten nicht zurechtgekommen. Und dann die Krankheit von Florian – die teure Operation ...» Er brach ab.

Holzer wandte sich angewidert ab. «Ja, ja, die bösen Umstände, die Sie fertiggemacht haben. Hören Sie doch auf.»

«Das ist ein klasse Mann! Ein klasse Polizist!» zischte Droegel aufgebracht. Dieser eingebildete Typ von der Staatsanwaltschaft sollte sich nicht so aufspielen. Sie hatten Rüdiger geschnappt, sie hatten ihn überführt, aber er war doch immer noch ein Kollege, einer von ihnen.

«Ich bin seit 15 Jahren Staatsanwalt», bellte Holzer, «ich kenne alle rührseligen Geschichten. Man hat mir hundertmal das Herz gebrochen. Ich habe einen Haufen Heftpflaster auf meiner Seele ...»

«Wissen Sie eigentlich ...», versuchte Rüdiger sich zur Wehr zu setzen.

«Ich weiß nur eins», fiel ihm Holzer ungerührt ins Wort. «Daß Sie wie eine Hure sind, die sich an jeden ranmacht, an dem es vielleicht ein paar Mark zu verdienen gibt.»

Kilian mußte an sich halten. Er zog Droegel mit sich auf den Flur hinaus. Rüdiger war blaß geworden. Er sagte nichts mehr, nickte nur, als gebe er dem Staatsanwalt recht. Dann lächelte er plötzlich.

Holzer folgte den Beamten auf den Flur hinaus. Welchen Schaden hatte der Verräter angerichtet? War es möglich, daß er über die Identität des Bernstein-Agenten Bescheid wußte?

Die Bürotür hatte er offengelassen. Hotte blickte ihm über die Schulter und schrie plötzlich: «Nein, Rüdiger! Nein!»

Droegel fuhr herum. Er hatte Rüdiger die Dienstpistole noch nicht abgenommen. Diese Demütigung hatte er ihm vor allen ersparen wollen. Er stürzte ins Büro, aber es war zu spät. Ein Schuß hallte in den hohen Altbauräumen wider; Rüdigers Oberkörper kippte nach vorn, die Pistole polterte auf den Fußboden.

Renate fing an zu schluchzen; Droegel umarmte sie, hielt sie fest umschlungen. Kilian und Jehner standen reglos da; Holzer starrte den Toten an und blickte dann hilfesuchend zu den beiden hinüber. Niemand rührte sich. Nur eine Sekretärin, die bemerkt hatte, daß Kilians Vorzimmer leer war, wählte hektisch eine Telefonnummer und forderte einen Krankenwagen an, obwohl auch sie wußte, daß es zu spät war.

Gehlen parkte den Wagen vor dem Portal der Herzog-Villa, stieg aus und marschierte schnurstracks ums Haus herum, auf den Wintergarten zu. Er hörte Louis Klavier spielen, dann sah er die beiden. Der Vater lächelnd, dem Spiel des Sohnes lauschend, einen Cognacschwenker in der Hand. Selig.

Als Herzog Gehlen entdeckte, verfinsterte sich seine Miene. Er stand auf, öffnete die Tür und ließ den Gast herein.

«Fritz? Was...»

Der Junge hörte auf zu spielen.

«Entschuldige bitte, aber könnte ich dich einen Augenblick allein...»

«Guten Tag, Herr Gehlen», sagte Frau Herzog, die hinzugetreten war.

«Guten Tag. Entschuldige bitte, aber ...» Gehlen war ein wenig durcheinander.

Verwundert zeigte Herzog auf die Terrassentür. Gehlen folgte ihm hinein. Sie verschwanden im Arbeitszimmer.

Frau Herzog nahm ein Pillendöschen von einem Tablett, reichte es Louis und schenkte ihm ein Glas Mineralwasser ein. «Wie geht es dir?» fragte sie besorgt. «Hat die Schwellung im Fuß nachgelassen?»

Louis schluckte brav die Pillen. Im Haus herrschte völlige Stille. Nur die alte, schwere Standuhr in der Diele tickte laut. Nach einer Weile öffnete sich die Tür des Arbeitszimmers wieder. Gehlen kam heraus und lächelte zufrieden.

«Sie möchten schon wieder gehen, Herr Gehlen?» fragte Frau Herzog überrascht. Gehlen nickte und verabschiedete sich rasch.

Herzog stand reglos an seinem Schreibtisch, mit dem Rücken zur Tür. Louis humpelte zu ihm.

«Charly von Hellberg heißt in Wirklichkeit gar nicht von Hellberg», sagte Herzog mit einer merkwürdigen Stimme. Es klang, als würde er lachen. «Sein richtiger Name ist Held, Hauptkommissar Karl Held vom OK, Abteilung Verdeckte Ermittlung.»

Louis rührte sich nicht. Sein Vater weinte. Er hatte noch nie erlebt, daß sein Vater weinte.

Für Sekunden wurde es noch stiller im Haus. Plötzlich umklammerte Herzog die kostbare Porzellanfigur, die er so liebte.

Dann hörte Louis einen lauten Knall und das Prasseln von Porzellansplittern auf Parkett. Und, fast gleichzeitig, seinen Vater, der brüllte, als habe man ihm das Herz aus dem Leib gerissen.

Vierter Teil

Lautlose Geschäfte

Sie hatten die Aussicht der Reichen gebucht; Normalverdiener begannen zeit ihres Lebens keinen Tag mit einem solchen Blick auf den Zürcher See. Charly Held war gar nicht bewußt gewesen, was er alles vermißt hatte.

Er sah über den Rand seines Champagnerglases auf den See, der wie ein Spiegel im Licht der frühen Sonne lag, und seufzte wohlig. Barbara warf ihm einen amüsierten Blick zu.

«Was?»

«Ach», lächelte Held, «eigentlich nichts.» Er stellte das Glas auf den Tisch und streckte sich. «Nur herrlich.»

«Kann man sagen, ja.» Nickend biß sie von ihrem Croissant ab und ließ sich im Sessel zurücksinken. Sie machte sich nicht die Mühe, den Hotelmorgenmantel wieder zuzuziehen.

Held stand auf, ging um den Tisch herum und kniete sich lächelnd vor ihren Sessel, zwischen ihre Beine. Sie ließ ihn gewähren, das Glas noch immer in der Hand. Er beugte sich vor, küßte ihre Brüste und spürte an seinem Bauch, wie sie das Becken vorschob. Er richtete sich auf und schwebte lächelnd vor ihren leicht geöffneten Lippen, schmeckte ihren Atem an seinem Mund. Als sie die Hand ausstreckte und am Gürtel seines Morgenmantels ziehen wollte, klopfte jemand laut an die Zimmertür.

«Das ist King», flüsterte Held.

«Wir sind zum Frühstück verabredet...»

Sie ließ ihre Zungenspitze sanft zwischen seine Lippen gleiten. King klopfte erneut, diesmal lauter. Held schaffte es gerade noch, sich aufzurichten, da polterte King auch schon herein, beachtete die beiden nicht weiter, marschierte zum Frühstückstisch und steckte die Marmeladengläschen ein, die er seinem kleinen Sohn mitbringen wollte. Held ertappte sich bei dem Gedanken, daß King wohl nie seine Herkunft würde verleugnen können.

Am Vorabend, nach dem Besuch in der Bank, hatte er tatsächlich gefragt, ob das nun alles gewesen sei, ob sie, nur um drei Millionen einzuzahlen, nach Zürich hätten fliegen müssen – ob man das nicht per Überweisung ein bißchen billiger hätte haben können. Held hatte versucht, es ihm zu erklären. Herzog zahlte drei Millionen ein, die Bank gewährte ihm daraufhin ein Darlehen über drei Millionen, und das deutsche Finanzamt hatte eine Antwort auf die Frage, woher das Geld stammte. Ganz problemlos war auf diese Weise schwarzes Geld sauber gewaschen. Die Zinsen für das Darlehen konnte Herzog in Deutschland sogar noch von der Steuer absetzen. Die Schweizer verlangten ein Prozent Provision, Herzog setzte elf Prozent Zinsen ab. Ein einfacher, sauberer, sehr lukrativer Deal.

King war ganz aufgeregt gewesen; das sei doch ein klarer Fall von Geldwäsche; jetzt hätten sie gegen Herzog endlich was in der Hand. Held hatte gar nicht hingehört. In Gedanken war er noch in der Bank, wo alle um ihn herum gekatzbuckelt hatten, als er die drei Millionen hinblätterte. Kein schlechtes Gefühl.

«Beweis Herzog die Geldwäsche mal», hatte er King ärgerlich abgewimmelt, «da würde doch nur Aussage gegen Aussage stehen.»

King hatte ihn merkwürdig gemustert, nicht zum erstenmal in letzter Zeit schien es, als zweifle er am unbedingten Willen seines Vorgesetzten, Herzog zu überführen. Aber er hatte sich jede Bemerkung verkniffen, war einfach schweigend weitergegangen.

Held mochte sich keine Rechenschaft darüber ablegen, warum er die Empfangsbestätigung der Schweizer Bank über die drei Millionen nicht fotokopierte und diesen Beleg dann an seinen VE-Führer Droegel weiterleitete, wie es seine Pflicht gewesen wäre. Was war denn schon so Schlimmes an Geldwäsche? Der unersättliche deutsche Fiskus wurde geschädigt. Na und? Steuerhinterziehung war doch inzwischen zum Volkssport geworden. Nur die Dummen zahlten brav und ehrlich, was der Staat von ihnen forderte. Im tiefsten Inneren wußte Hauptkommissar Held, daß er nicht mehr sauber spielte, aber das bereitete ihm weniger Gewissensbisse, als seinen Freund und Förderer Jan Herzog zu hintergehen. Er mochte Herzog, und er bewunderte ihn: seine Kraft, seinen Scharfsinn und Weitblick, die Autorität, Ruhe und Besonnenheit, die er ausstrahlte. Held war fasziniert vom Charme und der Warmherzigkeit des Großunternehmers. Immer seltener identifizierte er sich noch mit Charly Held. Er war jetzt Karl von Hellberg, und der wollte er bleiben. Den kleinbürgerlichen Hauptkommissar hatte er weit hinter sich gelassen. Jetzt dachte er in anderen Dimensionen, hatte andere Ziele. Er war zufrieden mit sich.

Als sie in Zürich angekommen waren, hatte er Barbara in einer teuren Boutique auf der Bahnhofstraße ein französisches Modellkleid gekauft. King hatte nach Atem gerungen, als er den Preis hörte. Held lächelte, als er sich daran erinnerte, wie ihm Barbara jubelnd um den Hals gefallen war. Je mehr er seine Geschäftstüchtigkeit unter Beweis stellte, je deutlicher Herzog ihn förderte und die Angestellten von Herzog-Investments ihn respektierten, je erfolgreicher er sich für die Rütli-Properties einsetzte – sämtliche Wohnungen am Alten Markt waren schon vermietet; ein Großteil der geplanten Büroflächen ebenfalls –, je eindeutiger er Gehlen als Kronprinzen ersetzte, desto mehr schien ihn Barbara zu lieben. Sie bewunderte seine Leistung und gab sich ihm darum um so rückhaltloser hin.

Er brauchte mehr Geld, wenn er leben wollte wie die, mit denen er es täglich zu tun hatte. Er hoffte, daß Herzog ihm die Provision für den Geldtransfer in die Schweiz bar auszahlen würde, statt sie – wie bisher vereinbart – dem zu erwartenden Gewinn am Alten Markt zuzuschlagen.

Das Geld wurde zum Problem. Und der mißtrauische King wurde zum Problem. Er hielt Herzog noch immer für den Mörder von Vincente und Goldsteen. Es war absurd, aber er ließ nicht mit sich reden. *Im Zweifel für den Angeklagten*, das gilt immer noch, dachte Held, erst recht, nachdem er Herzog schon einmal vorschnell für einen Mörder gehalten hatte. Mochte King denken, was er wollte: Er, Held, würde sich nicht wieder – wie im Fall Otto Tötter – zu vorschnellen Schlüssen und falschen Verdächtigungen verleiten lassen. Goldsteen und Vincente waren bei einem Unfall ums Leben gekommen. Basta. Und falls nicht – beide waren Gangster; Goldsteen hatte die Hand beim Mord an Otto Tötter im Spiel gehabt. Er hatte bekommen, was er verdiente. Held schlürfte genüßlich seinen Kaffee. Otto Tötter ... wie lange das alles zurücklag.

Das vornehme Piepen des Telefons riß ihn aus seinen Gedanken.

Barbara drückte sich den Hörer ans Ohr, sagte «Ja?», lauschte kurz und winkte Held zu sich. «Für dich. Fritz.»

«Ja?» sagte von Hellberg.

«Gehlen. Guten Morgen. Sagen Sie, haben Sie noch Termine in Zürich, oder könnten Sie schon heute zurückkommen?»

«Nichts Dringendes... Weshalb?»

«Oh, nur eine Bitte von Jan. Michelle hat morgen Geburtstag, und er würde sich sehr freuen, wenn Sie dabei wären.» Es klang so, wie es gemeint war. Es war keine Bitte.

Held beteuerte dann auch gleich, daß es gar kein Problem sei, noch heute zurückzukehren.

«Das ist nett, Herr von Hellberg», sagte Gehlen und nickte Herzog zu, der mit versteinerter Miene zum Fenster hinausstarrte. Der Bleistift, mit dem er spielte, zerbrach knackend.

Gehlen legte auf und sah Herzog an. Er hatte sich verändert, schien deutlich gealtert. Schon bei der wichtigen Sitzung am Vortag – die Banken sorgten sich wegen des schleppenden Baufortgangs am Alten Markt; einige der bisherigen Mieter wollten nicht ausziehen, mit dem Abriß der alten Häuser war man im Verzug, Termine waren nicht zu halten, Kredite drohten gekündigt zu werden – hatte Herzog gar nicht richtig zugehört. Mit seinen Gedanken schien er weit fort; sein Gesicht war wächsern. Setzte ihm der Betrug von Hellbergs dermaßen zu?

Wenn es nach Gehlen gegangen wäre, hätte man mit dem Verräter kurzen Prozeß gemacht. Aber Herzog wollte das nicht. Zunächst hatte Gehlen gefürchtet, daß er noch immer – trotz allem – die Hand über seinen Schützling halten wollte. Aber dann hatte Herzog ihn in seine Pläne eingeweiht, und Gehlen war wieder einmal beeindruckt gewesen vom strategischen Scharfsinn und Erfindungsreichtum des großen Unternehmers.

Die Feier zu Ehren der Künstlerin fand im richtigen Rahmen statt: Michelle Berger hatte in eine Galerie in der Altstadt geladen, einen hohen, hallenartigen Raum, an dessen Wänden zwischen großen Rundbogenfenstern wilde, ungegenständliche Gemälde eines nicht mehr ganz jungen Meisters hingen. Als Held und seine Begleiterin eintrafen, war der Raum bereits voller Menschen. Die eindeutig künstlerisch gefärbte Gästeschar – reichlich Pferdeschwänze an Männerköpfen und reichlich Sakkos an Frauen – plauderte angeregt aufeinander ein und half sich mit kryptischen Bildbeurteilungen über drohende Gesprächspausen hinweg. Die Luft knisterte förmlich vor Wichtigkeit.

Held entdeckte Michelle in der Menge und lotste Barbara auf sie zu. Die Sängerin sprach mit einem fast kahlen, schlecht rasierten Mann in Schwarz.

«Einen Warhol habe ich schon, ja, und einen... wie heißt der noch, der mit dem Hut?»

«Beuys», sagte der Maler würdevoll.

«Richtig, Beuys», sagte Michelle.

«Aber dann sammeln Sie ja bereits moderne Kunst...»

Barbara verärgerte den Künstler, indem sie Michelle um den Hals fiel und so das Verkaufsgespräch unterbrach.

«Herzlichen Glückwünsch!»

«Barbara!» Michelle erwiderte die Umarmung. «Schön, daß ihr kommen konntet.»

Herzog hatte Held als erster entdeckt; über die Köpfe der Gäste hinweg starrte er ihn unverwandt an, drehte sich aber rasch weg, als Held zu ihm hinsah und ihn begrüßen wollte.

«Wie geht's Jan?» fragte er Michelle.

Sie zuckte lächelnd die Achseln. «Gut. Nehme ich jedenfalls an. In den letzten Tagen war er furchtbar gereizt.»

«Tatsächlich?»

«Ich weiß auch nicht, was mit ihm los ist. Wirklich unausstehlich.»

Sie schwankte etwas. Offenbar hatte sie zuviel getrunken. Held stützte sie. Sie blickte über seine Schulter und zog verwundert die Augenbrauen hoch.

Held spürte große Hände, die sich fest um seinen Hals schlossen. Er fuhr erschrocken herum und sah aus nächster Nähe in Herzogs Augen. Die Hände ließen locker, dann erwiderte von Hellberg die Umarmung seines Freundes keuchend und lachend. «He, he, ich war doch nur zwei Tage fort.»

Herzog drückte ihn heftig an sich und drehte sich dann wortlos zu zwei dunkelhäutigen Herren um, die mit Gehlen in ein Gespräch vertieft schienen. Gehlen nickte Held zu.

«Alles glattgegangen in Zürich?»

«Alles bestens.» Held musterte die Dunkelhäutigen. «Gucken die so finster, weil ihnen die Bilder hier nicht gefallen?» Er grinste.

«Iraker», sagte Gehlen leise und löffelte etwas Kaviar auf ein Stück Schwarzbrot. «Wollen spaltbares Material aus der Ukraine kaufen.»

Wie auf ein erwartetes Stichwort hin trat Herzog zu ihnen.

«Montag trifft Guderion ein.»

«Edward Guderion?» fragte Gehlen.

Herzog nickte. «Guderion. Der Armenier.» Held fiel nicht auf, daß der Name so oft wiederholt wurde, daß er ihn sich unschwer merken konnte.

«Der soll das Geschäft abwickeln», fuhr Herzog fort, «den Transport organisieren.»

«Möchten die, daß wir uns beteiligen?» fragte Gehlen.

Wieder nickte Herzog. «Machen wir aber nicht!»

Er sah Held an. «Geld ist nicht alles, Charly, was?»

«Aber ohne Geld ist alles nichts», lachte Held unbekümmert.

Herzog verzog keine Miene: «Es gibt Wichtigeres ... Vertrauen ... Freundschaft.»

Held sah ihn an. Herzog legte ihm väterlich den Arm um die Schultern. Held mußte schlucken. Er hatte einen Kloß im Hals.

«Auf Michelle?» sagte er laut und hob sein Glas.

«Auf Michelle.» Herzog hob ebenfalls das Glas und prostete dem Geburtstagskind durch die Menge zu, doch Michelle sah ihn zunächst nicht. Sie hatte sich von Barbara und dem wilden Maler abgewandt und sprach leise mit Gehlen, der zu ihr hinübergegangen war.

«Jan liegt sehr viel daran, daß Sie das für ihn erledigen», flüsterte Gehlen ihr ins Ohr.

Während Herzog mit den Irakern im Gewühl vor der Bar verschwand, hielt Held nach Barbara Ausschau. Sie plauderte angeregt mit dem wilden Maler und lachte für Helds Begriffe entschieden zuviel.

«Charly?»

Ehe er sich umdrehen konnte, hatte Michelle sich schon bei ihm untergehakt und dirigierte ihn behutsam durch die Menge auf die Dachterrasse zu. «Ich muß Sie was fragen. Unter vier Augen.»

Sie betraten die Dachterrasse. Michelle zog die Tür zu und sah zu ihm auf. «Jan hat mir erzählt, daß Sie früher mal... mit der Stasi zu tun hatten... Richtig?»

Sie legte ihm beschwichtigend die Hand auf den Arm. «Ich habe damit keine Probleme. Ich – äh –» Sie schien nach der richtigen Formulierung zu suchen. «Was machen Ihre ehemaligen Kollegen jetzt? Ich meine – bestimmt haben doch welche Kontakt zur Polizei?»

Held blickte sich um. Sie waren allein auf der Dachterrasse.

«Einige arbeiten inzwischen für die Polizei», sagte er vorsichtig.

«Ein Bekannter von mir betreibt Spielclubs» – Michelle lehnte sich an das Geländer. «Er würde Ihnen gern einen Vorschlag machen. Das könnte ein sehr... lukratives Geschäft werden. Für alle Beteiligten.»

Held starrte sie an. Er brauchte dringend Geld, und auf einmal bot sich ihm hier eine unglaubliche Gelegenheit.

Lächelnd nickte er Michelle zu. «Klingt interessant.»

Als er sich umwandte, sah er hinter den Glasscheiben Herzog und Gehlen neben den Irakern stehen. Beide schauten zu ihm hinaus.

Am späten Nachmittag des nächsten Tages waren Kilian und Droegel seit langer Zeit mal wieder zufrieden mit sich, der Welt und ihrem Verdeckten Ermittler. Sie konnten sich schon gar nicht mehr daran erinnern, wann Held zuletzt einen brauchbaren Hinweis geliefert hatte. Sie witterten Morgenluft, nachdem der auf allen internationalen Fahndungslisten stehende Edward Guderion dank eines Hinweises auf dem Frankfurter Flughafen festgenommen worden war.

Sie konnten ja nicht ahnen, daß ihr Verdeckter Ermittler längst enttarnt war und die Gegenseite ihn jetzt benutzte, um lästige Konkurrenten auszuschalten, indem sie ihm Informationen zuspielte, damit er sie an die Polizei weiterleitete.

Erst als die Kollegen vom BND, die die Iraker beschatteten, Kilian wissen ließen, daß nach der Festnahme von Guderion nun Herzog selbst den Transport des Cäsiums durchführen wollte, wurden die Polizeibeamten nachdenklich.

Held hielt die Vermutung der BND-Leute für unsinnig. Er hatte sich mit Kilian auf dem «Johannisberg» in Bad Nauheim getroffen. Es war der erste kühle Herbsttag. Die Läden des idyllischen Landgasthofs waren geschlossen, Tische und Stühle auf der Terrasse mit einer Kette gesichert. Die beiden nahmen auf einer Bank nahe der Aussichtsplattform Platz.

«Niemals würde Herzog sich auf so ein schmutziges Geschäft einlassen», erklärte Held kategorisch. Kilian musterte ihn überrascht. Die Kollegen vom Bundesnachrichtendienst waren offenbar anderer Meinung. Geduldig informierte er Held darüber, daß Herzog in Schwierigkeiten zu stecken schien. Die Immobilienpreise in Frankreich und England, Ländern, in denen Herzog während der vergangenen Jahre viel investiert hatte, rutschten immer weiter in den Keller, und da die Dinge am Alten Markt nicht so reibungslos vorangingen, wie Herzog vielleicht gehofft hatte, konnte man davon ausgehen, daß die Banken ihm im Nacken saßen.

Plötzlich schien wieder alles zu passen. Plötzlich schien es doch richtig gewesen zu sein, die Operation Bernstein nicht zu beenden. Wenn Herzog jetzt einen Fehler beging, saß der Ermittler genau an der richtigen Stelle.

In einem war Gehlen, Geschäftsführer von Herzog-Investments, mit Kilian einer Meinung. Er teilte dessen Freude über die Festnahme von Guderion – der Verdeckte Ermittler hatte sich als ausgesprochen nützlich erwiesen. Nach Gonzos Anruf vom Flughafen setzte Gehlen sich sofort mit seinen irakischen Diplomatenfreunden in Verbindung und sicherte ihnen zu, Jan Herzog werde sich um den Cäsiumtransport kümmern. So weit, so gut.

Alles andere war besorgniserregend.

Nicht das Zetern der nervösen Bankiers, die auf fristgerechte Ablösung der kurzfristigen Verbindlichkeiten pochten und nachdrücklich darauf hinwiesen, der Termin für die Räumung beziehungsweise den Abriß der Gebäude am Alten Markt sei verstrichen, das war allenfalls ein störendes Geräusch im Hintergrund, nein, was Gehlen wirklich Sorgen bereitete, war sein Boß, Jan Herzog selbst. Er hatte von Hellberg nicht sofort aus dem Weg räumen lassen. Er hatte ihn benutzt, um Guderion aus dem Weg zu räumen. Damit konnte Gehlen leben. Das war vielleicht sogar umsichtig gewesen. Aber seither bestand in Gehlens Augen kein Grund mehr, den Polizisten zu dulden. Herzog jedoch schien nicht von ihm ablassen zu wollen. Der Bulle wußte, daß es Verbindungen zwischen Rütli-Properties und Herzog-Investments gab. Und vermutlich konnte er das sogar beweisen. Vermutlich hielt er genügend Material in den Händen, um ihnen ernstliche Schwierigkeiten zu bereiten, aber da er dieses Material offensichtlich nicht weitergegeben hatte, folgerte Herzog, daß Held schwankte, daß sie ihn mit etwas Geduld für sich gewinnen konnten. Das war eine gefährliche Spekulation. Viel besser wäre es gewesen, den Bullen und das Material, das er sichergestellt hatte, einfach verschwinden zu lassen. Doch Herzog widersetzte sich. Herzog gab nicht auf. Von Hellberg hatte ihn hintergangen, hatte ihn belogen. Der Mann, der Herzog imponiert hatte, weil er sich nicht kaufen ließ, der Unbestechliche, war in Wahrheit ein Verräter, ein Judas. Aber Herzog zahlte es ihm nicht heim. Herzog zögerte, erschien nicht im Büro, hockte zu Hause auf seiner Terrasse, starrte auf den Main und trank Bier.

Er wirkte müde, wie ein alter Mann, wie ein enttäuschter Greis, der die Frau oder den letzten guten Freund zu Grabe getragen hat und nichts mehr mit dem anzufangen weiß, was ihm noch bleibt.

Unter anderen Umständen hätte Gehlen vielleicht Verständnis für sentimentale Anwandlungen gehabt; aber Herzog war nicht irgendwer, kein alter Kleinkrämer, der ein Schild mit der Aufschrift «Wegen Trauerfall geschlossen» in die Tür hängen und zwei Wochen später weitermachen konnte, als sei nichts vorgefallen. Alles hing von ihm ab, von seiner Entschlossenheit, seiner Energie, seiner Führung. Die Firma, der Deal am Alten Markt, das Schicksal vieler Menschen. Die Zügel schleifen zu lassen konnte unabsehbare Folgen haben, intern wie extern. Darum machte sich Gehlen Sorgen.

Nachmittags hatte sich Held von King in die Innenstadt chauffieren lassen. Vor einem Straßencafé gegenüber der Zeil stieg er aus. King sah, wie Michelle ihm zuwinkte und ihn mit einem schmächtigen, verschlagen wirkenden Mann bekannt machte, während sie zwei älteren Herrschaften Autogramme gab. Ein Lautsprecherwagen mit den üblichen Parolen «Für ein lebenswertes Hessen» und Möllbach-Plakaten auf dem Dachständer rollte an ihnen vorüber.

Der Schmächtige – Michelle hatte ihn als Paul Banser vorgestellt – erzählte, während die Kellnerin Kaffee servierte, von einem gutgehenden Spielclub. Nach außen hin veranstaltete man ausschließlich Geschicklichkeitsspiele, doch davon konnte kein Club existieren. Das wußte auch die Polizei. Also mußte man das Glücksspielmonopol des Staates umgehen und unterlaufen. Warum sollte der Staat etwas dürfen, was Privatunternehmern verboten war? Waren das etwa gerechte Gesetze? Banser neigte sich so weit vor, daß seine Lippen fast das Ohr seines Gegenübers berührten.

«So ein Casino macht bis zu 200000 cash die Nacht. Steuerfrei. Da will man nicht gestört sein. Wenn Ihre Freunde also rausfinden könnten, wann die Bullen eine Razzia planen – ein kurzer Anruf – die Mühe würde Ihnen natürlich vergütet –»

Von Hellberg betrachtete seine Schuhspitzen, als müsse er das Für und Wider gründlich abwägen. Nur fiel ihm kein Wider ein. Der Polizist Held hätte den Vorschlag energisch zurückgewiesen, aber der Polizist Held war nicht hier, nicht jetzt, nicht für Michelle Berger. Der Privatmann Held hätte an seinen Kontostand und an die aufrechten Jungs von der Rechnungsstelle gedacht und das großzügige Angebot dennoch ausgeschlagen. Für Karl von Hellberg hingegen bestand dazu kein Anlaß. Er mußte um jeden Preis verhindern, daß Michelle mißtrauisch wurde und Herzog zuflüsterte, der Exstasimann verhalte sich merkwürdig und lehne Geldgeschenke ohne vernünftige Erklärung ab. Von Hellberg mußte das Angebot annehmen, ganz gleich, was Held davon hielt.

«Sprechen Sie mit Ihren Freunden. Überlegen Sie es sich», hörte er Banser sagen und nickte nachdenklich.

Schon zwei Tage später benutzte er die Mittagspause im Büro der Rütli-Properties und ließ sich zu der von Banser angegebenen Adresse im Rotlichtbezirk fahren. Als King Anstalten machte, mitzukommen, wies er ihn barsch an, im Auto zu warten. Bei diesem Treffen konnte er keine Zeugen brauchen. Außerdem mußte er sich beeilen. Er wußte, daß Droegel oder Renate, die ihn ständig beobachteten, in allernächster Zeit aufkreuzen konnten. Er überquerte schnell einen düsteren, verdreckten Hinterhof, drückte einen Klingelknopf unter einer Videokamera und wartete, bis das eiserne Scherengitter aufsprang, das den Clubeingang sicherte.

Auch um die Mittagszeit war der Spielclub überraschend gut besucht. Überwiegend fremdländisch wirkende Männer drängten sich um die Spieltische. Banser führte Herrn von Hellberg in sein enges, rückwärtiges Büro und reichte ihm ein Kuvert: «Quittieren brauchen es Ihre Freunde nicht, gell», lächelte er schmierig; aber zumindest hielt er sich an die Sprachregelung.

Held hatte mit ein paar Kollegen in den zuständigen Kommissariaten telefoniert. Unter dem Vorwand, wichtige Kontaktpersonen in Spielclubs treffen zu müssen, wobei er nicht unbedingt von einer Razzia überrascht werden wollte, hatte er gebeten, ihn zuvor von allen geplanten Einsätzen zu unterrichten. Arglos hatten ihm die Kollegen dies zugesichert.

Die Einladung von Banser, noch einen Drink zu nehmen, lehnte er kurz angebunden ab und ging rasch durch den Hinterausgang hinaus. Er sah nicht, wie Banser hinter seinem Rücken zum Telefon griff, um seinen Chef Gehlen anzurufen und ihn davon zu unterrichten, daß das Schmiergeld kassiert worden war.

Auf der Rückfahrt starrte Held gedankenverloren zum Fenster

hinaus. Er hörte King von Anneliese erzählen, die er ein paar Tage zuvor zufällig in der Stadt getroffen hatte. Offenbar war sie wieder mit jemandem zusammen. Einem Lehrerkollegen. Schien ein netter Kerl zu sein. Er spürte einen leisen Stich. War das Eifersucht? Wie weit hatte er sich von Anneliese entfernt? Und von seiner kleinen Tochter? Wie weit hatte er sich von sich selbst entfernt? Heute hatte er endgültig den Polizisten in sich verabschiedet, hatte zum erstenmal etwas wirklich Illegales getan. Von nun an würde er nicht mehr zu den Guten gehören. Er lächelte bitter. Es hatte keinen Zweck, weiter darüber nachzudenken. Er kurbelte das Seitenfenster herunter, ließ sich den Fahrtwind ins Gesicht blasen. Er spürte, wie King ihn mißtrauisch im Rückspiegel beobachtete, und schloß die Augen.

Am Abend nach der Landtagswahl stand Held allein in von Hellbergs Wohnzimmer und sah sich die letzten Hochrechnungen an. Er hatte nicht gewählt – seine Karte lag wahrscheinlich zu Hause auf dem Tischchen im Flur und wartete nun darauf, zerrissen zu werden –, aber seine Stimme hätte ohnehin nichts geändert. Was die Demoskopen prognostiziert hatten, war fast aufs Komma genau eingetreten: Möllbachs Partei gehörte zu den Gewinnern, und die sprechenden Köpfe auf dem Schirm gingen davon aus, daß die großangelegte Werbekampagne der letzten Wochen den Ausschlag für das gute Wahlergebnis gegeben hatte. Möllbach selbst füllte das Bild und dankte mit Siegermiene allen Mitarbeitern und natürlich den Wählern, die seiner Partei das Vertrauen ausgesprochen hatten.

«Hör mal, Charly ...»

Held drehte sich um. Er hatte King nicht kommen hören. Sein Partner steckte – ebenso wie er selbst – in seinem feinsten Anzug, um im «Chez Michelle» auf Möllbachs Sieg anzustoßen. Sie warteten nur noch auf Barbara, und die ließ sich Zeit.

«Ja?»

King druckste herum: «Ich hab ... ich ... ich hab was auf dem Herzen – und ich hab mir grade gedacht, ich sage dir einfach, was es ist, und mach endlich reinen Tisch. Also – äh – es geht um folgendes ... äh –»

Held seufzte laut. «Red schon.»

«Ich hab einen Brief von meiner Bank gekriegt. Meine Bürgschaft wird nicht mehr gebraucht.»

«Und?»

King sah ihn überrascht an. «Und? Na, vor ein paar Wochen pumpst du mich an, und auf einmal... da stimmt doch was nicht.»

«Was soll da nicht stimmen?» Held leerte sein Glas und wandte sich wieder dem Bildschirm zu, über den jetzt Graphiken und bunte Tortenstücke flackerten. «Sei doch froh.» Er ging in die Küche, um sich einen Cognac einzuschenken. King folgte ihm.

«Was hast du heute im Spielclub gemacht?»

Held antwortete nicht.

«Wo ich unbedingt unten warten sollte?»

Mit einem verächtlichen Schnauben ging Held zum Sofa. «Halt dich aus Dingen raus, von denen du nichts verstehst, King.»

King versuchte ihn festzuhalten. «Woher hast du auf einmal soviel Geld?»

«Wird das jetzt 'n Verhör?» Held machte sich ärgerlich los.

King brachte es fertig, so leise zu sprechen, daß Barbara ihn im Bad nicht hören konnte, und trotzdem förmlich zu brüllen: «Du bist ein klasse Polizist. Ich seh nicht ruhig zu, wie so einer seine ganze Zukunft in den Gully pißt.»

«Wir leisten was», zischte Held zurück und lehnte sich in die Polster. «Und wir riskieren 'ne Menge. Warum sollen wir nicht auch 'nen flotten Sportwagen fahren? Denk mal an deine Frau: 37 und immer noch kein Pelzmantel!»

Aufmunternd stupste er King mit dem Fuß, aber der verzog keine Miene. Held leerte sein Cognacglas.

«Paar lumpige Scheine nehmen solche Spielclubs doch aus der Portokasse.»

King beugte sich vor. Sein Ton war sehr ernst. «Ich möchte nicht im Knast landen, Charly», sagte er ruhig.

Held starrte ihn an. «Nur das Geld zählt. Sonst nichts! Geld ist alles. Wenn du Geld hast, bist du hoch angesehen. Aber wer keins hat, der ist nichts. Nichts! Guck dich doch um. Je besser einer stiehlt, desto höher steigt er. Irgendwann hatten die alle die Hand im Marmeladentopf, verlaß dich drauf!» Sein Ton wurde aggressiver. «Ich bin nicht der einzige, der sich arrangiert. Nicht der einzige –»

King beobachtete ihn kopfschüttelnd.

«Mensch, Charly, du warst mal 'n Superbulle. Mein großes Vorbild ...»

«Und», fuhr Held wütend herum, «was hab ich davon gehabt?»

Er wurde unterbrochen. Barbara kam im eleganten Cocktailkleid aus dem Bad.

«Na», sagte sie und drehte sich einmal um die eigene Achse. «Wie sehe ich aus?»

«Ein Traum», sagte Held, stellte das Glas ab und verpaßte King mit der flachen Hand einen Schlag auf den Rücken, den man mit etwas gutem Willen durchaus als aufmunternden Klaps unter Freunden interpretieren konnte. «Gehen wir feiern.»

Auf dem Weg ins «Chez Michelle» fuhren sie noch rasch am Alten Markt vorbei. Der Architekt hatte ein paar Fragen an den Chef der Rütli-Properties, die sich schneller an Ort und Stelle beantworten ließen. Während Held vor einem der bereits eingerüsteten Gebäude mit dem Bauleiter und dem Architekten diskutierte und Barbara gemächlich über den Platz schlenderte, um ein paar Schaufensterauslagen zu betrachten und die anerkennenden Blicke der Bauarbeiter zu genießen, blieb King im Auto und versuchte, das vorangegangene Gespräch zu verdauen. Sein Mißtrauen war nicht zerstreut worden. Im Gegenteil. Er war jetzt sicher, daß Held falsch spielte. Sein Partner, sein Freund Charly hatte die Seiten gewechselt. Im tiefsten Inneren hatte King es schon eine ganze Weile befürchtet, es sich aber nie offen eingestanden. Jetzt zermarterte er sich das Gehirn, was er tun sollte. Den VE-Führer Droegel von seinem Verdacht informieren? Ihn womöglich den beamteten Erbsenzählern ans Messer liefern? Und wenn er nichts unternahm, war das nicht auch eine Form von Verrat? Sollte er noch einmal mit Held reden? Noch einmal versuchen, ihn zur Besinnung zu bringen?

Aus den Augenwinkeln nahm er wahr, wie ein altes Ehepaar mit einer jungen Frau und einem Fotografen aus der gegenüberliegenden Apotheke trat. Die junge Frau war offenbar Journalistin, denn sie stellte dem Apothekerpaar etliche Fragen und notierte eifrig die Antworten, während der Fotograf die beiden ablichtete. Er erinnerte sich daran, etwas über die beiden gelesen zu haben: Sie waren die letzten Mieter, die noch am Alten Markt aushielten. All die anderen, all jene, die ausgezogen waren, hatten angeblich Angst gehabt, aber für die Schachmanns war Angst ein Fremdwort. Die Journalistin schien glücklich zu sein, so vorbildliche Kämpfernaturen gefunden zu haben, mutige Bürger, die bleiben wollten, wo sie waren.

Plötzlich entdeckte King auf der anderen Straßenseite noch jemanden, der dem Interview aufmerksam zu lauschen schien: Gonzo Ritzeck. King erinnerte sich daran, daß Herzogs bulliger, gefährlich wirkender Sicherheitschef ihn für diesen Abend zu einem Glas Bier eingeladen hatte. Sie waren vor dem «Chez Michelle» verabredet.

Möllbach hatte offenbar viele Freunde. Der Nachtclub war überfüllt. Trotzdem trafen immer neue Gäste ein. Pressefotografen knipsten Tietze, den Leiter des Bauamtes, zusammen mit dem Bürgermeister. Sie knipsten Herzog, der die beiden begrüßte, sich dann aber rasch abwandte, nervös auf die Uhr sah und zu einer der Tänzerinnen hinter der Bar eilte. «Wie geht's ihr?»

Die Tänzerin deutete achselzuckend zur Garderobe hinüber, wo Michelle schwankend inmitten eines Durcheinanders von Kleidern, Perücken, Federstolas und Kosmetika hockte. Während sie bei der Wahlparty auf die erste Hochrechnung gewartet hatten, hatte sie sich unkontrolliert vollaufen lassen. Jetzt war sie so betrunken, daß sie sich kaum mehr auf dem Hocker halten konnte.

Barbara legte den Arm um sie und fragte besorgt, ob sie einen Kaffee wolle, aber Michelle schüttelte trotzig den Kopf und versuchte, nach dem Glas auf dem Schminktisch zu greifen. Sie griff daneben. Barbara legte ihr behutsam die Hand auf den Arm. «Michelle, das reicht.»

Herzog sah sich das Schauspiel mißbilligend an. «Diese elende Sauferei!»

Held trat zu ihm, doch Herzog beachtete ihn nicht. «Sie hatte soviel Talent», murmelte er. «Mein Gott. Alle Welt lag ihr zu Füßen...»

«Er legt dich rein, Jan», lallte Michelle, «dein *Busenfreund* Möllbach.»

Herzog wandte sich kopfschüttelnd ab.

«Weißt du, wie er dich nennt?» schrie Michelle hinter ihm her. «Einen vollgefressenen Emporkömmling! So redet er von dir! Im Bett!» Sie genoß es offenkundig, Herzog zu verletzen. Alle schauten betreten weg.

Herzog war neben Held stehengeblieben, beachtete ihn aber noch immer nicht. Er drehte sich halb um und sah Michelle scharf an, doch sie ignorierte ihn.

«Dein Geld war gut genug für ihn. Die Stimmen, die du für ihn zusammengebracht hast, waren gut genug, um sich wählen zu lassen. Und jetzt bist du ein vollgefressener, feister Emporkömmling!»

Sie lachte würgend und begann zu husten.

Herzog wandte sich ab und verließ den Raum. Draußen brandete Beifall auf.

Die Kapelle verstummte kurz und spielte dann einen lauten Tusch. Barbara sah Michelle besorgt an und legte ihr wieder die Hand auf den Unterarm.

«Michelle?»

Michelle starrte zu Boden und schüttelte den Kopf.

«Michelle?»

«Was?»

«Möllbach ist da. Soll Rita rausgehen und dich entschuldigen?»

«Warum?»

«Du kannst so nicht singen.»

Michelle hob ruckartig den Kopf und starrte Barbara an. Auf einmal wirkte sie ernüchtert.

Sie atmete tief durch, stand auf, durchquerte den Raum und betrat die Bühne. Ein Beifallssturm brach los. Sie war strahlend schön. Sie schwankte nicht. Über die Köpfe der Gäste warf sie Möllbach mit vollendetem Charme einen Kuß zu, und Möllbach dankte mit kurzem Nicken. Mehr konnte er nicht tun; die kleine, unscheinbare Person an seiner Seite blickte mit verkniffenem Grinsen in Richtung Bühne und hielt den Arm des dicken Mannes fest umklammert.

«*For he's a jolly good fellow...*», begann Michelle zu singen, und es klang, als käme der Glückwunsch aus tiefstem Herzen.

Held starrte wie gebannt auf die Bühne und lauschte. Er konnte nicht glauben, daß die Frau dort oben dieselbe sein sollte, die noch vor wenigen Minuten lallend in der Garderobe gehockt hatte.

«Sie ist unglaublich, oder?» sagte Barbaras Stimme dicht neben seinem Ohr.

«Ja», sagte er und drehte sich halb um. Zufällig sah er, wie Herzog auf Möllbach zuging, um ihm zu gratulieren, und der Dicke ihn einfach stehenließ und so tat, als habe er ihn nicht bemerkt. Niemand konnte behaupten, daß diese Brüskierung gewollt war. Vielleicht war Möllbach wirklich abgelenkt gewesen und hatte Herzog übersehen. Doch Held bemerkte den Blick, mit dem Herzog dem frischgebackenen Minister nachsah, der in Siegerpose seinen Anhängern zuwinkte.

King schwitzte. Die Atmosphäre im Wagen hatte sich grundlegend gewandelt, seit Gonzo vor seinem Sportclub angehalten und die beiden dunkel gekleideten Schränke mit den Baseballschlägern hatte einsteigen lassen, und obwohl King ziemlich sicher war, daß sie nicht ihm ans Leder wollten, fühlte er sich nicht mehr wohl in seiner Haut. Vorher war alles in Ordnung gewesen. Gonzo hatte ihm zwar nicht verraten, wohin sie fuhren, sondern bei seiner Frage einfach abgewinkt und «Wart's ab», gesagt, dabei jedoch nicht übermäßig angespannt geklungen. Im Gegenteil. Er hatte wie üblich ein paar schmutzige Witze erzählt.

Aber seit die beiden Kerle in Schwarz zugestiegen waren, war alles anders. Gonzos gute Laune war wie weggeblasen, und King hatte nach einem Blick ins Gesicht von Herzogs Chefschläger keinen Versuch unternommen, sie wiederherzustellen.

Er sah durch die Windschutzscheibe auf die Straße und versuchte sich zu orientieren.

«Wo fahren wir hin?» fragte er.

«Wir sind schon da», sagte Gonzo und nickte nach vorn.

Das Scheinwerferlicht glitt über nachlässig beklebte Bauzäune, und hinter den Zäunen schälten sich pechschwarze Dächer, Giebel und Ziertürme aus dem dunklen Blau des Nachthimmels. Der Wagen rollte weiter, am Zaun vorbei, zur Apotheke an der Ecke des Alten Marktes. Gonzo bremste, stellte den Motor ab und schlug sich mit der rechten Faust in die geöffnete Linke.

«Dann wollen wir mal», sagte er und stieg aus.

King und die beiden anderen Männer folgten ihm ins Freie. Wie in Trance stakste King den beiden hinterher, um den Wagen herum zum Kofferraum, den Gonzo inzwischen geöffnet hatte.

«Scheißwetter», knurrte Gonzo und stellte seinen Jackenkragen hoch. «Holt man sich noch den Tod.» Er zog eine kleine Axt hervor: «Besser als 'ne Kanone», grinste er. «Hab ich immer dabei.»

Die Schläger folgten Gonzo zur Eingangstür an der Seite des Hauses. King hörte seine Schritte und die der anderen durch die Nacht hallen und fragte sich, weshalb sie nicht vorn klingelten, an der Ladentür. In der Stille versuchte er seine Gedanken zu ordnen. *Die Legende immer ein bißchen höher hängen, dann fordert dich keiner auf, die Drecksarbeit zu machen.* Das konnte nicht sein. Das konnte nicht passieren. Nicht ihm.

Gonzo drückte auf den Klingelknopf. Irgendwo im Haus hörte man die Klingel leise schnarren. Gonzo griff in seine Jackentasche, und die beiden anderen taten es ihm nach. Alle drei zogen sich Wollmützen mit Schlitzen über die Köpfe. King stand da wie betäubt.

«Was soll 'n das werden? Spielen wir jetzt Ku-Klux-Klan?» Er drehte sich um. «Wißt ihr was, ich hau mich aufs Ohr ...»

«Halt die Fresse», zischte Gonzo, hielt ihm das blinkende Beil vor das Gesicht und lauschte. Er trat einen Schritt zurück, dann hörte man eine verschlafene Stimme fragen, wer da sei.

Gonzo murmelte etwas Unverständliches. Der alte Apotheker war ein vorsichtiger Mann und öffnete die Tür nur einen Spalt breit. Gonzo ließ ihm keine Zeit, die Tür wieder ins Schloß zu drücken. Offenbar legte er all seine Kraft in den Tritt.

Der Krach war ohrenbetäubend. King sah sich hoffnungsvoll um.

Jemand mußte es gehört haben. Die Nachbarn. Dutzende Lichter mußten aufflammen, brave Bürger die Köpfe ins Dunkel stecken und die Verbrecher mit wütenden Schreien vertreiben...

Alles blieb finster und still.

Einer der beiden Schläger packte King an der Schulter und zerrte ihn in den Flur.

Die Tür hatte Schachmann an der Schulter getroffen. Der alte Apotheker lag stöhnend auf dem Boden, starrte die Eindringlinge an und stammelte irgend etwas von seiner Kasse und seinen Ersparnissen.

Seine Frau tauchte hinter ihm aus dem Schlafzimmer auf.

Als sie erstickt aufschrie, drehte der alte Mann sich halb um und flehte sie an zu bleiben, wo sie war.

Einer der Maskierten durchquerte seelenruhig den Flur, holte mit dem Schläger aus und zerlegte das Telefon mit bedrohlich lässigem Schwung in seine Einzelteile. Auch Gonzo blieb ruhig. Er betrachtete das dicke Ende seines Schlägers und sprach mit dem Apotheker, der wie ein Insekt über den Holzboden davonkroch und in der Tür zum Schlafzimmer vorsichtig wieder auf die Beine kam.

«Machst Ärger, du Pisser? Willst nicht ausziehen! Den Schuppen hier nicht räumen, Arschbacke! Brauchst wohl 'ne Lektion, ha? Na, kriegst du das Maul nicht auf?» Er ließ den Baseballschläger auf die Kommode in der Diele krachen. Schachmann, der schützend den Arm um seine wimmernde Frau gelegt hatte, fing an, um Hilfe zu schreien. Gonzo folgte ihm langsam. Seine Stimme klang beinahe amüsiert.

«Okay, du Sack! Wie hättest du's denn gern? Sollen wir dich alle machen? Sag schon! Ich hab nicht ewig Zeit.»

Er führte den Schlag so beiläufig, daß King ihn gar nicht kommen sah. Der Schläger traf den alten Mann mit dumpfem Krachen über dem linken Ohr. Schachmann sackte zu Boden. Blut sickerte aus seinen Haaren, rann über sein Gesicht. Die Frau schrie wie wahnsinnig. Während Schachmanns Kopf erneut auf den Boden schlug, sprang einer der Maskierten um das Bett herum, packte die alte Frau und ließ ihre Schreie in einem dunklen Handschuh verschwinden.

«He! Es langt!» hörte King sich sagen.

Gonzo drehte sich um. «Was?»

«Das reicht», sagte King und deutete auf Schachmann. Plötzlich baumelte der Baseballschläger vor seiner Nase.

«Okay. Dann mach du's.»

«Nein.»

Gonzo trat ganz nah an King heran; seine Augen funkelten zwischen den dunklen Schlitzen der Maske.

Hinter ihm tauchte einer der Schläger mit dem Beil auf. Gonzos Stimme war sehr leise geworden: «Na, los! Wird's bald, Kumpel!»

Der Schläger hing immer noch in der Luft.

King schüttelte den Kopf. Unmöglich, dachte er. Wer bin ich? Eingreifen, dachte er. Festnehmen, alle drei. Schwere Körperverletzung. Das ist kein Bagatelldelikt mehr. Und die ganze Operation wäre vorbei.

«Was ist los?» zischte Gonzo, jetzt sehr dicht vor Kings Gesicht.

King spürte den Schweiß überall, Perlen, die unter seinem Haaransatz hervorkrochen, auf die Stirn zu.

«Er hat genug», sagte er entschieden und drehte sich zur Haustür um.

Erleichtert merkte er, daß die drei anderen ihm folgten.

Wie an jedem Morgen standen auch am Morgen nach dem Vorfall am Alten Markt die Menschen in den U-Bahnen und studierten die rot-weißen Titelseiten der Tagespresse, die Schlagzeilen, die vom «Terror am Alten Markt» erzählten, von den Nazi-Schlägern, die es offenbar auf das alte jüdische Apothekerehepaar abgesehen hatten. Wie an so manchem Morgen schüttelten die Leser die Köpfe über die unterhaltende Verderbtheit der Welt und beließen es dabei. Die einzigen, die wirklich handelten, waren die Schachmanns. Sie gaben auf.

Gehlen las in der Zeitung, der alte Mann habe den feigen nächtlichen Anschlag überlebt und noch auf dem Weg ins Krankenhaus zu einem Journalisten gesagt, er werde weggehen aus dieser Stadt, die ihre Bürger nicht zu schützen verstand. Alles weitere interessierte ihn nicht. Das Problem war beseitigt, das allein zählte. Die Arbeiten am Alten Markt würden endlich weitergehen, die Geldgeber würden sich beruhigen, und da auch der Cäsiumtransport Richtung Italien gestartet war, hatte er wieder einmal allen Grund zu bescheidenem Optimismus. Von Herzogs Stimmungstief abgesehen, lief alles nach Plan.

Karl von Hellberg war nicht zufrieden mit sich und der Welt. Im Gegenteil, er hatte das Gefühl, die Dinge entzögen sich immer mehr seiner Kontrolle. Er hatte mit King gesprochen, als der in der vergangenen Nacht spät und erschüttert in die Wohnung gekommen war, hatte den Partner mit Worten, behutsamen Umarmungen und größeren Mengen Whisky zu beruhigen versucht. So verstört hatte er King noch nie erlebt. «Ich bin der einzige, den diese alten Leute wiedererkennen würden», murmelte er immer wieder. Held riet ihm, am nächsten Tag Selbstanzeige zu machen; die Staatsanwaltschaft würde das Verfahren wegen unterlassener Hilfeleistung dann niederschlagen.

«Charly! Was sind das für Menschen? Was machen die aus uns?» King konnte sich nicht beruhigen.

Held wich seinem Blick aus.

«Schlaf dich erst mal aus. Komm! Du bist ja völlig erledigt.»

Er wollte aufstehen, aber King hielt ihn fest.

«Manchmal hab ich das Gefühl – wir verlieren total die Orientierung, Charly.»

Held trat ans Fenster und starrte niedergeschlagen in die Nacht hinaus.

Als Held am nächsten Morgen ins Büro kam, sah er zufällig, wie Herzog zwei dunkelhäutige Herren verabschiedete. Er erkannte die beiden Iraker wieder. Also stimmten die Vermutungen des Bundesnachrichtendienstes doch: Herzog machte mit den Irakern Geschäfte.

Am Nachmittag traf er sich mit King, Droegel und Renate auf dem Parkplatz des «Johannisberg» zur Lagebesprechung. Es gab nicht viel zu bereden. Droegel, der VE-Führer, derjenige, der die Aktion zu überwachen hatte, war angetrunken, am hellichten Tag. Seine Frau war aus der gemeinsamen Wohnung ausgezogen, mit den Kindern, nachdem sie ihn zufällig zusammen mit Renate in der Stadt gesehen hatte. Jetzt glaubte sie zu wissen, warum er so oft nicht zu erreichen war und sich nur noch selten zu Hause blicken ließ. Ihre Phantasie schlug Purzelbäume. Droegel durfte ihr über seinen Einsatz ja nichts erzählen.

Renate war die Fürsorge selbst. Als Held sich über den Betrunkenen beugen wollte, taumelte der wie von der Tarantel gestochen zurück. Es schien, als wollte er sich von Held auf keinen Fall anfassen lassen. Außer seinen privaten häuslichen Problemen schien den VE-Führer noch etwas anderes zu belasten: ein Verdacht, ein furchtbarer Verdacht gegen den Freund, den er nicht belegen konnte, der sich aber auch nicht zerstreuen ließ. Er wußte, daß zwischen dem Verdeckten Ermittler und der Zielperson Sympathie entstanden war, sogar Freundschaft. Er spürte, daß Charly Held sich verändert hatte, daß er immer mehr, immer nahtloser in die Rolle des Karl von Hellberg hineinwuchs. Ihm war klar, wie gefährlich das war, aber er zögerte, Meldung zu machen; das hätte den sofortigen Abbruch der Operation Bernstein bedeutet, die inzwischen ja auch eine Menge Geld verschlungen hatte. Ohnehin bedrängten die oberen Etagen im Präsidium Kilian zusehends, das Unternehmen endlich zu beerdigen.

Droegel hatte sich vorgenommen, den Verdeckten Ermittler noch schärfer im Auge zu behalten; zugleich wußte er, daß eine völlige Kontrolle ausgeschlossen war. Die Kosten, die Mühen, die Gefahren – das durfte doch nicht alles umsonst gewesen sein. Als zu seinen beruflichen Sorgen nun auch noch der Streit mit seiner Frau gekommen war, als er plötzlich mutterseelenallein in der öden Wohnung gesessen hatte, war er durchgedreht, hatte versucht, die Sorgen, den Kummer und dieses schreckliche Gefühl von Trostlosigkeit in sich zu ertränken.

King hakte ihn unter und führte den Schwankenden in das Ausflugslokal, um ihm das Gesicht zu waschen. Schon in der Tür, hörte Droegel, wie sein Verdeckter Ermittler Informationen über Herzog an Renate weitergab. Er teilte ihr mit, daß Herzog tatsächlich spaltbares Material für die Iraker durch Deutschland nach Italien transportieren ließ.

Als Renate ihn darauf hinwies, daß das OK dafür nicht zuständig war und es obendrein keine gesetzliche Handhabe gegen den Transport gäbe, weil Cäsium aus unerfindlichen Gründen nun mal nicht unter die Bestimmungen von Kriegsgerät fiel, wurde Held fuchsteufelswild.

Droegel machte sich von King los. «Klingt ja beinahe so, als wollte unser Charly seinem Busenfreund Herzog tatsächlich ans Leder», lallte er.

King versuchte ihn zu stützen. «Gefällt uns nicht, daß ein Laster, gerammelt voll mit strahlendem Material, einfach so durchs Land fährt.»

Droegel schnitt eine Grimasse. «Wir leben in einem Rechtsstaat», sagte er scharf.

Held starrte ihn reglos an, ohne zu antworten.

Auch Dr. Möllbach war nicht zufrieden mit dem Lauf der Dinge. Er war dort, wo er seiner Ansicht nach hingehörte, vom Volk gewählt, aber natürlich gab es auch in diesen luftigen Höhen Schmeißfliegen, die ihm den Erfolg neideten und alles in ihrer Macht Stehende taten, um ihm Schwierigkeiten zu bereiten.

Zum Beispiel die eingebildete Gans, die ihn interviewen sollte. Im Fernsehen. Zur besten Sendezeit. Und die eine halbe Stunde vor der Sendung zu ihm in die Garderobe gekommen war, ihn lächelnd begrüßt und dann – weiterhin lächelnd – informiert hatte, sie werde natürlich die abgesprochenen Fragen stellen, müsse aber wegen des Artikels im kommenden «Spiegel» auch die Wahlkampfspenden erwähnen und ihm, Möllbach, Gelegenheit geben, dazu Stellung zu nehmen.

Sie sah ganz gut aus, wenn sie lächelte. Der Innenminister blieb majestätisch.

«Keine Ahnung, worauf Sie jetzt hinauswollen, Frau ...»

«Diese Bürgerinitiative. *Für ein lebenswertes Hessen.*»

«Ah.» Möllbach winkte gelassen ab. «Die haben ein paar Unternehmer ins Leben gerufen, die ich nicht einmal persönlich kenne ...»

«Unter Vorsitz von Bauunternehmer Wolf?»

«Ich glaube, ja. Wolf, richtig. Bin dem Mann allerdings, wie ich ja bereits sagte, nie persönlich begegnet.»

Er wischte sich den Schweiß von der Stirn.

«Im ‹Spiegel› der kommenden Woche erklärt Wolf, er sei für eine bestimmte Summe bereit gewesen, seinen Namen herzugeben.»

«Ich verstehe nicht», sagte Möllbach.

«Das Geld stammt in Wahrheit von Jan Herzog.»

Möllbach war nicht umsonst Politiker. Andere hätten Minuten gebraucht, um darauf angemessen zu reagieren. Er schaffte es in Sekundenbruchteilen. Sein Kiefer klappte leicht nach unten, bestürzte Falten erschienen auf seiner Stirn.

«Herzog!» sagte er entgeistert.

«Herzog», nickte die Journalistin.

«Um Gottes *willen.*» Möllbach arbeitete bereits an einem neuen Konzept für die Sendung. *Den Mob bekämpfen. Neue Saiten aufziehen. Das organisierte Verbrechen ausrotten. Polizeibefugnisse erweitern, Sonderkommissionen gründen. Gelder bereitstellen. Sicherheit für den Bürger verbessern.* Alle Vorwürfe im Keim erstikken. Ehrenwert wirken. Angriff ist die beste Verteidigung. Bei Erscheinen des Artikels sollten die Menschen, die ihn gewählt hatten, sich an seinen Auftritt erinnern. Und wissen, daß er ein Opfer war, ein aufrechter, lauterer Mann, der – ohne sein Wissen – von dubiosen Elementen benutzt worden war und dessen gerechter Zorn nun genau jene Elemente treffen würde.

Wie er das Herzog erklären wollte, wußte er noch nicht.

Das würde sich finden.

Zu gegebener Zeit.

Herzog hatte an diesem Abend Barbara und Held zum Essen eingeladen und zuvor eindringlich seiner Frau und seinem Sohn eingeschärft, sich nur ja wie immer zu verhalten und sich keinesfalls anmerken zu lassen, daß man inzwischen über die wahre Identität des Gastes Bescheid wußte. Gehlen hatte ihn aus dem Eßzimmer an den Fernsehapparat geholt, als Möllbach nicht nur einschneidende Maßnahmen im Kampf gegen die organisierte Kriminalität ankündigte, sondern auch die Einsetzung einer Sonderkommission gegen das organisierte Verbrechen, die mit besonderen Befugnissen ausgestattet werden sollte. Herzog hatte schweigend auf den Bildschirm gestarrt und anschließend anerkennend genickt. Er verhalf dem Dicken auf seinen Posten, und der versuchte anschließend, ihn zu erledigen. Gar nicht so übel: Er hatte recht damit gehabt, Möllbach zu mißtrauen. Es konnte interessant werden, zu beobachten, wer bei dieser letzten Auseinandersetzung zwischen ihnen die Oberhand behalten würde.

Wer als Croupier in einem illegalen Spielsalon arbeitet, muß sich zwar über den korrekten Sitz seiner Fliege weniger Gedanken machen als die staatlich gebilligten Kollegen, dafür aber jederzeit die Augen geöffnet und die Ohren gespitzt halten. Als die Croupiers im «Club 54» die Äxte hörten, reagierten sie sofort. Einsätze verschwanden im Nichts, Decken und Tücher flogen wie von Geisterhand geworfen über die Tische, und die Spieler, die eben noch gebannt auf ihr Geld und die schicksalsträchtigen Räder gestarrt hatten, griffen nach ihren Gläsern, verteilten sich im Raum, ließen die Automaten klappern und plauderten zwanglos, als hätten sie seit Stunden nichts anderes getan. All dies dauerte nur Sekunden.

Als Hauptkommissar Jehner mit gezogener Dienstwaffe in den Raum stürzte und in die allgemeine Reglosigkeit hinein «Keiner rührt sich!» blaffte, starrten ihn Dutzende Augenpaare an, als habe er in der U-Bahn nach dem Zimmerservice gerufen. Sylvia Brant und einige Beamte folgten dem Hauptkommissar in den Raum, und der Besitzer des Clubs, ein gewisser Bremke, hielt offenbar die Zeit für gekommen, empörtes Aufbegehren an den Tag zu legen.

«Was machen Sie da!» Wild gestikulierend drängte sich Bremke an Jehner vorbei und deutete auf die Reste der Hintertür. «Sie können doch nicht... einfach meine Tür... also! Was fällt Ihnen ein?»

«Jetzt blasen Sie sich mal nicht so auf», sagte Jehner und ließ die Waffe sinken.

«Sind Sie hier verantwortlich?!»

«Sie veranstalten Glücksspiele?»

«Nein.» Bremke sah den Polizisten angewidert an. «Nein, das tun wir *nicht*, Herr Kommissar. Unsere Geräte sind überprüft. Und zugelassen. Alle. Alles erlaubte Geschicklichkeitsspiele. Wollen Sie die Unbedenklichkeitsbescheinigungen sehen?»

Jehner ließ ihn stehen und zog das Laken vom Roulettetisch.

«Das nennen Sie Geschicklichkeitsspiel?»

«Nein, das nenne ich Roulette.»

Jehner drehte sich um. Einige der Gäste hinter Bremke wandten sich ab und grinsten in ihre Gläser.

«Sehr witzig», knurrte Jehner. «Aber daß Roulette ein Glücksspiel ist, wissen Sie?»

«Ja.» Bremke nickte. «Nur hat damit keiner gespielt.»

«Ach so. Das steht hier nur so rum.»

Wieder kicherte jemand. Jehner nickte.

«Sie sind alle vorläufig festgenommen!»

Empörter Protest wurde laut, während Jehner ungerührt seine Beamten in den Raum winkte. Als einer der Männer Bremke unterhakte, platzte dem kleinen Mann der Kragen. Mit roter Stirn und dicker Halsschlagader riß er sich los und zielte mit dem Zeigefinger auf Jehner.

«Das trauen Sie sich doch nur, weil wir hier nicht zur Herzog-Firma gehören! Keine hohen Tiere schmieren!»

«Wie meinen Sie das?» Staatsanwältin Brant war zwischen den wütenden Bremke und Jehner getreten.

«Sind Sie so blauäugig, oder tun Sie bloß so?» höhnte der Spielclubbesitzer.

Die Staatsanwältin trat näher an ihn heran.

«Drücken Sie sich gefälligst deutlicher aus!»

«Werden doch nur die hopsgenommen, die keine Schmiergelder zahlen!» murmelte Bremke.

«An wen?»

Bremke biß sich auf die Unterlippe und schwieg. Sylvia Brant fixierte ihn:

«Ihre Gäste können gehen. Sie kommen mit, und wir klären die Angelegenheit. Mehr kann ich nicht tun. Also?»

Bremke dachte einen Augenblick darüber nach. Dann nickte er. «Ein Exstasimann. Hat gute Drähte zu euch, wie's aussieht.»

«Und der Name?»

«Weiß ich nicht genau», sagte Bremke und zuckte entschuldigend die Achseln. «Hellmann oder so ähnlich.»

«Danke», sagte die Staatsanwältin. Sie sah Hotte Jehner an. «Lassen Sie die Leute gehen, und nehmen Sie Herrn Bremke mit. Wir sehen uns später.»

Die Nachricht setzte Kilian zu. Die Staatsanwaltschaft hatte unmittelbar nach der Vernehmung von Bremke einen anderen Spielclub durchsucht und war bei den beschlagnahmten Unterlagen auf eine Position «v. H.» gestoßen. Obwohl das alles mögliche bedeuten konnte, geriet Kilian unter Druck. Staatsanwältin Brant befragte andere OK-Beamte; sämtliche Kollegen von Held. Einige gaben zu, daß Held sie gebeten hatte, ihm jedesmal vorher Bescheid zu sagen, wenn ein Spielclub durchsucht werden sollte. Ihnen hätte eingeleuchtet, daß er bei Kontaktgesprächen dort von einer Razzia nicht überrascht werden wollte. Als die Staatsanwältin nachhakte, mußten sie einräumen, daß ihre Razzien in letzter Zeit immer erfolglos verlaufen und die Spielclubs sauber gewesen waren, wenn sie eintrafen. Nachgedacht hatten sie bislang darüber noch nicht, nein, auch keinerlei Verdacht geschöpft, daß Held die Spielclubs rechtzeitig vorher gewarnt haben könnte. Die Staatsanwältin fand heraus, daß die meisten nicht genehmigte Nebentätigkeiten ausübten, zum Beispiel als Nachtwächter für Lokale arbeiteten, die Herzog gehörten. Die Jobs hatte ihnen in der Regel Held besorgt.

Frau Brant setzte ihren Vorgesetzten, Oberstaatsanwalt Dr. Holzer, über ihre Ermittlungen in Kenntnis.

Holzer sprach mit Oberle. Oberle sprach mit Kilian, und Kilian hatte keine Kraft mehr, sich gegen die Vorwürfe zur Wehr zu setzen.

«Offenbar ein Multitalent, dieser Held», schimpfte Oberle. «Leitet eine Schweizer Aktiengesellschaft, arbeitet eng mit Herzog zusammen. Und läßt sich obendrein von Spielclubs schmieren.»

Kilian wollte einwenden, daß bis jetzt noch gar nichts bewiesen sei, daß sich lediglich Verdachtsmomente ergeben hätten, aber Oberle fuhr ihm über den Mund.

«Ach, kommen Sie! Verständlich, daß Sie enttäuscht sind. Was haben Sie sich seinerzeit dafür eingesetzt, daß die Ermittlungen gegen Held eingestellt wurden. Ich persönlich habe dem Kerl ja nie ganz getraut. Wahrscheinlich war auch an der Drogengeschichte damals was dran.»

Oberle dachte an die Ermahnungen des Ministers, den Leiter OK unbedingt loszuwerden, und er nutzte die Gelegenheit. Wie er unter diesen Umständen Kilian noch weiter halten solle, wisse er nicht, erklärte er mit belegter Stimme.

Es war ein besonnenes Gespräch. Die beiden Männer einigten sich auf einen ruhigen Abgang des Dienststellenleiters. Der verdiente Polizist würde das Feld Jüngeren überlassen. Obwohl – oder gerade weil – endlich auch die Politiker aufgewacht waren und nun endlich das bewilligten, was Kilian all die Jahre gefordert hatte: mehr öffentliche Gelder und mehr Kompetenzen für die Bekämpfung des organisierten Verbrechens.

Kilian nickte während des Gesprächs viel. Es kam ihm absurd vor, daß er jetzt, wo er endlich das Ziel vor Augen hatte, aus dem Amt scheiden sollte. Er fühlte sich ausgelaugt. Erschöpft.

Er widersprach Oberle nicht, als dieser sagte, er selbst werde die Leitung der Abteilung – kommissarisch – übernehmen. Kilian nickte. Ein schöner Abgang. Ja. Eine Abschiedsfeier. Ja. Mit Presse. Ja. In heiterer Atmosphäre. Ja. Ein paar Wochen Urlaub, dann eine neue Aufgabe. Ja.

Oberle dankte ihm für sein Verständnis und das professionelle Verhalten.

Er wiederholte, es tue ihm leid.

Kilian nickte. Und lächelte müde. Ja. Ihm auch.

Als die Tür ins Schloß gefallen war, ließ er einen vorletzten ruhigen Blick durch das Büro schweifen. Er empfand keine Trauer. Keine Erleichterung. Nur Resignation. Grenzenlose Resignation. Die Partei bot ihm einen Verwaltungsposten an. Warum nicht? Vielleicht würde es Spaß machen, noch einmal etwas völlig Neues zu probieren.

Er begann, seine persönlichen Sachen zusammenzupacken. Die Kollegen würden weiter gegen Charly Held ermitteln. Seinen besten Mann. Wenn er es recht überlegte, war er erleichtert, nicht mit dabeisein und zusehen zu müssen, wie sich das Netz über Hauptkommissar Held zusammenzog.

Nicht nur Kilian verabschiedete sich an diesem Mittwochnachmittag im August. Auch Erich Grobecker packte seine Sachen. Er ließ Held allein. Wütend, unfähig, noch etwas zu sagen, machte er sich aus dem Staub und überließ den Partner seinem Schicksal und der Flasche auf dem Couchtisch.

Held drehte sich nicht einmal um, als die Tür ins Schloß fiel. Er beugte sich vor, goß sein Glas wieder voll und sah hinaus in den Spätsommerhimmel, der unpassend wolkenlos und blau über der Stadt lag.

Es war ihm egal. Was King tat, interessierte ihn nicht mehr. Der frühere Freund war ihm sowieso immer mehr auf die Nerven gefallen. Er wollte sich nicht länger von ihm verhören lassen, was er wann, warum und wie getan habe, woher auf einmal das viele Geld stamme, mit wem er sich eingelassen habe und mit wem nicht.

Mittags hatte er sich zu Barbaras Salon fahren lassen, aber Barbara war nicht da gewesen. Und King hatte wieder wegen der Spielclubs angefangen. Wieder und wieder die gleiche Platte; er wolle noch eine Weile Polizist bleiben, er sei stolz darauf; er wolle nicht seinen Job verlieren, nur weil Held sich nicht mehr an die Regeln hielt. Es hatte ihm gelangt; er hatte sich diesen ganzen Mist einfach nicht länger angehört. Wenn King aussteigen wollte, gut, sollte er doch aussteigen. Hatte er es nötig, sich dauernd von seinem Untergebenen korrigieren und kritisieren zu lassen? King hatte ihn angebrüllt: «Auf einem Arschloch-Kongreß würde man dich zum Vorsitzenden wählen.» Er war weitergegangen, aber King hatte ihn festgehalten. «Interessiert dich denn außer der kleinen blonden Nutte gar nichts mehr?» Da hatte er zugeschlagen, mit der geballten Hand in das ungedeckte Gesicht des Freundes, hatte mit den Fäusten auf diese mißtrauischen Augen gezielt, immer wieder zugeschlagen, als könne man so alle Vorwürfe und alle Fragen aus der Welt schaffen, hatte die Stimme zum Schweigen gebracht, die dauernd laut aussprach, was er sich selbst nicht einzugestehen erlaubte.

Er leerte das Glas und verzog das Gesicht, als er den Schlüssel im Schloß kratzen hörte. Er wartete, bis Barbara zu ihm kam und ihm einen Kuß auf die Stirn drückte.

«Na?»

«Wo warst du?»

«Was?»

«Wo du warst. Ich war mittags im Salon, und du warst weg.» Er sah auf die Uhr. «Drei Stunden.»

«Sag mal...»

«Wo warst du?»

Er stand auf. Es war sein gutes Recht, das zu fragen.

«Herrgott, im Kino. Charly, du solltest nicht so viel trinken, jedenfalls nicht tagsüber...»

«Was habt ihr gesehen?»

«Was?»

«Welchen Film, verdammt noch mal, stell dich nicht dümmer, als du bist!»

Sie schwieg einen Augenblick, dann sagte sie ruhig: «Laß deine miese Stimmung nicht an mir aus. Wo ist King?»

«Weg.» Er legte den Kopf schräg, weil er nicht glauben konnte, was er an ihrem Hals sah, zwei Zentimeter unter dem Kieferknochen. «Was ist das?» Er deutete mit dem Finger darauf. «Ein Knutschfleck?»

«Du kannst mich mal, Charly.»

«Hast du mit irgendwem im Bett gelegen?»

«Nein!»

«O doch!»

«Nein!» Sie wandte sich ab. Er hielt sie fest.

«Du warst mit jemand zusammen!»

«Du tickst doch nicht richtig.» Barbara nestelte an ihrem Ärmel, als könne sie den Stoff wieder in Form ziehen. Dann wandte sie sich ab und ging. Er hörte die Badezimmertür ins Schloß fallen. Schließlich war es still.

Alles egal. Es spielte keine Rolle mehr. Er war auf sich allein gestellt. Barbara war keinen Deut besser als King, keinen Deut besser als all die anderen, die ihn allein ließen, die ihn verrieten. Was hatte er denn gesagt? Was hatte er Verbotenes getan? Es war sein gottverdammtes Recht, zu fragen, wo sie gewesen war. Er hatte sie nicht geschlagen. Er hatte sie lediglich auf seine Rechte hingewiesen. Er ließ sich nicht verarschen, er nicht. Nicht von einem Flittchen, das log, ohne mit der Wimper zu zucken.

Er hatte plötzlich das Gefühl, keine Luft mehr zu bekommen. Er taumelte zur Garderobe, griff nach seiner Jacke und riß die Tür auf. Die Wände standen zu dicht zusammen, die Decke hing zu tief, der Teppich verschluckte ihn; die Welt wurde ihm plötzlich zu eng. *Frische Luft*, dachte er und ging.

Möllbach warf verärgert die Wagentür ins Schloß und bedeutete dem Fahrer mit einer unwirschen Geste, er solle warten. Das, was er im «Chez Michelle» zu erledigen hatte, konnte nicht lange dauern. Nur eben die Frau beruhigen. Die Vorzeigefrau, die ihm allmählich lästig wurde, aber doch nicht so lästig war, daß man einfach ihre Anrufe ignorieren konnte. Michelle hatte wieder einmal, wie so oft in letzter Zeit, am Telefon hysterisch geklungen. Ein bißchen Alkohol, ein bißchen Koks und sehr viel Selbstmitleid.

Als Möllbach das dunkle, leere Lokal betrat, saß Michelle an einem der Tische nahe der Tanzfläche und setzte gerade ihr Glas ab.

«Michelle», sagte er streng und ging auf sie zu.

Schwankend kam sie auf die Beine. «Hans.» Sie küßte ihn auf die Wange. «Lieb, daß du gekommen bist.» Ihre Stimme war leise und schwer.

«Irgendwas passiert?» fragte er ungeduldig.

«Er hat mich gezwungen, dich anzurufen.» Sie deutete in das Dunkel des Lokals. Möllbach drehte sich um. Herzog trat aus dem Schatten.

«Sie hat sich gesträubt», sagte er. «Wollte dich nicht bei deinem kostbaren Schlaf stören.»

«Aber dann hat sie's doch getan», sagte Möllbach.

«Aus alter Verbundenheit», nickte Herzog.

«Er hat mir gedroht», sagte Michelle zu Möllbach und setzte sich, als Herzogs verächtlicher Blick sie traf.

«Wußte gar nicht», sagte Möllbach, «daß du so eine melodramatische Ader hast, Jan.»

Herzog zuckte die Achseln. «Leider kann ich es nicht länger aufschieben, mich mit dir zu befassen, du... Minister.»

«Verärgert wegen der Sonderkommission?»

«*Verärgert* ist nicht ganz das Wort. Nachdem du mit meiner Hilfe gewählt worden bist...»

Möllbach fiel ihm ins Wort. «Herrgott, ich mußte was unternehmen. Hast du nicht den ‹Spiegel› gelesen? Gegen mich werden die Messer gewetzt, Jan. Ich muß um mein politisches Überleben kämpfen.»

«Schaff mir diese Sonderkommission vom Hals, du ausgekochter Schieber», sagte Herzog scharf. «Pfeif deine Bullen zurück!»

«Tut mir leid.» Möllbach schüttelte den Kopf. «Ich kann auf dich keine Rücksicht mehr nehmen.»

Herzog wandte sich an Michelle. Er lächelte, aber in seinem Lächeln lag nichts Freundliches. «Michelle – sag ihm doch bitte, daß ein Gentleman zu seinem Wort steht.»

Möllbach mußte lachen. «Machst du Witze? Ich bin kein Gentleman, genausowenig wie du.»

«Müssen wir erst ein paar Details aus deinem Leben veröffentlichen, du vorbildlicher Familienvater?»

Möllbach seufzte gelangweilt. «Weißt du, was dein Problem ist, Jan? Du wirst den Geruch der Gosse nicht los.»

«Ich mag den Geruch der Gosse», bellte Herzog, «der macht mich scharf.» Er holte tief Luft und rückte seine Krawatte zurecht. «Also, von nun an spurst du, klar? Sonst steht eure Geschichte in jeder Zeitung!»

«Es gibt keine Geschichte», sagte Michelle zu ihrem Glas.

Herzog sah sie an. «Ach, nein?»

Michelle lief hinter Möllbach her; er sollte Herzog versichern, daß da nichts Ernstes zwischen ihnen war. Anfangs hatten ihr die Aufmerksamkeiten des bekannten Politikers geschmeichelt. Herzog hatte gewollt, daß sie nett zu ihm war. Also war sie nett gewesen. Sie flirtete mit Möllbach. Er machte ihr immer unverhohlener den Hof. Sie wartete darauf, daß Herzog eifersüchtig wurde. Er mußte doch merken, wie sehr Möllbach sich um sie bemühte. Er war kein Mann, der sich etwas wegnehmen ließ, was ihm gehörte. Aber er reagierte nicht. Je weiter sie sich mit Möllbach einließ, desto frostiger behandelte er sie. Es schien fast so, als nehme er ihr übel, daß sie seiner Aufforderung, Möllbach entgegenzukommen, so bereitwillig gefolgt war. Michelle wußte, daß sie zuviel trank in letzter Zeit, zuviel kokste, aber sie fühlte sich so einsam. Sie hatte alles getan, um Herzogs Aufmerksamkeit zurückzugewinnen, und schien ihn dabei endgültig verloren zu haben.

«Hans», bettelte sie schluchzend, «sag ihm, daß es keine Geschichte gibt.»

Möllbach stieß sie unwirsch beiseite und ging auf Herzog los: «Die Wähler dieses Landes...»

Herzog ließ ihn nicht ausreden.

«Denk jetzt mal weniger an die Wähler dieses Landes als an dein braves Frauchen, deine Kinder... Willst du, daß sie solche Geschichten über dich in der Zeitung lesen?»

Möllbach machte eine wegwerfende Geste. «Meine Kinder sind erwachsen. Die erleben schon ihre eigenen Geschichten.»

Michelle schüttelte den Kopf, ohne aufzusehen. «Ich spiele wohl überhaupt keine Rolle dabei», murmelte sie. «Tut nicht so, als wäre ich gar nicht vorhanden.»

Möllbach beachtete sie nicht weiter; er sah Herzog an.

«Skandale werden unter den Teppich gekehrt – hast du das noch nicht mitbekommen, Jan? Man unterwirft sie einer ausgedehnten öffentlichen Untersuchung und verkündet das Ergebnis, wenn die Öffentlichkeit über dem Warten längst eingeschlafen ist.»

Herzog nickte. Lange. Und sah dem dicken Mann in die Augen. «Na schön», sagte er. «Du brauchst eine Lektion. Verlaß dich drauf: du kriegst sie.» Und mit diesen Worten wandte er sich ab und ging auf den Ausgang zu. «Das war's dann mit uns beiden, Herr Minister.»

Möllbach wurde wütend. «Hoffentlich», brüllte er und lief hinter Herzog her. «Hoffentlich, du mieser Emporkömmling! Erpresser! Und jetzt verpiß dich, Mr. Neureich!»

Herzog drehte sich nicht um.

«Ich», schäumte Möllbach, «bin der Innenminister! Ich mach dich alle! Ich bring dich hinter Gitter! Ich decke alles auf! Alles, was du gefingert und gekungelt hast, all die Jahre!»

Herzog verließ den Club. Möllbach blieb im Eingang stehen und brüllte ihm über die nachtdunkle Straße nach: «Alles wird aufgedeckt. Rücksichtslos. Ich laß dich in den Knast schaffen, du aufgeblasenes Miststück! In den Knast, verstehst du? In den Knast!» Seine Stimme überschlug sich. Das Blut schoß ihm in den Kopf.

Herzog stieg in den Wagen und gab Gonzo ein Zeichen. Der Wagen fuhr an.

Möllbach stand da, eingerahmt von Neon und Plakaten, auf denen eine schönere Frau zu sehen war als im Lokal. Er keuchte. Er beruhigte sich. Es war gut. Sehr gut. Er fühlte sich großartig. Er bemerkte den entgeisterten Blick seines Fahrers, der alarmiert aus dem Wagen gestiegen war, setzte ein Wahlkampflächeln auf und fragte sich, ob er zurück in den Club gehen sollte.

Wozu?

Er trat ins Freie, stieg ein und sagte dem Fahrer, er solle ihn nach Hause fahren.

«Alles ... in Ordnung?» fragte der Fahrer.

«Bestens», murmelte Möllbach.

Fünfter Teil

Kopfjäger

Drei Tage warteten Renate und Droegel am «Johannisberg» vergeblich auf Held. Er erschien nicht zu den vereinbarten Treffen. Beunruhigt riefen sie in der Luxuswohnung an, aber es meldete sich niemand. Natürlich hatten sie mitbekommen, daß King ausgezogen war. Sie hatten den Expolizisten nach den Gründen befragt, aber King hatte sich nicht äußern wollen. Ja, es gebe Meinungsverschiedenheiten zwischen Hauptkommissar Held und ihm, nichts Weltbewegendes, Spannungen halt, wie sie immer vorkämen, wenn man so lange so eng zusammenarbeite. Nein, er wolle nicht mehr weiter mitmachen, sich statt dessen künftig wieder mehr um seine sträflich vernachlässigte Familie kümmern. Ja, Hauptkommissar Held habe sein Ausscheiden widerspruchslos akzeptiert. – Sie hatten ihn gefragt, woher er das blaue Auge habe. King hatte gegrinst: «Wollt ihr ihm persönlich gratulieren?» Wem, hatte Renate nachgehakt, und King hatte abgewinkt: «Ein Telegramm tut's auch.» Und ihnen die Wohnungstür vor der Nase zugeschlagen.

Held blieb unauffindbar. Nachmittags fuhren sie nach Darmstadt. Sie sahen Anneliese mit Bienchen und einem Unbekannten aus dem Reihenhaus kommen und in ein nagelneues Kabrio steigen. Woher stammte das Geld dafür? Anneliese setzte sich ans Steuer. Sie bemerkte die beiden Polizisten nicht. Mit unverhohlenem Mißtrauen blickte Renate dem davonfahrenden Wagen nach.

«Na ja», sagte Droegel, «sie ist Lehrerin. Verdient mit.»

Er sprach nicht weiter. Er wußte, daß eine Sonderkommission inzwischen Helds finanzielle Situation überprüfte; er wußte bereits, daß die letzte Hypothek auf das Reihenhaus überraschend vor einem Monat abbezahlt worden war. Er seufzte. Wie hatte nur alles so aus dem Ruder laufen können?

Als Held das Apothekenschild auf der anderen Straßenseite leuchten sah, konnte er sich an keinen seiner Schritte mehr erinnern. Keinen Schritt, keine Bewegung, nichts von dem, was in den vergangenen Stunden vorgefallen war, vorgefallen sein mußte, keinen Menschen, den er gesehen, keine Straße, auf der er gegangen, keinen Laut, den er gehört hatte. Er spürte das kühle, glatte Glas in seiner Hand und senkte den Blick auf den fremden Gegenstand, den er mit den Fingern umschlossen hielt. Ungläubig hob er die Flasche und betrachtete den kümmerlichen Rest auf dem Boden. Hatte er die mitgenommen? Und geleert? Wo? Auf dem Weg, im Gehen? Oder sitzend, auf einer Parkbank? Ausgeschüttet? Mit gerunzelter Stirn starrte er die Flasche an, dann sah er sich nach einem Mülleimer um und entdeckte tatsächlich einen, nicht weit entfernt, an einem Laternenpfeiler. Er ging hin und warf die Flasche weg.

Apotheke.

Er sah auf. Das rot-weiße Licht zwischen den Baugerüsten wirkte staubig und müde. Aber diese Apotheke spielte irgendeine Rolle. Weshalb war er hierhergegangen? Weil er Kopfschmerztabletten brauchte? Etwas für seinen Magen? Seine Beine setzten sich wieder in Bewegung, obwohl er sich noch nicht entschieden hatte, die Straße zu überqueren. Für die drei Stufen zur Tür brauchte er drei Schritte. Er drückte die Klinke nach unten, aber die Tür blieb geschlossen. Er spähte ins Innere, sah den verwüsteten Verkaufsraum und wich zurück. Sekundenlang stand er unschlüssig auf dem Gehweg, dann wandte er sich nach rechts und entdeckte den zweiten Eingang an der Seite des Gebäudes. Er wußte nicht, ob er hingehen sollte. Als er sich abwenden wollte, rauschte etwas Weißgekleidetes an ihm vorbei, auf den Eingang zu. Die Person trug ein kleines Hütchen und einen weißen Rock und hatte sich eine hellblaue Strickjacke über die Schultern geworfen. Ohne es zu wollen, folgte Held der Krankenschwester zur Tür und blieb neben ihr stehen. Sie hatte gerade geklingelt und sah ihn fragend an. Er lächelte und wandte sich rasch ab, als die alte Apothekersfrau die Tür öffnete.

«Guten Morgen», sagte die Krankenschwester markerschütternd fröhlich und betrat das Haus. «Wie geht's uns denn heute?» Eine quengelige Männerstimme brummte zurück: «Wieso uns? Sind Sie auch krank?»

Die alte Frau musterte Held und bat ihn lächelnd, hereinzukommen. «Sie haben es gefunden?» sagte sie.

«...?»

«Schön», sagte die alte Frau.

«Ich», sagte Held verwirrt. «Ja.»

«Da bin ich aber froh.» Sie schloß die Tür hinter ihm und führte ihn ins Wohnzimmer. Ein paar der kostbaren, alten Möbel waren notdürftig repariert.

«Ich kann Ihnen gar nicht sagen, wie wichtig es für mich ist, mit Ihnen zu sprechen», stammelte Held.

Frau Schachmann lächelte freundlich. «Schön, daß Sie hergefunden haben.» Sie wandte sich zu der halboffenen Schlafzimmertür und rief laut: «Der Anwalt von der Mieter-Interessengemeinschaft, David.» Held begriff, daß sie ihn mit jemandem verwechselte, aber ehe er etwas sagen konnte, eilte Frau Schachmann in die Küche, um ihm Kaffee zu holen. Aus dem Schlafzimmer hörte er die ärgerliche Stimme des alten Apothekers: «Hören Sie auf, das Bett zu machen. Ich liege noch drin. Man macht kein Bett, wo ein Mensch noch drin liegt.»

Frau Schachmann drückte Held die dampfende Tasse Kaffee in die Hand. «Schauen Sie nur, was die mit ihm gemacht haben», seufzte sie leise. «Beide Beine gebrochen; Kopfverletzungen. Mein Mann ist 68. Auf dem einen Ohr hört er nicht mehr. Der Arzt will jetzt noch eine Schichtaufnahme von seinem Hirn machen lassen.» Sie fing an zu weinen. «Und alles nur, weil wir die Apotheke nicht aufgeben wollen, die wir seit 26 Jahren haben.»

Schluchzend schüttelte sie den Koopf: «Ich sage Ihnen gleich, wir geben auf.»

Held nahm ihr gegenüber Platz.

«Sie wissen definitiv, daß die Rütli-Properties hinter dem Überfall auf Sie steckt?»

Frau Schachmann schneuzte sich. «Zu beweisen ist das natürlich nicht. Aber in Wahrheit sind das Verbrecher – Verbrecher», wiederholte sie schluchzend.

Held starrte sie betroffen an: «Tut mir leid, was mit Ihnen passiert ist.»

Die Krankenschwester kramte in ihrem Täschchen und förderte eine Spritze zutage.

«Mein Mann sagt immer», sagte Frau Schachmann, «Gott sieht das Unrecht. Seinen Augen entgeht nichts.»

«Ja – ich weiß: Er sieht die Rechtschaffenen, und er sieht die Gottlosen. Und die Rechtschaffenen werden belohnt, und die Gottlosen werden bestraft werden.» Er lächelte. Hinter sich hörte er eine Stimme: «Natürlich glauben Sie nicht daran!»

Der alte Apotheker kam langsam ins Zimmer gehumpelt. Er stützte sich auf eine Krücke. Sein Kopf war dick verbunden, das eine Auge hinter einer Klappe verborgen. Held stand auf.

«Ich... na ja, ich glaube, hin und wieder müssen wir der Gerechtigkeit ein bißchen nachhelfen. Oder... hat Ihr Gott etwa Hitler bestraft?»

«Ist Hitler davongekommen?» Schachmann setzte sich ächzend auf eine Sessellehne. Seine Frau stützte ihn.

Die Krankenschwester erschien mahnend in der Tür. «Wäre besser, Sie blieben im Bett, Herr Schachmann.»

«Alte Henne!» murmelte Schachmann und zwinkerte mit dem gesunden Auge Held zu.

«David», tadelte Frau Schachmann leise, aber sie konnte sich ein Lächeln nicht verkneifen. Die Krankenschwester verschwand mit grimmigem Gesicht im Schlafzimmer.

Schachmann ignorierte sie. «Wissen Sie», sagte er, und Held konnte seinem plötzlich traurigen Blick nicht standhalten, «das Schlimmste ist die Demütigung. Verstehen Sie? Diese Halunken haben mich geschlagen und getreten. Ich...» Er verstummte und rieb sich mit Daumen und Zeigefinger der rechten Hand das Auge. Seine Frau setzte sich neben ihn und streichelte tröstend seine Hand.

Held hörte den Alten leise murmeln, was er selbst dachte. *Mein Gott. Mein Gott. Was sind das für Menschen?*

«Sie dürfen nicht… aufgeben. Sie dürfen nicht räumen.»

«Ich habe Angst», sagte die Frau.

Held nickte. «Trotzdem – werfen Sie nicht die Flinte ins Korn.» Er begriff gar nicht, was er da redete. Keiner seiner Sätze berücksichtigte die Interessen des Herrn von Hellberg. «Machen Sie denen einen Strich durch die Rechnung. Wenn Sie jetzt kündigen, haben die doch erreicht, was sie wollen.»

Schachmann hob den Kopf. Sein Blick war noch immer trüb, aber die Entschlossenheit kehrte zurück. «Meine Frau hat Angst. Ich bin krank. Wir haben keine Kraft mehr, Widerstand zu leisten.»

Held wollte etwas einwenden; Schachmann hob die Hand. «Nein», sagte er leise, «machen Sie sich keine Sorgen. Da über uns ist etwas – eine große, ordnende Kraft. Diese Halunken werden trotzdem ihrer gerechten Strafe nicht entgehen.»

Wieder herrschte Stille. Nur das Ticken der Wanduhr war zu hören.

«Und wenn… Sie sich irren?» sagte Held schließlich mit leiser, erstickter Stimme.

«Was?»

«Wenn es nun… keinen Gott gibt. Wenn Ihr ganzer Glaube… Täuschung ist?»

«Dann habe ich damit immer noch besser gelebt als die ohne Glauben.» Schachmann lächelte in das fragende Gesicht seines Gegenüber. «Aber dann wird es heikel, da haben Sie recht. Wenn es keinen Gott gibt, muß schließlich jeder von uns die Verantwortung für sein Tun und Lassen allein tragen. Dann gibt es keine Vergebung.» Er verstummte und musterte Held.

«Sie sind nicht der Anwalt von der Interessengemeinschaft», sagte er plötzlich.

«Nein.» Held schüttelte den Kopf.

«Sie gehören zu denen?»

«Ja.»

Er sah, daß der alte Mann verstand. Die Frau nicht. Sie blickte zwischen den beiden hin und her, während Held sich erhob. Der Sessel knarrte. Held wandte sich zum Gehen. Noch immer hatte Schachmann nichts gesagt.

«Zu dieser Gangsterfirma?» schrie seine Frau. Empört wollte sie Held folgen, aber ihr Mann hielt sie zurück.

«Laß ihn, Hanna», sagte er ruhig. «Wir haben doch alle unsere Methoden, unangenehmen Wahrheiten so lange aus dem Weg zu gehen, bis wir mit der Nase drauf gestoßen werden...»

Von der Tür aus sah Held den alten Mann an und nickte. Niemand sagte mehr etwas; niemand folgte ihm.

Er öffnete die Tür und taumelte ins Freie.

Er war draußen.

«Herr von Hellberg, Sie können jetzt nicht...»

Held ließ die empörte Sekretärin rechts sitzen, hörte sie aufspringen und betrat Herzogs Büro, ohne anzuklopfen. Herzog sah erstaunt auf, den Telefonhörer zwischen Kopf und Schulter geklemmt, und forderte seinen ungebetenen Gast mit erhobener Hand und düsterer Miene auf, sich einen Augenblick zu gedulden. Held blieb stehen.

«Ja, Michelle», sagte Herzog, «doch, das hab ich gelesen...»

«Herr von Hellberg!» sagte die Sekretärin zu Helds Rücken. Herzog winkte sie unwirsch hinaus und lauschte weiter der weinerlichen Stimme am Telefon. In einer Zeitung wurde über Michelles angebliche Verbindung zur Unterwelt berichtet. Natürlich steckte Möllbach dahinter. Er ließ sich verleugnen. Vom Ministerpräsidenten-Empfang war sie ausgeladen worden. Plötzlich nicht mehr erwünscht. Herzog hörte geduldig zu und nickte. Ob er nicht vorbeikommen könne, egal, wie spät es wurde.

Bis auf die gedämpft aus dem Konferenzraum neben dem Büro dringenden Männerstimmen war es still in dem Büro. «Hör auf zu weinen, Michelle... Ja, gut, ich komme. Später. Ja... Ja. Bis nachher.» Er seufzte, legte den Hörer auf; sah seinen Besucher kaum an, öffnete die Schatulle auf dem Tisch, nahm eine Zigarre heraus und zündete sie mit dem Tischfeuerzeug an.

«Wußte gar nicht, daß wir verabredet sind.»

«Ich muß mit dir reden, Jan. Dringend.»

Von Hellbergs Stimme klang gepreßt. Herzog horchte auf. Wollte sein überraschender Besucher etwa reinen Tisch machen, endlich alles gestehen, dem Freund sich offenbaren? Hatte er genug von Täuschung und Lüge? War die Zuneigung ihm, Herzog, gegenüber, die er immer gespürt hatte, doch aufrichtig? Wollte er jetzt beichten und Verzeihung erflehen?

Herzog stand auf, schloß die Türen zum angrenzenden Sitzungssaal, in dem Gehlen mit Bankvertretern verhandelte, und legte von Hellberg den Arm um die Schultern.

«Also, was hast du auf dem Herzen?»

«Am Alten Markt werden die Mieter terrorisiert, wenn sie nicht ausziehen, Jan – wir haben denen Zusicherungen gemacht –»

Herzog erstarrte. Was sein Besucher wollte, war offensichtlich alles andere als Absolution.

«Nächstenliebe ist 'ne feine Sache», sagte er eisig. «Bringt bloß nichts ein.»

«Du läßt Häuser abreißen, für die es gar keine Abrißgenehmigung gibt!»

Herzog nahm die Zigarre aus dem Mund und wurde lauter.

«Was dachtest du, was das hier ist? Ein Freundschaftsspiel? Wenn die Behörde nicht eingreift...»

«Natürlich greift die nicht ein. Dafür wäscht eine Hand die andere...»

«Begreifst du endlich das System? Wer am meisten hat, wenn er stirbt, hat gewonnen. Für 'n einfachen Jungen vom Kiez lieg ich doch ganz gut im Rennen.» Er lachte und ging zum Schreibtisch.

Held sah ihm nach. «Wie viele Autos kannst du fahren? In wie vielen Häusern kannst du wohnen?»

Herzog schüttelte verständnislos den Kopf. «Was willst *du* eigentlich? Geld? Macht? Sag's mir, damit ich es auch kapiere!»

«Kriegst du denn nie den Rand voll?» Held merkte, daß er laut wurde. Dabei hatte er doch vernünftig mit dem Freund reden wollen. Bestimmt wußte der nicht, was seine Mitarbeiter alles in seinem Namen anrichteten. Er mußte ihn aufklären. Ruhig. Sachlich. Nicht schreien. Ganz ruhig bleiben. Herzog ging zur Tür des Sitzungssaals.

«Wenn's einer geschafft hat», sagte er knapp, «werden die Nullen auf seinem Konto gezählt. Nicht die Leichen auf seinem Weg.»

Held folgte ihm, tief enttäuscht. Er hatte eine völlig andere Reaktion erwartet. Es konnte doch nicht sein, daß dieser großzügige, warmherzige Mann die Schweinereien, die Typen wie Gonzo Ritzeck und seine Schläger anrichteten, wirklich billigte.

«Aber warum?» schrie er. «Du hast doch längst genug. Warum immer mehr?»

Herzogs Halsschlagader schwoll plötzlich an. «Weißt du, warum sich ein Rüde die Eier leckt?»

Er packte Held roh am Kragen seiner Jacke.

«Nein – weiß ich nicht», sagte Held verblüfft.

«Weil er's kann! – *Weil er's kann!*»

Die Tür zum Konferenzraum wurde geöffnet. Held sah Männer in Anzügen, die ihre Unterlagen in Aktentaschen verstauten, und Gehlen, der, die Hand auf der Klinke, sich von ihnen verabschiedete und dann in Herzogs Büro trat.

Herzog nickte den Bankiers freundlich zu und legte dann Held versöhnlich die Hand auf die Schulter.

«He, was ist los mit dir», fragte er in völlig verändertem Tonfall, während er Held zur Vorzimmertür führte. «Spielst du auf einmal den Moralapostel? Wie soll man denn heutzutage seine Brötchen verdienen – ohne sich ein bißchen die Finger schmutzig zu machen?»

Held blieb stehen; es war ihm, als erkenne er Herzog zum erstenmal wirklich. «Macht's dir wirklich Spaß, alle zu betrügen?» sagte er leise. «Alle?»

Herzog drehte sich um, grinste zu Gehlen hinüber und deutete mit dem Zeigefinger auf Held. «Hast du das gehört? Das fragt *er mich*. Ausgerechnet er!»

Gehlens Lachen klang hämisch.

«Sehr ehrenvoll», fuhr Herzog spöttisch fort. «Fühle mich wirklich sehr geehrt, daß ein Bulle sich derart um mein Seelenheil sorgt.»

Held hatte das Gefühl, man habe ihm den Teppich unter den Füßen weggerissen. Er starrte in Herzogs verzerrtes Gesicht, hörte Gehlen verächtlich schnauben und versuchte zu verstehen, was vorging. Woher? Seit wann? Wieso lebte er noch?

«Wir wissen Bescheid, Herr Hauptkommissar Held. Schon eine ganze Weile.» Herzog wandte sich ab. Sein Lächeln wirkte auf einmal nicht mehr spöttisch, sondern gequält. «Soll ich dir was verraten, Charly?» sagte er leise. «Als ich es erfahren habe, warst du fast ein toter Mann.» Er schwieg und atmete tief durch. «Aber hätte das den Verrat aus der Welt geschafft? Also, habe ich mir gesagt, daß Rache dumm ist – eine menschliche Reaktion und darum Schwäche...»

«Außerdem», fiel Gehlen ein, «soll man die Kuh, die man melken will, nicht schlachten.»

Held war wie vor den Kopf geschlagen.

Herzog nahm hinter seinem Schreibtisch Platz. «Also gehörst du weiterhin zu meiner Truppe, klar?»

«Sie tun, was wir Ihnen sagen», fuhr Gehlen fort. «Oder Sie wandern in den Knast. Wir wissen, daß Sie von Spielclubs geschmiert werden. Geschieht auf unsere Veranlassung. Wir benutzen Sie, die Konkurrenz auszuschalten, indem wir Ihnen entsprechende Informationen für Ihre Polizeifreunde zuspielen.»

«Guderion», sagte Held. Es war keine Frage.

«Guderion. Ganz recht!» Gehlen nickte. «Die Lieferung ist schon auf arabischen Schiffen.»

Herzog seufzte. «Du warst leicht zu verführen, Charly. Aber darum verliert Ihr Gesetzeshüter ja immer. Weil Ihr die menschliche Natur bekämpft. Wir bedienen sie.»

Gehlens Auflachen war wie ein kurzer, harter Schlag ins Gesicht. Held versuchte, seine Arme zu bewegen. Es fiel ihm schwer.

«Kommt ihr heute abend?» sagte Herzog plötzlich freundlich. «Du und Barbara? Zum Konzert von Louis? Anschließend gehen wir schön essen.»

Er kam hinter seinem Schreibtisch vor und sah Held eindringlich in die Augen: «Warum solltest du dir das Leben unnötig schwer machen, mein Junge?» fragte er leise, während er ihn zur Tür hinausschob.

Held nickte. Er hatte verstanden.

Held wußte, was er zu tun hatte. Und er ging nach Hause, um es ihr zu sagen. Weil er Hilfe brauchte. Unterstützung. Den Beistand eines Menschen, den er liebte. Aber er fuhr nicht nach Darmstadt. Er ging, nein, taumelte in die Wohnung seines aufgeflogenen zweiten Ichs, zu Barbara in die Küche, den kleinsten bewohnbaren Raum der Wohnung, und erzählte ihr, was vorgefallen war. Von King. Von den alten Leuten. Er merkte nicht, daß sie sich nicht regte, daß sie den Blick gesenkt hatte und stocksteif am Herd lehnte, die Arme vor der Brust verschränkt, die Knie zusammengepreßt, die Lippen ein schmaler Strich, die schlanken Finger wie zum Gebet um das Glas gefaltet. Erst als er von Herzog erzählte, unterbrach sie ihn.

«Leg dich nicht mit ihm an», sagte sie leise, so leise, daß er es kaum verstand.

«Was?»

«Du sollst dich nicht mit Herzog anlegen.»

«Ich *muß* mich mit Herzog anlegen.»

«Mußt du nicht. Solltest du nicht.»

Er erklärte ihr, er sei Beamter. Auf Lebenszeit. Und beantwortete die Frage, die er in ihrer Reglosigkeit las, direkt im Anschluß. Mit seinem Gehalt komme er schon hin. Ihr, Barbara, gehe es ohnehin gut, also brauchten sie Herzog nicht zum Weiterleben.

«Ich will nicht werden wie deine Frau.»

Darauf sagte er nichts.

«Willst du in dein Reihenhaus zurück? Das du dir nicht mal von deinem Polizistengehalt leisten kannst, Charly...?» Sie setzte sich ihm auf den Schoß und kraulte verführerisch seinen Nacken. «Du hast jetzt eine Riesenchance. So was kriegst du im Leben kein zweites Mal geboten. Was mußt du schon tun? Mal fünfe grade sein lassen? Das tun doch alle! Was ist schon dabei? Mach dir doch nicht alles kaputt.»

Held stand so abrupt auf, daß sie hart auf die Fliesen fiel. Sie wurde wütend.

«Wenn du dich wirklich mit Jan Herzog verfeinden willst, dann ohne mich, Charly!»

«Ah ha? Toll! Du bist ja 'ne mächtige Hilfe, wenn's mal eng wird!»

«Ich hab geschuftet, um mir diesen Salon aufzubauen.» Ihre Stimme wurde schrill. «Ich hab jetzt gute Kundinnen. Erste Sahne. Was glaubst du, wo die sind, wenn Herzog nur so macht?»

Sie schnippte mit den Fingern und sah ihn an. Sekundenlang standen die beiden einander schweigend gegenüber.

«Verzieh dich», sagte Held und ging ins Schlafzimmer.

«Meinst du das im Ernst?»

«Verschwinde!» Er deutete zur Wohnungstür.

Sie sah ihn an. «Herzog zerquetscht dich, Charly.»

«Geh endlich! Deine Sachen schick ich dir nach.» Er wollte nicht brüllen. Er wollte ihre Tränen nicht sehen.

«So laß ich mich nicht behandeln», keuchte Barbara. «Ich komm nicht wieder, Charly!»

«Raus hier!»

Er stieß sie förmlich hinaus und knallte die Tür hinter ihr zu. Seine Stirn sank gegen den kühlen Lack, und während er ihr leises Schluchzen und ihre Schritte die Treppen hinunterhallen und schließlich die Haustür ins Schloß fallen hörte, stand er da und sah durch eine Art Nebelschleier zu, wie feine Tropfen vor seinen teuren Schuhen auf den teuren Teppich fielen, ihn für Sekunden dunkler färbten und dann in dem hellen, teuren Grau untergingen.

Nichts hielt ihn mehr.

Chopin. Pole. Guter Mann. Gehlen lächelte, ohne den Blick von Louis zu wenden, der vorn auf dem Podium für die vollbesetzte, stumme Aula einige Nocturnes und Walzer zum besten gab. Er spielte gut. Angemessen melancholisch, erstaunlich für einen so jungen Mann. Gehlen war ziemlich sicher, daß kein untrainiertes Ohr die winzigen Patzer hörte, und rubinsteinsche Reife konnte man von einem Sechzehnjährigen wahrhaftig nicht verlangen. Nein, Louis war talentiert. Sein Vater hatte allen Grund, stolz zu sein. Und das war er. Offensichtlich.

Herzog saß zwei Plätze weiter, neben seiner Frau, und lauschte mit seligem Lächeln dem Spiel des Jungen. Er hatte Gehlen erklärt, Chopin sei Pole gewesen, und der hatte höflich genickt.

Gehlen war erleichtert. Die Ereignisse der letzten Tage hatten gezeigt, daß Herzog wieder auf der Höhe war. Zuerst die Anweisung, dem Bullen ein paar Wanzen in die Wohnung zu stecken, um zu hören, ob er irgend etwas in der Hand hatte, was ihnen schaden konnte. Dann die Demütigung vom Nachmittag. Er hatte dem Verräter klargemacht, daß es keinen anderen Ausweg für ihn gab, als weiter brav mitzuspielen. Ohne Wenn und Aber. Nicht mehr als Herzogs allseits beneideter Vertrauter, sondern als Befehlsempfänger. Auf unterster Ebene. Der Bulle würde spuren. Er konnte nützlich sein. Wieder einmal hatte Herzog recht gehabt. Er spielte Schach mit Menschen. Das war seine Stärke, und Gehlen dankte dem Himmel, daß die sentimentale Zeit vorüber war. Die Menschen waren wieder Figuren, von wenigen Ausnahmen abgesehen, und Herzog benutzte diese Figuren wie früher, um sich Vorteile zu verschaffen. Als nächstes würden sie Möllbach erledigen. Der Minister beharrte auf seiner Sonderkommission gegen das organisierte Verbrechen, weil er wohl die Schlammspuren seiner Vergangenheit beseitigen wollte. Bisher waren sie noch mit jedem fertig geworden. Auch ein Minister war nicht unverwundbar. Möllbach schon gar nicht.

Aus den Augenwinkeln sah er, daß eine Träne über Herzogs Wange kullerte. Der große Mann weinte. Vor Rührung und Stolz. Oder weinte er gar nicht wegen seines Sohnes? Dachte er daran, was Gonzo in diesem Augenblick tat?

Gehlen sah noch einmal hin. Nein, dachte er. Es ist nicht leicht, Tränen der Rührung von Tränen der Trauer zu unterscheiden. Vielleicht, dachte Gehlen, weint er wirklich um Michelle.

Es war ein Kinderspiel. Gonzo hatte einen Schlüssel, und da Michelle wie so oft als letzte im Club saß, auf Jan, ihren Jan, wartete, der zu kommen versprochen hatte, und noch ein letztes Glas Champagner vor dem verhaßten Weg nach Hause leerte, gab es keine Zeugen, niemanden, der stören konnte.

Als sie das leise Knarren der Dielen vor der Garderobe hörte, drehte sie sich um und rief seinen Namen ins Dunkel jenseits der offenen Tür. Sie sah drei Schatten, und ihr müder Kopf brauchte zu lange, um zu verstehen, was das bedeutete. Als sie schreien wollte, lag eine schwarze Hand auf ihrem Mund. Sie schmeckte bitteres

Leder, spürte starke Arme, die sie festhielten, und trat, biß und strampelte um ihr Leben. Die Arme waren kräftig. Sie erkannte Gonzo. Sah die Spritze in seiner Hand, die Flasche, die er kopfüber gegen das Licht hielt, um die Spritze aufzuziehen, die Spitze, die sich aus dem Gummi löste, einen feinen Strahl, die winzigen Tropfen, die an der Nadelspitze hängenblieben. Die Arme waren zu stark. Sie dachte an Ärzte. Welche Ruhe und Gelassenheit dieser Mann in Schwarz ausstrahlte, wie routiniert er den Seidenärmel bis zu ihrem Oberarm hochschob. Aber seine Augen waren kalt, kalt wie das, was in ihren Arm kroch, höher und höher. Sie strampelte und biß in die Hand, aber die Hand blieb. Strampelte sie noch? Ihre Beine schienen aus dem Zimmer zu wehen, ihre Arme verschwanden nach links und rechts, ins Dunkel. Ja, sie wehrte sich noch. Die Augen waren jetzt weiter entfernt. Die Hände kramten in den Taschen. Sie sah das Röhrchen und schüttelte den Kopf. Schüttelte sie den Kopf? Sie brauchte keine Schlaftabletten, nein, danke, sie war schon müde genug. So müde. Wehrte sie sich noch? Strampelte sie noch?

Gonzo nickte den beiden Männern zu. «Okay. Rein mit dem Zeug, solange sie's noch schlucken kann.» Er nahm das Glas und schüttete der Reglosen die kleinen Tabletten in den Hals. Anschließend nickte er noch einmal, und die beiden legten Michelle auf den Boden vor dem Schminktisch. Gonzo nahm das gerahmte Foto an sich, das die Sängerin und Herzog zeigte, fand nach kurzem Suchen die Briefe in der untersten Schublade, dort, wo Herzog sie vermutet hatte, und sah sich prüfend in der Garderobe um. Er warf einen weiteren Blick auf die Frau, zog seinen rechten Handschuh aus, legte einen Finger an den schlanken weißen Hals und wartete. Ihr Herz schlug noch. Zu langsam, um ihr etwas zu nützen.

Er richtete sich auf und winkte die beiden Männer aus dem Raum. Hier war nichts mehr zu tun.

Die Jungs und Mädels von der Infotainmentbrigade rieben sich die Hände und taten erschüttert. In Rot, Schwarz und Weiß grölten sie den Tod der beliebten Sängerin von den Titelseiten oder traten in schwarzen Designeranzügen vor wartende Kameras und heuchelten für die beste Quote Beileid. *Rätselhaft* nannten viele den Tod, *mysteriös* die wenigen, die Zeit fanden, ein Fremdwörterlexikon zu Rate zu ziehen. Von *Tablettenabhängigkeit* war die Rede, von *Überdosis*, von *Cocktail*, natürlich von *Unglück*, *Schicksal* und *Tragödie*, und wer aus dem Umfeld der Verstorbenen nicht schnell genug flüchtete, fand sich unversehens von Mikros und hysterischen Fragen junger Rundfunkreporterinnen umzingelt. Eine Tänzerin namens Rita, Angestellte im «Chez Michelle» und die letzte, die den *beliebten Schlagerstar* lebend gesehen hatte, sagte im Vorabendprogramm, Frau Berger habe geweint, weil Herr Möllbach sich plötzlich habe verleugnen lassen und sie ausgeladen habe. Vom Ball. Das habe Frau Berger sehr deprimiert, sagte die Tänzerin, und das verstand natürlich jeder. Schon am Abend war die Tragödie fast vergessen, und die Berichterstatter hatten einen der drei anderen «In»-Begriffe ihres Wortschatzes ans Licht gekramt und brüllten «Skandal». *Der Minister und die Schlagersängerin*, glaubten die Abendzeitungen, und am Morgen sagte Frau Möllbach in fetten Lettern: «Ich glaube meinem Mann.» Da das im Grunde niemanden interessierte, verkniff die freie Presse sich die allzu ambivalente Frage «Warum mußte Michelle Berger sterben?» und titelte gleich «Warum wurde Michelle Berger ermordet?», obwohl zu diesem Zeitpunkt noch kein Mediziner von Mord gesprochen hatte. Innenminister Möllbach gab am Abend eine eilig einberufene Pressekonferenz, dementierte alles und erklärte den gelangweilten Journalisten, diejenigen, die den Medien das irreführende Material über Michelle Berger und ihn zugespielt hätten, verfolgten lediglich das Ziel, ihn zu diffamieren und auf diese Weise seine progressive Politik zu diskreditieren. Man unterbrach ihn lautstark, als er zu einer grundsätzlichen Kritik an der voreiligen, unkritischen Verbreitung von nicht verifizierten Informationen durch Zeitungen und Fernsehsender ausholte. Aus mehreren Richtungen scholl ihm die abwegige Frage entgegen, ob er zurücktreten werde.

Nein, sagte Möllbach ausdrücklich, diesen Gefallen werde er seinen Gegnern nicht tun. Er wisse die Öffentlichkeit und seine Parteifreunde hinter sich und werde nicht ruhen, bis die ganze Angelegenheit aufgeklärt, seine völlige Unschuld an den tragischen Vorkommnissen zweifelsfrei bewiesen und den Drahtziehern der schändlichen Intrige das Handwerk gelegt sei.

Noch am selben Abend trat er zurück.

Held ging ein letztes Mal in von Hellbergs Apartment und verstaute seine persönliche Habe und jenen Ordner, der über sein Schicksal und das von Jan Herzog entscheiden sollte, in seiner Reisetasche. Er wußte nicht, ob die Belege ausreichen würden, um Herzog hinter Gitter zu bringen. Er wußte auch gar nicht, ob er sich das wünschte. Er wußte nur, daß er sich in Herzog getäuscht hatte und nie wieder mit ihm zusammenarbeiten wollte. Und so, wie seine Gefühle für Herzog starben, seine Sympathie, seine Bewunderung, seine Freundschaft, so starb Stück für Stück in ihm Karl von Hellberg. Der da Faxe von Herzog an Rütli-Properties zusammensuchte, Kopien von Überweisungen, Belege für Steuerhinterziehung im großen Umfang, war wieder Hauptkommissar Held, der nur eines wollte: irgendwie überleben, irgendwie mit heiler Haut aus der Geschichte herauskommen.

Noch in der Nacht fuhr er nach Darmstadt.

Er klingelte nicht. Immerhin war es sein Haus. Er schloß die Tür auf, trat in den Flur und ließ seine Tasche unter die Garderobe fallen. Aus dem Wohnzimmer fiel Licht in den Flur, und ehe Held etwas sagen konnte, hörte er die Stimme seiner Frau.

«Ist da jemand?»

«Ich sehe nach», sagte eine Männerstimme.

Damit hatte er nicht gerechnet. Er hatte überhaupt nicht daran gedacht, keine Sekunde. Sie war seine Frau, und es war spät.

Ein schlanker Schatten tauchte hinter der verglasten Tür auf, öffnete sie und sah in den dunklen Flur. Held erkannte den Mann, mit dem Anneliese damals, vor Ewigkeiten, vor dem Kino gestanden hatte.

«Wer sind denn Sie?» fragte der Mann, und seine Stimme klang gleichzeitig drohend und ängstlich.

Held konnte sich nicht erinnern, je eine dümmere Frage gehört zu haben. Hier stand er, in *seinem* Haus, vor *seiner* Garderobe, auf *seinem* Teppich, und ein Wildfremder fragte ihn, wer er sei. Mit drohendem Unterton.

Held machte zwei Schritte nach vorn. Der Mann wich zurück.

«Und wer sind *Sie*?» fragte Held.

«Charly!» Der Kopf seiner Frau tauchte im Türrahmen auf. «Mein Gott. Was willst du denn hier?» Sie drängte den jungen Besucher beiseite und trat auf ihren Mann zu.

«Wer ist das?» fragte Held und nickte in Richtung des anderen.

«Das ist Martin. Martin Buchholz.» Sie wandte sich halb um und deutete auf Held. «Martin, mein Mann, Charly.»

«Oh», sagte Martin. «Guten Abend.»

«Was macht der hier?» fragte Held seine Frau.

«Das... Charly, das geht dich wirklich nichts an. Also, bitte...»

Seine Frau. «Das geht mich nichts an? Das geht *mich* nichts *an*? Sag mal, hast du...»

«Regen Sie sich nicht auf», sagte der Mann namens Martin und machte eine Sozialpädagogengeste. Held ignorierte ihn.

«Ist das mein Haus?» fragte er seine Frau.

«Du...» Sie wandte sich verzweifelt an den jungen Martin. «Martin, du... würdest... würden Sie uns bitte allein lassen. Bitte.»

Er nickte zögernd.

«Bitte, ja?»

«Mein Haus», sagte Held mehr zu sich selbst.

«Nein», sagte sie. «Es ist nicht dein Haus. Nicht mehr.»

«Ich, äh», sagte Martin, «ich gehe dann. Ja.» Er ging an Held vorbei zur Garderobe. Der Flur war schmal, und er stieß fast gegen die Wand. «Ich verzieh mich. Ist ohnehin spät geworden.»

«Danke, Martin», sagte Anneliese. «Tut mir leid, ich...»

«Schon okay.» Martin lächelte so verständnisvoll, daß Held ihm am liebsten die Brille vom Kopf geschlagen hätte. «Wir... sehen uns morgen. Danke für das Essen. War vorzüglich.» Er öffnete die Tür, bedachte auch Held mit einem freundlich verzerrten Lächeln und verschwand. Die Tür fiel ins Schloß.

«War vorzüglich!» äffte ihn Held nach. «Aufgeblasener Arsch!»

«Was willst du hier?»

Sie stand vor ihm, die Arme vor der Brust verschränkt, die Augenbrauen ein zorniger Strich quer über ihrem Gesicht. Er wurde ruhiger. Betrachtete sie, erinnerte sich an ihren Zorn, der nie lange anhielt, an das, was sie strafende Blicke nannte, daran, wie Bienchen ihr früher, kaum daß sie laufen konnte, auf der Nase herumgetanzt war. Er seufzte.

«Kann ich... ein paar Tage hierbleiben?»

«Nein.»

«Ich...»

«Ausgeschlossen.»

Er schwieg. Was sollte er sagen? Er räusperte sich und deutete mit dem Daumen über die Schulter, auf die Tür, durch die der Mann verschwunden war.

«Ist das... was Ernstes?»

Diesmal seufzte sie. «Ach, Charly.» Pause. «Ich... hatte Angst. Angst vor einem Leben ohne dich; aber irgendwann habe ich festgestellt, daß – daß ich auch allein zurechtkomme.»

«Bist du in ihn verliebt?»

«Nein.» Kopfschütteln, untermalt vom leisen Klimpern ihrer Ohrringe. «Wieso? Nein. Ja, ich mag ihn, aber...»

«Glaubst du... denkst du, wir könnten noch mal von vorn anfangen?»

«Ich weiß nicht. Ich glaube nicht. Es ist so viel passiert...»

«Du meinst, ich habe es versaut?»

Anneliese schüttelte erneut den Kopf.

«Beide haben wir's versaut. Ich muß auch was falsch gemacht haben, sonst hättest du dich ja nicht in dieses Mädchen verliebt.»

Als sie sich abwandte und eine der gerahmten Kinderkritzeleien an der Wand ansah, spürte er ihre ganze Verzweiflung und Liebe und wünschte sich, er hätte ihr weniger bedeutet. Viel weniger. So viel Schmerz war er nicht wert.

«O Gott, Charly», sagte sie, «du hast mich so belogen. Ich hab dir so vertraut, ich...»

Er nahm sie in die Arme. Sie erwiderte die Umarmung nicht. «Es tut mir leid», sagte er. «Denk mal an all die Jahre, die wir zusammen waren...»

Sie machte sich los. «Du hattest keine Probleme, die wegzuwischen, als dir danach war.»

Er folgte ihr. «Ich bin da vollkommen blind in was reingelaufen.»

Sie sah ihn wieder an. «Was ist mit deiner Freundin?»

Er antwortete nicht. Sie nickte zögernd. Held zwang sich zu einem Lächeln.

«Ich sitze voll in der Scheiße, Anneliese», sagte er leise. Er drehte sich um, ging in die Knie, öffnete die Tasche und nahm den schmalen Ordner heraus.

«Was ist das?»

Er nahm die Kopien und die Bänder aus dem Ordner und ging die paar Schritte zur Badezimmertür. «Belege. Für Grundstücksschiebereien, Geldwäsche und... Wenn mir etwas zustoßen sollte, mußt du das an die Presse weitergeben.»

«Charly...»

Er beugte sich über die Toilette, ruckelte die lose Kachel heraus, die er damals, als er beim Renovieren des Hauses fluchend auf den dahinterliegenden Hohlraum gestoßen war, nach reiflicher Überlegung nicht verfugt hatte, beglückwünschte sich insgeheim zu seinem Instinkt, knickte die Kopien einmal, verstaute alles und drückte die Kachel zurück an ihren Platz.

Als er sich wieder aufrichtete und den Dreck von den Händen wischte, klingelte das Telefon.

Seine Frau sah ihn besorgt an, dann ging sie ins Wohnzimmer. Held hörte es klingeln. Zweimal. Dreimal. «Held.» Stille. «Ja. Ja, der ist da. Augenblick.» Sie kehrte zurück. «Für dich.»

«Wer?»

«Ein Herr Gehlen.»

Es war vorbei, aber er glaubte es nicht. Nicht so schnell, nicht so leicht. Sie sollten ihn kennenlernen. Die Karten waren neu gemischt; aus dem Selbstgänger war ein Vabanquespiel geworden, aber das schreckte ihn nicht. Jetzt, da sie in der besseren Position waren, wurden sie vielleicht überheblich, und Überheblichkeit zeitigte Fehler.

Der Himmel über dem Schlafzimmerfenster war stockfinster;

kein Stern torkelte vor seinen Augen durch den tintenschwarzen Raum. Endlich atmete sie ruhig und gleichmäßig, endlich war sie eingeschlafen. Das rote Display des Weckers zeigte 3:29. Die Waffe auf seinem Bauch hob und senkte sich mit jedem Atemzug, und im Haus war es still. Weshalb hatte er nachgegeben? Er hatte sie und die Kleine zu ihrer Mutter bringen wollen. Sie wollte sich nicht streiten, nichts erklären müssen, nicht um diese Zeit. Weshalb hatte er nicht darauf bestanden, daß sie die Kleine und sich in Sicherheit brachte? Statt dessen hatte er Droegel informiert, ihn gebeten, auf Gonzo aufzupassen, Gonzo nicht aus den Augen zu lassen. Er hatte Angst. Er wußte, wozu die Gegenseite fähig war. Er hatte Droegel nicht gesagt, daß er für den nächsten Tag ein Treffen mit Gehlen vereinbart hatte. Droegel hatte am Telefon abweisend geklungen. Kühl. Sehr distanziert. War man ihm schon auf der Spur? Mißtrauten die Kollegen ihm nur, oder hatten sie konkrete Beweise gegen ihn?

Er wußte inzwischen, daß er sich getäuscht hatte, daß man Typen wie Herzog – kaltschnäuzigen, rücksichtslosen, geldgierigen, brutalen Typen – das Handwerk legen mußte, aber er wußte auch, daß Herzog Beweise gegen ihn in der Hand hielt: die Zahlungen, die die Spielclubs an ihn geleistet hatten. Mit dem Geld sollte er abhängig gemacht werden. Für den Fall der Fälle mundtot. Er wollte nicht ins Gefängnis. Als Vorbestrafter müßte er seinen Dienst quittieren, aber er wollte weiter Polizist bleiben. Wovon sollte er sonst leben? Wie sollte überhaupt sein künftiges Leben aussehen? Würde Anneliese ihn wieder aufnehmen? Vermutlich; schon aus Rücksicht auf Bienchen. Aber würde wieder alles so werden wie früher?

Nervös schreckte er hoch; ein Auto näherte sich unten auf der Straße. Er packte die Pistole und lauschte – das Auto fuhr weiter. Held wälzte sich zur Seite. Er konnte versuchen, Herzog zu erpressen. Die Unterlagen gegen ein paar hunderttausend Mark? Ob Gehlen darauf eingehen würde? Sie mußten zahlen. Bei einer offenen Auseinandersetzung würden sie alle verlieren; aber Herzog am meisten. Der Deal mit dem Alten Markt konnte platzen. Das würden sie nie riskieren. Lieber würden sie blechen. Die Guten mußten siegen. Aber gehörte er noch zu den Guten? – Er atmete tief durch.

Schlafen. Nicht tief. Nicht sterben. Ein bißchen träumen. Ein bißchen hoffen, ein bißchen träumen. Keine Sterne.

Renate und Droegel hatten in dieser Nacht kein Auge zugetan. Zunächst hatten sie ihr Büro in der Tankstelle geräumt – der Verdeckte Ermittler war aufgeflogen, er hatte die Tarnwohnung überstürzt verlassen, Operation Bernstein war beendet, sie mußten nicht länger Tankwarte spielen. Sie hatten die Straße vor Helds Haus in Darmstadt beobachtet und waren dann, als dort alles ruhig blieb, zu Gonzo Ritzecks Wohnung gefahren. Gonzo Ritzeck sollte keine Minute unbewacht bleiben. Aber dem Volksmund zufolge ist eine Kette nur so stark wie ihr schwächstes Glied. Renate und Droegel hatten einen jungen Polizeibeamten in Zivil und rotem Auto beauftragt, sofort über Funk ein Zeichen zu geben, wenn Gonzos silberner Porsche die Tiefgarage verließ, und waren dann kurz frühstükken gegangen. Der Kaffee war kaum serviert, als das verabredete Funkzeichen ertönte. Renate und Droegel rannten zu ihrem Auto und verfolgten, neben anderen Observierungsfahrzeugen, den silbernen Porsche bis fast nach Oberursel, um schließlich an einer Kreuzung feststellen zu müssen, daß in dem Porsche, dessen Nummernschild genauer zu betrachten bis zu diesem Zeitpunkt niemand für notwendig erachtet hatte, zwei vergnügt schwatzende Damen saßen. Sie waren dem falschen Wagen gefolgt. Fluchend kehrten sie um. Als sie endlich wieder vor der Tiefgarage eintrafen, war Gonzo Ritzeck mit seinem Porsche längst unterwegs. Und niemand beobachtete ihn.

Um Viertel nach acht begleitete Held seine Frau und seine Tochter zur Garage und verabschiedete sich von beiden. Er wagte es nicht, seine Frau zu küssen, aber sie zog ihn lächelnd zu sich herunter und küßte ihn. Sie schloß die Tür. Der Wagen rollte auf die Straße. Beide winkten. Sie lächelte. Er wartete, bis der Wagen außer Sicht war, dann ging er ins Haus zurück und rief ein Taxi. Um halb neun war er auf dem Weg zur Zeil-Galerie. Zu Gehlen.

Anneliese Held bemerkte erst auf dem Schulparkplatz, daß sie in der morgendlichen Aufregung ihre Tasche vergessen hatte. Ihre Tochter meinte zwar, das könne nicht so wichtig sein, doch das wußte Anneliese besser. Immerhin steckten die Arbeiten der 8 b in jener Tasche, und die Schüler wären zu Recht verärgert, wenn sie noch einen weiteren Tag auf ihre Zensuren warten müßten. Anneliese Held ließ ihre Tochter aussteigen, verabschiedete sich mit einem flüchtigen Kuß und machte sich eilig auf den Heimweg. Um neun war sie wieder zu Hause. Sie bemerkte den silbernen Porsche vor dem Nachbarhaus, fragte sich verwundert, wer da zu Besuch gekommen sein mochte, eilte zur Tür und schloß auf. An der Garderobe vorbei ging sie zur Treppe und stieg hinauf in ihr Arbeitszimmer. Als sie den oberen Treppenabsatz erreichte, hörte sie die Stimmen. Ihr stockte der Atem, als sie die drei Männer in Schwarz aus dem Schlafzimmer kommen sah. Die Männer blieben stehen. Einer der drei lächelte.

«Wo ist das Zeug?» sagte er und kam auf sie zu.

Sie wartete einen Augenblick zu lange. Sie rannte nicht, sie dachte nach. Durfte sie es ihnen sagen? Oder gefährdete sie damit das Leben ihres Mannes? Als sie endlich schreien wollte, lag der schwarze Handschuh bereits auf ihrem Mund.

Held stieg aus dem Fahrstuhl und ging auf die beiden Männer zu, die ihn mitten zwischen Himmel und Erde im kühnsten Glas-und-Stahl-Konsumtempel des vereinigten Deutschland erwarteten. Die beiden rührten sich nicht vom Fleck; sie warteten, bis er sie erreicht hatte, und behielten die Hände in den Manteltaschen.

«Gehen wir ein paar Schritte», sagte Maier.

Sie taten es. Durch die schöne, bunte Warenwelt, vorbei an Menschen und noch mehr Menschen, die gehetzt und angespannt nach immer neuen Wegen suchten, ihre Dispositionskredite bis zur Neige in Anspruch zu nehmen.

«Im Büro fehlen Unterlagen», sagte Gehlen. «Wenn nur ein Beleg in die falschen Hände kommt, könnte sich jemand schweren Herzens verpflichtet fühlen, Ihnen eine Kugel in den Kopf zu jagen.»

Held reagierte nicht.

«Vergessen Sie nicht», sagte Maier, «daß wir Sie in der Hand haben – ein korrupter Bulle, der auf Kosten der Steuerzahler ein luxuriöses Leben führt.»

«Solche Storys lieben die Medien.» Gehlen grinste.

«Aber warum sich das Leben unnötig erschweren?» Maier lächelte verbindlich. «Jan Herzog haßt Streitigkeiten. Er möchte das Kriegsbeil begraben. Wenn Sie auch dazu bereit sind, wird er sich erkenntlich zeigen.»

«Und er ist sehr großzügig», fügte Gehlen hinzu.

Held blieb stehen: «Geht's vielleicht ein bißchen klarer? Dieses Gerede um den heißen Brei, das bringt mich völlig durcheinander. Ich bin nur ein kleiner Bulle, da müßt ihr euch schon ein bißchen deutlicher ausdrücken.»

«Also gut.» Gehlen lächelte. «Wie deutlich sollen wir uns denn ausdrücken?»

«Wäre ein Vertrag als Sicherheitsexperte das Richtige?» fragte Maier.

Da Held schwieg, mischte sich Gehlen wieder ein.

«Herzog hat überall Nachtlokale, auf die Sie ein Auge haben könnten.»

«Für Sie», sagte Maier, «würde das 100000 bedeuten. Jährlich. Und wir könnten es überall auf der Welt deponieren.»

Held schüttelte den Kopf.

«Ist mir zuwenig.»

Gehlens Lächeln verschwand. «Okay. Wieviel dann?»

«Das Doppelte?» Maiers Frage kam wie aus der Pistole geschossen.

Held musterte den Rechtsanwalt. «Sie sind wirklich ein aalglatter Scheißkerl.»

Gehlen grinste.

«Das Doppelte?» wiederholte Maier unbeeindruckt.

Held fixierte die beiden. «Eine Million», sagte er ruhig. «Oder es gibt keine Verhandlungen.»

Eine Pause entstand. Schließlich meinte Maier: «Sie sind ziemlich dumm, Herr Held.»

Held zuckte die Achseln. «Ja. Sorry.»

«Hören Sie auf, die Dinge für die ganze Welt in Ordnung bringen zu wollen», zischte Gehlen. «Sie werden sich nicht lange halten.»

«Lange genug, um auf Ihr Grab zu pissen.» Held ließ die beiden stehen und marschierte zum Ausgang. Sie würden zahlen. Das spürte er. Es blieb ihnen gar nichts anderes übrig. Er wußte zuviel. Jan Herzog hatte ihm zu lange, zu rückhaltlos vertraut. Sie saßen in der Falle. Mit triumphierendem Lächeln winkte er einem Taxi.

Er schloß die Haustür auf, hängte seine Jacke an den Haken und ging in die Küche, um sich ein Glas Wasser zu holen. Einen Augenblick lang wunderte er sich über die Stille; er war lange nicht allein in diesem Haus gewesen. So lange, daß er dessen besondere Stille nicht mehr kannte. War es immer so gewesen, wenn seine Frau und seine Tochter etwas ohne ihn unternommen hatten? Wie lange war das her? Er ging zur Terrassentür und hinaus in den Garten. Die Pflanzen wucherten hoch, erste Blätter in den ungepflegten Beeten kündigten den nahenden Herbst an, und der Rasen mußte gemäht werden. Von weit her drangen das monotone Rauschen der Autobahn und spitze Freudenschreie spielender Kinder an sein Ohr, und irgendwo bellte ein kleiner Hund. Es war nicht so still, wie er gedacht hatte. Trotzdem fühlte er sich unbehaglich.

Er ging zurück in die Küche, stellte das Glas auf die Spüle, trat in den Flur und ging dann die Treppe hinauf. Er war sich selbst nicht ganz im klaren, was er oben wollte, aber irgend etwas zog ihn hin. Vielleicht die Sehnsucht, sich wieder heimisch zu fühlen; die Zimmer nach langer Zeit wiederzusehen, Bienchens Zimmer, das Arbeitszimmer seiner Frau, das kleine Gästezimmer, das noch immer einer Rumpelkammer glich. Er ging an der geöffneten Schlafzimmertür vorbei, ohne hineinzusehen, aber als er einen Schritt weiter den Flur entlanggegangen war, wurde ihm bewußt, daß er doch etwas gesehen hatte. Etwas, das nicht paßte. Obwohl er nur Sekundenbruchteile brauchte, um stehenzubleiben, sich umzudrehen, zurückzugehen und nachzusehen, schossen ihm Hunderte von Gedanken durch den Kopf. Gedanken, die fast gleichzeitig kamen und die ihn später immer wieder überfallen sollten, Gedanken wie im

Augenblick eines Unfalls; die Zeit dehnte sich. *Sie*, dachte er. Hier? Auf dem Bett? Das konnte nicht stimmen. Irgend etwas stimmte nicht. Es war ein normaler Wochentag, es war Vormittag, sie konnte nicht schlafen. Sie konnte nicht dasein. War es ein normaler Wochentag? Aber ja, er hatte sie doch erst vor ein paar Stunden losfahren sehen. Aber dann konnte sie nicht dasein. Außer, sie war zurückgekommen. Aber dann hätte sie ihn begrüßt. Sie wäre nicht liegengeblieben. Sie mußte krank sein. Migräne. Aber sie hätte ihn doch hören müssen. Schlief sie so fest?

Ungläubig sah er ins halbdunkle Schlafzimmer, und die Gedanken schossen und prasselten weiter durch seinen Kopf. Sie schläft. Warum? Sie liegt auf dem Rücken. Sie liegt nie auf dem Rücken, wenn sie schläft. Warum ist ihr Mund offen, warum ist das Kissen so dunkel, warum sind ihre Augen offen, warum sieht sie mich nicht an, warum hat sie meine Waffe mit ins Bett genommen, warum steht sie nicht auf?

Er blieb auf der Schwelle stehen wie festgefroren. Seine Beine waren plötzlich dünn, porös und hohl, und sein Gehirn weigerte sich zu erkennen, was die Augen sahen.

Dann war er bei ihr, saß auf der Bettkante, neben ihr, sah in die toten, offenen Augen, fühlte die Welt zurückweichen, leerer und leerer werden, und blieb allein zurück, in feindlicher, tödlicher Kälte. Er streckte die Hand aus und schloß ihre Augen. Sie sah nicht aus wie eine Schlafende. Nichts erinnerte ihn an die Abende, an denen er ins Bett gekommen war, als sie schon schlief, an denen er sie, die friedlich und wehrlos Schlummernde, betrachtet und sich geschworen hatte, sie zu beschützen. Er wandte sich ab, wußte, daß er den Mund nicht schließen konnte, wollte das gähnende Loch nicht mehr sehen, nicht das Kissen. Er verließ das Schlafzimmer und zog die Tür zu. Stand da und zitterte am ganzen Körper, stand ganz allein in der Welt und spürte die Steine in seinem Hals, in seinem Magen und in seinem Kopf, die Tränen, die ihm in die Augen schossen, die Verzweiflung und den unbändigen Zorn.

Jemand klingelte.

Er hatte nicht abgeschlossen. Er blieb am oberen Treppenabsatz stehen und ließ die Gefühle kommen, wartete, ob Verzweiflung oder Wut ihn mitreißen würde.

Droegel drückte die Tür auf. Renate Sames folgte ihm hinein, aber Droegel entdeckte Held zuerst und rief seinen Namen.

Er konnte seine Kiefer nicht mehr rühren. Er hatte das Gefühl, wenn er losließe, würde ihm der Kopf zerspringen.

Droegel kam die Treppe herauf. «Charly, was... was ist los?»

Held ging an ihm vorbei. Er ließ ihn einfach stehen, vor der Tür zum Schlafzimmer, ging die Treppe hinunter, durch Renates fragendes, entsetztes Starren, durch den Flur, hörte Droegel aus weiter Ferne «O Gott» sagen und ging weiter. Bei jedem Schritt hallte die leere Welt von lautem Donner wider, aber er ging weiter. Durch das Gewitter, gegen den Widerstand. Er mußte gehen, nur gehen. Weg von den beiden. Er sah seine Hand zum Hebel der Terrassentür gleiten, sah, daß sie den Hebel nach unten drückte und den Türgriff faßte. Die Hand sank wieder, und er sah die Bäume am Ende des kleinen Gartens. Keine Menschen. Keine Geräusche, nur das laute Rauschen, das von innen an seine Ohren drang. Er blieb stehen und wandte den Blick gen Himmel. Keine Wolken. Die Sonne strahlte, und niemand teilte sein Leid.

Zorn und Verzweiflung erreichten die Oberfläche im gleichen Augenblick. Held schrie, die Fäuste gen Himmel geballt, schrie und brüllte seinen Haß auf diesen Gott, der ihn verfolgte und zerschmetterte, in den Himmel, dorthin, wo er ihn vermutete. Er fühlte den Boden unter seine Knie kriechen, dann unter seine Stirn, fühlte die zuerst trockene, dann immer feuchtere Erde zwischen seinen Fingern herausquellen, sah seine fühllosen Hände, sah Kiesel, Blut und abgebrochene Nägel vor seine Augen schlagen und war plötzlich wieder leer. Rasen vor seinen Knien. Zerfurcht. Wovon? Er hatte keine Kraft mehr, die Schultern zu heben, die Arme zu bewegen, die Finger zu krümmen. Nichts.

Eine Hand legte sich auf seine Schulter. Er hatte keine Kraft, sie wegzuschieben. Jemand nahm ihn in die Arme. Er hatte keine Kraft, sich dagegen zu wehren. Von ferne hörte er das Jaulen der Sirenen. Viel zu spät. Es hatte keinen Sinn mehr.

Nichts mehr.

Bei allem Mitgefühl für den verdienten Beamten Held verloren seine Vorgesetzten und die Staatsanwaltschaft ihre Pflicht nicht aus den Augen. Die Untersuchung des Todes von Anneliese Held ergab keine Hinweise auf Fremdeinwirkung, weder durch ihren Mann, den Besitzer der Waffe, noch durch unbekannte Dritte. Abenteuerliche Mutmaßungen wurden zwar intern angestellt, offiziell jedoch energisch verworfen; an der rechten Hand der Verstorbenen hatte man Schmauchspuren gefunden, die Waffe – die Dienstwaffe des Beamten – hatte sich in der Nachttischschublade befunden und war geladen gewesen, Herr und Frau Held hatten in letzter Zeit Eheprobleme gehabt, Frau Held hatte laut Auskunft ihres Arztes Schlaftabletten und Antidepressiva in beträchtlichen Quantitäten konsumiert, und nichts deutete auf ein Gewaltverbrechen hin. Nichts war entwendet worden, nichts beschädigt, und es gab nicht den geringsten Hinweis darauf, daß die Verstorbene von einem Dritten berührt worden wäre. Der Vorfall wurde als Selbstmord ad acta gelegt.

Held lebte noch immer im leeren Raum.

Alles hatte er sich angehört, all die netten Dinge, all die Erklärungen, all die tröstlichen, leeren Bemerkungen, aber nach einer Weile konnte er nicht mehr. Er wollte nicht mehr reden und nicht mehr zuhören, er wollte allein sein. Allein mit seiner Tochter, deren Tränen ihn wieder zur Besinnung gebracht hatten. Sie war jung, und sie begriff nicht, was geschehen war. Er mußte stark sein. Er war der Erwachsene, derjenige, der die Welt verstand und erklären konnte, der sie immer verstanden und ihr erklärt hatte, seit sie Fragen stellen konnte. Er durfte sie nicht im Stich lassen, mußte ihre Fragen beantworten, seine maßlose Trauer und Wut verbergen, um ihr das Gefühl zu nehmen, alles sei sinnlos.

Sie weinten zusammen. Sie gingen zusammen spazieren, eng umschlungen, und redeten über Gott. Manchmal, erklärte er ihr, holt Gott besonders liebe Menschen zu sich, weil er Sehnsucht nach Liebe hat. Weil er neue, schöne, vollkommene Engel braucht. Mama ist jetzt ein Engel? Ja. Sieht sie uns? Ja. Aber warum hat Gott das gemacht? Wir brauchen sie doch viel dringender als er. Er wußte nicht, was er darauf erwidern sollte. Gottes Wege sind unergründlich? Gott läßt die Bösen leben und die Guten sterben? Gott ist gut, aber machtlos? Gott ist allmächtig, aber nicht gut, *gut* ohnehin ein schwieriger Begriff, und Gott nicht nach menschlichen Maßstäben zu beurteilen? Wie sollte er einem kleinen Mädchen erklären, daß es keinen Halt gab in der Welt, wenn man sich keinen einbildete? Vielleicht, sagte er, braucht Gott sie wirklich dringender als wir. Sie war bei uns, und sie wird immer bei uns sein – in unseren Gedanken. Der Körper geht, die Seele bleibt und wacht über uns. Sie nickte nachdenklich, und er war erleichtert. Er beugte sich zu ihr hinunter und nahm sie in die Arme: «Ich hab dich lieb, Kleines!»

«Ich hab dich auch lieb, Papa.» Den Rest des Weges gingen sie schweigend.

Nachdem er sie ins Bett gebracht und ein langes Lied für den Engel gespielt hatte, ging er nach unten und ließ das zuversichtliche Lächeln fallen. Im Küchenschrank fand er eine halbvolle Flasche Cognac. Er nahm sie heraus, ließ die Gläser, wo sie waren, und setzte sich an den Küchentisch. Als er die Flasche gerade aufgeschraubt hatte, klingelte es.

Er ging hin und öffnete.

King schloß ihn in die Arme und drückte ihn an sich. Er hörte das verzweifelte Schnaufen des großen Mannes und klopfte ihm auf den Rücken.

«Ich bin schuld, King», sagte er, ohne loszulassen, und dann konnte er die Tränen nicht mehr zurückhalten. Er hatte sich immerhin so weit unter Kontrolle, daß er nicht im Flur laut zu schluchzen begann, aber als King ihn ins Wohnzimmer befördert und die Tür geschlossen hatte, konnte er sich nicht mehr beherrschen. Er fing an zu reden, zu jammern, zu heulen, die Welt und sich zu verfluchen, erzählte zusammenhanglose Geschichten von früher, blätterte in seinem ganz persönlichen Bilderalbum, dem Buch in seinem Kopf, ihrer gemeinsamen Geschichte, sprach alles an, was ihm in den Sinn kam, ihre erste Begegnung, das kaputte Auto in den Bergen, die Reisen nach Italien, ihr Examen, die Streitereien, o Gott, die Streitereien, die sinnlosen Streitereien, für die er sich nicht mehr entschuldigen konnte. King hörte ihm zu. Geduldig. Setzte sich hin und unterbrach ihn nur selten, wenn die Selbstvorwürfe ungerecht wurden; ging in die Küche, schmierte Brote, hörte weiter zu, stellte den Cognac weg und öffnete statt dessen zwei Flaschen Bier, setzte sich wieder hin und hörte weiter zu. Er wußte, daß alles ausgesprochen werden mußte, daß irgendwann der Punkt käme, an dem die Trauer und die Verzweiflung in Worte gekleidet und die ersten Tränen vergossen wären, der Punkt, an dem man wieder miteinander reden konnte.

Es dauerte bis halb drei.

Held verstummte, betrachtete die leeren Flaschen auf dem Tisch, schüttelte den Kopf, stand auf und sagte: «Ich muß mal.»

Als er zurückkam, fühlte er sich ein wenig besser. Als hätte er nach einem Gelage alles ausgespuckt, was ihm über die Leber gelaufen war. Er war müde und gleichzeitig hellwach, hungrig und satt, erledigt und gleichzeitig bereit, die Welt aus den Angeln zu heben. Für einen Augenblick hatte sein Kummer Wut und Haß und finsteren Gedanken Platz gemacht. Und Fragen.

«Anneliese hat sich nicht umgebracht», sagte er ganz sachlich. «Nie hätte sie ihr Kind im Stich gelassen. Die haben sie ermordet, King.»

Er erzählte ihm von den Belegen, die er im Büro mitgenommen hatte, weil man Herzog damit unter Druck setzen konnte, und die er dann hier im Haus versteckt hatte. Er erzählte von seinem Treffen mit Gehlen und Rechtsanwalt Maier und wie die Papiere währenddessen gestohlen worden waren. Er brauchte nicht mehr zuzugeben, daß er sich überschätzt hatte. Das lag auf der Hand.

«Und die Papiere sind weg.»

Held nickte. Ohne diese Papiere würde Anneliese noch leben. Nach einer Weile sah er King an.

«Es gibt nur eine Methode, denen das Handwerk zu legen: man nimmt ihnen ihr Geld ab. Sonst kaufen sich diese Halunken doch wieder frei.» Er fuhr sich mit der Hand über die Stirn. «Sie stellen Kaution und sind im Handumdrehen auf freiem Fuß. Lahmlegen kann man die nur, wenn man ihnen ihre gefährlichste Waffe abnimmt: das Geld. Das macht sie so mächtig. Das verschafft ihnen Einfluß und Verbindungen.»

King musterte ihn besorgt.

«Bloß nichts auf eigene Faust unternehmen. Das ist zu gefährlich.»

Held bedeckte das Gesicht mit den Händen; King legte ihm den Arm um die Schultern.

«Vermutlich haben viele irgendwann mal Mist gebaut und... und tragen ein paar krumme Dinger mit sich rum, weißt du – vielleicht plagt sie manchmal ihr Gewissen, aber, ich glaube, die meisten leben ganz gut damit. Ich meine, du – du darfst dich jetzt nicht kaputtmachen, weil du... du... deine Tochter braucht dich und – und ich auch. Also...»

Held umarmte ihn und setzte sich auf die Terrassenstufen. In der Ferne blitzte ein Sommergewitter.

«Die Konten müssen ausgeglichen sein», sagte er leise. «Das hat Jan Herzog immer gesagt. Wenn wir ihn kriegen, dann nur mit seinen eigenen Waffen. Ganz legal. Ohne Strafgesetzbuch. Die Konten ausgleichen. Jetzt muß sich zeigen, ob er mir genug beigebracht hat.»

King sah ihn voller Sorgen an. Held erklärte ihm seinen Plan, erklärte ihm, wie er ihm helfen konnte.

Wer sich um Bienchen kümmere, während sie unterwegs seien, wollte King wissen. Held beruhigte ihn. Die Nachbarin hatte ihm schon mehrfach versichert, sie würde das Kind gern vorübergehend bei sich aufnehmen.

Am nächsten Morgen flog Held nach Florenz. Auf dem Weg zum Flughafen hatte er gemerkt, daß er observiert wurde. Aber er war lange genug Polizist, um zu wissen, welche Möglichkeiten es gab, lästige Verfolger loszuwerden.

Am Flughafen in Florenz nahm er sich ein Taxi. Während der Fahrt starrte er aus dem Fenster, ohne die vom Zahn der Zeit zernagten Sehenswürdigkeiten wirklich wahrzunehmen. Ihm erschien nichts sehenswert, nichts bemerkenswert, was sich in der frühherbstlichen Stadt abspielte. Sein Blick war nach innen gerichtet, flackerte und pendelte zwischen Dutzenden Gedanken und imaginären Schauplätzen hin und her. Es war ein konzentrierter, nervöser Blick.

Als sie aus der Stadt herausfuhren, beschleunigte das Taxi. Auf dem Weg in die vom langen Sommer ausgetrockneten bewaldeten Hänge lehnte Held sich zurück und ging noch einmal durch, was er zu sagen hatte. Stimmte alles? War es so einfach? Schätzte er Vincente richtig ein? Das Gelingen seines Planes hing fast ausschließlich von dessen Unterstützung ab – und was, wenn der Italiener vollkommen anders empfand, als Held es sich vorstellen konnte? Er wischte den Gedanken beiseite.

Neben dem hohen Eisentor warteten zwei bewaffnete Wachtposten, die nicht aussahen, als müßten sie vor dem Abfeuern ihrer Gewehre eine Gebrauchsanweisung studieren oder irgendwelche Fragen stellen. Erst nach Rücksprache mit dem Haupthaus und gründlicher Durchsuchung des Taxis und seiner Insassen ließen sie den Wagen passieren, und zum erstenmal seit seiner Ankunft in Florenz achtete Held auf die Umgebung. Eine lange, asphaltierte Auffahrt wand sich durch ein kleines Waldstück, durch gepflegte Rasenflächen und schließlich hinauf zu einem Gutshaus und diversen Nebengebäuden, die kein Sonnenlicht brauchten, um majestätisch zu strahlen. Weit unter ihnen lag das Dächermeer der Stadt.

Verbrechen lohnt sich offenbar doch, dachte Held beim Aussteigen.

Zwei weitere Bewaffnete klopften ihn ab, dann führte ein livrierter, dunkelhäutiger Diener ihn durch hohe Flure, vorbei an Gemälden und Gobelins, deren Preis man förmlich riechen konnte, zu einer schweren Eichentür und klopfte leise an. Eine Stimme bat sie herein. Held betrat das Zimmer und hörte die Tür leise hinter sich zufallen.

Der Raum war kühl, fast unangenehm kühl, und wie der Flur mit Geld gepflastert. Die Gemälde sahen teuer aus, der Marmor fühlte sich teuer an, sogar durch die Sohlen, und Held vermied es, auf die vor ihm liegenden Brücken zu treten. Das Zimmer war eine Demonstration von Erfolg und Reichtum, aber es hatte Stil. Held dachte an Herzogs Villa. Mit Geld konnte man fast alles kaufen, aber Geschmack gehörte nicht dazu.

Vincente saß am anderen Ende des Raumes an einem dunklen, schweren Holztisch, allerdings nicht allein. Hinter ihm, in respektvollem Abstand, stand ein großer Mann in dunklem Anzug und versuchte mit der Wand zu verschmelzen. Vincente bat seinen Gast mit einer kaum wahrnehmbaren Handbewegung, näherzutreten. Held tat es und nahm in einem der freien Sessel Platz. Für einen Augenblick war seine Unruhe wie weggeblasen. Die Sonne brach durch die dichten Wolken über der Stadt und schickte einige Strahlen durch die großen Fenster in Vincentes Rücken. Der Riese hinter Vincente gewann Konturen, und der Raum wurde wärmer.

Vincente sagte etwas auf italienisch, der Riese übersetzte. «Was kann ich für Sie tun?»

Held zögerte einen Augenblick. Dann beugte er sich ein wenig vor und sagte: «Ich biete Ihnen eine Möglichkeit, Jan Herzog empfindlich zu treffen.» Während der Dolmetscher übersetzte, ließ Held sein Gegenüber nicht aus den Augen. Er wußte, was sich gehörte; es wäre unhöflich gewesen, den Riesen als Menschen wahrzunehmen.

«Warum sollte ich daran interessiert sein?» sagte Vincente durch den Mund des Riesen.

«Ich dachte, zwischen Ihnen wäre noch eine Rechnung offen.»

«Ich wüßte nicht, weshalb.»

«Ihr Bruder.»

Für einen Augenblick herrschte Stille. Die grauen Augen des alten Mannes suchten in Helds Zügen nach einem Zeichen für Unaufrichtigkeit. Sie suchten lange, und sie suchten vergeblich.

«Mein Bruder ist bei einem Unfall gestorben.»

«Es war kein Unfall.»

Wieder schwieg Vincente.

Held hatte sich die Situation vorgestellt, aber nicht so. Er hatte gedacht, sie könnten ein Geschäft machen, es würde ausreichen, Vincente von einer offenen Rechnung zu erzählen, aber plötzlich erschien ihm das falsch. Der alte Mann betrachtete den Tod seines jüngeren Bruders, seines Geschäftsführers in Deutschland, nicht als Betriebsunfall, nicht als Verlust eines Menschenlebens, das ersetzt werden konnte. Er litt. Der Kriminelle, der Alte, der alles gesehen und Dutzende Menschen auf dem Gewissen hatte, litt; wie jeder, der den Bruder verliert.

«Ich habe meine Frau sehr geliebt», sagte Held leise, ohne den Blick von Vincente zu wenden. «Und Herzog hat sie getötet.»

Eine Ewigkeit verging, dann nickte Vincente. Einmal. Der Mund des Übersetzers sagte: «Ich höre Ihnen zu.»

King suchte an diesem Tag den ehemaligen Innenminister Möllbach in dessen pompöser Villa in Bad Homburg auf. Ein verstörtes Hausmädchen führte ihn durch den weitläufigen Garten. «Erwartet der Herr Möllbach Sie denn?» wollte sie nervös wissen. «Nur, wenn er hellsehen kann», erwiderte King stoisch und trat an den Beckenrand des Pools, in dem Möllbach schwamm. Der Dicke musterte ihn verwundert und kletterte dann aus dem Wasser. Während er seine mächtigen Fleischmassen abfrottierte, erklärte King, was ihn zu ihm führte. Die Rede hatte er vorher Wort für Wort auswendig gelernt. Möllbach lachte abfällig.

«Ihr wollt euch Herzog vorknöpfen? Paar wildgewordene Bullen? Quatsch! Blödsinn!»

King ließ sich nicht beirren.

«Noch halten wir die Presse hin, aber sofern ich keine andere Anweisung bekomme, gebe ich heute nachmittag die Informationen über Sie und Ihre Machenschaften weiter.»

Möllbach lachte auf.

«Machenschaften?»

«Kungeleien mit Herzog.» King trat nah an den Dicken heran. «Als Sie noch Leiter des Ordnungsamtes waren. Und später – wer hat diesem Gangster dann den Alten Markt zugeschanzt?»

Möllbach schwieg.

King fuhr fort: «Wenn ich alles gesagt habe, was ich weiß, fahren spätestens morgen früh um diese Zeit ein paar Polizeifahrzeuge sehr geräuschvoll hier vor, um Sie in Handschellen vor den Augen Ihrer lieben Familie abzuführen. Haben Sie das geschnallt?»

Möllbach musterte ihn nachdenklich. Nach einer langen Pause sagte er: «Wenn ich auspacken würde ...»

«Fällt alles, was wir über Sie wissen, unter den Tisch. Sie bleiben unbehelligt.»

«Und Herzog wandert dorthin, wohin er gehört?»

«Worauf Sie einen lassen können.»

Der Gedanke schien Möllbach zu behagen. Er setzte sich an den gedeckten Gartentisch. Noch war er nicht völlig überzeugt davon, daß Aussicht auf Fortsetzung seiner unterbrochenen Karriere nur bestand, wenn er sich zur Zusammenarbeit entschloß. Herzog war gefährlich.

«Ich hab so'n merkwürdiges Gefühl», brummte er. «Ist das Angst?»

King schüttelte beschwichtigend den Kopf.

«Das ist Hunger. Sie haben noch nicht gefrühstückt.»

Möllbach überlegte kurz, biß in ein Hörnchen, trank einen Schluck Kaffee, rief dem Hausmädchen zu, ihm die Aktenordner mit der Aufschrift «Alter Markt» und «Hypobank» zu bringen, und forderte King auf, Platz zu nehmen. Vielleicht war das die Gelegenheit, auf die er gewartet hatte. Er würde Michelle rächen. Er würde es Herzog heimzahlen. Er würde auspacken.

Seit Stunden warteten Renate und Droegel an einem Getränkestand in der Ankunftshalle des Flughafens. Inzwischen wußten sie, wohin Held geflogen war, und sie wußten, wann die letzte Maschine aus Florenz eintraf. Wenn er damit nicht zurückkam, kam er überhaupt nicht mehr. Dann hatte er Lunte gerochen und war untergetaucht.

«Dann kann ich Briefträger werden», murmelte Droegel deprimiert.

«Die Plattfüße hast du ja schon», sagte Renate und nuckelte an der Cola.

Ehe Droegel etwas erwidern konnte, sah er Held durch die Absperrung kommen, rasch das Flughafengebäude verlassen und einem Taxi winken.

Erleichtert folgten ihm die beiden.

Held ließ sich vom Flughafen direkt zum Alten Markt chauffieren. Er war begierig zu erfahren, was King inzwischen erreicht hatte.

Vor der Baustelle gegenüber der Schachmannschen Apotheke hielt das Taxi. Held sah, während er zahlte, King mit dem alten Ehepaar Schachmann und ein paar Fremden – offenbar Anwohnern – aus der Apotheke treten. Zwar blickte Frau Schachmann sich ängstlich um, aber sie schien beruhigt, als King auf die dunklen Gestalten deutete, die, mit Schlagstöcken bewaffnet, im Schatten der Gebäude und in Hauseingängen lehnten, alles Schutzpolizisten, ehemalige Kollegen von King, die ihrem Kumpel heute nacht zu Hilfe geeilt waren. Auch die junge Journalistin vom «Nachtkurier», die vor Wochen das Ehepaar Schachmann über die Erpressungsversuche der Rütli-Properties ausgefragt hatte, hatte sich mit einem Fotografen der Gruppe zugesellt.

Heute nacht würden die Schlägertruppen der Rütli-Properties nicht wieder ohne Zeugen Angst und Schrecken verbreiten, nicht wieder die letzten Anwohner des Alten Marktes einschüchtern, damit sie auf ihre verbrieften Mieterrechte freiwillig verzichteten und räumten.

King zog Held in einen Hauseingang und berichtete ihm aufgeregt von seinem Besuch bei Möllbach.

«Guck dir mal die Raten an», sagte er und reichte Held etliche Papiere, die Möllbach ihm überlassen hatte. «Guck mal, wann bei der Hypobank über eine Kreditvergabe an Herzog-Investments oder Rütli-Properties abgestimmt worden ist – da und da und da –, und jetzt sieh mal, wann auf das Konto der Freunde und Förderer der Universität – Vorsitzender ist der Direktor der Hypobank –, wann da Spenden überwiesen worden sind.»

«Immer zwei Tage vorher.» Held schaute auf.

King nickte vergnügt.

Damit ließ sich zwar noch keine Bestechung beweisen, aber in der Zeitung würden sich solche Fakten doch sehr bemerkenswert ausnehmen. Er deutete mit einer Kopfbewegung auf die Journalistin. «Morgen veröffentlicht der ‹Nachtkurier›, daß die Mieter am Alten Markt die Häuser nicht räumen. Der Anwalt der Interessengemeinschaft gibt eine entsprechende Erklärung ab. Niemand läßt sich mehr einschüchtern.»

King strahlte; er war stolz auf das, was er erreicht hatte. Held wollte gerade seiner Begeisterung Ausdruck verleihen, als er das leise Brummen eines Motors hörte. Ein Range Rover rollte langsam um die Ecke, doch als Gonzo und seine Schläger die mit Gummiknüppeln bewaffneten Posten vor den Hauseingängen entdeckten, fuhr das Auto rasch weiter. King grinste.

«Großartig machst du das, King», sagte Held leise und drückte die Hand seines Freundes.

Am Mittwoch hatte der «Nachtkurier» von den bedauernswerten alten Leuten am Alten Markt berichtet und angedeutet, bei den Tätern handle es sich vermutlich nicht um verrückte Ausländerfeinde, sondern um gedungene Schläger. Andere Zeitungen und Sender reagierten umgehend: Wenn tatsächlich Verbrecher hinter dem Anschlag steckten und in hochsensiblen Zeiten wie diesen skrupellos das internationale Ansehen Deutschlands aufs Spiel setzten, um ihre Geschäftsinteressen durchzusetzen, mußte die Angelegenheit schleunigst aufgeklärt werden.

Öffentlich-rechtliche wie private Sender änderten kurz entschlossen ihre Programme und beschäftigten sich in Features und Talkrunden mit Wirtschaftskriminalität und Ausländerhaß.

Am Donnerstag berichtete der «Nachtkurier» von faulen Tricks bei Giftmülltransporten und veröffentlichte eine Reihe Fotos von grauen Lastern, die in Bitterfeld be- und entladen wurden. Obwohl es keinen Hinweis auf die Herkunft der Fotos gab, nahm Droegel den Kollegen Krümel beiseite und klärte ihn darüber auf, daß Polizisten nicht für den «Nachtkurier» arbeiteten. Da Krümel erstens das schwarz gezahlte Honorar nicht teilen wollte und zweitens fand, daß die Fotos in die Zeitung gehörten, stellte er sich dumm. Er wisse nicht, wie das passiert sei; er habe die Dias damals nur Kilian und Droegel vorgeführt, danach seien sie – selbstverständlich – in der Akte gelandet. Vielleicht, so seine Vermutung, hatte ein Fotograf ähnliche Bilder geschossen? Droegel dachte darüber nach und entschloß sich, diese Ansicht zu teilen. Er hatte nichts dagegen einzuwenden, daß die Bilder in der Zeitung waren, und Krümels Erklärung klang einleuchtend.

Damit war das Thema für Droegel und Krümel erledigt, nicht aber für den Leiter des Umweltreferats Bitterfeld. Trampe fand keine Zeit mehr, die Koffer zu packen oder sich die Pulsadern aufzuschneiden; ausnahmsweise waren die Behörden, aufgeschreckt von den schweren Vorwürfen, schneller als die Nachrichten aus Frankfurt, und als Trampe am Abend sein Büro verlassen wollte, forderten zwei Herren in unauffälliger Straßenkleidung ihn auf, ihnen zu folgen. Er ließ sich die Ausweise zeigen und leistete keinen Widerstand.

Jeder halbwegs ehrgeizige Journalist versuchte auf den in Fahrt geratenen Skandalzug aufzuspringen, und obwohl der «Nachtkurier» über einen deutlichen Informationsvorsprung verfügte, riskierte zwei Tage nach Beginn der Enthüllungsserie ein öffentlich-rechtliches Magazin zur besten Sendezeit Kopf und Kragen: Der Bericht über Grundstücksschiebereien in Frankfurt strotzte vor Fehlern, war nicht sauber recherchiert und erkennbar eilig zusammengeschnitten, stützte sich jedoch auf die Aussagen einer Mitarbeiterin des Frankfurter Bauamtes, die ihren Chef, einen gewissen Tietze, offenbar nicht leiden konnte, und von Verbindungen zu einem Frankfurter Geschäftsmann erzählte. Auf einmal wurde der Name Herzog vor Millionen Ohren mit schmutzigen Geschäften in Verbindung gebracht.

Tietze wartete das Ende des Berichts nicht ab. Seinem Naturell entsprechend, rief er seinen Vorgesetzten an, gestand seine Nachlässigkeit, klagte bitterlich über die schlechte personelle Besetzung der Behörde und räumte ein, er habe wohl einem schwarzen Schaf die Hand gereicht. Er rettete seinen Kopf, aber der Vorgang geriet ins Rollen.

Helds Schneebälle zeigten Wirkung; binnen 48 Stunden war aus der Serie des «Nachtkurier» eine Lawine geworden, und plötzlich fielen Hunderten von Leuten, die jahrelang geschwiegen hatten, irgendwelche unerfreulichen Geschichten ein, in denen Jan Herzog die Hauptrolle spielte. Sie machten sich wichtig – und Herzog schlecht.

Am Donnerstagnachmittag, während die Nachbarin draußen im Garten mit Bienchen spielte, telefonierte Held mit Vincente in Florenz. Es wurde Zeit, daß sämtliche Vincente-Firmen, auch jene, die kein Finanzbeamter im Traum mit Vincente in Verbindung gebracht hätte, der Rütli-Properties und Herzog-Investments öffentlich das Vertrauen entzogen. Angesichts der unnachgiebigen Haltung der Mieter am Alten Markt entpuppten die Gewinnerwartungen sich als weit überschätzt.

Bei dieser Nachricht, kalkulierte Held, würde der Aktienkurs der Rütli-Properties ins Bodenlose fallen. Gleichzeitig sollte die Vincente-Gruppe in Zeitungen und Wirtschaftssendungen im Fernsehen verbreiten, daß sie kein Vertrauen mehr in Herzog-Unternehmen habe. Das würde Herzogs Kreditwürdigkeit erschüttern und das mächtige Imperium ins Wanken bringen.

Am selben Abend wurde der Spielclubbesitzer Banser, der den Freunden des Herrn von Hellberg seinerzeit das Angebot gemacht hatte, sie für rechtzeitige Warnung vor Polizeirazzien gut zu bezahlen, verhaftet und aufs Frankfurter Polizeipräsidium gebracht. Mit den Aussagen des konkurrierenden Spielclubbesitzers Bremke konfrontiert und auf entsprechende Eintragungen in seinen Büchern angesprochen, bestätigte er, einen «von Hellberg» regelmäßig geschmiert zu haben, und unterschrieb das Protokoll.

Held konnte in dieser Nacht nicht schlafen. Stundenlang wälzte er sich im Bett herum, überdachte wieder und wieder seine Strategie. Er hatte Unruhe erzeugt, hatte vorgeführt, daß der mächtige Herzog nicht allmächtig war. Die Beamten, die er jahrelang geschmiert hatte, waren verhaftet worden oder zurückgetreten. Die Mieter am Alten Markt widersetzten sich den Kündigungen der Rütli-Properties, die mit den Banken verabredete Tilgung der kurzfristigen Kredite war gefährdet, da die erwarteten Einnahmen durch neue, zahlungskräftige Mieter ausblieben. Die Banken selbst waren durch die Angriffe auf den Direktor der Hypobank ins Zwielicht geraten, der immer dann Spenden für seinen Universitätsförderkreis von Herzog kassiert hatte, wenn er kurz darauf Kredite für Herzog bewilligen sollte. Das würden sie Herzog nicht verzeihen. Zusätzlich beunruhigt durch die Nachrichten, die am nächsten Tag aus dem Umkreis Vincentes zu hören wären, würde ihre Bereitschaft schwinden, Herzog weitere Mittel zu bewilligen. Und das Aktienpaket der Rütli-Properties, das Herzog sich hoch hatte kreditieren lassen, würde immens an Wert verlieren, so daß es am Ende für die Banken keine Sicherheit mehr darstellte. Dann würden sie Nachforderungen stellen. Dann würde der größte Deal aller Zeiten platzen. Dann wäre Herzog erledigt.

Held stand auf und trat an das offene Fenster. Draußen graute bereits der Morgen. Hatte er alles bedacht? Waren ihm nirgendwo Fehler unterlaufen? Hatte Herzog ihm genug beigebracht? Er sah seinen ehemaligen Freund und Förderer vor sich, sprach mit ihm, sah ihm offen in die Augen. Nein, er haßte ihn nicht. Er konnte ihn noch immer nicht hassen. Herzog war wie ein Hai, der sich nur fressend fortbewegt, der alles verschlingt, was ihm in die Quere kommt. So ein Monstrum legt sich keine Rechenschaft über das ab, was es anrichtet. Es ist, wie es ist. Man kann es darum nicht hassen. Man kann es nur zur Strecke bringen, um sich und andere künftig vor ihm zu schützen. Held starrte in den fahlen Morgen hinaus. Er würde es Herzog heimzahlen. Er würde Anneliese rächen. Diesmal würde er nicht auf halbem Weg umkehren wie damals bei Otto Tötter. Anneliese Tod würde nicht ungesühnt bleiben.

Er schrak auf, als unten die Klingel an der Haustür schellte. Irritiert schaute er zu seinem Wecker auf dem Nachttisch. Es war kurz nach sechs. Eine schwere Faust schlug unten gegen die Tür. Weitere Schläge folgten. Er griff nach seiner Dienstwaffe unter dem Kopfkissen. Wieder donnerte die Faust, und die Tür zitterte im Rahmen. Held entsicherte seine Waffe und fühlte seinen Hals trocken werden. Wieso klopften sie?

«Aufmachen, Polizei!» brüllte irgendwer, und unmittelbar danach hörte Held Droegels Stimme.

«Wenn du nicht sofort aufmachst, Charly, öffnen wir mit Gewalt.»

Benommen taumelte er die Treppe herunter. Durch den Rauchglasausschnitt der Haustür sah er draußen schemenhaft die Schatten mehrerer Personen.

Er machte einen Schritt nach vorn. Es dauerte ewig, und es war schwer. Mühsam, als hingen Bleigewichte an seinen Beinen. Er hörte Droegel brüllen und die Tür zum Kinderzimmer klappen, Bienchen war aufgewacht.

Held entriegelte das Sicherheitsschloß. Das bewaffnete Einsatzkommando stürmte an ihm vorbei in das Haus. Während die Beamten schweigend mit der Durchsuchung anfingen, Schränke öffneten, Schubladen durchwühlten, Teppiche hochhoben, Bilder umdrehten, kam Droegel mit betretener Miene auf ihn zu.

«Über die Rechtsmittel muß ich dich ja wohl nicht belehren.» Man sah ihm an, wie schwer es ihm fiel, gegen den Kollegen und Freund in dieser Weise vorzugehen.

«Tut mir leid, Charly!» flüsterte er bedrückt.

Helds Kopf ruckte nach vorn und wieder zurück. Die Staatsanwältin räusperte sich und tat ihre Pflicht.

«Wir nehmen Sie fest, Herr Held, wegen des Verdachts auf Betrug, Unterschlagung, Strafvereitelung, Beihilfe zu Drogenhandel und illegalem Glücksspiel sowie fortgesetzter Verletzung der Dienstpflicht.» Wieder ruckte Helds Kopf. Er fror. Seine Stirn war kalt. Kalt und naß. Seine Hand fuhr langsam nach oben, die Fingerspitzen glitten leicht durch die Feuchtigkeit. Müde sah er nach links, zum Haus der Nachbarn. Betroffene, unausgeschlafene Gesichter starrten herüber. Held sah, wie eine Beamtin Bienchen auf den Arm nahm. Er versuchte sich keine Gefühle anmerken zu lassen, aber als er, von Polizisten flankiert, in Handschellen aus seinem Haus geführt wurde, liefen Tränen über sein Gesicht.

Er setzte sich neben Droegel in eins der Polizeifahrzeuge. Droegel schwieg und blickte aus dem Fenster. Als der Wagen an einer Kreuzung neben einem Zeitungskiosk bremsen mußte, las Held die Schlagzeile: «Direktor der Hypobank zurückgetreten.» Für einen Augenblick fand er sein Lächeln wieder. Egal, was mit ihm passierte, der Krieg gegen Herzog würde weitergehen.

Gehlen kämpfte auf verlorenem Posten; mit dem «Nachtkurier» wäre er vielleicht fertig geworden, aber inzwischen brachte alles, was einigermaßen fehlerfrei schreiben oder in eine Kamera sprechen konnte, Wahrheiten und Halbwahrheiten über Herzogs Firmen ans Licht. Als der «Nachtkurier» von den eigenartigen Spenden auf das Konto der Freunde der Universität berichtete, dann der Direktor der Hypobank zurücktrat und zwei Stunden später die Geschäftsführung der Bank mitteilte, sämtliche Kredite seien vorerst storniert, über eine Neuvergabe werde der Kreditausschuß abstimmen, war Gehlen nahe daran, die Beherrschung zu verlieren.

Er mußte Herzog die Nachricht überbringen, und wie üblich traf der Zorn des Herrn den Boten.

«Storniert? Mit welcher Begründung, verdammt noch mal?»

«Alle Entscheidungen des Kreditausschusses müssen überprüft werden.»

«Arschgeigen.» Herzog wanderte auf und ab, rauchte energisch seine Zigarre heiß und suchte nach Wegen, seine Wut loszuwerden.

«Ruf Walter von der Landesbank an», sagte Herzog.

«Hab ich versucht», sagte Gehlen. «Ist angeblich verreist.»

Herzog atmete tief durch. «Hängt euch ans Telefon», sagte er dann betont sachlich. «Niemand soll die Nerven verlieren; dann verliert auch niemand Geld.» Die eisige Ruhe, mit der er sich danach an seinen Schreibtisch gesetzt hatte, war zwei Stunden später verflogen. Immer verheerendere Nachrichten trafen ein.

Auf der Schweizer Börse war der Teufel los. Der Kurs der Rütli-Properties fiel ins Bodenlose.

«Was ist da los?» murmelte Herzog und starrte auf den Monitor mit den neuesten Notierungen. «Herrgott, was läuft da?»

Eine Sekretärin brachte ihm ein Glas Wasser.

«Sie müssen sich entscheiden», mahnte hinter ihm Rechtsanwalt Maier.

«Verkaufen? Das ganze Aktienpaket der Rütli-Properties abstoßen?» Herzog schüttelte den Kopf. «Ich laß mir nicht kaputtmachen, was ich jahrelang aufgebaut habe.»

Gehlen kam herein. Er sah sehr bleich aus. «Für unsere Anteile am Alten Markt hätte die Bank jetzt einen Käufer.»

Herzog blickte auf. «Wieviel bietet der?»

«140 Millionen.»

Herzog sah ihn ungnädig an. «Kommt nicht in Frage. Die Anteile sind ein Vielfaches wert.»

«Sie haben keine andere Wahl», mahnte Maier.

«Nein.» Herzog schüttelte entschieden den Kopf und stampfte zornig auf und ab.

Gehlen trat ihm mutig in den Weg.

«Soll denn alles den Bach runtergehen, Jan?» fragte er.

«Vergessen Sie nicht die Hypobank», fügte Maier hinzu. «Binnen fünf Tagen müssen Sie 200 Millionen nachschießen.»

Gehlen zuckte die Achseln. «Ohne ausreichende Liquidität.»

Er sprach nicht weiter. Herzog würde ihn auch so verstehen. Er ahnte, was in ihm vor sich ging. Der Alte Markt sollte die Krönung seines Lebenswerkes werden. Wieviel Kraft, wieviel Zeit, ganz abgesehen von den Unmengen Geld, hatten sie in den Plan investiert. Und nun? Gehlen wußte nicht, was die Ursachen für den plötzlichen Kursverfall waren. Was dahintersteckte. Er durchschaute nichts mehr, und das machte ihn rasend. Alles schien sich gegen sie verschworen zu haben. Jetzt ging es nur noch um Schadensbegrenzung. Nicht weiter gutes Geld schlechtem hinterherwerfen.

Herzog war an das Fenster getreten. Gehlen stellte sich neben ihn. Nach einer Weile nickte Herzog.

«Na schön.» Seine Stimme war fast tonlos. «Na gut. Meinetwegen! Weg mit dem Alten Markt.»

Abends dann, als er erschöpft vor dem Fernsehapparat saß, ein Bier aus der Dose trank und einem nervtötend sachlichen Börsenjournalisten zuhörte, durchschaute Herzog plötzlich die Intrige, der er zum Opfer gefallen war. Nachdem eine Interessengemeinschaft der Mieter am Alten Markt die Umgestaltung der Gebäude mit einer Prozeßwelle zu blockieren drohte, war es zu dem beinahe beispiellosen Kurswechsel der Schweizer Immobiliengesellschaft Rütli-Properties gekommen. Aber dann, kurz vor Börsenschluß, hatte sich der Kurs plötzlich stabilisiert, war sogar gestiegen, als bekannt wurde, daß von ausländischen Anlegern, vor allem von dem italienischen Immobilienzar Leo Vincente, ein Übernahmeangebot vorlag. Wie man hörte, hatte ein Großteil der Mieter am Alten Markt inzwischen Abfindungen bei Räumung und einen Mieterlaß von zwanzig Prozent für ein Jahr akzeptiert.

Herzog hatte sich weit vorgebeugt und wütend die Bierdose in einer Hand zerdrückt. Maier und Gonzo, die eilig von draußen hereinkamen und ihm berichteten, die «Nachtkurier»-Serie über Herzogs Geschäftspraktiken werde eingestellt – Gonzo hatte sich den Chefredakteur vorgeknöpft –, nahm er kaum wahr.

Vincente, dieser alte Fuchs, hatte ihn reingelegt, hatte durch lancierte Meldungen Panikverkäufe ausgelöst und dann, als die Aktien den Tiefstand erreicht hatten, gekauft. Vincente würde jetzt den Gewinn beim größten Deal aller Zeiten einstreichen. Irgendwer im Hintergrund hatte die Fäden gezogen, hatte zwischen den Mietern am Alten Markt und dem neuen Mehrheitsaktionär einen Kompromiß ausgehandelt. Jemand, der die Probleme kannte, die geheimen Absprachen mit den Banken, die an der Umgestaltung beteiligten Baufirmen, die Höhe der Baukosten, die zu erwartenden Gewinne. Herzog wußte, wer dieser Jemand war: Held. Charly Held. Sein Freund Charly.

Seine Frau streckte vorsichtig den Kopf ins Büro und kündigte mit verwirrtem Stirnrunzeln Besuch an: Einige Herren von der Steuerfahndung wollten ihn dringend sprechen. Herzog blaffte sie an, sie solle die Kerle bitten, am Montag in die Firma zu kommen, worauf sie kleinlaut erwiderte, die Herren hätten einen Durchsuchungsbefehl. Maier mischte sich mit der wenig hilfreichen Bemerkung ein, da könne man nichts machen, die Steuerfahndung habe mehr Kompetenzen als die Kripo. Herzog riß eine Schublade auf, nahm einen Aktenordner heraus, dann noch einen, und hielt beide seinem konsternierten Anwalt hin. Maier rührte sich nicht.

«Stecken Sie die ein», sagte Herzog. «Schnell!»

Maier schüttelte den Kopf.

«Jetzt passen Sie mal auf!» zischte Herzog. «Ich zahle Ihnen 'ne Menge Geld, daß Sie...»

«Die wissen doch Bescheid!» fiel ihm Maier kühl ins Wort.

«Wieso?»

«Held», sagte Maier. «Der kennt die Querverbindungen. Sämtliche Konten. Schließlich hat er ja an der Quelle gesessen!» Der Vorwurf, daß Herzog dem Verräter zu lange vertraut hatte, war unüberhörbar.

Maier ging hinaus und begrüßte die Beamten von der Steuerfahndung höflich. Herzog nahm langsam hinter seinem Schreibtisch Platz.

«Held», sagte er leise, «immer wieder Held!»

Sein Sohn, der sich bisher im Hintergrund gehalten hatte, stand ächzend auf. «Er trickst dich aus, Papa! Dein Freund Charly Held.» Auf eine Krücke gestützt, humpelte er zur Tür. «Du hast ihn unterschätzt.»

Held hatte seit seiner Festnahme nichts mehr registriert von dem, was draußen vor den Gittern vor sich ging. Es interessierte ihn nicht mehr. Sie hatten ihn in die Zelle gesteckt, und das Zuschlagen der schweren Tür hatte seine Anspannung gelöst. So vieles war plötzlich nicht mehr wichtig, löste sich in seine Bestandteile auf und verschwand beinahe spurlos aus seiner Wahrnehmung; so vieles mußte er plötzlich nicht mehr bedenken; zum Gelingen seines Planes konnte er nun nichts mehr beitragen, und für einen trügerischen Augenblick war er erleichtert. Er war aus dem Spiel.

Er mußte nicht mehr weglaufen, keine Angst mehr haben; er konnte sich ausruhen.

Er wandte sich von den Dämonen ab, legte sich auf die Pritsche und ließ die Müdigkeit, endlich, an sich heran. Aber die Dämonen holten ihn ein, dort, wo er sich nicht abwenden konnte, in seinen Träumen. In der Nacht schreckte er hoch und wußte nicht, wo er war; suchte neben sich nach dem warmen Körper Annelieses, nach der Vergangenheit, und fand nur Leere. Alles war wieder da, war die ganze Zeit dagewesen, und zeigte sich jetzt, da mit dem Ziel auch der Schild aus hektischer Betriebsamkeit verschwunden war. Lange lag er da, starrte in den Abgrund und ließ seinen Tränen freien Lauf. Er weinte bis zur Erschöpfung, dann schlief er wieder ein.

Am Samstag verhörten sie ihn, und er machte der Staatsanwältin keine Schwierigkeiten. Ja, er hatte Zahlungen von Spielclubs entgegengenommen. Nein, der Kollege Hubrich wußte davon nichts. Ja, er hatte dessen Gutgläubigkeit ausgenutzt. Weshalb? Um seinen aufwendigen Lebensstil zu finanzieren? Ja. Ob er einer gewissen Barbara Sattler Geschenke gemacht habe? Ja. Ob das seiner Ansicht nach zur Aufrechterhaltung seiner Tarnung notwendig gewesen sei? Ja. Ob er sich erinnern könne, worum genau es sich gehandelt habe? Nein, nicht genau. Geschenke im Gegenwert von etwa fünfundvierzigtausend Mark? Er zuckte die Achseln und bat die Staatsanwältin, Frau Sattler nicht zu behelligen – sie habe von nichts gewußt und mit der ganzen Angelegenheit nichts zu tun. Die Staatsanwältin überhörte die Bitte.

Er hatte nicht damit gerechnet, daß sie ein Exempel statuieren würden, aber genau das taten sie. Sie, seine Leute. Seine Leute? Wer stand noch auf seiner Seite? Die Staatsanwaltschaft, die ihre gesetzlichen Möglichkeiten bis zur Neige ausschöpfte und ihn sofort in den Bau steckte, weil angeblich Flucht- und Verdunkelungsgefahr bestand? Oberle, der sich offenbar nicht im geringsten für ihn einsetzte, sich nicht mal blicken ließ?

Als er abends wieder in seiner Zelle hockte, hallten die Fragen in seinem Kopf wider. Die Fragen von Frau Brant und die Vorwürfe von Holzer, dem Oberstaatsanwalt, der erst am Ende hinzugekommen war und ihn, Held, angesehen hatte wie Vogeldreck auf seinem besten Anzug. Ob er sich seiner Verantwortung nicht bewußt gewesen sei? Typen wie er, so Holzer, machten den Ruf der Polizei kaputt. Auf Jahre. Abschaum wie er.

Vielleicht hatte der Mann recht. Held war nicht sicher. Vielleicht war er ein schlechter Polizist. Vielleicht war er Abschaum, Dreck, eine Schande für seinen Berufsstand. Sie hatten ihn nicht gefragt, weshalb er das Geld genommen hatte. Sie hatten nicht gefragt, woher er es sonst hätte nehmen sollen. Vielleicht spielte das keine Rolle. Vielleicht spielte nichts mehr eine Rolle. Vielleicht war er Abschaum.

Er dachte an seine Tochter, an ihre Fragen, Fragen, die sie stellen würde, Fragen, die er befürchtete. Ist Papa schuld, daß Mama gestorben ist? Wenn nicht, wieso wird er dann eingesperrt? Ist er also doch schuld?

Wer liebte ihn, wer brauchte ihn, wer schätzte ihn? Wozu war er noch gut?

Barbara besuchte ihn einige Wochen nach seiner Festnahme. Er freute sich, sie zu sehen, aber die frühere Vertrautheit war verhaltener, niedergeschlagener Freundlichkeit gewichen. Er sagte ihr, daß er sie vermißte. Sie sagte, sie vermisse ihn auch. Leise lächelnd erzählte sie ihm, alles, was er ihr geschenkt hatte, sei beschlagnahmt worden. Sie habe nichts mehr von ihm, leider. Erinnerungen, sagte er. Die könne niemand beschlagnahmen. Sie nickte und sagte ihm, sie gehe weg aus Frankfurt. Das hatte er nicht erwartet. Sie ging und ließ ihn allein. Er verstand sie, trotzdem traf ihn die Mitteilung wie ein Schlag. Er erwachte aus einem Alptraum und merkte, daß die Wirklichkeit schlimmer war als der Alptraum.

Droegel besuchte ihn.

Renate besuchte ihn.

Krümel besuchte ihn.

Alle brachten Durchhalteparolen mit und verlegenes Schweigen.

Seine Tochter machte ihm Hoffnung. Sie besuchte ihn alle paar Tage, sooft King Zeit fand, sie zu begleiten. Er und seine Frau kümmerten sich um die Kleine, als sei sie ihr leibliches Kind, und Held war froh, daß all seine Sorge unbegründet gewesen war; sie verstand, sie verzieh, und trotz der bedrückenden Atmosphäre in der Haftanstalt brachte sie manchmal sogar ein Lächeln zustande. Immer wieder aufstehen, alles halb so schlimm, das wird schon wieder – Annelieses Tochter. Aber obwohl Held bei jedem dieser Besuche seine Frau vor sich sitzen sah, machten die halben Stunden ihn glücklich. Sie lebte. Und er würde wieder herauskommen, bald, neu beginnen können und seine Schuld abtragen, soweit das menschenmöglich war.

Schlimm waren die restlichen Stunden des Tages und der Nacht. Er hatte viel Zeit, zuviel Zeit, sich zu erinnern und Salz in seinen Wunden zu verreiben. Er suchte Trost in Büchern, aber auch die tröstlichsten Zeilen erschienen ihm hohl und nichtssagend. Er suchte Ablenkung und sah in beinahe jedem Fernsehbild falsche Gefühle, lächerliche Sorgen, unrealistischen Kitsch –

Er sah viel fern.

Und das Fernsehen brachte ihm Jan Herzog in die Zelle. Zwei Wochen nach seiner Festnahme sah er Herzog in einer abendlichen Nachrichtensendung wieder; auf einer Steintreppe, an der Held das Polizeipräsidium erkannte, umringt von Reportern, die ihm Mikrofone ins Gesicht hielten und durcheinanderfragten. Maiers Kopf drängte sich ins Bild, und der Mund des Anwalts verweigerte jeden Kommentar. Maier bat um Platz, aber die Journalisten wichen nicht. Jemand fragte Herzog, ob er wegen der Steuerfahndung beunruhigt sei, die gegen ihn ermittelte. Herzog hielt den Kopf gesenkt, arbeitete sich langsam durch die Menge und antwortete nicht. Eine andere Stimme fragte, ob tatsächlich Anklage gegen ihn, Herzog, erhoben werde – wegen Bildung einer kriminellen Vereinigung, wegen illegalen Glücksspiels, wegen Bestechung und Steuerhinterziehung.

Herzog antwortete nicht. Wie ein Eisbrecher durch Packeis schob er sich geduldig weiter durch den Journalistenpulk. Die Stimmen feuerten Frage um Frage ab. Ob Herzog-Investments jahrelang Schmiergelder an Politiker und Vertreter der Stadtverwaltung gezahlt habe? Endlich hob Herzog den Kopf, und Held sah das Gesicht eines zornigen, um Jahre gealterten Mannes.

Herzog ignorierte Maier und die inzwischen geöffnete Tür seiner Limousine und funkelte die neugierige Meute mit finsterem Triumphblick an.

«Sie haben offenbar die hirnrissige Vorstellung», sagte er mit fester Stimme, «daß es hier so was wie die Mafia gibt, die rumrennt und vollkommen ehrliche und aufrechte Leute besticht.» Er verstummte und ließ einen herausfordernden Blick über die Gesichter der Mikrofonhalter schweifen, aber niemand nahm die Herausforderung an. «Es ist doch wohl klar, daß man einen, der nicht korrumpiert werden will, auch nicht korrumpieren kann. Und einer, der korrumpiert werden will, ist schon korrupt. Können Sie mir folgen? Ja? Also, wer verarscht hier wen mit diesem Scheiß von braven, aufrechten Bürgern, die ich in irgendwas reingezogen haben soll?»

Als der süffisant schmunzelnde Kopf des Studiomoderators auftauchte, schaltete Held ab.

Er trank einen Schluck Wasser, legte sich auf die Pritsche und sah durch das vergitterte Fenster in den sternlosen Himmel. Jetzt war schwarz, was tagsüber grau in grau war; nur Wolken, Tag für Tag, Nacht für Nacht. Und was bedeutete schon Tag? Die Tage waren verkleidete Nächte, der Winter stand vor der Tür, mit klammer Feuchtigkeit, die in die Knochen zog, mit Wind und Nieselregen. Eine Jahreszeit zum Sterben. Was hatte King gesagt? Bei seinem letzten Besuch, als er allein gekommen war, ohne Bienchen, und Held sich eine Träne nicht verkneifen konnte. In der Mitte der

Nacht beginnt schon der nächste Tag? Das klang großartig. Aber was war ein Tag ohne Licht?

Louis Herzog stand am Abgrund.

Er schlief in letzter Zeit wenig, lag stundenlang wach und fragte sich und seinen Gott, an den er nur noch mit halbem Herzen glaubte, zu welchem Zweck er auf die Welt geworfen war. Welchem Vorbild sollte er folgen? Dem seines Vaters? Er wußte nicht genau, was sein Vater tat, aber er war nicht blind. Die Männer, die für seinen Vater arbeiteten, waren anders als die anderen Väter, die er kannte. Gehlen machte ihm angst. Gonzo machte ihm angst. Gonzos Freunde machten ihm angst. Sein Vater war mit der Sängerin im Bett gewesen, das stand fest. Und die Sängerin hatte sich umgebracht. Weshalb, darüber mochte Louis nicht nachdenken. Der Tod schien ihm besonders nah; Menschen starben, Menschen, die er, Louis, nicht kannte, wohl aber sein Vater. Er liebte seinen Vater, aber die Welt sollte gut sein. So, wie er seinen Vater immer gesehen hatte. Gütig, freundlich, liebevoll, besorgt um die, die er liebte. Freundlich zu anderen Menschen. So sollte die Welt sein. Aber die Welt war anders, ganz anders. Und war sein Vater anders als die Welt? Louis schlug die Decke beiseite, stand seufzend auf und verließ auf Zehenspitzen sein Zimmer. Das tat er in letzter Zeit oft. Nach Mitternacht, wenn die Nacht am schwärzesten war, schlich er durch die hohen Räume, lauschte in die Finsternis, in die Schatten, die tagsüber keine Gefahr bargen und nachts wie das Leben selbst waren. Er humpelte jetzt dauernd; er fühlte sich wie ein Krüppel. In jeder Hinsicht. Er war nicht lebenstauglich; sein Blut war nicht gut, es blieb nicht unter der Haut, seine Knochen gingen zu Bruch und wollten nicht wieder zusammenwachsen. Sein Körper, so schien es ihm, paßte ebensowenig in diese Welt wie sein Geist.

Er bemerkte, daß die Tür zum Arbeitszimmer offenstand, und ging darauf zu. Normalerweise schloß sein Vater ab, wie Louis bei seinen nächtlichen Exkursionen festgestellt hatte.

Lautlos näherte er sich der Tür und sah in den großen, dunklen Raum. Das Licht der Laternen, die die Zufahrt zum Haus beleuchteten, fiel durch die Fenster und schälte die Silhouette seines Vaters aus der Dunkelheit.

Louis hörte ihn seufzen und sah, wie er eine Zigarre herauszog, sie leicht auf das Fensterbrett klopfte und sich dann in den Mund steckte. Ein Streichholz flammte auf. Rauch quoll aus der Silhouette, dann drehte sie sich um, als habe sie den Blick des Besuchers im Nacken gespürt. Louis betrat den Raum. Sein Vater ließ das Streichholz in einen Aschenbecher fallen.

«Kannst du nicht schlafen, Junge?»

«Nein. Ich... wollte mir ein Glas Wasser holen.»

Louis blieb neben seinem Vater stehen und sah hinaus auf den hell erleuchteten Kiesweg. Hinter den Laternen war noch mehr Schatten. Nur Dunkelheit. Er sah seinen Vater an und bemerkte die tiefen Falten zwischen den Augenbrauen.

«Und du?» sagte er.

«Ich habe schlecht geträumt.»

Es überraschte Louis, daß sein Vater träumte.

«Wovon?» fragte er.

«Was man so träumt. Ich bin aufgewacht. Und das Licht war noch an. Ich wollte nicht wieder einschlafen.»

Louis nickte. Das kannte er.

«Hast du Sorgen, Papa?»

Herzog sah ihn an und lächelte, sagte jedoch nichts. Er sah nach draußen, über die Laternen hinweg, als interessierten ihn die dunklen Wipfel der Bäume, und wartete lange. Dann tippte er mit dem Zeigefinger auf seine Brust und sagte leise: «Es ist etwas hier drin – das tut weh. Genau hier drin. Ganz tief in mir – das tut weh. Ein Loch. Ein hohles, leeres Loch – ein widerwärtiger und völlig überflüssiger Schmerz.»

Er starrte in das Dunkel hinaus; nach einer Weile verzog sich sein trauriges Gesicht zu einem Lächeln.

«Er hatte Mumm», murmelte er anerkennend.

«Wer?» fragte Louis.

«Charly», sagte Herzog sehnsüchtig. «Niemand hatte so viel Mumm wie Charly.»

Er sah auf und musterte die verkrümmte Gestalt seines Sohnes.

«Na, na», sagte er sanft, «kein Grund, den Kopf hängenzulassen. Junge, alles wird gut.»

Ja? Louis nickte. Wie konnte er das versprechen?

«Jetzt hör mal zu... Ich habe im Moment ein paar Sorgen, ja, aber schlimm ist das alles nicht. Das ist das Leben, Junge. Aber ich werde mit allem fertig. Mit allen Schwierigkeiten. Klar? Und weißt du», fuhr er fort, «warum das so ist? Weil jeder, jeder, der Jan Herzog reinlegen will, verdammt noch mal, dafür bezahlen muß. Und die Leute wissen das. Die respektieren es, wenn einer nicht lange fackelt.» Er legte den Arm um die Schultern des Jungen und drückte ihn an sich. «Du mußt dir keine Sorgen um mich machen, hörst du? Selbst wenn ich ins Gefängnis müßte...» Er bemerkte, daß Louis leicht zusammenzuckte. «Nur mal angenommen. Ich glaube das nicht, aber selbst wenn... Ich werde immer wissen, was los ist. Immer. Und ich kann dafür sorgen, daß bestimmte Dinge passieren und andere nicht. Davor haben die Leute Respekt. Und sie tun alles, um einen Mann zufriedenzustellen, vor dem sie Respekt haben.»

Louis dachte an Güte. Und fragte sich, was Respekt mit dem Leben zu tun hatte. Als sein Vater ihn losließ, um die Streichhölzer herauszuziehen und seine erloschene Zigarre wieder anzuzünden, spürte er plötzlich die Kälte im Haus und verschränkte die Arme vor der Brust.

«Solltest wirklich ins Bett gehen», sagte Herzog sanft.

«Ja», sagte Louis. «Gute Nacht.»

Das Streichholz flammte auf, und als Louis das Gesicht seines Vaters im flackernden Widerschein sah, begrub er all seine Hoffnungen. Das Gesicht war älter geworden und grauer, aber es ließ keine Traurigkeit zu, keine Tränen und keine Verzweiflung. Es war das Gesicht eines Erwachsenen, eines Mannes, das Gesicht der Rache, das Gesicht der Macht, das Gesicht der Welt. Und der Mann dahinter konnte Louis nicht verstehen.

Der Prozeß gegen Hauptkommissar Karl Held begann im November. Wie erwartet, fand er breiten Niederschlag in den Medien. Bis auf den letzten Sitzplatz war der Gerichtssaal gefüllt; auf dem Flur davor drängten sich Journalisten und Fotografen. Blitzlichter flammten auf, als ein Justizbeamter Held herausführte. Sein Gesicht wirkte gealtert und grau überschattet von einer Müdigkeit, die unauslöschliche Spuren hinterlassen hatte. Eine Fernsehkamera richtete sich auf ihn; er schien sie nicht wahrzunehmen, auch nicht die unzähligen Fotografen und die Neugierigen, die sich an ihn herandrängten und ihn zudringlich anstarrten. Nur einmal, als er eine aufgeregte Stimme hinter sich hörte, blickte er auf. «Herzog muß vor Gericht, Charly. Wegen Steuerhinterziehung.» Polizisten wollten King zur Seite drängen, aber er zwängte sich zu Held durch.

«Es geht um Millionen. Er steckt in so großen Schwierigkeiten, daß er auswandern will. Das hast du geschafft, Charly.»

Held wurde in den Gerichtssaal geführt. Ehe die Türen geschlossen wurden, hörte er King noch einmal rufen: «Du hast das geschafft, Charly!» Held lächelte. Da draußen, außerhalb seines Lebens in der Haftanstalt, gab es Menschen, die ihn liebten, die ihn nicht vergessen hatten. Seine Tochter. Sein Freund King. Der beste Kumpel, den man sich denken konnte.

Die Verhandlung begann. Die Anklage konzentrierte sich auf fehlerhafte Abrechnungen.

Man hielt ihm vor, seine Belege seien ein wüstes Durcheinander, und er versuchte zu erklären, weshalb er nicht für alles und jedes eine Quittung verlangt hatte. Man fragte ihn, ob er etwa alles nur über den Daumen geschätzt habe. Er gab zu, manches, was zu überflüssigen Rückfragen der Verwaltung geführt hätte, bewußt unrichtig angegeben zu haben, zum Beispiel die Trinkgelder, die er in Fünfsternehotels verteilt hatte. Ob er dann einfach etwas erfunden habe? Ja.

Held wunderte sich; kein Wort über Unterschlagung, Strafvereitelung; Beihilfe zum Drogenhandel. Diese Beschuldigungen hatte die Staatsanwaltschaft wohl, in Ermangelung eindeutiger Beweise, fallen lassen. Trauten sich Staatsanwältin Brant und Oberstaatsanwalt Holzer nicht, Mimi, das Schmuckstück, als Zeugen vor dieses gutbürgerliche Gericht zu zitieren? Held lächelte. Und was war mit der schwerwiegendsten Anklage: Beihilfe zum illegalen Glücksspiel? Kniffen die Spielclubbesitzer? Hatten sie zu guter Letzt aus

Furcht, sich selbst zu belasten, ihre Aussagen wieder zurückgezogen?

Held blickte auf. King erschien im Zeugenstand. Der korpulente Mann schwitzte vor Aufregung.

«Wollen Sie Charly Held daraus, daß in seinen Abrechnungen ein paar Quittungen fehlen, einen Strick drehen?» blaffte er den Oberstaatsanwalt an.

«Niemand will Herrn Held einen Strick drehen, Herr Grobekker», verwahrte sich Holzer.

«Und ob Sie das wollen! Und ob!» Kings Gesicht war gerötet. «Einem Bullen was anhängen. Da seid ihr doch alle ganz groß – 'ne getürkte Abrechnung oder... oder uns dabei erwischen, wie wir uns mal einladen lassen.»

«Lassen Sie sich einladen?» fragte Holzer ironisch dazwischen.

«Im Vergleich zu Staatsanwälten sind wir doch ganz kleine Fische», entgegnete King und drehte sich feixend zu den Kollegen um, die in der ersten Zuschauerreihe saßen. Renate und Droegel nickten ihm ermutigend zu. King fixierte den Oberstaatsanwalt.

«Wie schnell macht ihr aus einem Mord einen Totschlag? Aus einem Totschlag ein Vergehen? Oder die Anwälte mit ihren Dreitausend-Mark-Anzügen...» Er war nicht mehr zu bremsen. «Die meisten von uns haben 'ne zu enge Wohnung und müssen jeden Pfennig dreimal umdrehen. Und dabei sind wir es, die die ganze Drecksarbeit machen.»

Wieder versuchte Holzer vergeblich, seinen Redefluß zu beenden.

«So'n Gangster wie Herzog», schrie King so laut, daß auch die Journalisten draußen auf dem Flur es hören und mitschreiben konnten. «So'n Gangster wie Herzog, der darf überall das Maul aufreißen, im Fernsehen für sich werben, in jeder Talkshow; in Zeitungen. Fragen Sie nicht, wie man sich da als kleiner Ermittler fühlt, wenn man mitbekommt, wie der den Rechtsstaat lächerlich macht.»

Jeder im Saal wußte, worauf er anspielte. Wenige Tage zuvor hatte sich Rechtsanwalt Maier bei «Schreinemakers live» ausführlich über die skandalösen Ermittlungspraktiken deutscher Polizisten ausgelassen; das Wort «faschistisch» war mehrfach gefallen.

Gehlen hatte in der NDR-Talkshow lang und breit über das segensreiche Wirken des Mäzens Herzog berichtet: Fotos vom Kunstverein, der Alten Oper, vom Konservatorium und vom Fußballverein, für die er gespendet hatte, waren eingeblendet worden. Gangster, die es zu was gebracht hatten und mit Geld um sich warfen, Reiche mit Hautgout, waren im Programm offenbar gut zu verkaufen; für die gegen sie ermittelnden langweiligen Polizisten interessierte sich niemand.

King drehte sich zu dem Stenografen um: «Rede ich zu schnell, Sohn, oder kommst du mit?» Der Stenograf blickte verwirrt von seinen Notizblättern auf: «Nein, geht schon.» King nickte ihm anerkennend zu. «Weiter so!»

Die Zuhörer lachten. Auch Held mußte lachen. King zwinkerte ihm zu. Nicht Jan Herzog sei hier angeklagt, wies ihn der Staatsanwalt zurecht, sondern Hauptkommissar Held. Genau das sei ja der Skandal, erwiderte King und hatte wieder die Lacher auf seiner Seite, ja er sorgte für einen dermaßen fröhlichen Tumult im Publikum, daß die Verhandlung an diesem Tag unter Ausschluß der Öffentlichkeit fortgesetzt werden mußte.

Vier Wochen später wurde Hauptkommissar Karl Held zu acht Monaten Haft verurteilt.

Ohne Bewährung.

Jan Herzog blieb auf freiem Fuß. Aus Gründen, die nur Juristen, Eingeweihte und andere Realisten nachvollziehen konnten, war die Staatsanwaltschaft nicht der Ansicht, es bestehe Fluchtgefahr, obwohl der bekannte Frankfurter Unternehmer Steuern in Millionenhöhe hinterzogen haben sollte. Die veröffentlichte Meinung empörte sich, aber die Öffentlichkeit verlor binnen einer Woche das Interesse an dem Fall. Weihnachten stand vor der Tür, und Wirtschaftsverbrechen waren nicht halb so interessant wie die menschlichen Tragödien, die man Abend für Abend von Fernsehmoderatorinnen serviert bekam.

Wirtschaftsverbrechen fehlte das emotionale Element. Man konnte sich nicht recht vorstellen, was sie bedeuteten. Sie hatten nicht mit dem eigenen Leben zu tun; man glaubte, man könnte nicht Opfer eines Wirtschaftsverbrechens werden, wie man Opfer eines Raubüberfalls oder einer Vergewaltigung werden konnte, und was man nicht als Gefahr empfand, berührte niemanden. Nicht einmal die Ladendiebe, die in Kaufhäusern Geschenke für die Lieben daheim klauten, weil alles wieder teurer geworden war, viel zu teuer. Mußte man deswegen ein schlechtes Gewissen haben? Die Kaufhäuser waren doch versichert, und Versicherer waren erwiesenermaßen Gauner, ebenso wie die Banken. Jeder klaut, was er kann; die Großen klauen Millionen, die Kleinen klauen Blusen und Radios oder Kugelschreiber vom Schreibtisch.

Jan Herzog war kein Monster, das kleine Kinder schändete.

Jan Herzog hatte nur getan, was in seinen Möglichkeiten stand. Das konnte man falsch finden oder richtig, aber eines war es bestimmt nicht: ungewöhnlich.

Als Herzog zur Zahlung von 25 Millionen Mark verurteilt wurde, rafften die Boulevardblätter sich zu einer letzten Schlagzeile auf. 25 Millionen, das war eine Menge Geld, eine Summe, die jeden Lottospieler aufhorchen ließ, und Lotto spielten viele. Die Kosten der Operation Bernstein beliefen sich auf 920000 Mark, aber das erwähnte niemand. Zum einen, weil es kompliziert gewesen wäre, den sachlichen Zusammenhang zwischen der einen und der anderen Zahl angemessen prägnant zu verdeutlichen, zum anderen, weil 920000 eine ziemlich krumme Zahl war und – in Zusammenhang mit einem Polizeieinsatz – fast obszön hoch erschien. Dabei war der Einsatz von 920000 Mark, mit dem man es immerhin geschafft hatte, 25 Millionen Steuernachzahlungen zu kassieren, gar kein schlechtes Geschäft für den Staat. Aber dies machte sich kein Mensch klar, und darum erschien es auch in keiner Zeitung oder Fernsehmeldung.

Nach dem letzten Verhandlungstag zeigte sich Herzog vor dem Gerichtssaal den Fotografen im Kreis der Familie. Er legte den Arm um seinen Sohn, der sich jetzt auf zwei Krücken stützen mußte, hängte sich bei seiner Frau ein und lächelte in die Kameras, während die Fragen auf ihn niederprasselten. Wieso es ihm möglich gewesen sei, seine Steuererklärung über Jahre hinauszuzögern. Ob es stimme, daß das Finanzamt sich auf einen Deal mit ihm eingelassen habe. Rechtsanwalt Maier nuschelte etwas von Übereinkunft mit der Finanzbehörde und führte Herzog zu der großen Freitreppe vor dem Gerichtsgebäude. Was er zu den Anschuldigungen sage, die Hauptkommissar Held gegen ihn vor Gericht geäußert hatte, wollte eine schrille Journalistenstimme von Herzog wissen. Da werde, aus welchen obskuren Gründen auch immer, Rufmord an Jan Herzog versucht, wiegelte Maier ab. Herzog blieb stehen: «Aber weil ich guter Laune bin – und außerdem Weihnachten ist, will ich diesem Polizeibeamten nichts nachtragen», sagte er friedfertig.

«Er hat Sie als den Paten von Frankfurt bezeichnet.» Auf der Treppe wurde es still. Herzog musterte die vorlaute Journalistin: «Fallen Sie doch nicht auf die Vorurteile rein, denen jeder tüchtige Geschäftsmann ausgesetzt ist, der sich der Bekämpfung der Rezession verschrieben hat.»

Die Journalisten lachten. Ein Fernsehteam drehte. In dem Gedränge stieß jemand unabsichtlich gegen Louis, der auf seinen Krücken das Gleichgewicht verlor und kopfüber die steile Treppe hinabstürzte. Frau Herzog schrie auf. Herzog versuchte, seinen Sohn zu halten, aber er bekam nur eine Krücke zu fassen, die andere schlitterte mit lautem Klacken die Steinstufen hinunter und landete neben dem unbeweglich daliegenden Körper am Fuß der Treppe.

King sah das Interview mit Herzog und den anschließenden Unfall des Sohnes im Monitorraum eines Privatsenders. Er wußte schon, daß Louis ernstlich verletzt und sofort ins Krankenhaus gebracht worden war. Zuvor hatte ihm die Journalistin Ausschnitte vom Prozeß gegen Held sowie die Interviews mit Droegel, Renate, Oberle, dem ehemaligen Dienststellenleiter Kilian und ihm selbst vorgeführt. Das alles würde nie jemand zu Gesicht bekommen. Der Sender finanzierte sich aus Werbung, und etliche Werbekunden hatten gedroht, ihre Schaltungen zu stornieren, falls der Bericht über Held und über Herzog gebracht werde. King war wie vor den Kopf geschlagen. Er wolle doch nicht, daß es ihnen ergehe wie dem «Nachtkurier», sagte die Fernsehjournalistin; die Zeitung sei aufgekauft worden, die Redaktion gefeuert. Macht und Einfluß von Jan Herzog waren wirklich beeindruckend.

Die Tage vor Weihnachten waren die schlimmsten. Charly Held hockte in seiner Zelle, blickte niedergeschlagener denn je in den grauen Himmel vor dem Gitter und sehnte sich nach jenen Dingen, die ihm früher die Zeit vor dem Fest verdorben hatten, sehnte sich nach vollen Straßen und überfüllten Gehwegen, nach hektischen Menschen, die erschöpft die letzten Geschenke besorgten, nach übervollen Geschäften, nach Bienchens neugierigem Gequengel und nach Annelieses abgespannten Seufzern.

Am Vormittag des Vierundzwanzigsten kam King zu Besuch. Er brachte einen Christstollen und einen liebevoll dekorierten Weihnachtsteller mit. Held starrte die Geschenke an und wischte sich über die Augen.

Abends in der Zelle packte er den Christstollen und die Geschenke aus, zündete die Kerze an, die ihm erlaubt worden war, und lauschte den Weihnachtsliedern, die irgendwo in der Ferne gesungen wurden. Er dachte an glücklichere Weihnachtsabende, gemeinsam mit seinen Eltern und später mit Anneliese und Bienchen.

Er wußte, er war nicht sicher in der Haftanstalt. Bei den Häftlingen hatte sich inzwischen herumgesprochen, daß er ein ehemaliger Bulle war. Mehrfach war er Leuten begegnet, die er selbst in den Knast gebracht hatte. Vor kurzem war Gonzo Ritzeck wegen schwerer Körperverletzung verhaftet worden. King hatte bezeugt, daß Gonzo es war, der das Ehepaar Schachmann so übel zusammengeschlagen hatte. Während der Voruntersuchung war Gonzo in derselben Haftanstalt untergebracht worden, in der auch Held einsaß. Sie waren sich bereits begegnet. Abends stieg Held regelmäßig auf einen Schemel und starrte in die Dämmerung hinaus. Wenigstens ein Stück vom Himmel konnte er so sehen.

Gestern war plötzlich ein Stein gegen das Fenstergitter seiner Zelle geknallt. Held hatte erschrocken nach unten geschaut, wo Gonzo mit zwei Kumpanen auf dem Hof stand und hämisch heraufwinkte.

Held streckte sich auf seiner Liege aus. War Gonzo der Mörder von Anneliese? Immer wieder hatte er sich ihre letzten Sekunden vorgestellt, den Kampf zwischen dem Killer und ihr. War es Gonzo gewesen? Held versuchte, die schrecklichen Bilder abzuschütteln.

In einer Stunde würde das Licht ausgeschaltet, heute später als sonst. Er blätterte in der Zeitung. Er wollte sich ablenken. Da sah er es plötzlich: eine halbseitige Todesanzeige: Louis Herzog war nach langer, tapfer ertragener Krankheit gestorben.

Erschüttert ließ Held die Zeitung sinken. Konnte es sein, daß in seinem Herzen noch Platz für weitere Trauer war? Sechzehn Jahre. Zuwenig, viel zuwenig. Sein Mitgefühl irritierte ihn. Hatte er Mitgefühl mit Herzog? Dem Vater? Konnte das sein?

Er schüttelte den Kopf. Nichts ergab einen Sinn. Alles ergab einen Sinn, wenn man wollte, aber er glaubte zuwenig und empfand keine Genugtuung, wenn er an Jan Herzog dachte. Trotz allem. Das Schicksal hatte ihm genommen, was ihm das Liebste gewesen war, und Held konnte sich vorstellen, wie er empfand. Er würde sich verloren fühlen, sinnlos und schwach.

Fritz Gehlen hatte keine Zeit, des Mannes zu gedenken, der sich vor fast zweitausend Jahren für ihn und seinesgleichen ans Kreuz hatte nageln lassen. Zu viel war in den vergangenen Monaten passiert, zu viel mußte wieder in Ordnung gebracht werden, zu viele Gönner wollten reich beschenkt werden, und zu viele Geschäftspartner wollten wissen, ob Herzog noch der bewährte, zuverlässige Partner war – ob mit dem alten Mann noch zu rechnen sei, nach allem, was geschehen war. Natürlich drückten sie ihr Mitgefühl aus, aber insgeheim beschäftigte sie alle, ob sie in hohem oder geringem Maße von Herzog abhängig waren, nur eine einzige, unchristliche Frage, nämlich die, ob mit dem neuen Jahr auch die Gelegenheit käme, den wankenden Riesen vom Thron zu stürzen, auf eigene Faust aktiv zu werden und sich ein Stück vom Frankfurter Kuchen zu schnappen, ehe Herzog sich erholte. Die Konkurrenz witterte Schwäche, und Gehlen, der Kronprinz, mußte Stärke demonstrieren – stellvertretend. Herzog selbst sah sich vorübergehend außerstande, seinen Pflichten nachzukommen. Aber es genügte ja, wenn sie seinen starken Arm spürten. Einige versuchten ihr Glück, kamen jedoch nicht weit. Gehlen war kein Freund osteuropäischer Sitten, sondern grundsätzlich der Meinung, daß Drohungen unter zivilisierten Menschen genügten, um alle Probleme aus der Welt zu schaffen, aber in diesen letzten Dezemberwochen kannte er kein Pardon. Wer es an Respekt fehlen ließ, stand am nächsten Tag vor den Trümmern seiner Kneipe oder seines Clubs, und wer zweimal nicht spurte, fand sich auf der Intensivstation oder auf dem Friedhof wieder. Dank dieses ungewohnt harten Kurses, den Behörden und Medien dem zunehmenden Einfluß polnischer und russischer Krimineller im Großraum Frankfurt zuschrieben, waren zum Jahreswechsel die meisten «Geschäftsfreunde» der Firma Herzog-Investments davon überzeugt, daß es besser sei, fürs neue Jahr keine allzu kühnen Vorsätze zu fassen.

Es sprach sich schnell herum, daß Herzogs Nachfolger jene Tatkraft und Entscheidungsfreude an den Tag legte, die man beim Alten zuletzt schmerzlich vermißt hatte, und obwohl Gehlen hoffte, daß Herzog irgendwann zurückkehren würde, um die Geschäfte wieder selbst in die Hand zu nehmen, beendete er das Jahr in zufriedener Stimmung. Er hatte das Von-Hellberg-Intermezzo überstanden, ja er war sogar als Sieger aus der Affäre hervorgegangen – als einziger Sieger.

Die Gegensprechanlage auf seinem Schreibtisch summte leise. Gehlen drückte auf den Knopf und sagte: «Ja?»

«Der neue Landrat ist jetzt da.»

«Schicken Sie ihn rein.»

Gehlen stand auf und knöpfte sein Jackett zu. Als der Landrat eintrat, ging er ihm lächelnd entgegen und hielt ihm die Rechte hin.

«Herr Doktor Kilian. Schön, daß wir mal in Ruhe plaudern können. Bitte setzen Sie sich.» Er wies auf den Besuchersessel und nahm wieder hinter dem Schreibtisch Platz. «Sie haben Probleme, höre ich.»

«Mit der Giftmülldeponie in meinem Landkreis», sagte Kilian. Er betrachtete seine auf der Stuhllehne liegende Hand. Gehlen wartete. Er neigte den Kopf ein wenig nach rechts und sah seinen Gast interessiert an. Als Kilian fortfuhr, sprach er so leise, daß Gehlen ihn kaum verstand: «Niemand will die Entsorgung übernehmen, und wir...»

«Also», sagte Gehlen und beugte sich lächelnd vor, «ein Haufen Müll sucht einen riesigen Mülleimer?»

Der Landrat lachte, und Gehlen lachte mit.

«Ich werde sehen, wie wir Ihnen helfen können.»

«Wieviel würde das kosten?» Für einen Moment hatte Kilian noch etwas von der alten Wachsamkeit in den Augen. Gehlen zuckte mit den Schultern.

«Ein Gefallen ist ein Gefallen. Sie brauchen dafür nichts zu bezahlen als unsere Selbstkosten.»

Kilian senkte den Blick: «Da bin ich Ihnen sehr dankbar.»

«Wir sind unseren Freunden gern behilflich.»

Kilian nickte, und Gehlen lächelte. Es gefiel ihm, daß sein ehemals schärfster Verfolger nun kleinlaut vor seinem Schreibtisch saß und um Hilfe bat. Es blieb ihm auch gar nichts anderes übrig. Der Dreck ließ sich nur beseitigen, wenn man ein paar Bestimmungen und Verordnungen umging. Dafür waren Leute wie er zuständig. Der Dreck mußte weg, sonst würde die Partei von Kilian bei der nächsten Landtagswahl Stimmen verlieren. Das wußte Kilian, und das wußte auch Gehlen. Kilian war es bestimmt schwergefallen, hierherzukommen, aber er hatte einen neuen Job, den er erledigte, so gut er konnte. Und dazu gehörte Müllbeseitigung. Gehlen fand das amüsant. Wie hatte es Jan Herzog noch formuliert: «Wir sind zwei Seiten derselben Münze, wir Unternehmer und ihr Politiker.»

An dem kalten Januarmorgen besuchten nur sehr wenige Menschen den kleinen Friedhof in Frankfurt-Hoechst. Ein eisiger Wind ließ die Gräber erschauern. Schneefontänen wirbelten gegen die verschwiegenen, schwarzen Tannen.

Jan Herzog stand mit gesenktem Kopf vor dem Grab seines Sohnes und betrachtete die weißen Buchstaben im schwarzen Marmor; nicht mehr als nackte Worte für einen zufälligen Spaziergänger, für ihn jedoch das in Stein gemeißelte Ende einer Geschichte, die er als einziger zur Gänze kannte. Es war fast still. Nur die Blumen, die er auf das Grab gelegt hatte, raschelten im eisigen Wind. Und er war allein mit sich und seinen Gedanken. Etwas abseits, ungefähr zwanzig Meter von ihm entfernt, saß eine alte Frau auf einer Bank, die Hände auf der Handtasche zum stummen Gebet gefaltet, den Kopf gesenkt, der Welt in Trauer entrückt. Er hatte mehrmals zu ihr hinübergesehen, aber sie hatte sich nicht gerührt. Ihr Anblick hatte etwas Tröstliches. Sie gedachte eines Menschen, der die Welt verlassen hatte. Wer immer dort begraben lag, war nicht gestorben, nicht wirklich, denn er lebte im Herzen eines anderen Menschen weiter.

Mit schleppenden Schritten wandte sich Jan Herzog zum Gehen. Es war kalt, noch mehr Schnee lag in der grauen Luft. Am Ende des gefrorenen Kieswegs wartete reglos ein Mann. Erst im Näherkommen erkannte Herzog, daß es Held war.

«Charly!» Wie gelähmt blieb er stehen.

«Hallo, Jan!»

«Was machst du hier?» Herzogs Stimme zitterte.

Held hatte die Hände tief in die Tasche seiner Lederjacke vergraben. Er machte eine vage Kopfbewegung.

«Meine Frau liegt da vorn.»

Darauf mochte Herzog nichts sagen. Sie schwiegen lange, schließlich brach Herzog das Schweigen.

«Haben sie dich also aus dem Knast entlassen?»

«Du warst geschickter. Du bist gar nicht erst reingekommen.»

Endlich schien Herzog aus der Erstarrung zu erwachen. «Hast du gedacht, der Schüler kann dem Lehrer eine Lektion erteilen? Der Schwanz wedelt auch mal mit dem Hund?»

Held erwiderte nichts.

«Wir waren Freunde», sagte Herzog nach einer Pause.

«Ja», sagte Held, «mein Freund, ein Mords-Gangster!»

«Hör auf!» Herzog wurde ärgerlich. «Verschon mich mit deiner Moral! Sie hat dich nicht daran gehindert, mich zu belügen – zu betrügen...»

Helds Mund verzog sich zu einem spöttischen Lächeln. «Läßt du mich jetzt auch umlegen? Wie Goldsteen? Wie Vincente?»

Herzog winkte gelangweilt ab. «Ich wollte ein ganz normales Leben führen», sagte er ruhig, «aber wenn mich einer angreift, muß ich mich wehren.»

«Auch gegen Michelle?» Held lief neben Herzog her. «Was war mit Michelle?»

Alles ging sehr schnell. Herzogs Augenbrauen wuchsen zu

einem zornigen Balken zusammen, dann hatte er Held am Kragen gepackt und Jacke und Hemd bis zum Hosenbund aufgerissen.

«Ich trag kein Mikro», sagte Held gelassen.

«Siehst du», murmelte Herzog, «ich trau dir nicht mehr.» Er winkte ab, steckte die Rechte wieder in die Manteltasche und rieb sich mit der Linken müde über die Augen. «Gemeinsam wäre alles ein Kinderspiel gewesen, verdammt.»

«Ich hab nicht deine Statur, Jan.»

«Du bist ein sehr geschickter Bursche.»

«Da ähneln wir uns.»

Herzog hob müde die Schultern: «Ich hatte eine harte Schule.» Er starrte Held in die Augen: «Was bist du jetzt – ohne mich?»

«Vielleicht irgendwann wieder ich selbst.»

Herzog lächelte herablassend: «Und was ist das?»

Held schwieg.

Nach einer Weile sagte Herzog leise: «Du siehst schlecht aus.» Er klang besorgt.

Held nickte: «Es ist viel passiert.»

«Ja», sagte Herzog. Er holte tief Luft. «Du weißt, daß Louis...?» Er sprach nicht weiter. Auch Held sagte nichts. Plötzlich spürte er Herzogs Kopf an seiner Schulter. In seinem grenzenlosen Kummer hatte sich der alte Mann gegen ihn gelehnt. Held fühlte Mitleid, fühlte auf einmal die Zuneigung wieder, die er dem Älteren entgegengebracht hatte. Aber dann dachte er an Anneliese, dachte an die Brutalität und Rücksichtslosigkeit des Mannes vor sich und schob ihn entschieden von sich weg. Herzog blickte ihn an wie ein verletztes Tier.

«Geh weg!» flüsterte er. «Ich habe mich in dir getäuscht.»

«Wir haben uns beide getäuscht», sagte Held und wußte, daß er damit die Summe aus allem zog, was sie gemeinsam erlebt und erfahren hatten. Jeder von ihnen hatte dem anderen vorgespielt, ein anderer zu sein, und der andere hatte sich täuschen lassen. Eine Geschichte der Irrtümer.

«Es spielt keine Rolle mehr», sagte Herzog mit kalter Stimme. «Nichts spielt mehr eine Rolle.»

Er wandte sich zum Gehen.

Held rief ihm mit lauter Stimme nach: «Warum meine Frau, Jan?»

Herzog blieb stehen und drehte sich um. Held stand da und deutete mit dem Zeigefinger auf ihn. Seine Züge waren wie versteinert, und seine laute Stimme schwankte leicht.

«Warum sie? Du kanntest sie nicht. Sie hatte nichts damit zu tun. *Gar nichts!*»

Herzog sah hinüber zum Grab seines Jungen. Er sah lange hin. «Ein Versehen», sagte er schließlich.

«Was?»

«Irgendwer hat die Nerven verloren. Das war nicht geplant. Alles ist außer Kontrolle geraten. Niemand wollte das.» Er zuckte die Achseln wie jemand, der schon vor langer Zeit aufgehört hat, sich über die Betriebsunfälle des Schicksals zu wundern. Dann sagte er: «Ich muß gehen.»

Held blickte der gebeugten Gestalt nach und unternahm einen letzten Versuch. «Vielleicht solltest du zur Abwechslung mal stehenbleiben?»

Herzog drehte sich um, sah ihn traurig an und schüttelte den Kopf.

«Du weißt, daß das unmöglich ist.» Er zuckte die Achseln. «Wir müssen weitergehen.»

Rasch entfernte er sich.

Die alte Frau, die etwas entfernt, auf einem Stock gestützt, das Grab gepflegt hatte, drehte sich plötzlich um und signalisierte mit erhobenem Daumen, daß die Tonqualität des Mitschnitts ausreichend war. Aus Renates Stock, in dem das Mikrofon verborgen war, liefen Kabel zu dem Aufnahmegerät, das sie in der Gießkanne versteckt hatten.

Plötzlich wimmelte es von Kriminalbeamten und Polizisten. Droegel klopfte Held anerkennend auf die Schulter, Krümel spulte das Band zurück. Gemeinsam hörten sie den lauten Schlußdialog, das Geständnis, daß Anneliese Helds Tod kein Unfall gewesen war, sondern ein *versehentlicher* Mord – billigend in Kauf genommen von Jan Herzog.

Renate zwinkerte Held strahlend zu, während sie sich die Perücke vom Kopf zog. Keiner schien sich zu fragen, ob es anständig war, einen Mann auf dem Friedhof, am Grab seines Sohnes, zu täuschen, zu überführen, in die Falle zu locken. Der Zweck heiligte die Mittel. Nichts war erfolgreicher als der Erfolg.

Als Herzog in den Rolls-Royce steigen wollte, blockierten plötzlich Polizeifahrzeuge die Ausfahrt. Herzog blieb stehen und drehte sich um. Er schien überrascht. Mehrere Männer gingen rasch auf ihn zu, sie hielten Waffen in den Händen, aber Herzog machte keine Anstalten, Widerstand zu leisten. Er hob die Hände über den Kopf und sah Held an, der neben Renate und Droegel den Friedhof verließ. Held schämte sich plötzlich, hatte das Bedürfnis, zu Boden zu schauen, aber dann blickte er Herzog trotzig in die Augen. Was er getan hatte, war richtig. Richtig für ihn. Er war nicht Karl von Hellberg, war es nie wirklich gewesen. Er war immer noch Hauptkommissar Charly Held. Der Bulle. Der Polizist aus Überzeugung.

Epilog

Karl Held wurde Mitte Mai 1995 aus der Haft entlassen. Seine entscheidende Hilfe bei der Festnahme des Paten von Frankfurt, Jan Herzog, wirkte sich strafmildernd aus, und wenn er auch nicht in den Polizeidienst würde zurückkehren können, hatte man ihm doch signalisiert, daß man ihm jede erdenkliche Hilfe bei der beruflichen Neuorientierung zukommen lassen werde.

Die Menschen, die ihn am meisten liebten, warteten auf ihn, als er das Gefängnis verließ. Seine Tochter, mit einem Blumenstrauß, und King, mit zwei Flaschen Champagner. Bienchen fiel ihm um den Hals; er drückte sie an sich, und King gesellte sich dazu. Sie blieben einen Augenblick im Licht der Frühlingssonne stehen.

«Du trägst ja 'ne Brille», sagte Held zu Bienchen.

«Und bin wieder gewachsen. Fünf Zentimeter», erwiderte sie stolz.

Held war fast ein halbes Jahr eingesperrt gewesen, und die Freiheit fühlte sich komisch an.

«Sabine hat Sauerbraten gemacht», sagte King.

Held lächelte. Sogar der Klang der Freiheit war komisch.

«Dann nichts wie hin, bevor er kalt wird», sagte er.

Er stieg hinten ein, neben seiner Tochter. Er nahm sie in den Arm und fühlte sich erleichtert, als King losfuhr und die grauen Mauern aus seinem Leben verschwinden ließ.

Er sah die dunkle Limousine nicht, die sich im gleichen Augenblick wie ihr Fahrzeug in Bewegung gesetzt hatte und ihnen folgte.

Eine Weile fuhren sie schweigend. So lange, bis King die feierliche Stille unheimlich wurde. Nach einem kurzen Blick in den

Rückspiegel stimmte er laut, falsch und fröhlich «Hound Dog» an und wurde seinem Spitznamen endlich wenigstens ansatzweise gerecht. Bienchen fiel sofort ein – etwas leiser, aber dafür etwas richtiger –, und schließlich sang auch ihr Vater mit. Zunehmend lauter, zunehmend fröhlicher, bis ihm vor Lachen über Kings wildes Gebrüll die Tränen kamen.

Er sagte nichts zu dem hohen Tempo, mit dem der schlechteste Elvis-Imitator der Neuzeit seinen klapprigen alten Opel über die Autobahn jagte. Es war in Ordnung. Die Straße war frei und trokken, die Sicht war gut, und er wollte weg. Nur weg von jenem Ort, nur irgendwohin, wo es nach Heimat roch. Wenigstens ein bißchen. Alles andere, die richtige neue Heimat, neue Freunde, ein neues Leben, würde die Zukunft bringen.

Er hatte nichts begriffen.

Es war nicht Gonzos Hand, die auf den roten Knopf des kleinen schwarzen Kastens drückte, als der Wagen über die Autobahnbrücke schoß, aber die Hände an Herzogs langen Armen glichen einander. Es waren ausnahmslos treue, willige Hände; Hände ohne Ehre, ungebundene Hände, denen alle moralischen Fesseln fremd waren, Hände, die sich nicht zur Abstimmung erhoben, Hände, die funktionierten und Befehle ausführten, ohne nach dem Warum zu fragen.

Hände, die offene Rechnungen beglichen.

Die Meldung in den Abendnachrichten kam unter «Vermischtes». Aus ungeklärter Ursache war der alte Opel von der Fahrbahn abgekommen und explodiert. Keiner der drei Insassen hatte überlebt.

Besetzung und Stab

Held	Stefan Kurt
King	Heinz Hoenig
Herzog	Mario Adorf
Gehlen	Heiner Lauterbach
Barbara	Jennifer Nitsch
Droegel	Florian Martens
Renate	Christine Reinhart
Michelle	Maja Maranow
Anneliese	Julia Stemberger
Kilian	Alexander Radszun
Dr. Brant	Constanze Engelbrecht
Dr. Maier	Hansjörg Assmann
Möllbach	Günter Strack
Gonzo	Claude-Oliver Rudolph
Oberle	Hans Haeckermann
Mario Vincente	Giuseppe Pambieri
Herr Schachmann	Martin Benrath
Frau Schachmann	Louise Martini
u. v. a.	

Regie	Dieter Wedel
Buch	Dieter Wedel
Kamera	Edward Klosinski
Szenenbild	Winfried Hennig
Cutter	Tanja Schmidbauer
Maske	Waldemar Pokrimski
Kostüm	Nikola Hoeltz
Casting	Sabine Schroth
Musik	Michael Landau
Redaktion	Siegfried Braun